En lieux sûrs

DU MÊME AUTEUR

Cette nuit-là, Belfond, 2009 ; J'ai lu, 2011.
Les voisins d'à côté, Belfond, 2010 ; J'ai lu, 2012.
Ne la quitte pas des yeux, Belfond, 2011 ; J'ai lu, 2012.
Crains le pire, Belfond, 2012 ; J'ai lu, 2013.
Mauvais pas, Belfond, 2012 ; J'ai lu, 2013.
Contre toute attente, Belfond, 2013 ; J'ai lu, 2014.
Mauvais garçons, Belfond, 2013 ; J'ai lu, 2014.
Fenêtre sur crime, Belfond, 2014 ; J'ai lu, 2015.
Mauvaise compagnie, Belfond, 2014 ; J'ai lu, 2015.
Celle qui en savait trop, Belfond, 2015 ; J'ai lu, 2016.
Mauvaise influence, Belfond, 2015 ; J'ai lu, 2016.
La fille dans le rétroviseur, Belfond, 2016 ; J'ai lu, 2017.

Vous pouvez consulter le site de l'auteur
à l'adresse suivante : www.linwoodbarclay.com

LINWOOD BARCLAY

En lieux sûrs

Traduit de l'anglais (Canada)
par Renaud Morin

TITRE ORIGINAL :
No Safe House

ÉDITEUR ORIGINAL :
Orion Books, une marque de The Orion Publishing Group Ltd, Londres

Tous les personnages de ce livre sont fictifs et toute ressemblance avec des personnes réelles, vivantes ou mortes, serait pure coïncidence.

© Linwood Barclay, 2014.

POUR LA TRADUCTION FRANÇAISE :
© Belfond, un département Place des éditeurs 2017.

Le Code de la propriété intellectuelle interdit les copies ou reproductions destinées à une utilisation collective. Toute représentation ou reproduction intégrale ou partielle faite par quelque procédé que ce soit, sans le consentement de l'auteur ou de ses ayants droit ou ayants cause, est illicite et constitue une contrefaçon sanctionnée par les articles L335-2 et suivants du Code de la propriété intellectuelle.

Pour Neetha

Prologue

Richard Bradley ne s'était jamais considéré comme un homme violent, mais là, à cet instant précis, il était prêt à tuer quelqu'un.
— Je n'en peux plus, a-t-il dit, assis au bord du lit en pyjama.
— Tu n'y retournes pas, lui a intimé sa femme, Esther. Laisse courir.
Non seulement ils entendaient la musique beugler dans la maison d'à côté, mais ils pouvaient aussi la sentir. Les basses puissantes faisaient vibrer les murs de leur maison comme un cœur qui bat.
— Il est 23 heures, merde ! s'est emporté Richard en allumant sa lampe de chevet. Et on est mercredi. Pas vendredi ni samedi soir, *mercredi* !
Les Bradley vivaient dans cette modeste maison de Milford, sa rue centenaire avec ses grands arbres, depuis près de trente ans. Ils avaient vu les voisins se succéder. Pour le meilleur et le pire. Mais jamais le voisinage n'avait été aussi détestable, et ça durait depuis un moment. Deux ans auparavant, le propriétaire de la maison qui jouxtait la leur avait commencé à la louer à des étudiants du centre universitaire de Housatonic,

là-bas, à Bridgeport, et depuis, comme Richard Bradley aimait à le répéter tous les jours, « le quartier allait à vau-l'eau ».

Certains étudiants s'étaient montrés pires que d'autres. Mais avec ceux-là, c'était le pompon. La musique à fond presque tous les soirs. L'odeur de cannabis qui entrait par les fenêtres. Les bouteilles de bière fracassées sur le trottoir.

Avant, c'était un quartier agréable. De jeunes couples y achetaient leur première maison, certains fondaient une famille. Il y avait bien quelques grands adolescents dans la rue, mais si l'un d'eux se comportait mal, invitait du monde et faisait du tapage quand il était seul à la maison, on pouvait toujours le dénoncer le lendemain à ses parents et ça ne se reproduisait plus. Du moins pendant un certain temps. Il y avait aussi des personnes âgées dans la rue, beaucoup de retraités. À l'instar des Bradley, qui avaient enseigné dans les écoles de Milford et des alentours à partir des années 1970 avant de raccrocher.

— C'est pour ça qu'on a trimé toute notre vie ? a demandé Richard à Esther. Pour vivre à côté d'une bande d'énergumènes ?

— Je suis sûre qu'ils vont bientôt s'arrêter, a-t-elle dit en s'asseyant dans son lit. En général, ils finissent par s'arrêter. Nous avons été jeunes, nous aussi, a-t-elle ajouté avec une grimace. Il y a longtemps.

— C'est comme un tremblement de terre sans fin. Je ne sais même pas quel genre de musique ça peut bien être. C'est quoi, ça ?

Il s'est levé, a enfilé à la hâte son peignoir jeté sur une chaise, a noué la ceinture.

— Tu vas nous faire une crise cardiaque, a averti Esther. Tu ne peux pas aller là-bas chaque fois que ça arrive.

— J'en ai pour deux minutes.

— Oh, pour l'amour de Dieu ! a-t-elle soupiré tandis qu'il quittait la chambre à grandes enjambées.

Esther Bradley a rejeté les couvertures, enfilé son propre peignoir, glissé ses pieds dans les chaussons par terre au pied du lit, et a dévalé l'escalier à la poursuite de son mari.

Le temps qu'elle le rattrape, il était déjà sur le perron. Elle a alors remarqué qu'il était pieds nus. Elle a tenté de lui prendre le bras pour l'arrêter, mais il s'est libéré d'une secousse, et elle a ressenti un élancement dans l'épaule. Il a descendu les marches jusqu'au trottoir, tourné à gauche, et continué d'un pas décidé jusqu'à l'allée de la maison voisine. Il aurait pu couper par la pelouse, mais elle était encore mouillée après l'averse tombée plus tôt dans la soirée.

— Richard, a-t-elle lancé sur un ton suppliant, quelques pas derrière lui.

Elle ne voulait pas le laisser seul. Elle se disait qu'il y avait moins de risque que ces jeunes gens s'en prennent à lui s'ils la voyaient là. Ils n'iraient quand même pas jusqu'à tabasser un vieil homme sous les yeux de sa femme ?

L'homme qui gravissait le perron de cette maison victorienne de trois étages se sentait investi d'une mission. La plupart des lumières étaient allumées et beaucoup de fenêtres ouvertes, ce qui permettait aux voisins de profiter de la musique. Elle n'était pourtant pas assez forte pour couvrir les éclats de voix et les rires.

Richard a tambouriné à la porte, tandis que sa femme, postée au pied du perron, l'observait avec inquiétude.

— Qu'est-ce que tu vas leur dire ? a-t-elle demandé.

Il l'a ignorée et a frappé de nouveau. Il allait donner du poing une troisième fois quand la porte s'est ouverte en grand. Un jeune homme maigre, la vingtaine, un bon mètre quatre-vingts, vêtu d'un jean et d'un tee-shirt uni bleu foncé, se tenait là, une canette de Coors à la main.

— Salut, a-t-il dit.

Il a cligné deux fois des yeux, l'air vaseux, en considérant son visiteur. Les quelques mèches de cheveux gris de Bradley rebiquaient dans tous les sens, son peignoir avait commencé à s'ouvrir sur le devant, et il avait les yeux exorbités.

— C'est quoi, votre problème ? a crié Bradley.

— Pardon ? a répondu le jeune homme, pris de court.

— Vous empêchez tout le monde de dormir !

La bouche du jeune homme a dessiné un O, comme s'il faisait un effort de compréhension. Il a regardé derrière le vieux et aperçu Esther Bradley, les mains jointes, quasiment en prière.

— La musique est un peu forte, a dit cette dernière, s'excusant presque.

— Ah, ouais, merde. Vous habitez à côté, c'est ça ?

— Bon Dieu, s'est étranglé Richard en secouant la tête. Je suis passé la semaine dernière et celle d'avant ! Il vous reste encore deux neurones ?

Le jeune homme a cligné encore des yeux avant de se retourner et de crier à l'intérieur de la maison :

— Hé, baisse le son. Carter ! Hé, Carter ! Mets moins... ouais, baisse le son, putain !

Trois secondes plus tard, la musique s'est tue, faisant soudain place à un silence assourdissant.

Le jeune homme a eu un haussement d'épaules contrit.

— Désolé. (Il a tendu sa main libre.) Je m'appelle Brian. Mais je vous l'ai peut-être déjà dit ?

Richard Bradley a ignoré la main.

— Vous voulez entrer boire une bière ou quelque chose ? a proposé Brian en levant sa canette avec entrain. On a de la pizza, aussi.

— Non, a dit Richard.

— Merci pour la proposition, a déclaré Esther sur un ton enjoué.

— Vous habitez cette maison, c'est ça ? a demandé Brian, le doigt pointé.

— Oui, a répondu Esther.

— Eh ben, désolé pour le boucan et tout. On a tous passé un exam aujourd'hui, et on décompressait, vous comprenez ? Si on abuse encore, venez frapper à la porte et on tâchera de calmer le jeu.

— C'est ce que j'ai fait, a rappelé Richard.

Brian a haussé les épaules, puis est retourné à l'intérieur en fermant la porte.

— Il m'a l'air d'être un gentil jeune homme, a commenté Esther.

Richard a émis un grognement.

Ils sont retournés à leur maison, dont ils avaient laissé la porte entrebâillée après leur sortie précipitée. Ce n'est qu'une fois à l'intérieur, après avoir refermé et verrouillé la porte, qu'ils ont remarqué les deux intrus assis dans le salon.

Un homme et une femme. Entre trente-cinq et quarante-cinq ans. Tous deux vêtus élégamment en jeans – était-ce un pli de repassage sur celui de la femme ? – et blousons légers.

En les apercevant, Esther a laissé échapper un petit cri de surprise.

— Nom de Dieu ! a fait Richard. Comment êtes-vous... ?

— Vous ne devriez pas laisser votre porte ouverte comme ça, a dit la femme en se levant du canapé.

Elle faisait moins d'un mètre soixante. Des cheveux noirs, coiffés en carré court.

— Ce n'est pas malin, même dans un quartier agréable comme le vôtre, a-t-elle complété.

— Appelle la police, a ordonné Richard Bradley à sa femme.

Celle-ci a réagi avec un petit temps de retard avant de s'élancer vers la cuisine. L'homme s'est aussitôt levé d'un bond. Il faisait bien trente centimètres de plus que la femme, et était trapu et vif. Il a traversé la pièce en un instant et lui a barré le passage.

Il a empoigné brutalement ses épaules osseuses, l'a fait se retourner et l'a poussée sans ménagement dans un des fauteuils du salon.

Elle a eu un petit cri.

— Espèce de salaud ! s'est exclamé Richard Bradley, qui s'est jeté sur l'homme alors que celui-ci lui tournait le dos.

Le poing serré, il a frappé l'intrus juste sous le cou. L'inconnu a fait volte-face et l'a repoussé comme il l'aurait fait avec un enfant. Alors que le vieil homme reculait en chancelant, l'homme a baissé les yeux, a vu le pied nu de Richard et l'a écrasé du talon de sa chaussure.

Bradley a poussé un cri de douleur et s'est effondré près du canapé dont il a agrippé le bord avant de tomber par terre.

— Ça suffit, est intervenue la femme. Mon ange, a-t-elle dit à son compagnon, tu ne veux pas baisser ces lumières ? Il fait affreusement clair ici.

— Bien sûr.

Il a trouvé l'interrupteur et l'a abaissé.

— Mon pied, a gémi Richard. Vous m'avez cassé le pied.

— Laissez-moi l'aider, a demandé Esther. Laissez-moi aller lui chercher une poche de glace.

— Ne bougez pas.

La femme a posé son derrière au bord de la table basse, d'où elle pouvait facilement s'adresser à Esther ou regarder Richard par terre.

— Je vais vous poser une question, a-t-elle dit, et je ne la poserai qu'une seule fois. Je veux donc que vous m'*écoutiez* très attentivement, et ensuite je veux que vous réfléchissiez très attentivement à votre réponse. Ce que je ne veux pas, c'est que vous répondiez à ma question par une autre question. Ce serait très, très improductif. Vous comprenez ?

Les Bradley se sont regardés, terrifiés, puis se sont tournés à nouveau vers la femme. Ils ont acquiescé d'un faible hochement de tête.

— C'est très bien, a-t-elle poursuivi. Alors soyez attentifs. C'est une question très simple.

Les Bradley ont attendu.

— Où est-il ? a demandé la femme.

Ses paroles ont flotté un moment dans la pièce, dans le silence général.

— Où est qu... ? a réagi Richard après plusieurs secondes, mais il s'est interrompu en voyant l'expression dans les yeux de la femme.

Elle a souri et l'a tancé en agitant l'index.

— Tss-tss, je vous avais prévenu. Vous avez failli le faire, n'est-ce pas ?

— Mais..., a protesté Richard, la gorge serrée.

— Pouvez-vous répondre à la question ? D'ailleurs, vous devez le savoir, Eli dit qu'il se trouve ici.

Les lèvres de Richard tremblaient. Il a secoué la tête et balbutié :

— Je... je... je ne sais pas.

La femme a levé la main, le réduisant au silence, et porté son attention sur Esther.

— Aimeriez-vous répondre à la question ?

Esther a choisi ses mots avec soin.

— Si vous pouviez être plus précise. Je... je dois vous dire que ce nom... Eli ? Je ne connais personne de ce nom-là. Quoi que vous vouliez, si nous l'avons, nous vous le donnerons.

La femme a poussé un soupir et tourné la tête vers son partenaire, qui se tenait à moins d'un mètre de là.

— Je vous ai donné votre chance, a-t-elle dit. Je vous avais prévenus que je ne demanderais qu'une seule fois.

Au même moment, la musique a retenti de nouveau dans la maison voisine. Les fenêtres des Bradley se sont mises à vibrer. La femme a souri et dit :

— Ça, c'est Drake. Je l'aime bien. (Puis, levant les yeux vers l'homme :) Descends le mari.

— Non ! Non ! a hurlé Esther.

— Nom de Dieu ! a supplié Richard. Dites-nous simplement ce...

Avant que le professeur à la retraite ait pu finir sa phrase, l'homme avait sorti une arme de son blouson, l'avait braquée sur lui et avait pressé la détente.

Esther a ouvert la bouche pour crier à nouveau, mais aucun son n'en est sorti. À peine un petit cri strident de souris piétinée.

— Je suppose que vous ne savez vraiment pas, lui a soufflé la femme avant d'adresser un signe de tête à son acolyte, qui a fait feu une seconde fois.

D'un air las, elle lui a dit :

— Ça ne veut pas dire qu'il n'est pas ici. La nuit va être longue, mon ange, à moins qu'il ne se trouve dans la boîte à biscuits.

— Ça serait trop beau.

1

Terry

J'ignore ce qui avait pu me faire croire que lorsqu'on se sortait d'une période très sombre, qu'on avait affronté et terrassé les pires démons, tout allait ensuite pour le mieux.

Ça ne marche pas comme ça.

Non qu'il n'y ait eu un mieux dans nos existences, du moins pour un temps. Parce qu'il y a sept ans, ça n'allait carrément pas. On ne pouvait pas faire pire. Des gens étaient morts. Ma femme, ma fille et moi avions bien failli figurer parmi eux. Mais quand ç'a été terminé, que nous nous en sommes sortis en un seul morceau et au complet, eh bien, nous avons fait comme dans la chanson. Nous nous sommes relevés, nous nous sommes époussetés, et nous avons tout recommencé.

Plus ou moins.

Mais nous sommes restés marqués. Nous avons connu notre propre version du syndrome de stress post-traumatique. Ç'a certainement été le cas de ma femme, Cynthia. Elle avait perdu tous les membres de sa famille à l'âge de quatorze ans – littéralement *perdu* –, ses parents et son frère s'étaient volatilisés une nuit, et Cynthia avait dû attendre vingt-cinq ans pour savoir ce qui leur était arrivé. Et à la fin de l'histoire, il n'y avait pas eu de joyeuses retrouvailles[1].

Ça ne s'était pas arrêté là. La tante de Cynthia avait payé de sa vie sa tentative de faire la lumière sur un secret vieux de plusieurs décennies. Et puis il y avait Vince Fleming, un criminel endurci, qui n'était qu'un gamin à l'époque de la disparition de la famille de Cynthia, et qui se trouvait avec elle cette fameuse nuit. Vingt-cinq ans plus tard, luttant contre sa nature, il nous avait aidés à découvrir ce qui s'était vraiment passé. À chaque bonne action, sa punition, comme on dit : il s'était fait tirer dessus, et le mal qu'il s'était donné avait failli lui coûter la vie.

Vous en avez peut-être entendu parler. Cela avait fait les gros titres des journaux. À un moment donné, il avait même été question d'un film, mais le projet était tombé à l'eau, ce qui est tant mieux, si vous voulez mon avis.

Nous pensions pouvoir refermer ce chapitre de notre existence. Des réponses avaient été trouvées, des mystères résolus. Les méchants étaient morts ou avaient fini en prison.

Affaire classée, comme on dit.

Ça ressemble à un monstrueux tsunami. On pense que c'est terminé, mais on trouve encore des débris rejetés sur le rivage à des milliers de kilomètres de là des années plus tard.

Pour Cynthia, c'était une épreuve sans fin. Chaque jour, elle craignait que l'histoire ne se répète avec la famille qui était la sienne à présent. Moi. Et notre fille, Grace. Mais le mieux étant souvent l'ennemi du

---

[1]. Cf. *Cette nuit-là*, également chez Belfond et J'ai lu. (*N.d.T.*)

bien, les mesures qu'elle prenait pour faire en sorte que cela n'arrive pas nous conduisaient dans ce que l'on appelle le territoire des conséquences imprévues.

Les efforts déployés par Cynthia pour mettre notre fille de quatorze ans, Grace, à l'abri du vaste et méchant monde, encourageaient cette dernière à en faire l'expérience le plus rapidement possible.

Je continuais à espérer que nous finirions par traverser les ténèbres et sortir du tunnel. Mais apparemment, ce n'était pas près d'arriver.

Grace et sa mère avaient des prises de bec quasi quotidiennes.

Autant de variations sur un même thème.

Grace ne respectait pas les heures de sortie qu'on lui imposait. Grace n'appelait pas quand elle arrivait là où elle devait se rendre. Grace disait qu'elle allait chez une amie mais finissait par aller chez une autre sans en informer sa mère. Grace voulait aller à un concert à New York mais ne serait pas en mesure de rentrer avant 2 heures du matin. À quoi sa mère disait *niet*.

Je m'efforçais de jouer les conciliateurs, en général sans grand succès. En privé, je disais à Cynthia que je comprenais ses motivations, que moi non plus je n'avais pas envie qu'il arrive quelque chose à Grace, mais que si on ne lui octroyait aucune liberté, elle n'apprendrait jamais à se débrouiller par ses propres moyens.

Ces disputes se terminaient d'habitude par le départ furieux d'un des protagonistes. Un claquement de porte. Grace disant à sa mère qu'elle la détestait puis renversant une chaise en sortant de la cuisine.

— Mon Dieu, elle est exactement comme moi, soupirait souvent Cynthia. J'étais épouvantable à cet âge. Je veux simplement qu'elle ne reproduise pas mes erreurs.

Cynthia, trente-deux ans après, portait encore la culpabilité de la disparition de sa mère, de son père et de son frère aîné, Todd. Une part d'elle-même restait persuadée que si elle n'était pas sortie avec un garçon prénommé Vince ce soir-là sans que ses parents l'y autorisent et le sachent, et si elle ne s'était pas soûlée et n'était pas tombée ivre morte sur son lit, elle aurait peut-être été alertée de ce qui se passait dans la maison et, d'une manière ou d'une autre, aurait pu sauver ses proches.

Même si les faits ne lui donnaient pas raison, Cynthia était persuadée qu'elle avait expié sa mauvaise conduite.

Elle ne voulait pas que Grace ait un jour à se reprocher quelque chose d'aussi tragique. Pour ce faire, il fallait bien lui faire comprendre combien il était important de résister aux pressions extérieures, de ne jamais se retrouver en fâcheuse posture, d'écouter sa petite voix quand elle vous soufflait : *Ce n'est pas bien et je dois foutre le camp d'ici.*

Ou, comme pourrait le résumer Grace : *Blablabla*.

Je n'étais pas d'un grand secours quand je rappelais à Cynthia que presque tous les adolescents en passaient par là. Même si Grace commettait des erreurs, les conséquences ne seraient certainement pas aussi dramatiques qu'elles l'avaient été pour Cynthia. Grace était une adolescente. Dans six ans, si Cyn et moi ne nous étions pas suicidés entre-temps, nous la verrions se transformer en jeune femme raisonnable.

Il était pourtant difficile de croire que ce jour arriverait.

Ainsi de ce soir où Grace, alors âgée de treize ans, traînait avec ses amis au centre commercial en même temps que sa mère, qui était venue là acheter des chaussures. Cynthia avait repéré notre fille devant chez Macy, en train de partager une cigarette avec des copines. Devant ses camarades de classe, Cynthia l'avait sommée de s'expliquer et lui avait ordonné de monter dans la voiture. Cynthia était tellement à cran et occupée à remonter les bretelles à Grace qu'elle avait grillé un stop.

Et avait manqué se faire emboutir par un camion benne.

— On aurait pu se faire tuer, m'avait-elle confié. J'ai perdu les pédales, Terry. J'étais hors de moi.

C'est après cet incident qu'elle avait décidé, pour la première fois, de s'accorder une pause. Juste une semaine. Dans notre intérêt – ou, plus particulièrement, dans l'intérêt de Grace – autant que dans le sien. Un break, comme disait Cynthia. Elle avait soumis l'idée à Naomi Kinzler, la psy qu'elle consultait depuis des années, qui l'avait jugée positive.

— Prenez des distances avec la situation conflictuelle, lui avait suggéré celle-ci. Ce n'est pas une fuite ; vous ne vous soustrayez pas à vos responsabilités. Vous vous accordez simplement le temps de réfléchir, de vous ressaisir. Vous pouvez vous l'autoriser. Cela donnera aussi à Grace le temps de réfléchir. Il se peut qu'elle n'apprécie pas cette décision, mais elle pourrait finir par la comprendre. En perdant votre famille, vous avez subi une blessure terrible qui ne guérira jamais complètement. Et même si elle n'est pas en mesure de le comprendre maintenant, je suis persuadée que votre fille y parviendra un jour.

Cynthia avait pris une chambre au Hilton Garden Inn, derrière le centre commercial. Elle comptait séjourner au Just Inn Time par souci d'économie, mais je lui avais dit que c'était hors de question. Non seulement parce que ce motel était un trou à rats, mais parce qu'on y pratiquait la traite des Blanches quelques années auparavant.

Elle n'était partie qu'une semaine, mais on aurait dit une année. Ce qui m'avait surpris, c'est à quel point sa mère avait manqué à Grace.

— Elle ne nous aime plus, m'avait-elle dit un soir, alors que nous dînions de lasagnes passées au micro-ondes.

— Ce n'est pas vrai.

— D'accord, c'est *moi* qu'elle n'aime plus.

— Si ta mère fait une pause, c'est parce qu'elle t'adore. Elle sait qu'elle est allée trop loin, qu'elle a réagi de manière excessive, et elle a besoin d'un peu de temps pour se reprendre.

— Dis-lui d'accélérer le mouvement.

Au retour de Cynthia, la situation s'était améliorée pendant un mois, six semaines peut-être. Mais le statu quo avait commencé à s'effriter. Des escarmouches mineures au début, peut-être un coup de semonce.

Puis ç'avait été la guerre à outrance.

Elles sortaient blessées de leurs batailles, et il fallait plusieurs jours avant que notre existence reprenne son cours normal – si ce mot signifiait encore quelque chose. Je tentais de jouer les médiateurs, mais les choses devaient suivre leur cours. Cynthia communiquait tout ce qu'elle avait à dire d'important à Grace au moyen de petits mots, signés *L. Mom*, exactement comme sa propre mère le faisait quand elle en voulait à sa fille et qu'elle n'arrivait pas à écrire *Love* en toutes lettres.

Mais les mots finissaient par être signés *Love, Mom*, et un dégel des relations commençait. Grace trouvait un prétexte quelconque pour demander conseil à sa mère. Est-ce que ce haut va avec ce pantalon ? Tu peux m'aider à faire ce devoir ? Une amorce de dialogue s'ouvrait.

Tout allait bien.

Et puis tout allait mal.

L'autre jour, c'était vraiment allé très mal.

Grace et deux de ses amies voulaient aller à une immense vente de charité de vêtements d'occasion qui avait lieu en milieu de semaine, à New Haven. Elles ne pouvaient s'y rendre que le soir, parce qu'elles avaient cours toute la journée. Comme ce concert à New York, cela supposait qu'elles rentrent tard par le train. J'ai offert de les conduire, de trouver de quoi m'occuper sur place, puis de les ramener, mais Grace ne voulait pas en entendre parler. Ses amies et elle n'avaient plus cinq ans. Elles voulaient se débrouiller toutes seules.

— C'est hors de question, avait tranché Cynthia, qui préparait le dîner, debout devant la cuisinière – côtelettes de porc panées et riz sauvage, si je me souviens bien. Terry, dis-moi que tu es de mon côté. Il est hors de question qu'elle fasse ça.

— Tu plaisantes ? s'est étranglée Grace avant que j'aie pu mettre mon grain de sel. Je ne vais pas à Budapest, putain. C'est New Haven.

C'était relativement nouveau, ce recours aux gros mots. Je suppose que nous étions les premiers fautifs. Il n'était pas rare que Cynthia ou moi-même lâchions une grossièreté sous le coup de la colère ou de la frustration. Si nous avions eu une de ces boîtes à jurons dans lesquelles on met une pièce à chaque gros mot proféré, nous aurions eu assez d'argent pour partir à Rome tous les ans.

J'en ai quand même fait le reproche à Grace.

— Ne t'avise plus de parler à ta mère de cette façon, ai-je déclaré sur un ton comminatoire.

Pour Cynthia, une simple réprimande était manifestement insuffisante.

— Tu es privée de sorties pendant deux semaines, a-t-elle décrété.

Stupéfaite, Grace a rétorqué :

— Tu vas t'en prendre à moi pendant combien de temps encore parce que tu n'as pas été capable de sauver ta famille ? Je n'étais même pas née, d'accord ? Ce n'est pas ma faute.

Un coup de poignard en plein cœur.

J'ai perçu dans l'expression de Grace un regret immédiat et quelque chose de plus. De la peur. Elle avait franchi une limite, et elle le savait. Si elle en avait eu la possibilité, elle aurait peut-être retiré ses paroles, présenté ses excuses, mais la main de Cynthia a surgi si vite qu'elle ne lui a laissé aucune chance.

Elle a giflé notre fille. Une claque si bruyante que je l'ai sentie sur ma propre joue.

— Cyn ! ai-je crié.

Mais au même instant, Grace a trébuché sur le côté, tendant la main par réflexe pour amortir sa chute au cas où elle aurait perdu l'équilibre.

Sa main a heurté le bord de la casserole de riz. L'a renversée. Et a atterri sur le brûleur.

Ce cri, mon Dieu, ce cri.

— Oh, non ! a gémi Cynthia. Oh, non !

Elle a saisi Grace par le bras, l'a fait se retourner face à l'évier, a ouvert le robinet et a laissé l'eau froide couler sur la brûlure. Le dos de sa main avait heurté la casserole brûlante, et le côté avait touché le brûleur. Peut-être un contact d'un millième de seconde à chaque fois, mais suffisant pour meurtrir la chair.

Le visage de Grace ruisselait de larmes. Je l'ai serrée dans mes bras tandis que Cynthia continuait à faire couler de l'eau froide sur sa main.

Nous l'avions conduite à l'hôpital de Milford.

— Tu peux leur dire la vérité, a dit Cynthia à Grace. Tu peux leur dire ce que j'ai fait. Je mérite d'être punie. S'ils doivent appeler la police, qu'ils l'appellent. Je ne vais pas t'obliger à leur raconter des mensonges.

Grace a dit au médecin qu'elle faisait bouillir de l'eau pour cuire des macaronis en dansant comme une folle sur *Rolling in the Deep* d'Adele, les écouteurs de son iPod dans les oreilles, quand elle avait eu un grand geste du bras et heurté la poignée de la casserole, la renversant sur la gazinière.

Nous avions ramené Grace à la maison, la main dûment bandée.

Le lendemain, Cynthia partait pour la seconde fois.

Elle n'était toujours pas rentrée.

2

— Entre, Reggie, entre.
— Salut, Unk.
— Tu l'as trouvée ?
— Bon Dieu, tu me laisses enlever mon manteau ?
— Désolé. C'est juste que...
— Non. Je ne l'ai pas trouvée. Pas encore. Je n'ai pas découvert d'argent non plus.
— Mais je croyais... Tu avais dit que tu avais trouvé la maison et...
— Ça n'a rien donné. C'était une fausse piste. Eli nous a menti, Unk. Et on ne peut pas revenir en arrière et lui reposer la question.
— Ah. Mais tu avais dit...
— Je sais ce que j'ai dit. Je te répète qu'on a fait chou blanc.
— Désolé. Je me suis sans doute emballé. Tu avais l'air si sûre de toi la dernière fois qu'on s'est parlé. Je suis déçu, c'est tout. Il y a du café, là, si ça te dit.
— Merci.
— Je te suis toujours reconnaissant de tout ce que tu fais pour moi.
— De rien, Unk.

— Je suis sincère. Je sais que tu commences à en avoir assez de m'entendre répéter ça, mais c'est vrai. Je n'ai que toi. Tu es un peu la gamine que je n'ai jamais eue, Reggie.

— Je ne suis plus une gamine.

— Non, non... tu es une grande fille. Tu as grandi vite, et de bonne heure.

— Je n'ai pas vraiment eu le choix. Il est bon, le café.

— Je regrette simplement de ne pas avoir été là pour toi plus tôt.

— Je ne t'ai jamais rien reproché. Tu le sais. Pas la peine de ressasser ça. Tu as l'impression que ça m'obsède, moi ? Et c'est à *moi* que tout ça est arrivé. Alors si je suis capable de passer à autre chose, tu devrais le pouvoir aussi.

— C'est difficile pour moi.

— Tu vis dans le passé. Voilà ton problème, Unk. Tout ce qui est arrivé dernièrement, c'est à cause de ça. Tu n'arrives pas à tourner la page.

— Je... j'espérais simplement que tu la trouverais.

— Je ne renonce pas.

— Mais je vois la tête que tu fais. Tu penses que c'est totalement stupide. Que ça ne sert à rien.

— Je n'ai jamais dit ça, je n'ai jamais dit que ça ne servait à rien. Écoute, je comprends pourquoi c'est important pour toi, pourquoi elle compte tant. Toi aussi, tu comptes pour moi. Tu es une des deux seules personnes dont j'aie quelque chose à foutre, Unk.

— Tu sais ce que je n'arrive pas à saisir chez toi ?

— Non, quoi ?

— Tu comprends les gens, tu comprends leur façon de penser, de sentir, tu arrives vraiment à les cerner, et pourtant tu n'exprimes aucun... comment dit-on, déjà ?

— Amour ?

— Non, ce n'est pas ce que j'allais dire.

— Aucune empathie ?

— Oui, ce doit être ça.

— Je t'aime, Unk. Je t'aime beaucoup. Mais de l'empathie ? Tu dois avoir raison. Je comprends comment les gens fonctionnent. Je sais ce qu'ils ressentent. J'ai besoin de le savoir. J'ai besoin de savoir quand ils ont peur. J'ai absolument besoin de savoir qu'ils *ont* peur, mais je n'ai pas d'états d'âme. Je n'arriverais à rien, sinon.

— Oui, eh bien, je me porterais mieux si je te ressemblais davantage. Je suppose que c'était de l'empathie que je ressentais pour ce maudit Eli. On aurait dit un enfant perdu... c'était loin d'en être un, pourtant. Il avait vingt et un ou vingt-deux ans. Quelque chose comme ça. Je pensais bien faire, Reggie. Vraiment. Et puis ce fils de pute m'a poignardé dans le dos.

— Je crois qu'il a approché l'autre partie intéressée.

— Merde, non.

— Ce n'est pas trop grave. C'était juste un premier contact. Il gardait pour lui certains détails jusqu'à un éventuel face-à-face, ce qui évidemment n'arrivera plus maintenant. Je pense qu'il nous a dit la vérité sur ce qu'on a fait d'elle, mais qu'il a menti sur le lieu. Et la maison des profs était un cul-de-sac. Je commence aussi à me demander s'il y en a parmi eux qui sont au courant. S'ils ont donné leur accord.

— Je ne comprends pas.

— Ça ne fait rien. Ce que je voulais te dire, c'est que j'allais avoir besoin de plus de monde, et qu'il allait me falloir beaucoup plus de liquidités.

— Eli a pris tout ce que j'avais mis de côté, Reggie.

— Ça ne fait rien. Je peux financer ça avec mon propre argent. Cette histoire de remboursement d'impôt marche bien. J'ai des réserves. Et quand ce sera terminé, j'aurai non seulement récupéré mon investissement et le tien, mais je me serai fait plein d'argent en plus. Tout ça a du bon, finalement.

— Je ne comprends toujours pas.

— Ce n'est pas grave. Tu n'es pas obligé. Laisse-moi simplement faire ce que je fais le mieux.

— Je n'arrive tout simplement pas à croire... après toutes ces années, je finis par la reconquérir, et puis je la perds à nouveau. Eli n'avait pas le droit, tu sais. Il n'avait pas le droit de me la prendre.

— Fais-moi confiance, Unk. On va te la retrouver.

3
Terry

Ce n'était pas parce que Cynthia ne vivait plus avec Grace et moi que nous étions devenus des étrangers l'un pour l'autre. Nous nous parlions au téléphone tous les jours et nous nous retrouvions parfois pour déjeuner. La première semaine, nous étions allés tous les trois au Bistro Basque, sur River Street, pour dîner. Les filles avaient pris le saumon, j'avais choisi le poulet farci aux épinards et aux champignons. Notre conduite avait été exemplaire. Pas un mot sur notre visite à l'hôpital, même si Cynthia ne pouvait détacher les yeux de la main bandée de Grace. L'irréalité de la soirée avait atteint un nouveau sommet quand Grace et moi avions déposé Cynthia et étions rentrés seuls.

Elle avait trouvé cet appartement sur un coup de chance. Cynthia avait une amie au travail qui partait en voyage au Brésil la dernière semaine de juin et ne comptait pas rentrer avant août, voire septembre. Elle s'était rappelé l'avoir entendue dire qu'elle avait essayé de sous-louer son appartement pendant son absence, mais n'avait pas trouvé preneur. La veille du départ de son amie, Cynthia avait dit qu'elle prenait l'appartement. L'amie avait obtenu le feu vert du propriétaire, un vieil homme prénommé Barney, et l'affaire avait été conclue.

Je ne m'attendais pas à ce qu'elle y reste tout l'été, mais au fil des jours, Cynthia ne manifestant aucune envie de rentrer au bercail, je commençais à me poser des questions. Parfois, la nuit, allongé dans le lit à moitié vide, je me demandais si elle n'allait pas chercher un autre logement au cas où cette situation se prolongerait après le retour de son amie, au début du mois de septembre.

Environ dix jours après qu'elle eut quitté la maison, je suis passé à son appartement vers 5 heures de l'après-midi, me disant qu'elle serait déjà rentrée de son travail au Service de la santé publique de Milford, où elle touchait à tout, de l'inspection des restaurants à la promotion d'une alimentation saine dans les écoles.

J'avais raison. J'ai d'abord vu la voiture, garée entre une Cadillac d'allure sportive et un vieux pick-up bleu que j'ai reconnu comme étant celui de Barney. Ce dernier tondait la pelouse sur le côté de la maison, boitant à chaque pas, comme s'il avait une jambe plus courte que l'autre. Cynthia était assise sous le porche, les pieds posés sur la balustrade, en train de siroter une bière, quand je me suis arrêté devant le bâtiment.

Il s'agissait, je devais l'admettre, d'un très bel endroit, une vieille bâtisse de style colonial sur North Street, juste au sud de Boston Post Road. Elle avait sans aucun doute appartenu à une éminente famille de Milford bien avant que Barney ne l'achète et n'y aménage quatre appartements. Deux au rez-de-chaussée et deux à l'étage.

Avant que je puisse dire bonjour à ma femme, Barney m'a repéré et a arrêté sa tondeuse.

— Hé, comment va ?

Barney nous considérait, Cynthia et moi, comme des célébrités de seconde zone, même s'il s'agissait d'une sorte de célébrité dont personne n'aurait voulu, et il avait l'air d'apprécier notre compagnie.

— Ça va, ai-je répondu. Je ne voudrais pas vous empêcher de travailler.

— J'ai encore deux maisons à faire après celle-là, a-t-il dit en s'essuyant le front d'un revers de main.

Barney possédait au moins une dizaine de maisons qu'il avait transformées en logements locatifs entre New Haven et Bridgeport, même si, d'après ce qu'il m'avait confié lors de conversations antérieures, celle-ci faisait partie des plus belles et qu'il consacrait davantage de temps à son entretien. Je me demandais s'il n'allait pas la mettre sur le marché d'ici peu.

— Votre dame est juste là sous le porche, a-t-il dit.

— Je la vois. On dirait que vous auriez bien besoin d'une boisson fraîche.

— Ça ira. J'espère que c'est en train de s'arranger.

— Pardon ?

— Entre vous et votre bourgeoise.

Il m'a adressé un clin d'œil avant de retourner à sa tondeuse.

Quand je me suis approché des marches, Cynthia a posé sa bière sur la rampe et a quitté son fauteuil.

— Salut, a-t-elle dit.

Je m'attendais à ce qu'elle m'offre une bière bien fraîche, et comme elle ne le faisait pas, je me suis demandé si je n'avais pas mal choisi mon heure. Elle a soudain pris un air inquiet.

— Est-ce que ça va ?

— Tout va bien, ai-je assuré.

— Et Grace, ça va ?
— Je te l'ai dit, tout va bien.

Rassurée, elle s'est rassise, les pieds sur la rambarde. J'ai remarqué que son téléphone était retourné sur le bras du fauteuil en bois, et maintenait en place une brochure du service de santé intitulée *Y a-t-il des moisissures chez vous ?*

— Je peux m'asseoir ?

Elle a incliné la tête vers le fauteuil à côté d'elle. J'ai montré la brochure du doigt.

— Tu as des problèmes dans ton nouveau chez-toi ? Si tu montres ça à Barney, il va piquer une crise.

Cynthia a baissé les yeux sur le document, secoué la tête.

— C'est une nouvelle campagne de sensibilisation qu'on est en train de lancer. J'ai tellement parlé de moisissures ces derniers temps que je fais des cauchemars dans lesquels je suis poursuivie par des champignons.

— Comme dans ce film, ai-je dit. *Le Blob*.
— C'était un champignon ?
— Un champignon extraterrestre.

Elle a appuyé la tête sur le dossier du fauteuil et soupiré.

— Je n'ai jamais fait ça à la maison. Simplement décompresser à la fin de la journée.

— Sans doute parce qu'on n'a pas de porche avec une balustrade. Je t'en construirai un si tu veux.

Cette remarque lui a arraché un petit rire.

— Toi ?

La menuiserie ne faisait pas partie des arts virils dans lesquels je brillais.

— Eh bien, je pourrais demander à quelqu'un de s'en charger. Mes lacunes en bricolage, je les compense en faisant des chèques.

— C'est qu'à la maison j'ai toujours quelque chose à faire dans la minute. Ici, quand je rentre du travail, je me pose et je regarde passer les voitures. C'est tout. Ça me donne le temps de réfléchir, tu comprends ?

— J'imagine, oui.

— Je veux dire, toi, tu as tout l'été pour décompresser.

Et toc ! C'est vrai qu'en tant qu'enseignant, j'avais juillet et août pour recharger mes batteries. Cynthia ne travaillait pas pour la ville depuis longtemps et n'avait que deux semaines de congés par an.

— Alors mes vacances, c'est une heure à la fin de chaque journée que je passe assise là à ne rien faire.

— Bien, ai-je dit, si ça marche, alors je suis content pour toi.

Elle s'est tournée vers moi.

— Non, tu n'es pas content.

— Je veux simplement ce qui est bon pour toi.

— Je ne sais plus ce qui est bon pour moi. Je suis là, à me dire que je me suis éloignée de la source de mon angoisse, toutes ces disputes et ces histoires idiotes à la maison avec Grace, quand tout à coup je prends conscience que c'est moi, la source de mon angoisse, et que je ne peux pas m'échapper de moi-même.

— Garrison Keillor racontait cette histoire du vieux couple qui n'arrive pas à s'entendre et qui se demande s'il doit prendre des vacances, et l'homme dit : « Pourquoi payer une fortune pour être malheureux ailleurs quand je peux être parfaitement malheureux chez moi ? »

— Tu penses qu'on est un vieux couple ? a demandé ma femme, les sourcils froncés.

— Ce n'était pas le propos de l'histoire.

— Je ne vais pas rester ici pour toujours, a-t-elle dit en élevant la voix, car Barney s'était mis à tondre le jardin de devant.

L'odeur de l'herbe fraîchement coupée flottait vers nous.

— Mais je vis au jour le jour, a-t-elle ajouté.

Même si je mourais d'envie qu'elle rentre à la maison, je n'allais pas la supplier. Elle devait le faire quand elle serait vraiment décidée.

— Qu'est-ce que tu as dit à Teresa ? s'est enquise Cynthia.

Teresa Moretti était la femme qui venait faire le ménage chez nous une fois par semaine. Quatre ou cinq ans auparavant, Cynthia et moi étions tellement débordés que nous n'arrivions même plus à nous acquitter des tâches ménagères les plus élémentaires. Nous avions demandé autour de nous si quelqu'un connaissait une femme de ménage et avions déniché Teresa. Même si j'étais en congé pendant l'été et possédais les compétences requises pour nettoyer une maison, Cynthia estimait injuste de la mettre au chômage aux mois de juillet et d'août.

— Elle a besoin de cet argent, avait-elle fait valoir à l'époque.

En temps normal, je ne croisais même pas Teresa. J'étais au lycée. Mais six jours auparavant, je me trouvais là quand elle était entrée avec la clé que nous lui avions confiée. On ne pouvait rien lui cacher. Après avoir remarqué l'absence des produits de maquillage et d'autres objets appartenant à Cynthia et l'absence de son peignoir sur la chaise de notre chambre, elle avait demandé si ma femme était partie.

À présent, sous le porche avec Cynthia, j'ai répondu :

— Je lui ai raconté que tu prenais un peu de bon temps toute seule. Je croyais que ça suffirait, mais ensuite, elle a voulu savoir où tu étais allée, si je comptais te rejoindre, si Grace m'accompagnerait, combien de temps nous serions partis...

— Elle a juste peur qu'on ne la fasse plus venir qu'une fois tous les quinze jours ou une fois par mois.

J'ai acquiescé d'un signe de tête.

— Elle vient demain. Je la rassurerai.

Cynthia a porté la bouteille à ses lèvres.

— Tu les connaissais, ces profs ? a-t-elle demandé, songeant aux deux enseignants retraités qui avaient été tués chez eux quelques jours auparavant, à moins de deux kilomètres d'ici.

D'après ce que j'avais lu et vu aux informations, les flics étaient perplexes. Rona Wedmore, l'inspecteur de police à qui nous avions eu affaire sept ans auparavant, était chargée de l'enquête et avait admis à demi-mot qu'ils n'étaient pas en mesure d'établir un mobile et n'avaient aucun suspect. Du moins aucun dont la police locale soit disposée à parler.

L'idée qu'un couple de retraités sans lien connu avec une quelconque activité criminelle puisse être sauvagement assassiné à son domicile avait instillé un sentiment de malaise à Milford. D'aucuns – en particulier les journaux télévisés – parlaient d'« Été de la Peur ».

— Nos routes ne se sont jamais croisées, ai-je dit à Cynthia. Nous n'avons pas enseigné dans les mêmes écoles.

— C'est affreux, a-t-elle commenté. Absurde.

— Il y a toujours une raison, ai-je remarqué. Peut-être pas très logique, mais une raison quand même.

Des gouttes de condensation perlaient sur la bouteille de bière de Cynthia.

— Fait chaud aujourd'hui, ai-je continué. Je me demande s'il va faire beau ce week-end. On pourrait prévoir quelque chose tous ensemble.

J'ai tendu le bras pour prendre son téléphone, ouvrir l'appli météo et consulter les prévisions, le genre de choses que je faisais très souvent à la maison si je n'avais pas mon ordinateur portable sous la main. Mais avant que j'aie pu m'en saisir, Cynthia l'avait posé sur l'autre bras du fauteuil, hors d'atteinte.

— J'ai entendu qu'il allait faire beau, a-t-elle dit. Pourquoi on ne discuterait pas de ça samedi ?

Barney est passé de l'autre côté avec sa tondeuse.

— Il espère que ça va s'arranger entre nous.

Cynthia a fermé les yeux deux secondes, poussé un soupir.

— Je t'assure, je ne lui ai absolument rien confié. Mais il reconstitue les choses : il voit que tu viens mais que tu ne restes pas. Il aime bien prodiguer des conseils. Il a sauté sur l'occasion.

— C'est quoi, son histoire ?

— Je ne sais pas trop. Il a dans les soixante-cinq ans, ne s'est jamais marié, vit seul. Il aime raconter à qui veut l'entendre qu'il a eu la jambe bousillée dans un accident de voiture dans les années 1970 et n'a plus jamais marché normalement depuis. Il est un peu triste, en fait. Mais c'est un type bien. Je l'écoute parler, j'essaie de ne pas le vexer. Il se pourrait que les toilettes se bouchent un soir et que j'aie besoin de ses services.

— Il habite ici ?

— Non. Il y a un jeune type de l'autre côté du couloir... il lui est arrivé des trucs pas croyables, je te raconterai ça un jour. Et au rez-de-chaussée, il y a Winnifred... je te jure, *Winnifred*, qui travaille à la bibliothèque, et dans l'appartement d'en face, un autre vieux croûton qui s'appelle Orland. Il est plus âgé que Barney, vit seul et ne reçoit presque aucune visite. (Elle s'est forcée à sourire.) C'est la Maison des Damnés, je t'assure. Ils vivent tous seuls. Ils n'ont personne.

— Toi, tu as quelqu'un, ai-je rétorqué.

Cynthia a détourné la tête.

— Je ne voulais pas dire que...

Un bruit soudain s'est fait entendre dans la maison. Quelqu'un dévalait l'escalier à toute vitesse.

La porte s'est ouverte à la volée sur un homme, la trentaine, brun et mince. Il a repéré Cynthia avant de remarquer ma présence.

— Salut, beauté, a-t-il dit. Quoi de neuf ?

— Salut, Nate, a répondu Cynthia avec un sourire embarrassé. J'aimerais te présenter quelqu'un.

— Ah, bonjour, a-t-il fait en posant les yeux sur moi. Un autre ami qui passe te voir ?

— C'est Terry. Mon mari. Terry, je te présente Nathaniel. Mon voisin d'en face.

Elle m'a lancé un regard en haussant brièvement les sourcils. C'était donc lui à qui il était arrivé des histoires pas possibles.

Il a rougi, et il a fallu peut-être un dixième de seconde pour qu'il se décide à me tendre la main.

— Heureux de vous rencontrer. J'ai beaucoup entendu parler de vous.

J'ai jeté un coup d'œil à Cynthia, mais elle ne me regardait pas.

— Où est-ce que tu vas comme ça ? a-t-elle demandé. Tu ne vas pas promener tes chiens aussi tard ? Tout le monde est rentré à cette heure-ci, non ?

— Je sors juste me chercher quelque chose à manger.

— Vous avez des chiens ? ai-je demandé.

Il a souri d'un air penaud.

— Pas ici, et les chiens en question ne sont pas à moi. C'est ce que je fais. J'ai monté une boîte de services pour chiens. Je vais de maison en maison toute la journée, je promène les clebs de mes clients pendant que leurs maîtres sont au travail. (Il a haussé les épaules.) J'ai connu un petit changement d'orientation professionnelle. Mais je suis sûr que Cyn... je suis sûr que votre femme vous a tout raconté.

J'ai de nouveau regardé Cynthia, avec l'air d'attendre quelque chose cette fois-ci.

— Non, a-t-elle dit. Mais on ne voudrait pas te retarder.

— Encore une fois, ça m'a fait plaisir de vous rencontrer, m'a assuré Nathaniel, puis il a descendu le porche au petit trot, s'est installé au volant de sa Caddy et s'est éloigné sur North Street.

— Un promeneur de chiens en Cadillac ?

— C'est une longue histoire. Pour faire court, il a fait fortune dans les applis pour téléphones, le marché s'est effondré pendant un moment, il a tout perdu, a fait une dépression, et maintenant il promène des chiens tous les jours, le temps de reprendre sa vie en main.

J'ai opiné de la tête. Les gens semblaient venir dans cette maison pour se ressaisir.

— Eh bien ! ai-je fait.

Ni elle ni moi n'avons dit un mot pendant près d'une minute. Pendant tout ce temps, Cynthia n'a pas quitté la rue des yeux.

— J'ai honte, a-t-elle fini par déclarer.

— C'était un accident. Un accident improbable. Tu n'y es pour rien.

— Je fais tout ce que je peux pour la protéger, et c'est moi qui finis par l'envoyer à l'hôpital.

Je ne savais pas quoi dire.

— Tu dois sans doute rentrer pour lui faire à dîner, m'a rappelé Cynthia. Embrasse-la pour moi... Dis-lui que je l'aime.

— Elle le sait, ai-je répondu en me levant. Mais je lui dirai quand même.

Elle m'a raccompagné à ma voiture. L'odeur de l'herbe fraîchement coupée m'a chatouillé les narines.

— S'il se passait quelque chose, si Grace avait des ennuis, tu me le dirais, hein ?

— Bien sûr.

— Tu n'es pas obligé de tourner autour du pot avec moi. Je peux encaisser.

— Tout va bien, ai-je déclaré avec un grand sourire. Elle me surveille pour m'éviter les ennuis. Dès que j'essaie d'organiser des soirées débridées, elle met le holà.

Cynthia a posé la main sur ma poitrine.

— Je vais rentrer. J'ai simplement besoin d'un peu de temps encore.

— Je sais.

— Garde juste un œil sur elle. Cette histoire de profs assassinés, ça me donne des tas d'idées noires.

— C'est peut-être un ancien élève, ai-je suggéré avec un sourire forcé, qui des années plus tard a pris sa revanche sur des profs qui lui en faisaient baver quand il ne rendait pas ses devoirs. J'ai intérêt à surveiller mes arrières.

— Il n'y a pas de quoi rire.

J'ai ravalé mon sourire. Je me suis rendu compte que je n'avais pas été drôle.

— Désolé. On va bien. Je t'assure. On ira mieux quand tu seras revenue, mais on fait aller. Je la surveille comme le lait sur le feu.

— Tu as intérêt.

Je suis monté dans ma Ford Escape et j'ai mis le contact. Sur le chemin du retour, je n'arrivais pas à me sortir de la tête deux choses que Nathaniel avait dites.

Salut, beauté, était la première.

Et la seconde : *Un autre ami qui vient te rendre visite ?*

4

— Ça te dit de t'éclater *vraiment* ? a demandé le garçon.

Ça lui a fait peur. Peut-être pas très peur, mais un peu quand même.

Elle se doutait bien des intentions de Stuart. Ils s'étaient déjà amusés – en restant au-dessus de la ceinture –, garés derrière le Walmart, dans la vieille Buick de son père. Cette bagnole, c'était un porte-avions. Un capot et un coffre gigantesques, et à l'intérieur, on n'était pas vraiment obligé de passer à l'arrière. La banquette avant, qui occupait toute la largeur, sans commandes ni levier de vitesse au milieu, avait la taille d'un banc de parc, en beaucoup plus moelleux. La voiture datait des années 1970, et dans les virages, Grace avait l'impression de se trouver à bord d'un immense navire au large du détroit, au milieu de l'Atlantique par exemple, emportée par les vagues.

Ce qu'ils avaient fait jusqu'ici ne l'avait pas dérangée ; elle s'était laissé toucher ici et là, mais elle n'était pas certaine de vouloir aller plus loin. Pas encore, en tout cas.

Elle n'avait que quatorze ans, après tout. Et elle avait beau savoir avec une certitude absolue qu'elle n'était *plus* une enfant, elle était forcée d'admettre que Stuart, du haut de ses seize ans, en connaissait peut-être un peu plus qu'elle sur les choses du sexe. Ce n'était même pas qu'elle avait peur de le faire pour la première fois. Ce qu'elle redoutait, c'était de passer pour une néophyte. Tout le monde savait, ou croyait savoir, que Stuart avait déjà été avec des tas de filles. Et si pour finir elle faisait tout de travers ? Et si elle passait pour la dernière des imbéciles ?

Aussi avait-elle décidé de la jouer prudente.

— Je ne sais pas, a-t-elle répondu, en se dégageant de son étreinte pour s'appuyer contre la portière. C'était genre, agréable, tu comprends ? Mais je ne suis pas sûre de vouloir aller plus loin, en fait.

Stuart a éclaté de rire.

— Merde, je ne te parle pas de ça. Encore que si tu te sens prête, je suis venu équipé, a-t-il dit en commençant à fourrager dans la poche de son jean.

Grace lui a donné une petite tape sur la main.

— De quoi tu parles, alors ?

— D'un truc hyper-cool. Je t'assure que tu vas mouiller ta culotte.

Grace avait sa petite idée. Peut-être avait-il un peu d'herbe, ou de l'ecsta. Pourquoi pas ? Elle se laisserait bien tenter par ce genre de truc. C'était en fait un peu moins angoissant que de le laisser conclure.

— Alors c'est quoi ? J'ai déjà essayé deux ou trois trucs. Pas juste l'herbe.

C'était un mensonge, mais il fallait bien sauver les apparences.

— Rien à voir, a déclaré Stuart. Tu as déjà conduit une Porsche ?

Ça l'a prise au dépourvu.

— Je n'ai jamais rien conduit, crétin. Je n'aurai mon permis que dans deux ans.

— Je veux dire, tu es déjà montée dans une Porsche ?

— Les voitures de sport, tu veux dire ?

— Putain, tu sais pas ce que c'est qu'une Porsche ?

— Si, je sais. Alors pourquoi tu me demandes si je suis déjà montée dans une Porsche ?

— Tu l'as fait ?

— Non, a admis Grace. Enfin, je ne pense pas. Mais je ne fais pas trop attention à la marque quand je monte dans une voiture. Peut-être que je l'ai fait sans le savoir.

— Si tu étais montée dans une Porsche, tu t'en souviendrais, à mon avis. Ce n'est pas n'importe quelle bagnole. C'est super-bas sur la route, tout en courbes, et super-rapide.

— OK, alors non.

Stuart était plutôt sexy et faisait partie des jeunes cool, mais pas vraiment au bon sens du terme. Il avait un côté je-m'en-foutiste qui n'était pas pour déplaire à une adolescente qui en avait marre de devoir tout le temps se contrôler, mais après être sortie trois fois avec lui, elle commençait à penser qu'il ne se passait pas grand-chose dans sa tête.

Grace n'avait pas dit à son père qu'elle fréquentait Stuart, parce qu'il connaissait parfaitement le personnage. Elle se rappelait qu'il avait mentionné son nom plus d'une fois, à l'époque où Stuart était dans sa classe de lettres, deux ans auparavant. Un soir qu'il corrigeait des copies sur la table de la cuisine, il avait dit que Stuart était bête à manger du foin, commentaire que son père ne faisait pas très souvent car il estimait que ce n'était pas professionnel. Qu'il ne devait rien dire du travail d'élèves que sa fille était susceptible de connaître – mais de temps à autre, si le gamin était suffisamment abruti, ça lui échappait.

Grace se souvenait d'une plaisanterie qu'il avait faite. Longtemps, jusqu'à cette année-là, elle se serait bien vue devenir astronaute, envoyée dans la Station spatiale internationale. Son père avait dit que Stuart aussi pourrait être astronaute, parce que tout ce qu'il faisait en cours, c'était d'occuper l'espace.

Ce soir-là, Grace se demandait si son père n'avait pas bien cerné le personnage.

Un jour, Stuart lui avait demandé ce qu'elle voulait faire après le lycée, et quand elle avait répondu, il lui avait dit :

— Sérieusement ? Ils n'envoient que des mecs dans l'espace.

— C'est ça. Et Sally Ride ? Svetlana Savitskaïa ? Roberta Bondar ?

— Tu ne peux pas inventer des noms comme ça, avait-il conclu.

Bah, ce n'était pas comme si elle devait l'épouser. Elle voulait simplement... s'amuser un peu. Prendre quelques... risques. Et n'était-ce pas ce qu'il venait de lui proposer ?

— Je ne suis jamais montée dans une Porsche, c'est sûr.

— Ça te brancherait ? a demandé Stuart, tout sourire.

— Ouais, bien sûr. Pourquoi pas ?

Un portable s'est mis à vibrer.

— C'est le tien, a indiqué Stuart.

Grace a extirpé son téléphone de son sac, jeté un coup d'œil sur l'écran.

— Oh, putain.

— C'est qui ?

— Mon père. Je suis plus ou moins censée être rentrée, à l'heure qu'il est.

Il était presque 22 heures.

— Tu rentres immédiatement à la maison pour faire tes devoirs, jeune fille, a dit Stuart en adoptant une voix grave de baryton.

— Arrête ça.

Même si son père était un emmerdeur de première, parfois, elle n'aimait pas que d'autres se moquent de lui. Elle avait horreur de ça, au lycée, quand elle entendait d'autres élèves dire du mal de lui. Ce n'était pas de la tarte, de fréquenter le lycée où votre père enseignait. On attendait davantage de vous, il fallait se tenir à carreau, avoir des notes au-dessus de la moyenne. Après tout, disait-on, c'est une fille de prof. Vous parlez d'une croix à porter. Non qu'elle ait de mauvaises notes. Elle se débrouillait plutôt bien, notamment en sciences, même s'il lui arrivait parfois de donner quelques mauvaises réponses simplement pour ne pas avoir la note maximale et se faire traiter par les garçons d'Amy Farrah Fowler, la scientifique geek de la série télé.

— Tu réponds, ou quoi ? s'est impatienté Stuart tandis que le téléphone de Grace continuait à vibrer.

Elle le fixait, essayant de le réduire au silence par la seule force de la pensée, ce qui a fini par arriver après une douzaine de sonneries.

Mais quelques secondes plus tard, un message.

— Merde. Il veut que j'appelle à la maison.

— Il te surveille de près, dis-moi. Ta mère aussi, il faut qu'elle contrôle tout ?

Si elle était à la maison, a pensé Grace. Si elle ne nous avait pas plantés il y a deux semaines, après l'épisode de la casserole d'eau bouillante. Elle avait retiré le bandage seulement trois jours auparavant.

Elle a ignoré sa question pour revenir au sujet de leur conversation.

— Bon, alors, ton père t'a payé une Porsche ?
— Oh, non. Tu crois qu'il se baladerait dans cette caisse pourrie si c'était le cas ?
— Alors quoi ?
— Je sais où je peux en trouver une pour aller faire un tour avec.
— Qu'est-ce que tu racontes ?
— Je peux dégoter une Porsche dans, genre, dix minutes, une qu'on peut emprunter.
— Quoi, dans une concession ? Elles ne vont pas être toutes fermées ? Qui te laisserait faire un essai à cette heure-ci ?

Stuart a secoué la tête.

— Non, chez quelqu'un.
— Tu connais quelqu'un qui a une Porsche, toi ? a demandé Grace. (Puis, avec un sourire :) Il faudrait qu'il soit vraiment débile pour te la laisser.
— Non, c'est pas ça. Elle est dans une maison qui est vide cette semaine. Elle était sur la liste.
— Quelle liste ?
— Une liste, d'accord ? Que mon père a. Ils essaient de la tenir à jour en notant par exemple quand les gens sont en vacances. Je regarde ce qu'ils ont comme caisse. Une fois, j'ai pris une Mercedes, juste pour vingt minutes, et personne ne l'a jamais su. Je l'ai remise dans le garage exactement comme elle était, sans une égratignure.
— Qui tient à jour une liste comme ça ? s'est étonnée Grace. Qu'est-ce qu'il fait, ton père ? Il bosse dans la sécurité ?

À vrai dire, elle avait une vague idée des activités du père du garçon et aurait été surprise d'apprendre

49

qu'il œuvrait de près ou de loin pour la sécurité des gens.

— Ouais, a-t-il répondu avec désinvolture. C'est dans ce domaine qu'il travaille, la sécurité.

Grace n'arrêtait pas de penser à l'appel et au SMS de son père. En quittant la maison, elle lui avait dit qu'elle allait voir un film avec une autre fille de sa classe dont la mère ferait le taxi. La séance était à 19 heures et était censée se terminer vers 21 heures ; on la raccompagnerait après.

Qu'allait faire son père s'il découvrait qu'elle avait menti ? Parce que question mensonges, celui-ci était costaud. Grace n'était pas avec cette fille, et elles n'étaient pas au cinéma. C'était Stuart, et pas la mère de son amie, qui allait la déposer à une rue de chez elle. Son père ne l'aurait jamais laissée sortir avec un garçon en âge de conduire.

Et certainement pas avec ce garçon-là, ce petit con ignare qu'il avait eu dans sa classe et dont il devait connaître l'environnement familial plutôt douteux.

— Ce dont tu parles, ça ressemble à du vol, a-t-elle fait remarquer.

Stuart a secoué la tête.

— Pas du tout. Voler, c'est quand tu prends une voiture et que tu la gardes, ou que tu la vends à quelqu'un qui la met dans un grand container et l'expédie à un type dans un pays arabe ou ailleurs. Nous, on va juste l'*emprunter*. On va même pas essayer de voir ce qu'elle a dans le ventre, parce que quand on emprunte une voiture, mieux vaut éviter de choper un PV.

Grace a attendu un long moment avant de dire :

— Je suppose que ça peut être marrant.

Il a démarré son paquebot et mis le cap à l'ouest.

5

L'inspecteur Rona Wedmore a reçu l'appel l'informant de la découverte d'un corps au moment où elle allait se mettre au lit, terrassée de fatigue.

Lamont était déjà sous les couvertures, endormi, mais il a commencé à s'agiter quand il a senti que sa femme se rhabillait.

— Chérie ? a-t-il dit en se retournant.

Elle ne se lassait jamais d'entendre sa voix, même pour prononcer un simple mot comme celui-là. Ce qu'il disait n'avait aucune importance. Rentré d'Irak traumatisé par ce qu'il y avait vu, il était devenu quasiment catatonique. Il n'avait pas décroché un mot pendant des mois, jusqu'à ce fameux soir, trois ans plus tôt, où, après qu'elle avait été blessée à l'épaule, il s'était présenté aux urgences et avait dit : « Ça va ? »

Ça valait presque la peine de se prendre une balle pour entendre ces deux mots.

En fait, non, ça en *valait* la peine.

— Il faut que je sorte, a-t-elle dit. Désolée de t'avoir réveillé.

— Pas grave, a-t-il marmonné, le visage encore enfoncé dans l'oreiller.

Il savait bien qu'il ne fallait pas lui demander pour combien de temps elle en aurait. Elle s'absenterait le temps qu'il faudrait.

Elle a fermé la maison à clé, est montée dans sa voiture et, tandis qu'elle roulait vers la scène de crime, s'est dit que Milford n'avait vraiment pas besoin de ça. Un autre meurtre. Comme si la population n'était pas déjà suffisamment à cran. Wedmore espérait que ce serait une affaire simple, un type qui s'était fait poignarder durant une rixe dans un bar, par exemple. Que des gens meurent dans de telles bagarres n'était pas de nature à semer la peur dans une communauté. Un abruti tue un autre abruti dans un bar ; la plupart des gens haussent les épaules et se disent : quand deux brutes épaisses forcent sur la boisson, faut s'étonner de rien. Bien à l'abri dans leurs foyers, les habitants de Milford ne se sentaient pas menacés par ce genre de crime.

Mais le double homicide des Bradley, ce n'était pas la même limonade, comme aimait à le dire le père disparu de Wedmore. Deux retraités abattus dans leur salon ? Sans mobile apparent ?

Ça, ça faisait flipper les gens.

C'était bien le diable si Wedmore y comprenait quelque chose. Ni Richard ni Esther Bradley n'avaient le moindre antécédent judiciaire. Pas même une contravention impayée. Ils avaient une fille mariée à Cleveland, qui s'était également avérée irréprochable. Pas de plantations de marijuana au sous-sol ni de labo de méthamphétamine dans une vieille caravane au fond du jardin.

Plus tôt dans la soirée, Richard Bradley, furieux, était allé voir les étudiants qui occupaient la maison d'à côté pour leur demander de faire moins de bruit. Au départ, les jeunes étaient les seuls suspects de Wedmore. Mais plus elle en apprenait sur leur compte, plus elle était convaincue qu'ils n'avaient rien à voir dans l'assassinat des Bradley.

Alors qui avait bien pu faire le coup ? Et pourquoi ?

La fille était arrivée en avion de Cleveland et, entre deux crises de larmes, avait aidé Wedmore à passer la maison au crible pour tenter de déterminer si quelque chose avait disparu. À première vue, rien n'avait été volé, et d'ailleurs, ses parents ne possédaient aucun objet de grande valeur. Le tueur, ou les tueurs, ne s'était même pas donné la peine de prendre l'argent liquide ni les cartes de crédit dans le portefeuille de Richard Bradley ou le sac à main d'Esther Bradley.

Ce qui tendait à éliminer les toxicomanes cherchant un moyen de payer leur prochaine dose.

Alors, c'était peut-être un crime sadique.

Il n'y avait pourtant aucune dimension rituelle dans ces meurtres. Pas de « Helter Skelter » badigeonné sur les murs du salon avec le sang des victimes.

Rona se demandait s'il fallait tenir compte du fait qu'ils avaient tous deux été enseignants. Scénario possible : un jeune que l'un des deux aurait sanctionné des années auparavant, persuadé que sa vie avait été gâchée à cause de Richard ou d'Esther, serait revenu se venger. Wedmore trouvait ça un peu tiré par les cheveux mais, faute d'autre théorie, elle ratissait large. Trop large. Les meurtres par vengeance n'étaient en général pas aussi soignés.

Richard et Esther Bradley avaient chacun été tués d'une seule balle dans la tête. Un double meurtre commis avec sang-froid et efficacité. Aucune empreinte n'avait été oubliée. Les criminels motivés par la vengeance avaient tendance à en faire des tonnes. Vingt coups de couteau au lieu de trois. Six balles au lieu d'une seule.

Alors bon. Si c'était l'œuvre d'un tueur à gages, pourquoi ? Qui pourrait bien mettre un contrat sur la tête de deux enseignants à la retraite ?

Ces questions la rendaient dingue.

Cela dit, même si Milford se serait bien passé d'un autre meurtre, concentrer son attention ailleurs aiderait peut-être Rona à se sortir l'affaire Bradley de la tête. Cela marchait parfois pour elle : lorsqu'elle s'intéresserait de nouveau au double homicide, peut-être remarquerait-elle quelque chose qui lui avait échappé.

En fait, ce n'était pas dans un bar que Wedmore avait été appelée, mais dans le parc naturel de Silver Sands, une trentaine d'hectares de plages de sable, de dunes, de marais, de zones humides et de forêts le long du détroit. Elle a pris Viscount Drive vers le sud, passant devant la résidence pour personnes âgées sur la droite et continuant jusqu'à ce que la rue se termine, puis elle a tourné à gauche, dans l'allée carrossable parallèle à la plage et à la promenade en planches. Elle a roulé jusqu'au bout, où étaient stationnés trois véhicules de la police de Milford, gyrophares allumés.

Un agent en tenue s'est approché après avoir repéré sa voiture banalisée.

— Inspecteur Wedmore ? a-t-il demandé tandis qu'elle en descendait.

— Ouais. Quoi de neuf, Charlie ?

— La routine. Ma femme et moi, on vient d'avoir un gosse.

— Hé, sans blague ? Félicitations. Garçon ou fille ? Autre chose ?

— Une fille. On l'a appelée Tabitha.

— Alors, qu'est-ce qu'on a ici ?

— Un homme. Blanc, la vingtaine. On dirait qu'il en a pris deux dans le dos. Il s'enfuyait peut-être.

— Des témoins ?

L'agent Charlie a fait non de la tête.

— On n'est même pas sûrs que ç'ait eu lieu sur place. On a pu apporter le corps.

Wedmore enfilait une paire de gants.

— Passez devant.

Elle a suivi le policier sur la promenade en planches. L'ouragan Sandy lui avait fait subir un sale quart d'heure, comme à tout le reste sur la côte, mais elle avait été presque entièrement réparée.

— C'est là-bas, a indiqué Charlie en pointant du doigt les hautes herbes sur la gauche de la promenade, à l'opposé du détroit.

D'autres flics s'y trouvaient déjà. On avait monté des projecteurs sur pied.

Wedmore a fendu les herbes qui lui arrivaient à la taille. Elle a perçu une odeur de décomposition, mais avec la brise qui soufflait de la mer, elle n'a pas éprouvé le besoin de se passer du Vicks sous le nez.

— Qui l'a trouvé ? a-t-elle demandé à la cantonade en sortant une lampe-stylo de la poche de son blouson.

— Deux jeunes, a répondu une collègue en tenue. Ils s'étaient aventurés ici pour s'envoyer en l'air. Ils sont partis en courant, nous ont appelés et sont restés sur la promenade jusqu'à ce qu'on arrive.

— Vous les avez laissés partir ?

— On a pris leurs noms, tout ça. Leurs parents sont venus les chercher.

Le corps gisait à plat ventre. L'homme pesait probablement une centaine de kilos, il avait des cheveux blonds coupés court, un tee-shirt bleu trop grand et un short kaki pourvu d'une demi-douzaine de poches. Des chaussettes blanches et des chaussures de jogging. Wedmore s'est agenouillée, a aperçu quelque chose dans une des poches. Elle en a tiré un portefeuille, l'a ouvert et a braqué sa torche sur un permis de conduire visible derrière le plastique transparent.

— « Eli Richmond Goemann », a-t-elle lu avant d'examiner les deux impacts de balle sur le dos de la chemise trempée de sang. Retournez-le.

Deux agents se sont chargés de la besogne.

— Presque pas de sang, a-t-elle constaté. Il n'en a pas perdu ici. Alors, oui... Où est Charlie ? Enfin, ce qu'il m'a dit, que le corps aurait été transporté ici, ça semble probable. On a appelé Joy ?

Il s'agissait de la légiste.

— Oui, a répondu quelqu'un.

Wedmore a jeté un coup d'œil au contenu du portefeuille. Soixante-huit dollars en espèces. Des reçus de carte de crédit provenant de bars, de boutiques de spiritueux. Cela lui donnerait un point de départ.

Elle a examiné une nouvelle fois le permis de conduire délivré dans le Connecticut. L'homme était né en mars 1992, ce qui lui faisait vingt-deux ans.

— Tiens !

— Quoi ? a demandé quelqu'un.

Wedmore continuait à regarder fixement le permis. L'adresse d'Eli Goemann.

— Merde alors, a-t-elle dit.

Elle connaissait cette rue. Et s'y était rendue il y avait peu. L'ancienne adresse d'Eli se trouvait à deux numéros de la maison où Richard et Esther Bradley avaient été assassinés.

Wedmore était pratiquement certaine que c'était celle des étudiants.

6

— Tu m'as l'air de flipper, a dit Stuart à Grace sur la route qui les conduisait vers la Porsche. Mais crois-moi, ça va bien se passer. On ne risque rien du tout.

— Comment tu vas la démarrer ? Comme à la télé, en tripotant des fils sous le volant ?

— Putain, non, c'est totalement irréaliste. Genre, le mec se penche là-dessous, trouve les fils, et en deux secondes il a démarré la voiture. C'est pas possible. Et même s'il arrivait à la faire démarrer, comment il est censé débloquer le neiman, hein ? Il faut une clé pour ça. Au cinéma, ouais, tu arrives peut-être à démarrer la bagnole, mais tu peux la conduire qu'en ligne droite. Je déteste ces conneries, dans les films.

— Alors, tu as la clé ?

— Pas encore. (Il lui a tapoté la cuisse de la main droite.) C'est juste un peu plus loin dans la rue, on va marcher un peu.

Elle n'avait guère fait attention à l'itinéraire qu'ils avaient suivi. Mais ils se trouvaient dans une impasse à présent, dans une partie bien aménagée de la ville. Pelouses soigneusement entretenues, grands arbres, maisons implantées en retrait de la rue. Larges allées.

— Allez, viens, a dit Stuart comme elle descendait lentement de voiture.

Ils n'avaient fait que quelques pas quand le garçon s'est arrêté brusquement :

— Attends ici une seconde, j'ai oublié un truc.

Il est retourné à la Buick, a ouvert la portière passager, mis un genou sur la banquette et s'est penché en avant comme s'il farfouillait dans la boîte à gants. Il a glissé ce qu'il y avait trouvé dans la ceinture de son jean et l'a couvert avec son blouson.

— Qu'est-ce que tu as pris ? a demandé Grace quand il l'a eu rejointe.

— Une torche.

Il lisait les numéros. Il s'est arrêté devant une maison à étage de style colonial.

— C'est là. Viens. On ne peut pas rester plantés devant à la regarder. On va se faire remarquer.

Sauf qu'il n'y avait pas un chat dans les parages.

Il l'a prise par la main et l'a entraînée dans l'allée. Une lumière était allumée au-dessus de la porte d'entrée, une autre sur le côté de la maison, mais il était à peu près certain que personne ne pouvait les voir depuis les habitations alentour.

— Elle est à qui, cette maison ? a demandé Grace.

— Un type qui s'appelle Cummings, ou un nom comme ça. On va d'abord regarder dans le garage, s'assurer qu'elle est bien là, qu'on n'est pas venus pour rien.

Il a raffermi son étreinte sur le poignet de l'adolescente.

Le garage, assez grand pour deux voitures, se trouvait sur l'arrière, attenant à la maison. Quatre hublots rectangulaires étaient disposés horizontalement sur la porte, à hauteur des yeux.

— Je veux juste vérifier.

Il a sorti son portable de son blouson, a utilisé l'appli lampe de poche et l'a approché d'une fenêtre.

— Je croyais que tu étais retourné chercher une torche.

— Bingo, a dit Stuart en regardant à l'intérieur du garage. Tu vois ça ? Jette un œil.

Ce qu'elle a fait.

— Je vois une voiture.

Il y en avait deux, en fait. Une banale berline blanche et un petit coupé sport rouge.

— Ce n'est pas une voiture, a déclaré le garçon. C'est une 911. Une Carrera, putain ! Maintenant, il faut juste qu'on entre dans la baraque et qu'on récupère les clés.

Grace commençait à se dire que c'était une très, très mauvaise idée. Elle sentait son estomac se nouer.

— Je ne crois pas. Ça ne me dit rien.

— Je t'ai expliqué, tout va bien. Ils sont partis. On entre sans déclencher l'alarme. Ils ont un chien, à ce qu'il paraît, qu'ils ont mis en pension pour la semaine. Ça veut dire qu'il n'y aura pas de détecteurs de mouvement à l'intérieur. Ces cons d'animaux n'arrêtent pas de les déclencher.

Elle a libéré son poignet d'un mouvement brusque.

— Non. Pas question.

Il a fait volte-face.

— Qu'est-ce que tu vas faire ? Rentrer à pinces ? Est-ce que tu sais où on est, au moins ? Tu vas t'asseoir sur le trottoir jusqu'à ce que je revienne ? Allez. Je n'ai pas pu avoir la clé ni trouver le code avec les infos de mon père, mais ça fait rien... on va entrer en passant par une fenêtre du sous-sol.

Le téléphone de Grace a tinté. Un autre SMS de son père.

— C'est encore ton vieux ?

Elle a confirmé de la tête, puis rangé son téléphone tandis qu'il se retournait et s'agenouillait près d'une fenêtre du sous-sol.

— Le capteur devrait être là, dans le coin, a-t-il dit avant d'enfoncer la vitre à coups de pied.

Grace a sursauté, s'est couvert la bouche des deux mains.

— Ça paraît bruyant parce que tu es juste à côté. Personne ne l'entendra. Et il y a de la moquette au sous-sol.

Le bord du cadre était hérissé d'éclats de verre semblables à des dents de requin.

— Je pourrais me glisser dans le trou, mais après, je me viderais de mon sang.

Il a mis la main dans la poche de son jean et en a sorti une carte de crédit sur laquelle étaient collés deux petits morceaux d'adhésif, ainsi qu'un objet brillant de la taille d'une boîte d'allumettes. Il s'est retourné pour regarder Grace et a déplié l'objet brillant avec un grand sourire.

— Du papier d'alu. Il suffit de mettre ça sur le contact et de le maintenir en place...(Il a passé la main à l'intérieur de la fenêtre, s'activant sur le coin supérieur droit.) Maintenant, si on ouvre la fenêtre, l'alarme ne se déclenche... pas.

Le bras toujours à l'intérieur, il en a fait la démonstration.

— Pour être honnête, c'est la partie qui me fait toujours peur. J'étais prêt à me tirer au cas où.

Il a d'abord laissé pendre ses jambes dans le vide, en s'appuyant sur les coudes, puis s'est laissé descendre d'une trentaine de centimètres.

— C'est du gâteau, a-t-il dit. Allez, viens.

Elle était frigorifiée, même si la température nocturne n'était pas descendue sous les vingt et un degrés. Elle a renversé la tête en arrière, scruté les cieux. Malgré la pollution lumineuse, elle arrivait à distinguer des étoiles. Elle s'est souvenue du télescope qu'elle avait quand elle était petite. Elle observait les étoiles depuis la fenêtre de sa chambre, guettant les astéroïdes, craignant que l'un d'entre eux ne les anéantisse, ses parents et elle.

Et la planète tout entière. Mais quand vous avez perdu toute votre famille, le reste du monde paraît accessoire.

Les familles disparues. Une sorte de refrain dans son entourage.

Et à présent, on ne pouvait pas dire que sa famille était au complet, avec sa mère partie habiter un appartement dans une vieille bicoque à l'autre bout de Milford. Grace n'avait pas pensé qu'elle y resterait aussi longtemps, mais si. Est-ce qu'elle essayait de faire passer un message par cette absence prolongée ? Tous ces discours selon lesquels elle avait besoin de temps pour « se ressaisir », était-ce la vérité ou simplement un prétexte à la con pour couvrir le fait qu'elle n'aimait pas Grace et ne voulait pas vivre sous le même toit qu'elle ?

Cela dit, les choses étaient un peu plus calmes, ces temps-ci, avec juste son père à la maison.

Sa mère était tellement tendue, tellement inquiète à l'idée qu'une calamité puisse s'abattre sur sa fille. Elle flippait constamment. Voulait savoir où elle était à chaque seconde de la journée. Qui elle voyait. L'obligeait à téléphoner à la maison toutes les deux heures. Ce n'était pas censé être terminé ? Depuis *des années* ? Depuis que Cynthia avait fini par découvrir la vérité sur ce qui *lui* était arrivé quand elle était elle-même adolescente ?

J'ai quatorze ans, maintenant, pensait Grace. Combien de temps ça allait encore durer ? Est-ce que sa mère allait lui faire porter un bracelet électronique quand elle irait à la fac afin de pouvoir surveiller ses moindres mouvements ?

Grace se disait parfois que Cynthia lui avait tellement mis dans la tête que quelque chose d'affreux allait lui arriver qu'elle avait simplement envie d'en finir. *Allez, je suis prête.* L'attente était toujours pire que l'épreuve.

Était-ce la raison pour laquelle elle se trouvait avec ce garçon à présent, sur le point de faire une grosse bêtise ? Pour provoquer une sorte de crise qui obligerait sa mère à rentrer à la maison ?

C'est débile. Comme si je voulais qu'elle l'apprenne.

— Hé ! a murmuré Stuart, la tête dans l'encadrement de la fenêtre. Tu viens ou quoi ?

Grace s'est mise à genoux, dos à la fenêtre, et a fait progressivement passer ses jambes par l'ouverture. Stuart l'a rattrapée et l'a fait descendre doucement.

— N'allume pas, a-t-il dit.

— Comme si c'était la première chose que j'allais faire.

Ils se trouvaient dans une salle de jeux. Un canapé en cuir, deux fauteuils inclinables, une grande télévision à écran plat fixée au mur. Ils ont foulé la moquette, faisant craquer le verre sous leurs pieds, et ont trouvé l'escalier.

D'après ce qu'elle pouvait en voir, c'était une belle maison. Des meubles et une décoration modernes, beaucoup de cuir, d'aluminium et de verre. Pas comme chez elle. Ses parents achetaient d'occasion, allaient parfois chez Ikea à New Haven.

— Les propriétaires ne vont pas s'apercevoir que quelqu'un est entré chez eux quand ils trouveront la fenêtre cassée ? s'est inquiétée Grace.

— Et alors ? Ça n'aura plus d'importance.

Son portable toujours en mode torche, il les guidait dans la maison.

— En général, les gens gardent leurs clés de voiture quelque part près de la porte d'entrée, dans un tiroir ou un récipient quelconque.

Ils étaient parvenus dans le vestibule, où une console à quatre tiroirs était poussée contre le mur.

— Ouais, a-t-il dit. C'est là. Je te le garantis.

Il a ouvert le premier tiroir, braquant dessus son téléphone lumineux.

— Rien que des gants et des conneries.

Lorsqu'il a tiré la poignée du deuxième tiroir, celui-ci s'est coincé, et il s'est cogné la main en le dégageant.

Quelque chose de lourd a heurté le sol en marbre.

— C'est quoi ? a demandé Grace.

— J'ai fait tomber un truc.

— Qu'est-ce que... C'est une *arme* ?

— Non, c'est un sandwich au thon. À ton avis ?

— Putain, tu avais une arme dans ta voiture ?

— Ce n'est pas ma voiture, et ce n'est pas mon flingue. C'est à mon père. Tiens-le-moi pendant que je m'occupe de ça.

— Je ne touche pas à un...

— Prends-le, putain ! a vociféré Stuart en agitant l'arme sous son nez. Tu commences à me faire sérieusement chier... tu sais ?

— Qu'est-ce que tu vas faire ? Tirer sur quelqu'un ?

— Non, mais si on me cherche, on y réfléchira à deux fois en voyant ça.

Elle a continué à résister tandis qu'il essayait de lui fourrer le pistolet dans les mains, mais elle voyait bien qu'il se mettait en colère. Est-ce qu'il lui ferait mal si elle ne le prenait pas ? La frapperait-il au visage ? Comment expliquerait-elle ça, quand elle rentrerait chez elle, le nez en sang, avec un œil au beurre noir ?

— D'accord, a capitulé Grace.

L'arme était lourde et chaude, étrangère dans sa main. Elle ne se rappelait pas en avoir jamais tenu une. Elle lui semblait peser vingt-cinq kilos et entraîner son bras vers le sol.

— Ne mets pas ton doigt sur la détente, l'a mis en garde Stuart. Faut savoir ce qu'on fait, avant de se servir d'un de ces trucs.

— Comme si tu y connaissais quelque chose, a-t-elle répliqué, que tu étais un expert.

— Ne fais pas ta langue de pute avec moi, d'accord ? Merde, pas de clés dans ce tiroir non plus. (Il a ouvert le troisième tiroir et secoué la tête.) Bordel, où est-ce qu'ils mettent les clés de cette putain de Porsche ? Logiquement, elle devrait être...

— Tu as entendu ça ? a demandé Grace.

Stuart s'est figé.

— Entendu quoi ?

— Tais-toi. Écoute.

Ils ont tous les deux retenu leur souffle pendant dix bonnes secondes.

— Je n'entends rien, a-t-il murmuré. Qu'est-ce que c'était ?

— J'ai cru entendre quelqu'un se déplacer. Comme un parquet qui craque ou un truc comme ça.

Inconsciemment, elle a serré l'arme plus fort, mais l'a gardée pointée sur le sol.

— Tu t'imagines des...

Il s'est interrompu. Lui aussi avait entendu quelque chose.

— Merde, a-t-il soufflé en regardant vers la cuisine.

Grace s'est approchée de la porte d'entrée. Sur le mur, juste à côté, une petite lumière verte brillait sur le digicode.

Verte ? Ça ne veut pas dire que... ?

— Non ! a sifflé Stuart. Si tu ouvres, l'alarme va se mettre en route !

— Mais la lumière est...

— Le bruit semblait venir de là, a-t-il dit à voix basse en s'approchant de la cuisine sur la pointe des pieds.

— Non ! a-t-elle murmuré après lui. On s'en va.

Elle se disait que même s'ils sortaient par la porte d'entrée et que l'alarme était programmée pour se déclencher, et se déclenchait effectivement, ils pourraient toujours arriver à sa voiture avant que la police ou la société de surveillance ne se pointe.

— Ce n'est probablement rien. Je ne me casse pas d'ici sans raison valable. Il faut qu'on trouve ces clés.

Il tenait son téléphone à bout de bras, éclairant le sol devant lui.

— *S'il te plaît*, a imploré Grace.

— Reste près de moi, a-t-il dit en avançant doucement et en lui tendant la main pour l'encourager.

— J'ai peur.

— C'est toi qui as le flingue, Grace, a-t-il fait avec un grand sourire. De quoi as-tu peur ?

7

Terry

Un message et un SMS. Aucune réponse ni à l'un ni à l'autre.

Je ne me rappelais plus le prénom de la fille avec qui Grace devait aller au cinéma. Sarah ? Sandra ? J'étais presque certain qu'il s'agissait de Sandra Miller. Sa mère allait déposer Grace à la maison en rentrant. Mais je n'avais aucun numéro, ni pour Sandra ni pour sa mère. Quant aux Miller, il devait y en avoir des centaines dans l'annuaire. Même pas besoin de vérifier. Maintenant que tous les gamins du monde possédaient un téléphone portable, nous ne nous souciions plus d'obtenir les coordonnées de leurs amis.

Cynthia aurait eu la réponse. Elle aurait pu me dire qui était Sandra Miller, où elle habitait, quelle était sa pop star préférée, depuis combien de temps Grace et elle étaient amies. Elle avait sans doute aussi parlé à la mère de Sandra à un moment ou à un autre, et devait l'avoir parmi ses contacts téléphoniques. Chaque fois que Grace faisait une nouvelle rencontre, Cynthia se débrouillait pour obtenir ses coordonnées, au cas où elle en aurait besoin plus tard.

Si j'avais subi ce que Cynthia avait subi, cette vigilance aurait peut-être été aussi pour moi une seconde nature.

Même si j'aimais à penser que je surveillais Grace de près, il ne faisait aucun doute que j'étais loin d'égaler sa mère en la matière. Je la laissais respirer. Si elle dépassait la permission de minuit de dix minutes, je ne la soumettais pas à un interrogatoire digne de l'Inquisition. Je limitais les intimidations. Je voulais pouvoir lui faire confiance. Peut-être aurait-il été plus exact de dire que j'avais envie de la croire dotée d'un peu de bon sens. Mais aucun adolescent n'est digne de confiance. Je ne l'étais pas à son âge, et Cynthia était la première à admettre qu'elle ne l'était pas non plus.

Être parent consiste pour une bonne part à retenir son souffle en espérant que tout se passera bien.

Alors oui, j'accordais à Grace davantage de liberté que Cynthia. Je marchandais avec elle. Je lui avais dit que je lui laisserais plus de mou si elle promettait, même si sa mère habitait ailleurs, de la mettre en veilleuse quand nous étions tous réunis. Que tout ne devait pas se terminer en dispute.

Grace avait dit d'accord.

Mais là, elle me faisait vraiment voir rouge.

Je pouvais soit rester assis là à attendre son retour, soit me lancer à sa recherche. Le problème, c'est que je ne savais vraiment pas par où commencer. Et il y avait de fortes chances qu'elle débarque dès que je serais parti. J'aurais deux mots à lui dire dès qu'elle franchirait cette porte.

J'étais debout dans la cuisine quand le téléphone a sonné. J'ai collé le combiné à mon oreille à la première sonnerie. Mais avant d'avoir dit un mot, j'ai vu sur l'écran que le numéro appelant n'était pas celui de Grace.

— Allô !

— Tu devais être assis sur le téléphone, a observé Cynthia.

— J'étais dans la cuisine, en train de manger un cookie en douce. Et toi, tu faisais quoi ?

— Rien. Je... je m'en suis voulu pour la bière.

— La quoi ?

— Quand tu es passé. Je ne t'ai pas proposé de bière.

— Je n'avais même pas relevé.

— Lorsque tu es parti, je me suis rendu compte de ce que j'avais fait. Que j'étais restée assise là en te mettant ma bière sous le nez. C'était grossier de ma part.

— Ne t'en fais pas pour ça.

Elle a hésité.

— C'était délibéré, en fait.

— Oh.

— J'avais besoin de ce moment rien que pour moi. Je me suis dit que si je t'offrais une bière, tu aurais... J'en suis malade.

— Ce n'est pas grave.

— Le fait est que dès que tu es parti, j'ai fondu en larmes et je m'en suis voulu à mort de ne pas être allée t'en chercher une. Parce que à ce moment-là je me suis rendu compte que je ne voulais pas que tu t'en ailles. Oh, Terry, je ne sais vraiment plus où j'en suis.

— Tu as vu Naomi cette semaine ?

— Oui. Parfois je la regarde et je me dis qu'elle doit en avoir sa claque de moi. D'écouter mes jérémiades depuis toutes ces années.

— Ça m'étonnerait.

— Je n'arrive pas à me libérer de ce traumatisme. C'est à cause de ça que je fais vivre un enfer à Grace... Elle est rentrée du cinéma ?

— Non, ai-je dit honnêtement.

Même si elle n'habitait plus dans cette maison, Cynthia avait souvent besoin de savoir que Grace était arrivée à bon port avant de pouvoir s'endormir.

— À quelle heure elle était censée rentrer ?

— Cyn...

— Je sais, je sais. Je me disais juste qu'elle travaille, demain, et j'ai horreur qu'elle sorte tard le soir et aille travailler fatiguée. On peut se blesser dans une cuisine si on ne fait pas attention.

Grace avait un job d'été au Yacht Club de Milford ; elle était serveuse au restaurant.

— Ne t'inquiète pas. Elle n'a que quelques minutes de retard. Je lui ai envoyé un message il y a un instant. Tout va bien.

Ce n'était pas tout à fait un mensonge.

— D'accord, a dit Cynthia.

— Qu'est-ce que tu as fait ce soir ?

— J'ai dû passer voir Barney. J'avais oublié que c'était le jour du loyer, et comme il veut du liquide, je suis passée à un distributeur il y a deux heures et je suis allée chez lui en voiture pour le payer.

— Il t'a prodigué quelques conseils conjugaux ?

Cynthia a ri, mais modérément.

— Il m'a dit : « J'ai été seul toute ma vie, je n'ai jamais eu personne. Vous ne connaissez pas votre chance d'avoir quelqu'un, alors ne gâchez pas ça. » Voilà ce qu'il m'a dit.

Elle s'est tue.

— Cyn ?
Rien.
— Ça va ?
— Oui, ça va très bien.
— Tu n'es pas en train de gâcher quoi que ce soit. Je le sais bien.

À moins que je ne me trompe. Avais-je mal interprété la situation ? J'avais cru Cynthia quand elle avait dit avoir besoin de prendre le large en raison de son attitude envers Grace. Ses préoccupations allaient-elles au-delà de ce problème ? Avait-elle des doutes à mon sujet ?

Ce qui me renvoyait aux paroles de Nathaniel. À propos de cet *autre* ami qui serait passé la voir. J'allais lui demander de qui il s'agissait quand un bip s'est fait entendre sur la ligne. C'était le portable de Grace.

— Attends une seconde. J'ai notre fille sur l'autre ligne.
— Bien sûr.

J'ai pressé la touche.

— Grace ? ai-je demandé d'une voix tendue. Tu sais quelle heure il est ?

Néanmoins, je ne hurlais pas. Comme si, d'une certaine manière, je pensais que Cynthia pouvait m'entendre sur l'autre ligne.

— Papa ? Papa ? Il faut que tu viennes.

Elle parlait rapidement, d'une voix tremblante.

J'ai deviné immédiatement que quelque chose n'allait pas. Aussi suis-je passé de Papa-en-rogne à Papa-inquiet.

— Ma puce, ça va ? Je croyais que c'était la mère de Machine qui te ramenait ?

— Il faut que tu viennes. Il faut que tu viennes *tout de suite*.
— Tu es où ? Qu'est-ce qui se passe ?
— Il est arrivé quelque chose, papa. Il est arrivé quelque chose.

8
Terry

Elle m'a dit que je la trouverais dans une petite boutique attenante à une station-service à l'angle de Gulf Street et New Haven Avenue. Quand j'ai tenté de la faire parler, elle m'a seulement répété de faire vite.

Et aussi de ne rien raconter à sa mère.

— J'arrive, ai-je dit avant de reprendre la conversation avec Cynthia.

— Je me demandais à quel moment on allait me dire : « Ne quittez pas, nous allons donner suite à votre appel. » Tout va bien ?

— Oui. Il y a eu un souci avec la personne qui devait la raccompagner, alors elle m'a demandé d'aller la chercher.

— Je peux passer la prendre et la ramener à la maison, si tu veux.

— Non, ai-je décliné, peut-être un peu trop rapidement. Ça ira.

Je pensais à la phrase qu'avait prononcée Grace. *Il est arrivé quelque chose*. Exactement ce qu'un parent a envie d'entendre. L'imagination s'emballe. Si elle avait été en âge de conduire, j'aurais penché pour un accrochage ou un excès de vitesse. Mais comme elle n'avait que quatorze ans, je pouvais exclure cette hypothèse, à moins qu'elle n'ait décidé de prendre le volant de la voiture d'un de ses amis illégalement.

Pourvu que ce ne soit pas ça.

Peut-être avait-elle été appréhendée par la police pour consommation ou possession d'alcool. Peut-être avait-elle introduit de la bière dans l'enceinte du cinéma. Je n'étais pas naïf au point de penser que Grace était un ange dans ce domaine. L'année précédente, alors qu'elle avait treize ans, sa mère avait découvert le ticket de caisse d'un magasin de vins et spiritueux dans la poche avant de son jean en faisant la lessive. Nous avions presque eu besoin de l'intervention d'une équipe de maintien de la paix des Nations unies après cet épisode. Elle avait fini par avouer qu'elle avait demandé au frère d'une amie, bien plus âgé, de lui acheter du Baileys – les filles trouvaient ça très raffiné d'en mettre dans leur café – et qu'il lui avait donné ce ticket pour se faire rembourser.

Oui, ça pouvait très bien être quelque chose du même genre.

Et même si Cynthia avait dit qu'elle n'avait pas besoin d'être protégée, qu'elle était capable de gérer la situation s'il y avait un problème avec notre fille, elle paraissait fragile ce soir et n'avait pas besoin de cela. Si j'acceptais la proposition de Cynthia d'aller chercher Grace, nous pourrions nous retrouver plongés dans la Troisième Guerre mondiale en moins d'une heure.

— Tu es sûr ? a demandé Cynthia. Ça ne me dérange pas.

J'ai songé à inventer un prétexte quelconque. Lui dire que nous avions peut-être attrapé la grippe et qu'il était absurde de l'exposer. Mais si tel était le cas, pourquoi avais-je autorisé Grace à aller au cinéma ? Tout ce qui me passait par la tête semblait incroyablement vaseux, et je ne tenais pas à échafauder un tissu de mensonges à propos d'un incident qui, je l'espérais, et pour ce que j'en savais, n'était pas si dramatique.

Du reste, il fallait que je me mette en route. J'avais raccroché d'avec Grace à peine quelques secondes plus tôt, mais j'éprouvais le besoin urgent de monter en voiture et d'aller la chercher.

— Non, ai-je conclu fermement. Je m'en occupe. Mais merci.

— Bon, très bien, a dit Cynthia, légèrement vexée.

— Je t'appelle demain.

— Oui, oui, c'est ça. Va chercher notre fille.

Elle a raccroché.

J'ai attrapé mes clés dans le vide-poches et suis sorti par la porte d'entrée comme un ouragan. J'ai déverrouillé l'Escape avec la télécommande, me suis mis au volant et suis sorti en marche arrière sur Hickory. De là, on était tout près de Pumpkin Delight Road. Je l'ai remontée vers le nord jusqu'à Bridgeport Avenue, puis j'ai pris vers l'est, en passant par Milford Green, et cinq minutes plus tard environ, j'étais au croisement de New Haven et Gulf. La station-service se trouvait dans l'angle nord-est.

Au moment où j'entrais sur le parking, Grace est sortie en coup de vent de la boutique. Tête baissée, ses cheveux bruns lui tombant sur les yeux. Elle a couru vers la voiture. A tiré sur la poignée de la portière avant que j'aie pu la déverrouiller. J'ai appuyé sur la commande, mais elle a saisi la poignée trop rapidement et, une fois encore, n'a pas pu monter.

— Attends ! ai-je crié à travers la vitre.

Elle a baissé le bras, attendu d'entendre le déclic, puis a ouvert la portière et s'est assise sur le siège passager. Elle ne voulait pas me regarder, mais j'avais entr'aperçu son visage et ses joues mouillées.

— Qu'est-ce qui s'est passé, bon sang ?

— Démarre.

— Où est ton amie ? Comment t'es-tu retrouvée ici ? Pourquoi es-tu seule ?

— Démarre, a-t-elle répété. Roule. *S'il te plaît*.

Je suis ressorti en passant entre les pompes, ai repris New Haven vers l'ouest.

— Grace, ai-je repris d'une voix ferme mais douce, tu ne peux pas me demander de venir te chercher dans une station-service au milieu de la nuit sans me fournir un semblant d'explication.

— Ce n'est pas le milieu de la nuit, a-t-elle rétorqué. Il n'est que 10 heures passées, 10 h 15. Tu exagères toujours.

— D'accord, il est 10 heures. Qu'est-ce qui se passe ? Tu as dit qu'il était arrivé quelque chose.

— Je veux juste rentrer à la maison. Après... peut-être... je pourrai t'en parler.

Nous avons fait le reste du chemin en silence. Je n'arrêtais pas de lui lancer des regards. La tête basse, les mains sur les cuisses, elle semblait examiner ses doigts, qu'elle nouait, dénouait, entrelaçait de nouveau. J'avais l'impression qu'elle essayait de les empêcher de trembler.

Elle est descendue de voiture avant que je ne me sois arrêté, puis s'est dirigée tout droit vers la porte d'entrée. Le temps que je la rattrape, elle essayait déjà de l'ouvrir avec sa propre clé, mais sa main tremblait tellement qu'elle était incapable de l'introduire dans la serrure.

— Laisse-moi faire, ai-je dit en l'écartant doucement et en utilisant ma clé.

Une fois la porte ouverte, elle a monté l'escalier en courant aussi vite que possible.

— Grace ! ai-je crié.

Si elle pensait pouvoir se terrer dans sa chambre, porte close, et échapper à un interrogatoire, elle se trompait lourdement. Je l'ai poursuivie à l'étage, mais elle ne s'était pas précipitée dans sa chambre. Elle était dans la salle de bains, à genoux devant les toilettes.

Elle a tenté de ramener ses cheveux en arrière alors qu'elle était prise d'un premier haut-le-cœur, puis d'un deuxième. Je ne savais pas trop si je devais l'aider. Quand nos enfants font l'expérience de l'alcool, ils ont peut-être besoin d'en subir les conséquences sans que nous fassions preuve d'indulgence à leur égard. Mais si Grace avait bu, je l'aurais certainement senti à son haleine quand elle était montée dans la voiture. Je n'avais rien remarqué.

Elle a fait une troisième tentative, mais elle n'a presque rien vomi. Je lui ai tendu un gros paquet de mouchoirs en papier pour qu'elle s'essuie la figure, me suis accroupi à côté d'elle, et j'ai tendu le bras pour actionner la poignée de la chasse d'eau. Grace s'est écartée des toilettes et adossée au mur.

Je pouvais enfin la regarder, et elle n'avait pas bonne mine.

— Est-ce que ça va aller ? lui ai-je demandé.

Pas de réponse.

— Qu'est-ce que tu as bu ? Ton haleine ne sentait pas l'alcool.

— Rien, a-t-elle dit tout bas.
— Grace.
— J'ai rien bu ! D'accord ?

Elle couvait peut-être bien une grippe ou quelque chose, et je l'engueulais parce qu'elle était malade.

— Tu es malade ? Tu as mangé quelque chose qui ne passe pas ?

— Je ne suis pas malade, a-t-elle dit, tellement bas que je l'entendais à peine.

Je me suis tu pendant près d'une minute. J'ai pris la boule de mouchoirs en papier dans sa main, l'ai jetée dans la corbeille, puis j'ai passé un gant de toilette sous l'eau froide.

— Tiens, ai-je dit.

Elle s'est de nouveau essuyé la bouche, puis a posé le linge froid sur son front.

— Il est temps, ai-je dit.

Grace a fixé ses yeux mouillés sur moi. J'ai cru y voir de la peur.

— Tu n'étais pas avec Sarah.
— Sandra.
— D'accord. Tu n'étais donc pas avec Sandra.

Ella a fait non de la tête, un mouvement presque imperceptible.

— Et tu n'es pas allée au cinéma.
— Non.
— Avec qui tu étais ?

Comme elle ne répondait pas, j'ai ajouté :
— Comment s'appelle-t-il ?
— Stuart, a-t-elle dit, la gorge serrée.
— Stuart comment ?

Elle a marmonné quelque chose.
— Je n'ai pas compris.
— Koch.

J'ai dû réfléchir une seconde.
— Stuart Koch ?
Elle a lancé un regard furtif dans ma direction avant de se détourner.
— Ouais.
— J'ai eu un Stuart Koch comme élève il y a deux ans. Ne me dis pas qu'il s'agit du même Stuart Koch.
— Ça se pourrait. Je veux dire, oui, c'est lui. Il est allé à Fairfield, mais il a laissé tomber cette année.
C'était bien le Stuart que je connaissais.
— Nom de Dieu, Grace, comment es-tu entrée en contact avec lui ?
J'essayais de comprendre. Stuart Koch était le genre de gamin capable de vous demander d'épeler ONU. Le sous-doué dans toute sa splendeur.
— Où l'as-tu rencontré ?
— C'est important ?
— C'est un gamin perdu. Un cas désespéré. Il n'arrivera à rien. Franchement.
Elle m'a fixé.
— Qu'est-ce que tu veux dire exactement ? Qu'il ne méritait pas qu'on l'aide parce que ce n'est pas une fille ?
Elle avait fait mouche.
Je savais qu'elle faisait allusion à une élève que j'avais eue sept ans plus tôt. Elle s'appelait Jane Scavullo. Une gosse perturbée, qui passait son temps à se bagarrer. Aucun professeur ne savait quoi faire. Mais j'avais cru déceler quelque chose chez elle. Qui s'exprimait dans ses devoirs écrits. Elle possédait un véritable don, et j'avais fini par plaider sa cause. Bien entendu, elle avait aussi des circonstances atténuantes, mais, celles-ci mises à part, j'avais le sentiment que cette gosse avait des capacités qu'elle ne

soupçonnait même pas elle-même. Elle avait fini par aller à l'université, et je l'avais croisée par hasard il n'y avait pas si longtemps.

J'avais parlé d'elle à Grace de temps en temps, c'est pourquoi elle connaissait l'histoire.

— Ce n'est pas ça, ai-je dit, sur la défensive. Jane avait… du potentiel. Si Stuart en avait, ça ne m'a pas sauté aux yeux à l'époque. (J'ai hésité.) Si je l'ai mal jugé, n'hésite pas à éclairer ma lanterne.

Elle n'avait rien à répondre à cela, et j'ai laissé courir. Je devinais qu'il y avait un problème plus pressant concernant ce garçon. Est-ce qu'ils sortaient ensemble ? Et si oui, quand est-ce que ç'avait commencé ? Depuis combien de temps étais-je dans l'ignorance ? Y avait-il eu une dispute ce soir ? Une rupture ?

— Que faisais-tu à la station-service ?

— J'ai marché, a-t-elle dit en essuyant une larme sur sa joue. J'ai marché pendant dix minutes environ, et quand je suis arrivée là, j'ai pensé que ce serait facile à trouver quand tu viendrais me chercher.

— Stuart était en voiture ? (Un hochement de tête.) Mais il t'a laissée marcher toute seule, la nuit, jusqu'à une station-service ? Ça montre bien à qui on a affaire.

— Ce n'est pas ça. Tu ne comprends pas.

— Je ne comprends pas parce que tu ne m'as rien dit. Est-ce que Stuart t'a fait du mal ? Est-ce qu'il a fait quelque chose qu'il n'aurait pas dû faire ?

Ses lèvres se sont entrouvertes, comme si elle était sur le point de dire quelque chose, puis refermées.

— Quoi ? Grace, je sais qu'il y a certaines choses dont il serait plus facile de parler avec ta mère, mais est-ce qu'il… est-ce qu'il a essayé de te faire faire des choses qui t'ont mise mal à l'aise ?

Un hochement de tête, lent et pénible.

— Oh, ma chérie, ai-je dit.

— Ce n'est pas ce que tu crois. Ce n'était pas... ce n'était pas ce genre de trucs. Il savait pour cette voiture.

— Quelle voiture ?

— Une Porsche. Il savait où en trouver une et voulait me faire faire un tour avec.

— Mais ce n'était pas sa voiture ?

Grace a secoué la tête.

— Elle appartenait à quelqu'un qu'il connaissait ?

— Non, a-t-elle répondu tout bas. Il avait l'intention de la voler. Je veux dire, pas pour toujours, juste un moment, et ensuite, il allait la rendre.

Je me suis mis la main sur le front.

— Bon Dieu, Grace, dis-moi que toi et ce garçon vous n'avez pas fait une virée dans une voiture volée.

Mon esprit a effectué plusieurs tours de piste en un millième de seconde. Ils avaient volé une voiture. Ils avaient fauché un piéton. Ils avaient commis un délit de fuite et...

— On ne l'a pas volée, a-t-elle affirmé.

Mais sa façon de le dire n'était pas pour me rassurer.

— Vous vous êtes fait prendre ? Il s'est fait prendre ? Pendant qu'il tentait de voler la voiture ?

— Non.

J'ai baissé l'abattant des toilettes et me suis assis dessus.

— Il faut que tu m'aides, là, Grace. Je ne peux pas jouer au ni oui ni non avec toi jusqu'à ce que je devine ce qui s'est passé. Dis-moi que tu es partie quand Stuart est allé voler cette voiture.

— Pas vraiment, a-t-elle admis en reniflant.

Je lui ai tendu d'autres mouchoirs en papier et elle s'est mouchée. Même si elle n'était pas malade, elle avait une mine affreuse. Les yeux rouges et injectés, le teint pâle, les cheveux emmêlés. Une image d'elle quand elle avait cinq ou six ans est passée devant mes yeux. Cynthia et moi l'avions emmenée à Virginia Beach et, couverte de sable de la tête aux pieds, elle construisait un château au bord de l'eau en nous souriant avec ses trois dents manquantes.

Cette petite fille existait-elle encore ? Était-elle toujours là ? Enfouie à l'intérieur de l'adolescente qui se tenait recroquevillée sur elle-même devant moi.

J'ai attendu. Je la sentais qui s'armait de courage. Qui se préparait à me parler, puis à braver l'orage quand j'aurais appris ce qu'elle avait fait.

— Je crois...
— Tu crois quoi ?
— Je crois...
— Nom de Dieu, Grace, tu crois *quoi* ?
— Je crois... je crois que j'ai peut-être tiré sur quelqu'un.

9

Gordie Plunkett commençait à se dire que tout le monde allait être en retard au rendez-vous de ce soir. Y compris le patron.

Il avait parlé au type de la réception, réservé la chambre, et pas au tarif normal, d'ailleurs, puisqu'ils ne saliraient pas les draps. C'était le genre d'endroit que beaucoup de clients louaient à l'heure, et Gordie savait que Vince n'allait pas en avoir besoin pour beaucoup plus longtemps, à moins que leurs derniers clients ne soient en retard.

Et quand bien même, ce ne serait pas un problème. Si les gens avec qui on avait rencard ne se pointaient pas à l'heure, on ne poireautait pas. C'était un aveu de faiblesse. C'est Vince qui lui avait appris ça. On ne restait pas assis sur son cul pendant qu'on vous manquait de respect. On se levait et on mettait les voiles. En plus, un retard pouvait être mauvais signe. Les clients s'étaient peut-être fait serrer par les flics. Et on ne s'attardait pas pour le savoir.

Gordie espérait simplement que le patron, Bert et Eldon se débrouilleraient pour arriver ici avant eux.

C'est Bert Gooding qui est arrivé en premier.

— Où est Eldon the Cock ? a demandé Bert en descendant de voiture et en s'approchant de Gordie, qui se tenait sur le trottoir devant la chambre 12.

— Eldon ? Et toi ? Qu'est-ce que tu foutais ? Et où est Vince ?

— Je crois qu'il avait rendez-vous chez un toubib cet après-midi et que ça l'a vidé, a dit Bert.

— Il a une sale gueule en ce moment.

— Ouais. D'abord sa femme, et puis c'est lui qui le chope. Mais il devrait arriver d'une seconde à l'autre. Eldon, je ne sais pas où il est.

— Et merde, a fait Gordie. Eldon doit couvrir la porte d'entrée. Et toi, tu es censé être à l'arrière...

— Je sais où je suis censé être.

— Et moi, à l'intérieur. Vince aime qu'on fasse comme ça.

— Ouais, eh bien, Vince est moins tatillon qu'avant sur l'organisation, a observé Bert.

Gordie a plissé les yeux.

— Qu'est-ce que c'est censé signifier ? Parce qu'il est malade, tu veux dire ?

— En partie, a admis Bert. Il a rangé son fouet. Il y a du relâchement. On devrait être en train de piquer des bagnoles, de braquer des camions, le genre de trucs qu'on faisait avant.

— Vince n'a plus la niaque pour ça, a reconnu Gordie.

— Il devrait faire la chimio.

— Il ne veut pas.

— Ne pas faire la chimio, c'est se faire du mal.

— Ne discute pas de ça avec moi, a conclu Gordie. Putain, il est où, Eldon ?

— Je dis simplement que je n'aime pas la façon dont les choses se passent.

84

— Alors tu devrais peut-être en toucher un mot au patron, a suggéré Gordie d'un ton qui mettait presque Bert au défi de le faire, en sachant qu'il n'oserait jamais.

Vince Fleming n'était peut-être plus l'homme qu'il avait été, mais on ne le contrarierait pas.

— Bon, c'est quoi ton excuse ?
— Pour quoi ?
— Pour ton retard.
— Jabba, a répondu Bert avec un haussement d'épaules.

Jabba le Hutt, le petit nom qu'il donnait à sa femme, Janine, du moins quand il n'était pas chez lui.

Gordie n'avait pas besoin de demander des détails. Janine avait une tête à faire fuir un taureau de combat, et un tempérament à l'avenant. Gordie se disait que le fait de ne pas l'avoir tuée témoignait du caractère de Bert. Dieu sait s'il en avait les ressources, pourtant, ainsi qu'une grande expérience pour ce qui était de faire disparaître les corps. Il aurait pu l'emmener à la ferme, histoire de nourrir les cochons un jour ou deux. Contrairement à Bert, Gordie ne s'était jamais marié. Il avait toujours estimé que payer quelqu'un une fois par semaine était un moyen plus simple de satisfaire ses besoins. L'ironie, c'était que Bert faisait la même chose.

— Voilà Vince, a annoncé Bert en montrant du doigt le pick-up Dodge Ram qui s'engageait sur le parking.

Vince a garé sa voiture, en est descendu et s'est approché des deux hommes.

— Où est Eldon the Cock ? a-t-il demandé.

Eldon avait la malchance d'avoir un nom de famille, Koch, qui, bien qu'écrit différemment, semblait devoir se prononcer de la même manière que l'attribut viril.

— J'en sais rien, a répondu Bert.

Vince Fleming a penché la tête de côté.

— Et pourquoi tu n'en sais rien ?

— Parce que je ne l'ai pas appelé, a dit Bert lentement.

— Qu'est-ce que tu attends pour le faire ?

Pendant que Bert sortait son téléphone, Vince demandait à Gordie :

— C'est la chambre ?

— Ouais. Je suis passé au Dunkin' Donuts. Il y a du café et tout à l'intérieur.

Vince a grogné quelque chose d'inintelligible en pénétrant dans la chambre. Gordie s'est glissé jusqu'à Bert, qui attendait qu'Eldon décroche.

— J'étais sûr que tu demanderais au patron pourquoi il était en retard.

— Va te faire..., a dit Bert en secouant la tête, frustré. Eldon ne répond pas. Je tombe sur sa messagerie. « Hé, connard, c'est Bert. Tu devrais déjà être ici. Si tu n'es pas là dans deux minutes, tu as intérêt à rappeler avec une bonne excuse. »

Il a raccroché, rempoché son téléphone.

— Je vais derrière, a-t-il annoncé.

C'était leur procédure opérationnelle ordinaire. Surveiller le lieu de rendez-vous de tous les côtés.

Gordie est entré dans la chambre. Elle possédait tout le charme auquel on pouvait s'attendre pour vingt dollars de l'heure. Vince versait de la crème dans un des cafés à emporter et prenait un donut fourré à la framboise.

— Il paraît que ces machins vous tuent, a-t-il remarqué en mordant dans le beignet.

Ne sachant pas trop s'il devait rire, Gordie n'a pas moufté, histoire de ne pas prendre de risque.

— Des nouvelles d'Eldon ?

— Bert a laissé un message.

Vince est allé à la fenêtre, a écarté les stores écaillés et crasseux avec deux doigts saupoudrés de sucre.

— Il me faut quelqu'un dehors avant que ces enfoirés débarquent.

— Tu veux que je couvre le devant et que je demande à Bert de venir à l'intérieur ?

Vince a pris une autre bouchée.

— Non, attendons. Une seconde... quelqu'un arrive.

Deux phares ont balayé le parking. C'était une vieille VW Golf rouillée qui faisait un bruit de tondeuse à gazon, avec Eldon au volant. Aussi chauve qu'une queue de billard, mais avec une tête grosse comme un ballon de basket. Vince s'attendait à le voir débarquer dans son énorme et antique Buick.

— Je sors, a dit Vince à Gordie, qui prenait un autre gobelet de café sur le plateau en carton.

Eldon garait la Golf en marche arrière en face de la chambre, de façon à avoir une bonne visibilité en cas de problème. Mais le problème, dans l'immédiat, c'était Vince, et il n'avait pas l'air content. Il s'avançait vers lui d'un pas lent mais décidé. Vince ne pouvait plus courir depuis qu'on lui avait tiré dessus sept ans auparavant. La balle lui avait endommagé les muscles du ventre, entre autres choses, et pour cette raison il avait du mal à se mouvoir vite.

Eldon a baissé sa vitre. Vince s'est penché, a collé son visage tout contre le sien.

— Mais où est-ce que t'étais, putain ?

87

— Désolé. J'ai été retardé. Il s'est passé quelque chose ?

— Ils ne sont pas encore arrivés.

— Y a pas de mal, alors, a-t-il dit avec un sourire forcé et un haussement d'épaules. Je suis là. Tout va bien.

Vince a retiré sa tête de la voiture et il est retourné à la chambre du motel. Gordie sortait de la salle de bains quand il est entré, remettant sa ceinture, vérifiant sa braguette.

— Tu parles d'une bande de bras cassés, a fait Vince.

Le portable dans sa main a bourdonné.

— Il est là ? a demandé Bert.

Vince a confirmé et mis fin à l'appel. Il s'est assis d'un air las au bord du lit.

— J'ai bien entendu, Eldon est arrivé ? a demandé Gordie.

— Ouais. On est parés.

Gordie a remarqué que Vince respirait bruyamment.

— Est-ce que ça va ?

— Je vais très bien.

Le téléphone portable dans la main gauche de Vince a vibré derechef.

— Quoi ?

— Nos gars sont là, a annoncé Eldon. Ils viennent d'arriver dans un SUV Lexus.

— Ils sont combien ?

— À moins qu'ils n'aient planqué quelqu'un à l'arrière, ils ne sont que deux, comme tu as dit. Mais... attends. Il y a une autre voiture, une BM, en attente dans la rue. Je ne peux pas voir qui est à l'intérieur.

— La BM ne bouge pas ?

— Non.

— Des flics ?
— Je sais pas. Non, attends. Elle s'en va.
— Tu es sûr ? a insisté Vince.
— Oui, elle est partie. Et le conducteur sort de la Lexus... et maintenant l'autre type. L'autre type a un sac. Un sac à dos noir. Je sors leur dire quelle chambre c'est.

Vince Fleming a interrompu la communication et prévenu Gordie :
— Ils sont là.

L'homme de main a hoché la tête. Ses responsabilités se limitaient, du moins en cette occasion, à monter la garde. Il a sorti l'arme qu'il avait glissée dans sa ceinture. Si la situation dégénérait, il voulait être prêt. Gordie avait fait du mal à beaucoup de gens depuis qu'il travaillait pour Vince ; cela dit, Vince aussi. Mais le boss n'avait plus vraiment l'énergie qu'il y mettait autrefois.

Cinq coups rapides frappés à la porte. Phalanges contre métal.

Vince s'est levé et a ouvert. Les deux hommes se ressemblaient. Blancs, râblés, pas plus d'un mètre soixante-dix, les cheveux noirs et gras, bien que l'un d'eux les porte plus courts que l'autre. Gaulés comme des bouches à incendie. On avait l'impression que pour les faire tomber il aurait fallu s'arc-bouter et pousser à fond.

— Salut, a dit Vince, qui a fermé la porte une fois qu'ils ont été à l'intérieur. Lequel de vous deux est Logan ?

— C'est moi, a répondu celui qui avait les cheveux plus courts, et qui paraissait aussi cinq ans plus vieux. (Il a incliné la tête vers celui qui portait le sac à dos.) Et lui, c'est Joseph.

— Vous êtes parents ? a demandé Vince.
— C'est mon frère.

Joseph s'est approché, sans y avoir été invité, et a examiné les pâtisseries dans la boîte Dunkin' Donuts. Son choix s'est porté sur un beignet fourré à la confiture. Il a mordu dedans puis a fait la grimace.

— Merde, de la cerise.

Il a balancé le donut entamé dans la boîte et en a pris un au chocolat. A mordu dedans, a souri.

— Voilà qui est mieux.
— Mais putain..., s'est étranglé Gordie.

Vince avait l'air furieux mais ne disait rien.

Après deux bouchées, le beignet avait suffisamment rapetissé pour que Joseph puisse engloutir le reste d'un coup. Vince regardait le sac à dos qu'il portait.

— Alors, qu'est-ce que vous avez pour nous ?

La bouche de Joseph était trop encombrée pour parler.

— D'abord, j'aimerais éclaircir quelques petites choses, a dit son frère, Logan. Comment on sait qu'on peut vous faire confiance ?

Vince a posé sur lui des yeux morts.

— Vous ne seriez pas là si vous ne vous étiez pas renseignés sur mon compte.

Logan a haussé les épaules.

— Ouais, d'accord, on a vérifié.
— Si vous voulez faire du business, je suis prêt. Si vous n'êtes pas sûr, vous prenez votre gros porc de frangin et vous me foutez le camp.
— Pardon ? a fait Joseph en se léchant les doigts.

Vince n'a pas détaché ses yeux de Logan.

— C'est oui ou c'est non ?

Logan a tenté de soutenir son regard, mais au bout de cinq secondes, il a regardé ailleurs.

— Ouais, je veux faire du business.
— Tu vas le laisser parler de moi comme ça ? a demandé Joseph à son frère.
— La ferme. Donne-moi le sac à dos.
Joseph le lui a passé.
— J'ai ici une grosse somme à vous confier, a dit Logan.
— Seulement du cash ?
Logan a penché la tête.
— Je croyais que vous ne preniez que ça ?
— Tout ce que vous pouvez faire rentrer dans ce sac, on le prend.
— Une tête aussi ? a demandé Joseph.
Vince le regardait à présent.
— Quoi ?
— Une tête. Une tête rentrerait dans un sac comme celui-là. Imaginons qu'on ait la tête d'un type et qu'on ait besoin de la garder pour plus tard, vous pourriez nous la mettre de côté ? a demandé Joseph avec un grand sourire. Si on l'emballait comme il faut, pour qu'elle ne sente pas ?
— On n'a pas de tête, est intervenu Logan.
— Commençons à compter, a proposé Vince.
Il a désigné la coiffeuse bon marché, dont le plateau et les tiroirs en stratifié étaient tout écaillés. Posée dessus, à côté d'un vieux poste de télévision qui devait peser cent cinquante kilos, se trouvait une machine à compter les billets, qui évoquait à première vue une grosse imprimante d'ordinateur.
— Pourquoi vous voulez faire ça ? a demandé Logan.
— Quand vous allez à l'agence bancaire du coin avec une liasse de billets, vous leur dites pour combien il y en a et ils vous croient sur parole ?

Logan a grommelé. Il a posé le sac à dos sur le lit, l'a ouvert et a plongé les deux mains à l'intérieur pour en sortir des liasses de billets maintenues par des élastiques.

— Ce sont des liasses de mille, a annoncé Logan. Il y en a soixante-dix.

— Soixante-dix mille, a calculé Vince, impassible. Je croyais que vous parliez d'une grosse somme.

Il a secoué la tête, pris trois liasses au hasard. S'il y avait mille dollars dans chacune d'elles, Vince ne se donnerait pas la peine de compter le reste. Il a retiré les élastiques et inséré les liasses l'une après l'autre dans la machine. Une fois les billets bien rangés, il a appuyé sur le bouton et les coupures se sont animées comme de hautes herbes dans le vent.

Après avoir vérifié la troisième liasse, Vince a déclaré :

— C'est bon. Maintenant on va vérifier qu'on en a bien soixante-dix.

Il n'a pas mis longtemps à les compter, les répartissant en sept piles de dix. Gordie l'a laissé faire. Comme on lui en avait donné l'instruction, il était là pour surveiller. Du reste, il était difficile de compter des billets une arme à la main.

— Et maintenant ? a demandé Logan.

— Je prends ma commission, a dit Vince en empochant cinq mille dollars. Ça vous couvre pendant six mois.

— Enfoiré. Ça fait beaucoup. Et si je veux récupérer le fric avant ce délai ?

Vince a secoué la tête.

— C'est un minimum forfaitaire.

— Très bien, a marmonné Logan. J'ai pas le choix. La police nous surveille peut-être. La semaine dernière, ils ont obtenu un mandat pour fouiller notre entrepôt. Ils n'ont rien trouvé, les cons. Mais ils connaissent les propriétés qu'on possède. Et les banques suisses ne sont plus ce qu'elles étaient non plus.

— Non, a reconnu Vince. Je crois qu'on en a fini.

Logan avait l'air hésitant.

— Vous n'êtes pas censé nous donner quelque chose ?

— Quoi ? Un grille-pain ?

— Un reçu ?

Vince a fait non de la tête. Il avait apporté des sacs d'épicerie en kraft Whole Foods pour y mettre l'argent, mais Logan a montré le sac à dos du doigt.

— Vous pouvez garder ça.

— Vise un peu, a dit Joseph à son frère en lui montrant du doigt l'entrejambe de Vince. Le type s'est pissé dessus.

Vince a baissé la tête pour s'examiner, a vu la tache humide et sombre à côté de sa braguette.

— Bordel de merde, a-t-il grommelé tout bas.

Gordie s'est mordu la lèvre. Cela arrivait de temps à autre, mais ce n'était pas le genre d'incident qu'on signalait au boss. Du moins pas devant les autres.

Joseph a fait un pas vers Vince.

— Hé, c'était déplacé de ma part d'attirer l'attention là-dessus. Désolé. Faut pas être gêné. Mon oncle, il est plus âgé que vous aujourd'hui, mais il avait le même problème des fois... sauf que c'était quand il avait trois ans.

Il lui a encore souri. Vince s'est détourné de Joseph pour fixer Logan.

— Votre mère vit toujours ? a-t-il demandé.

— Quoi ?

— Votre mère. Celle qui vous a expulsés, vous et votre frère, de sa chatte. Elle vit toujours ?

Logan a cligné des yeux.

— Oui.

— Qu'est-ce que vous allez lui dire ?

— Qu'est-ce que je vais lui dire à propos de quoi ?

— Qu'est-ce que vous allez lui dire quand elle vous demandera pourquoi vous n'en avez pas fait davantage pour sauver votre frère ? Pourquoi vous ne l'avez pas obligé à tenir sa langue ? Pourquoi vous l'avez laissé se faire tuer en jouant au con ?

Le regard de Logan s'est déplacé vers la gauche, au-delà de son frère, jusqu'à Gordie, qui, les bras tendus devant lui, braquait son arme sur le crâne de Joseph.

Logan a dégluti lentement, avant de dire à son frère :

— Excuse-toi.

Joseph s'est retourné assez longtemps pour évaluer sa situation puis a regardé Vince et a dit :

— J'ai peut-être parlé sans réfléchir. Je vous présente toutes mes excuses.

— Va falloir allonger cinq mille de plus pour me confier votre magot, a décrété Vince.

Logan a acquiescé d'un signe de tête, a croisé le regard de Joseph et penché la tête vers la porte. Les deux hommes ont quitté la pièce.

Quand ils ont été partis, Gordie a abaissé son arme et dit :

— Tu n'avais plus qu'à me donner le feu vert.

Vince a baissé les yeux sur son pantalon.

— J'ai des affaires de rechange dans la voiture.

— J'y vais, s'est proposé Gordie.

Il avait l'habitude.

Avant qu'il n'arrive à la porte, le téléphone de Vince a bourdonné de nouveau. Il a regardé l'écran pour voir qui c'était et a froncé les sourcils. Non de déception mais de curiosité. Ce n'était pas Eldon qui faisait le guet dehors.

Il a porté l'appareil à son oreille.

— Hé, mon ange, quoi de neuf ?

Il s'est rembruni en écoutant son correspondant.

— C'est quelle maison déjà ?

Il a encore écouté quelques secondes.

— D'accord. Merci de m'avoir mis au courant. Tu as bien fait.

Vince a rangé le téléphone dans son blouson et s'est tourné vers Gordie.

— On a besoin de Bert. Demande à Eldon de s'occuper de l'argent. Ensuite, dis-lui de prendre sa soirée.

— Pourquoi ? On ne retourne pas chez toi boire un verre ou...

— Vas-y. Débarrasse-toi de lui.

— Qu'est-ce qui se passe ?

Vince a tendu la main pour s'appuyer à la coiffeuse.

— On a peut-être été touchés.

— Bon Dieu.

— C'est pire que ça, a dit Vince.

10

Terry

Je pensais avoir mal entendu. Il était impossible que Grace ait dit ce que j'avais cru entendre.

— Tu as quoi ?
— Je crois... je n'en suis pas tout à fait sûre... mais je crois que j'ai peut-être tiré sur quelqu'un.

J'avais donc bien entendu. Mais ça n'avait aucun sens. J'avais l'impression qu'on venait de me pousser du haut d'un immeuble : personne ne m'attendait en bas avec un filet et le trottoir se rapprochait très, très vite.

— Grace, je ne comprends pas. Comment peux-tu croire avoir tiré sur quelqu'un ?
— Il m'a donné le pistolet.
— Qui te l'a donné ?
— Stuart.

Ça ne présageait rien de bon.

— Il voulait que je le lui garde. Mais ensuite on a cru entendre quelque chose, et il faisait sombre, et je ne sais pas exactement ce qui s'est passé. Mais il y a eu ce bruit, comme un coup de feu. Genre, un grand boum. Et je ne pensais pas que c'était moi, moi qui avais fait partir le coup, mais c'était *moi* qui tenais le pistolet, et Stuart, lui, il n'en avait pas, mais je n'en suis pas sûre parce qu'il faisait tellement sombre et que c'était complètement dingue comme situation, et que je n'avais jamais touché une arme avant et j'avais tellement peur, et après j'ai cru entendre un cri, mais je ne sais même pas si c'était quelqu'un d'autre ou moi. Je me suis enfuie. J'allais sortir par la porte d'entrée, même si ça déclenchait l'alarme, bien que la petite lumière soit verte, mais quand j'ai tourné la poignée, elle était verrouillée et je ne savais pas comment l'ouvrir, alors je suis repassée par le sous-sol et je suis sortie par la fenêtre et je ne savais pas quoi faire au début... j'étais comme paralysée ou en état de choc ou quoi, je ne sais pas, et j'ai sorti mon téléphone, et je me suis mise à courir sans m'arrêter jusqu'à la station-service et je ne savais pas trop quoi faire, et finalement, j'ai décidé que tu étais la personne que je devais appeler, même si je savais que maman et toi vous seriez vraiment furieux, mais je ne savais pas quoi faire d'autre et ce n'était pas ma faute. Je veux dire, c'était peut-être ma faute, mais je ne sais pas. Je ne sais pas ce qui s'est passé.

Elle a alors fondu en larmes. Pas de simples larmes, mais de grands sanglots déchirants.

— Oh, mon Dieu, mon Dieu, mon Dieu, répétait-elle en serrant ses bras contre elle et en se balançant contre le mur.

Elle a levé la tête, et même si elle regardait dans ma direction, c'était comme si elle ne me voyait même pas.

— Ma vie est foutue, a-t-elle dit. Ma vie est complètement foutue.

Je me suis assis par terre à côté d'elle et l'ai prise dans mes bras en la serrant le plus fort possible.

— Allez, allez, ai-je dit. On va arranger ça. On va arranger tout ça.

Sachant, au moment même où je prononçais ces paroles, que c'était tout à fait improbable. Il ne s'agissait pas d'un accrochage. Ni d'une arrestation pour consommation illicite d'alcool. Ce n'était pas quelque chose que nous allions pouvoir régler à la hâte.

— Si quelqu'un s'est effectivement fait tirer dessus, c'était Stuart ? lui ai-je demandé. Tu as eu l'impression qu'il y avait quelqu'un d'autre ? Quelqu'un qui aurait pu tirer un coup de feu ? Et est-il possible que Stuart ait eu une autre arme ? Qu'il t'en ait donné une et qu'il en ait gardé une pour lui ?

— Je... je suis presque certaine qu'il n'avait que celle-là. Il était retourné à la voiture pour la prendre. Je... je l'ai appelé, mais il n'a pas répondu. Je crois... je crois même avoir crié son nom. Mais ensuite, j'ai encore eu l'impression d'entendre quelque chose bouger, alors j'ai caché mes yeux avec mes mains une seconde et j'ai crié encore, je flippais complètement, et j'ai senti quelqu'un passer devant moi en courant, ou bien j'ai entendu quelqu'un courir... je ne sais pas. Il faisait noir dans la maison. Il m'avait dit de ne pas allumer, pour que personne ne sache qu'on était là. Je crois qu'on m'a bousculée. Si Stuart n'avait rien, il m'aurait répondu, non ? Peut-être... peut-être que ce que j'ai entendu, c'était un chien ou quelque chose qui courait dans la maison. Il a dit que les propriétaires avaient un animal, c'est pour ça qu'ils n'avaient pas ces trucs, tu sais, ces trucs à l'intérieur de la maison qui peuvent dire si tu es là.

— Des détecteurs de mouvement ?

— Oui, c'est ça.

— Tu as entendu un chien ? Des aboiements ?

— Non, je n'ai rien entendu de ce genre.
— D'accord. Grace, où est-ce que ça s'est passé ?
— Dans une maison.
— Où est cette maison ?
— Je ne sais pas. (Elle a respiré plusieurs fois à fond.) Enfin, je sais à peu près. Pas loin de la station-service. Je n'ai pas couru si longtemps que ça.

Dix minutes, se rappelait-elle. Ce qui pouvait correspondre à un rayon d'environ huit cents mètres à un kilomètre et demi.

— Ce n'était donc pas la maison de Stuart ?
— Non. C'était une maison qui était sur la liste.
— Quelle liste ?
— Il ne l'a pas dit. Juste une liste où ils mettaient à jour des informations. Peut-être une liste qu'avait son père.
— Il fait quoi, son père ?

Grace a reniflé et secoué la tête.

— Je sais pas, des trucs. Mais Stuart savait que les gens qui habitaient dans cette maison étaient absents, et il pensait que s'il arrivait à entrer, il pourrait trouver les clés et aller faire un tour avec la voiture.
— Nom de Dieu !

Il m'a semblé que j'abusais de cette expression.

— Je suis désolée, a dit Grace. Vraiment, vraiment désolée. C'était complètement débile. Je regrette. Je sais que c'est fini pour moi. Ma vie est foutue. Qu'est-ce que maman va dire quand elle saura ? Elle va probablement se suicider. Après m'avoir tuée.
— Grace, écoute-moi. Est-ce qu'il est possible que tu ne lui aies pas vraiment tiré dessus ? Est-ce que tu l'as vu prendre une balle ? Qu'est-ce que tu as vu ?
— Je ne sais pas. J'ai entendu le coup de feu, mais je n'ai rien vu, en fait.

— Le pistolet, tu le braquais ? Tu le tenais à bout de bras ou bien le long du corps ?

— Je crois... je ne crois pas que je le braquais. Stuart m'avait dit de ne pas mettre mon doigt sur la détente, mais après, quand j'ai commencé à le suivre, j'ai un peu bougé la main parce qu'il était lourd, et j'ai peut-être mis mon doigt dessus. Peut-être que le coup est parti quand je le pointais vers le bas, et que la balle a ricoché ou quoi.

— Redis-moi, il sortait d'où, ce pistolet ?

— Il était dans la boîte à gants.

— Il garde une arme dans sa voiture ?

— Ce n'est pas sa voiture. C'est celle de son père. Elle est vraiment vieille.

— Son père, il pourrait être policier ou quelque chose comme ça ?

Grace a fait non de la tête.

— Ce n'est certainement pas un flic.

J'avais le sentiment qu'elle en savait plus sur le père de Stuart qu'elle ne voulait en dire.

— Et c'était juste une vieille bagnole, pas une voiture de police ou quoi. Elle était énorme.

— D'accord. Donc, Stuart est allé chercher le pistolet dans la boîte à gants. Pourquoi il lui fallait une arme ?

— Au cas où on tomberait sur quelqu'un. Il a dit qu'il ne comptait pas s'en servir pour tirer sur qui que ce soit, mais juste pour faire peur si on l'emmerdait.

Je hurlai intérieurement.

— Comment s'est-il retrouvé dans ta main ? ai-je demandé.

— Il l'a fait tomber pendant qu'il cherchait les clés, alors il m'a demandé de le tenir. Je lui ai dit que je ne voulais pas, je te jure. Je ne voulais même pas y toucher. Mais il s'est vraiment fâché contre moi.

— Au moment de la détonation, est-ce que tu as senti une grosse secousse dans le bras ?

Je n'y connaissais pas grand-chose en matière d'armes à feu, mais le principe du recul ne m'était pas étranger.

— Je ne sais pas. C'est un peu difficile de me rappeler tout ça.

— Grace, ai-je dit en essayant de capter son regard. Grace, regarde-moi.

Lentement, elle a relevé la tête.

— Si ce garçon a reçu une balle, il faut qu'on lui vienne en aide.

— Quoi ?

— S'il est dans cette maison, s'il a été blessé, alors il faut qu'on lui porte secours. Si tu lui as effectivement tiré dessus, et on ne sait pas si tu l'as fait ou pas, mais si tu l'as fait, il est peut-être en vie. Et si c'est le cas, il faut qu'on le conduise à l'hôpital. Qu'on appelle une ambulance.

Un autre reniflement.

— Oui, sans doute.

— Réfléchis. Est-ce que tu connais l'adresse ?

— Je te l'ai dit. Je ne sais pas où j'étais exactement. C'est Stuart qui conduisait, et quand je suis partie, je n'ai pas fait attention. Il a prononcé le nom des gens qui habitaient là, mais... (Elle a fait un effort de mémoire.) Je... je n'arrive pas à me le rappeler.

— Alors on va devoir trouver cette maison, lui ai-je dit.

— Hein ?

— On va être obligés d'y retourner. Tu devras m'aider à la trouver. Si on tourne dans le secteur, peut-être que tu la reconnaîtras.

Elle s'est mise à trembler.

— Je ne peux pas. Je ne peux pas y retourner.

— Écoute. Appelle-le. Essaie d'appeler Stuart avec ton portable. Si ça se trouve, il va bien. Il n'a peut-être rien.

— J'ai essayé. Après m'être enfuie. J'ai passé plusieurs coups de fil, avant de t'appeler, la plupart à Stuart. Il n'a pas répondu.

— Essaie encore une fois. Si tu arrives à l'avoir et qu'il va bien, on décidera de ce qu'on doit faire. Mais si tu n'arrives pas à le joindre, il va falloir trouver cette maison. Là, tout de suite, si j'appelais une ambulance, je ne saurais pas où l'envoyer.

— D'accord, a-t-elle dit, la gorge toujours serrée. (Elle a pointé du doigt son sac à main, qu'elle avait laissé tomber près de la porte de la salle de bains.) Tu peux me donner ça ?

J'ai récupéré le sac à quatre pattes et l'ai posé près de ses genoux. Elle a fouillé dedans et en a sorti son téléphone. Elle a affiché les appels récents, tapoté l'écran, collé l'appareil à son oreille.

Elle a attendu.

M'a regardé.

A attendu encore un peu.

Une grosse larme s'est formée au coin de son œil droit et a laissé une trace humide sur sa joue.

— Je suis tombée sur la messagerie, a-t-elle murmuré.

Je me suis levé.

— Je pense qu'on ferait mieux d'y aller.

11

— Allô !
— J'ai failli raccrocher. Ça a sonné dix fois, Unk. Je te réveille ?
— J'ai dû m'endormir. Quelle heure il est ? Presque 23 heures. Je regardais la télé et j'ai piqué du nez. Je crois que je rêvais de ton père. Du temps où on grandissait ensemble. Il aimait allumer des pétards sous des tortues. Maman disait toujours que les fils de son cerveau étaient montés à l'envers. Il y a du nouveau ?
— Je voulais juste te tenir au courant.
— Dis-moi.
— Pour commencer, ils ont mordu à l'hameçon. Encore.
— C'est bien ça, hein, Reggie ?
— Oui et non. On a découvert qu'il n'y a pas qu'une seule planque. Elle pourrait être n'importe où. C'est une stratégie de réduction des risques. De multiplier les emplacements. Je vois l'intérêt. Et comme je l'ai déjà dit, ça peut nous rapporter gros. Ce à quoi je ne m'attendais pas au départ.
— Je veux que tu réussisses. Tu le mérites.
— Ça signifie simplement que je vais peut-être devoir trouver une autre stratégie. Je ne peux pas

cibler une dizaine d'endroits en même temps. J'ai de l'aide... j'ai dû faire appel à deux extras, mais ce n'est pas comme si j'avais une armée. Au lieu de trouver un moyen de mettre la main dessus, on va peut-être devoir trouver un moyen de la faire venir à nous.

— Elle va bien, à ton avis ?

— Je ne vois aucune raison de penser le contraire. Mais on doit faire vite parce qu'on n'est pas les seuls à la chercher.

— Il ne peut pas la reprendre. Je ne le permettrai pas.

— Je sais.

— Tu sais, je m'assoupis en regardant la télé, mais quand je me mets au lit, je n'arrive pas à dormir. Je n'arrête pas de penser à elle. À la façon dont on s'est rencontrés.

— À un enterrement, c'est ça ?

— On est tous les deux allés au lycée de Milford, avant qu'ils ne le ferment et le transforment en bureaux, mais elle avait un an d'avance par rapport à moi. J'ai terminé le lycée deux ans plus tard, et il y avait ce type qui s'appelait Brewster. Clive Brewster. Pas bien malin, ivre la moitié du temps. Un soir, il fait l'imbécile... Tu connais ce petit pont dans le centre, après la place, avec la tourelle d'un côté et les grosses pierres avec des noms gravés dessus ?

— Oui.

— Il décide de plonger. L'eau n'est pas très profonde à cet endroit, et il se fracasse la tête sur une de ces pierres. C'est comme ça qu'il est mort. Du coup, des tas de gamins sont allés à l'église, et je me retrouve assis à côté d'elle, et elle me donne un petit coup de coude, me chuchote que le pasteur a une drôle de mèche qui rebique sur le côté de la tête, et chaque fois qu'il bouge, sa mèche suit le mouvement en ondulant, comme une antenne. Et elle commence à avoir le fou rire.

— Wouah.

— C'était un peu comme... tu te souviens de l'épisode du *Mary Tyler Moore Show* quand Chuckles le Clown meurt ? Il se fait écraser par un éléphant pendant une parade, déguisé en cacahuète.

— C'était avant mon époque, Unk.

— Elle est incapable de se contenir. Son corps se met à trembler, alors je passe mon bras autour de ses épaules, comme pour la consoler, comme si elle pleurait au lieu de rire, et je lui dis tout bas : « Suis-moi. Fais comme si tu étais vraiment bouleversée. » Nous étions tout au bout du banc, alors je me suis levé et je l'ai emmenée, le bras toujours passé autour de ses épaules, et elle, elle fait ces bruits qui ressemblent à des sanglots, et elle rigole, en fait. Je la fais sortir de l'église, et une fois la porte fermée, elle éclate de rire. Mais j'avais peur que les gens dans l'église ne puissent quand même l'entendre, alors je l'attire contre moi, l'étouffant presque, et je la sens qui halète dans mes bras, et quand elle finit par se reprendre, elle lève les yeux, et je ne sais pas ce qui s'est passé, mais à cet instant précis, je l'ai regardée et je me suis dit que c'était la plus belle fille que j'aie jamais vue, et je l'ai embrassée. Je l'ai embrassée, Reggie, sur la bouche.

— Quelle histoire.

— Oui. Et à la seconde où j'ai fait ça, j'ai pensé, Merde, c'est pas bien, je vais me prendre une gifle, mais elle s'est pendue à mon cou et m'a rendu mon baiser. Tu sais ce qu'on a fait après ?

— Dis-moi.

— On a roulé jusqu'à Mystic River, on a pris une chambre dans un motel et on est restés là jusqu'au lendemain.
— Espèce d'obsédé.
— Je n'ai jamais été aussi heureux.
— Je sais, Unk.
— Ramène-la. Fais ce qu'il faut.

12
Terry

J'ai pris une bouteille d'eau dans le frigo pour Grace avant de quitter la maison. Je lui ai ouvert la portière en l'aidant à monter, comme si elle souffrait d'une blessure physique. Elle était en pilotage automatique, plongée dans une sorte d'hébétude. J'ai débouché la bouteille et lui ai demandé de boire, ce qu'elle a fait. J'ai attaché sa ceinture et, le temps que je fasse le tour de la voiture et que je m'installe au volant, elle en avait déjà bu un tiers.

— Il faut que je sache comment tu te sens, lui ai-je dit.

Elle a tourné la tête.

— Sérieusement ?

— Oui, c'est une question sérieuse. Tu as l'air de respirer normalement. Tu as toujours la nausée ?

— On dirait que non.

— Tu as la tête qui tourne ?

— J'ai juste l'impression... l'impression d'être dans un rêve.

— Tu as mal dans la poitrine ?

— Je vais faire une crise cardiaque ? a-t-elle demandé, inquiète.

— Il faut que je sache si tu vas entrer en état de choc.

Grace a cligné des yeux.

— Je... je ne sais même pas ce que je ressentirais si j'étais en état de choc. J'ai surtout très peur. Et je suis paralysée. Comme si je ne ressentais plus rien, que je regardais tout ça arriver à quelqu'un d'autre. Ça ne peut pas être moi.

Si seulement... J'ai tendu le bras pour lui toucher le genou.

— Tu peux y arriver. Par où on commence ?

— Par la station-service, je pense. Peut-être que j'arriverai à me repérer en partant de là.

Nous y sommes donc retournés.

— Maman ne doit pas savoir, a-t-elle dit. Elle ne doit pas être à la maison quand ils viendront m'arrêter et m'inculper de meurtre, comme dans *New York, police judiciaire*.

— D'abord, il faut qu'on sache à quoi s'en tenir. Mais quoi qu'il se soit passé ce soir, ça m'étonnerait qu'on puisse le cacher à ta mère. À moins que tout ça ne soit qu'une grosse farce.

Je ne pensais pas que nous aurions cette chance.

— J'imagine que si je finis en prison, elle commencera à se demander ce qui m'est arrivé et elle sera forcément au courant, du coup. Ou bien elle me verra à la télé, quand ils escortent le meurtrier devant les caméras et le font monter à l'arrière d'une voiture de police.

— Ne dis pas des choses pareilles.

— C'est ce qui va se passer. Ils m'enverront dans un de ces centres pour mineurs délinquants, avec d'autres jeunes qui ont tué des gens. Je me ferai probablement poignarder dans les douches. Je n'en sortirai jamais.

— Grace, ai-je dit en m'efforçant de garder une voix calme, basons-nous sur des faits avant de nous mettre dans tous nos états. D'accord ? J'ai besoin que tu aies les idées claires. Tu comprends ?

— Je suppose.

— Ne suppose pas. Redis-moi ce qui s'est passé juste avant le coup de feu.

Elle a fermé les yeux un instant pour tenter de se projeter à nouveau dans cette maison. J'avais dans l'idée qu'elle aurait à raconter cette histoire à de nombreuses reprises avant que tout cela ne soit terminé. À moi, à Cynthia.

À la police.

Aux avocats.

Je devais la secouer un peu.

— Décris-moi le moment où Stuart t'a donné le pistolet.

— D'accord. Comme je l'ai dit, il l'a fait tomber en cherchant les clés, ensuite, il m'a demandé de le garder, et j'ai refusé.

— Mais tu as fini par le prendre.

Elle a acquiescé d'un mouvement de tête.

— Il s'énervait vraiment contre moi. Alors je l'ai pris et j'ai fait en sorte de ne pas mettre mon doigt sur la détente, comme j'ai dit. Je le tenais par la poignée.

— La crosse.

— Ouais, si tu le dis. Et là, j'ai cru entendre quelque chose, et puis Stuart aussi a cru l'entendre, dans la cuisine. Enfin, j'imagine que c'était dans la cuisine. Il faisait noir et je n'avais jamais mis les pieds dans cette maison. Stuart voulait aller voir ce que c'était. Moi, je voulais partir, mais il m'a dit de le suivre.

— Tu avais toujours le pistolet à la main ?
— Oui. Je crois… je l'ai peut-être passé dans l'autre main, et puis repris dans la première. Je ne suis pas sûre. C'est tout embrouillé dans ma tête.

Les lumières de la station-service sont apparues devant nous.

— Très bien, ai-je fait. Et ensuite ?

Elle a légèrement penché la tête de côté, comme si elle se rappelait certains détails auxquels elle n'avait pas pensé jusqu'ici.

— Quelqu'un a dit : « Toi. » Je me souviens de ça.
— « Toi » ?
— Ouais.
— Qui a dit ça ? Stuart ?
— Je ne sais pas trop. C'est possible. Et puis… (Elle s'est couvert la bouche de la main droite.) Et puis après il y a eu le coup de feu. Et puis ce bruit, comme quelqu'un qui tombe.
— Le coup de feu, ai-je répété. Il semblait venir d'où ?
— De partout. Et ensuite, après avoir essayé de sortir par la porte, je me suis retrouvée dehors sans m'en rendre compte. J'étais ressortie par la fenêtre du sous-sol.

J'avais déjà imaginé le pire des scénarios. Que les craintes de Grace soient devenues réalité, qu'elle ait effectivement fait feu avec ce pistolet.

Et que la balle ait atteint Stuart Koch.

Et que Stuart Koch soit mort. Dans cette maison.

S'il n'y avait rien à faire pour le sauver, je devais faire tout ce qui était en mon pouvoir pour sauver Grace. L'aider à franchir cette épreuve le mieux possible. Je n'envisageais pas les choses sous un angle moral. Je ne me disais pas que la justice devait suivre son cours, et Grace recevoir son châtiment.

Je pensais en père. Je voulais la protéger. Même si elle était coupable d'un acte épouvantable, je voulais qu'elle s'en tire. La situation dans son ensemble ne me concernait pas. La justice n'entrait pas en ligne de compte. Je refusais que ma petite fille aille en prison, et je réfléchissais déjà à ce que je pourrais faire pour m'assurer que ça ne se produise pas.

Le pistolet.

Il devait y avoir ses empreintes dessus. La police ferait le lien avec la balle qui serait extraite du corps de Stuart Koch. S'il avait bien été tué. Et si c'était bien Grace qui l'avait tué.

Si je parvenais à trouver l'arme, si j'arrivais à mettre la main dessus avant que quelqu'un d'autre ne le fasse, je pourrais prendre Bridgeport Avenue vers l'est, m'arrêter sur le pont qui enjambe le Housatonic et la balancer au-dessus du garde-fou.

J'y étais parfaitement disposé. Ça ne faisait aucun doute dans mon esprit.

— Grace, ai-je repris doucement. À propos du pistolet...

Elle s'est tournée face à moi.

— Eh bien quoi ?

— Où est-il ? Où est le pistolet maintenant ?

Elle a blêmi.

— Je ne sais pas. Je n'en ai pas la moindre idée.

13

L'inspecteur Wedmore n'avait pas à craindre de réveiller qui que ce soit à cette heure de la nuit. Son seul souci était de savoir si on l'entendrait frapper, avec le vacarme de la musique.

Elle a serré le poing et tambouriné à la porte de la maison, prête à s'inviter elle-même si personne ne venait lui ouvrir. Elle allait tourner la poignée quand le battant s'est ouvert d'un coup et qu'elle s'est retrouvée nez à nez avec un jeune homme d'une vingtaine d'années aux yeux légèrement injectés.

Elle pensait qu'on la reconnaîtrait. Après le meurtre des Bradley dans la maison voisine, Wedmore avait parlé aux trois jeunes gens qui vivaient là et étudiaient dans une école de Bridgeport. Après les avoir soumis à un interrogatoire approfondi, séparément, elle était parvenue à la conclusion qu'ils n'avaient non seulement rien à voir avec le double homicide, mais ne détenaient aucune information utile. En réalité, elle ignorait s'ils savaient quoi que ce soit d'utile en général.

À présent, elle était là pour une tout autre raison. Mais au fond de son esprit, elle ne pouvait s'empêcher de se demander s'il n'existait pas un lien entre ces meurtres.

Rona Wedmore n'aimait pas les coïncidences.

En la voyant debout sur le seuil, le jeune homme a cligné des yeux, puis il a dit :

— Hé, salut, je me souviens de vous. Quelqu'un a appelé les flics à cause de la musique ?

Il s'est retourné et a crié :

— Arrêtez la zique !

Quelques secondes plus tard, celle-ci s'éteignait.

— Ça va comme ça ?

— On ne m'envoie pas pour du tapage nocturne, a-t-elle déclaré. Vous êtes Brian, c'est ça ?

Brian Sinise, si sa mémoire était bonne – et elle ne lui faisait pas défaut très souvent. Elle savait que les deux autres qui vivaient ici se nommaient Carter Hinkley et Kyle Dirk.

— Ouais, c'est ça.

— Carter et Kyle sont là ?

Il a hoché la tête.

— Vous êtes forte, vous. Les gars ! La femme flic noire veut nous parler ! C'est pas à cause du bruit !

Il a souri et l'a conduite dans le salon, lequel était jonché de bouteilles de bière vides, de cendriers pleins à ras bord et de boîtes à pizza.

— On vient de dîner, a-t-il expliqué. Vous voulez une bière ?

— Non, merci.

Deux pas différents se sont fait entendre dans l'escalier. Carter et Kyle avaient tous les deux à peu près le même âge que Brian. Carter était le plus corpulent des trois.

— Hé, mec, a-t-il lancé à l'adresse de Brian. On ne crie pas « la femme flic noire ». Ça va pas, non ?

Brian a fait la grimace et a regardé Wedmore d'un air penaud.

— Désolé.
— On pourrait tous s'asseoir ? a-t-elle suggéré.

Kyle s'est dépêché d'aller enlever un carton à pizza d'un fauteuil afin que Wedmore puisse y prendre place. Elle l'a préalablement inspecté, a balayé quelques miettes.

— Alors, vous savez qui a tué ces vieux ?
— Nous n'avons encore arrêté personne, a-t-elle répondu. J'imagine que vous êtes tous un peu sur les nerfs depuis que ça s'est passé.

Ils se sont regardés, évaluant manifestement leurs niveaux d'anxiété respectifs, et tous les trois ont fini par hausser les épaules.

— Sans doute, a dit Kyle. Ça nous a secoués, mais on est tous pas mal occupés.

Les deux autres ont opiné.

Cons comme la lune, a pensé Wedmore.

— Vous avez d'autres questions au sujet de cette affaire ? a demandé Carter.

— Je voulais vous interroger sur quelqu'un d'autre, quelqu'un qui a pu habiter ici à un moment ou à un autre.

— Oh, a dit Brian. Allez-y, mitraillez-nous de questions.

— Tu as bien choisi ton expression, tête de nœud, a relevé Kyle.

— J'arrive pas à aligner deux mots sans gaffer, a dit Brian. C'est la bière. J'ai peut-être un problème avec ça.

Ses amis ont ricané.

— Est-ce qu'un certain Eli Goemann a habité ici ?
— Oh, ouais, Eli, a confirmé Kyle. Il est resté genre, deux ou trois ans. J'ai emménagé pendant sa

dernière année, en même temps que Brian. Et puis, quand Eli est parti, c'est Carter qui a pris le relais.

— Ce qui fait que je ne l'ai jamais rencontré, a fait savoir ce dernier. J'en ai juste entendu parler.

— Mais vous le connaissez, vous deux, a dit Wedmore à Brian et à Kyle.

Ils ont hoché la tête.

— Qu'est-ce qu'il devient, Eli ? s'est enquis Brian. Parce qu'il s'est cassé sans payer son dernier mois de loyer.

— Est-ce qu'il étudiait quelque part quand il vivait ici ?

— Ouais. Dans la même école que nous.

— Pourquoi a-t-il déménagé ?

— Il était chiant, a déclaré Brian. Je ne voulais plus de lui ici. Et Kyle non plus.

— Pourquoi ?

— Il ne faisait pas sa part. On se débrouille pour que tout roule dans la baraque, vous comprenez ? On s'arrange pour qu'il y ait de la bière au frigo, pour que ça reste propre.

Wedmore a parcouru la pièce du regard.

— Mais Eli n'en foutait jamais une. Comme si le ménage et les corvées étaient indignes de lui.

— Ouais, a renchéri Brian. Et si on commandait une pizza et qu'on devait partager en trois, il disait toujours : « Merde, je n'ai pas retiré d'argent, je peux vous rembourser demain ? » Et quand on lui demandait le lendemain, il disait : « J'ai pas eu beaucoup de pizza, juste une part… vous avez presque tout pris. »

— Alors on lui a suggéré d'aller vivre ailleurs, a poursuivi Kyle. On l'a mis à l'écart. Il a fini par comprendre le message et il est parti.

— C'était quand ?

— Il y a un an, a répondu Brian.

— Mais c'est cette adresse qui figure sur son permis de conduire.

— Ouais, enfin, sur le mien, il y a toujours mon avant-dernière adresse, a remarqué Brian avec un haussement d'épaules.

Wedmore lui a lancé un regard de reproche.

— Vous êtes censé déclarer tout changement d'adresse.

Il a hoché la tête bien sagement.

— Je m'en occuperai, sans faute.

— Eli est allé où après être parti d'ici ?

Brian et Kyle ont échangé un regard.

— Est-ce que je sais, a répondu Kyle. Il a reçu un peu de courrier après son départ, mais il ne nous a pas dit où il allait, alors on l'a balancé à la poubelle.

— Vous n'avez pas dit pourquoi vous posiez la question ? a fait remarquer Brian.

— Vous ne lui avez donc pas parlé depuis qu'il a déménagé. Ni l'un ni l'autre ?

— Pas moi, a dit Brian.

— Moi non plus, a assuré Kyle.

— Et moi, je ne le reconnaîtrais même pas si je le voyais, ce con, a glissé Carter.

— À votre connaissance, il n'a jamais eu le moindre ennui ? En dehors de cette maison ? Avec d'autres gens, ou la police ?

Ils ont tous fait non de la tête.

— Vous savez quelque chose sur sa famille ? Où vivent ses parents ? Ici, à Milford ?

— Je crois qu'ils sont dans le Nebraska, ou le Kansas, un endroit comme ça, a dit Brian.

— Vous ne savez pas lequel des deux ? Kansas ou Nebraska ?

Brian a secoué la tête.

— Dans mon esprit, ils ont toujours été plus ou moins interchangeables, ces deux-là.

Cette imprécision ne tracassait pas Wedmore outre mesure. Goemann n'était pas un nom très courant, et une recherche internet dans ces deux États ne risquait pas de générer une liste de numéros de téléphone trop intimidante.

— Mais c'est un peu bizarre, a noté Brian.

— Qu'y a-t-il de bizarre ? a demandé l'inspecteur.

— C'est la deuxième fois en une semaine environ que quelqu'un vient le demander ici.

Wedmore s'est penchée en avant dans son fauteuil.

— Quelqu'un d'autre est passé ? Qui ça ?

— Je ne sais pas, a répondu Brian. J'ai pensé au début que c'était peut-être un flic, vous savez, comme vous. Mais il ne m'a pas montré d'insigne, ni rien.

— Il vous a donné un nom ?

Brian a secoué la tête.

— Pourquoi avez-vous pensé que c'était un flic ?

— Il avait une allure de flic. Un grand type en costard, les cheveux courts. Et je ne sais pas si j'ai le droit de dire ça... (Il a décoché un regard à Kyle.)... mais il était noir. On aurait dit un policier sorti de la série *The Wire*, ou quelque chose comme ça.

— Et qu'est-ce qu'il voulait ?

— Il a dit qu'il cherchait Eli, qu'il était en affaires avec lui, qu'il l'avait contacté, mais qu'on ne l'avait pas rappelé. Il pensait le trouver ici. Je lui ai dit que ça faisait un an qu'il avait déménagé.

Une hypothèse a traversé l'esprit de Wedmore. Si ce type avait été flic, il aurait montré sa plaque. Mais s'il donnait l'impression d'en être un, c'était peut-être un ancien collègue devenu privé.

— Ce type qui est venu poser des questions, a-t-elle demandé, il était grand comment ?

— Dans les un mètre quatre-vingts. Il avait le physique de quelqu'un qui aurait pu jouer au football, plus jeune.

— Il avait quel âge à votre avis ?

— Plutôt vieux. Quarante-cinq à peu près.

Wedmore n'a pas relevé.

— Et il avait un espace entre les dents, juste ici, a précisé Brian en mettant le doigt sur ses dents du haut.

— Vous en êtes sûr ? a demandé Wedmore, le sourcil perplexe.

Brian a fait oui de la tête.

— Et son nez ? Est-ce qu'il était dévié, comme s'il se l'était cassé il y a longtemps ?

Brian a encore acquiescé.

— Oui. Je lui ai même posé la question.

— C'est plus fort que toi, a persiflé Kyle.

— Il a dit que ça lui était arrivé quand il jouait au base-ball.

Le doute n'était plus permis pour l'inspecteur Wedmore. Cet homme ressemblait furieusement à Heywood Duggan.

Bien sûr, du temps où il bossait pour la police de l'État et qu'ils couchaient ensemble, elle l'avait toujours appelé Woody[1]. Pour plus d'une raison.

---

1. Woody est synonyme d'érection en anglais. (*N.d.T.*)

14

Terry

— J'ai eu une sorte d'absence, tu comprends ? m'a dit Grace, assise dans la voiture à côté de moi, pendant que nous cherchions la maison dans laquelle Stuart et elle s'étaient introduits. Et tout à coup, je me suis retrouvée dehors. J'ai dû laisser tomber le pistolet quelque part. Ou peut-être à l'intérieur de la maison. Probablement à l'intérieur, parce que j'aurais eu du mal à le tenir quand je suis sortie à quatre pattes du sous-sol. (Elle réfléchissait tout haut.) À moins que je l'aie posé par terre dehors avant de sortir. Je l'ai peut-être ramassé et jeté dans les buissons en allant à la station-service.

— Réfléchis, Grace. C'est important.

Elle s'est détournée, a baissé la tête, examiné ses mains.

— Je ne sais pas. Dans la maison. J'en suis à peu près sûre. Je me rappelle que quand j'ai essayé d'ouvrir la porte d'entrée, je me suis servie de mes deux mains, enfin je crois.

— D'accord, ai-je dit. C'est bien.

Mais elle a répété :

— Je crois.

J'ai ralenti quand nous sommes arrivés au croisement de New Haven et de Gulf Street.

— Tu es arrivée par où ?

Elle a pointé le doigt vers la droite, sur Gulf.

— Par là. Ça j'en suis sûre.

J'ai mis mon clignotant et j'ai levé le pied pour permettre à Grace de se familiariser à nouveau avec les environs. La première rue transversale qui s'est présentée était George Street.

— C'était dans ce coin ? ai-je demandé, l'index pointé vers la gauche. (Puis, regardant dans l'autre direction.) Ou bien de ce côté-là ?

— Je ne sais pas. Je ne crois pas. Tout se ressemble.

C'était vrai. De nuit, avec seulement quelques lampadaires pour distinguer les maisons les unes des autres, je pouvais comprendre qu'elle ait du mal.

— Peut-être que quand je verrai sa voiture, a-t-elle dit, je saurai si on est dans la bonne rue.

— C'est quelle marque ?

— Je ne sais pas, mais elle était vieille et très grande. Et plus ou moins marron. Je crois que je la reconnaîtrais si je la voyais. Il ne l'a pas garée juste devant la maison, mais un peu plus loin.

Je suis passé devant George Street. J'ai dépassé Anchorage, sur la gauche, et peu après Bedford, sur la droite.

— Attends, a dit Grace. Je me souviens de ça. (Elle me montrait une bouche d'incendie jaune.) Je me souviens être passée à côté en courant.

— C'est que tu venais de Bedford Avenue, alors, ai-je déclaré en tournant à droite.

— Oui, je crois que je suis passée par ici.

Mon pied touchait à peine la pédale d'accélérateur.

— Tu reconnais une de ces maisons ?

Elle a secoué la tête sans rien dire.

— Où est sa voiture ?

— Ce n'est peut-être pas la bonne rue, ma chérie.

Nous étions parvenus à hauteur d'une rue qui remontait du sud pour rejoindre Bedford. Glen Street.

— Là ! je me rappelle ce panneau. C'était Glen. Je suis sûre que c'était Glen.

J'ai viré brutalement à gauche. Glen s'incurvait légèrement sur la droite un peu plus loin.

Pas de grosse voiture ancienne garée dans la rue. Il n'y avait aucun véhicule, en fait. Comme les allées des maisons qui la bordaient étaient suffisamment larges pour accueillir plus d'une voiture, les gens n'avaient pas vraiment besoin de laisser les leurs dehors.

Quelques secondes plus tard, je me suis rendu compte que nous ne pouvions pas aller plus loin. Glen Street se terminait en cul-de-sac.

— Si la voiture de Stuart est dans cette rue, on a dû passer devant, ai-je dit.

— J'ai bien regardé. Il n'y a pas de voiture.

— Peut-être que Stuart va bien et qu'il est rentré chez lui, ai-je suggéré, cherchant à tout prix une explication encourageante.

— C'est possible.

J'ai manœuvré pour faire demi-tour au bout de l'impasse.

— Bon, alors maintenant regarde bien les maisons pour voir s'il y en a une qui ressemble à celle que l'on cherche.

J'essayais aussi de me rassurer en constatant que la rue n'était pas encombrée de voitures de police, gyrophares allumés. S'il s'était passé quelque chose ici, personne n'en savait encore rien apparemment. Et un coup de feu ? Quelqu'un l'aurait entendu, non, ou aurait appelé la police ?

Peut-être. Peut-être pas. Très souvent, les gens entendent une détonation, en attendent une seconde, et quand celle-ci ne vient pas, ils retournent se coucher.

— Décris-moi cette maison, ai-je demandé.

— Elle avait un étage, et on ne pouvait pas voir le garage de la rue parce qu'il était planqué à l'arrière. Ça pourrait être celle-là, ou bien celle-là, ou... Cummings !

— Quoi ?

— C'était le nom. Le nom des gens qui habitaient là. Stuart a dit que c'était Cummings.

J'ai arrêté la voiture, sorti mon portable, et ouvert l'application qui permettait de trouver adresses et numéros de téléphone. J'ai saisi « Cummings » et « Milford ».

J'ai levé les yeux de l'écran et les ai posés sur la première maison que Grace avait montrée du doigt.

— C'est celle-là.

J'ai éteint les phares et arrêté le moteur.

— Allons jeter un œil.

Je me suis muni de la lampe torche que je gardais sous le siège. Grace était déjà descendue quand je suis arrivé de son côté de la voiture. Nous avons remonté l'allée d'un pas hésitant.

— Je n'ai jamais voulu faire ça, a murmuré Grace en me prenant le bras pour se cramponner à moi. Tu dois me croire.

Je n'ai rien dit. Une partie de moi-même était sur le point d'exploser. De lui demander ce qu'elle avait dans la tête. De lui hurler dessus à m'en casser la voix. Mais ce n'était pas le moment. Il était important que nous fassions tous les deux le moins de bruit possible. Les sermons viendraient plus tard. Mais j'avais peur que Grace ne risque bien plus qu'une sévère réprimande.

— Par où es-tu entrée ?

— Par l'arrière. Stuart connaissait le truc à faire pour que l'alarme ne se déclenche pas. Il a été plutôt bon sur ce coup-là. (Elle s'est retournée pour voir si je la regardais, ce qui était le cas.) Peut-être qu'il l'avait déjà fait.

J'ai encore résisté à l'envie de lui passer un savon, mais mon regard a transmis le message. Elle a rentré la tête dans les épaules.

Quand nous sommes parvenus derrière la maison, en vue du garage, j'ai allumé la torche. J'ai commencé par la braquer à travers les hublots et j'ai aperçu une Porsche rouge ainsi qu'une autre voiture. Je m'étais demandé si, après que Grace s'était enfuie, Stuart avait mis son projet de vol de voiture à exécution.

À supposer qu'il ait été sain et sauf.

Le fait que la Porsche soit là n'était pas bon signe. Mais était-ce pour autant un mauvais signe ?

J'ai orienté la torche sur la maison, vu la fenêtre ouverte du sous-sol et commencé à chercher une arme par terre.

En vain.

— C'est par là qu'on est passés, a dit Grace.

Je me suis approché de la fenêtre, j'ai éclairé le sous-sol dont la moquette était jonchée d'éclats de verre.

— Voyons si on peut examiner l'intérieur sans entrer, ai-je proposé.

Je voulais regarder à travers les fenêtres de la cuisine. Dans la plupart des maisons, celle-ci se trouvait sur l'arrière. Les fenêtres du rez-de-chaussée étaient légèrement surélevées ; les appuis m'arrivaient au niveau du cou. Ce qui ne m'empêchait pas de jeter un coup d'œil.

Le sol étant dallé jusqu'au pied du mur, je n'avais aucune plate-bande à piétiner pour coller mon visage au carreau. Toute la fenêtre était masquée par des stores, mais comme ils étaient inclinés de manière à laisser passer la lumière, je pouvais, du moins en théorie, regarder à travers les lamelles. J'ai soulevé la torche au-dessus de mon épaule et l'ai inclinée pour qu'elle éclaire l'intérieur de la maison.

Ça a marché. Je voyais la cuisine. Un grand îlot avec un plan de travail en granit, un frigo contre le mur du fond.

— Tu vois quelque chose ? a demandé Grace.

Je n'étais pas en mesure de regarder au-dessous du plan de travail. Si quelqu'un gisait à terre derrière, je ne pouvais pas le repérer de là où je me trouvais.

— Pas vraiment, ai-je dit.

La solution qui s'imposait aurait consisté à appeler la police de Milford. Ils pourraient pénétrer dans la maison sans passer par un soupirail. Ils sauraient comment contacter la société de sécurité qui surveillait la maison. En bref, ils seraient à même de gérer la situation comme il le fallait.

Mais ils auraient aussi des questions à poser à Grace. Au sujet de la Porsche qu'elle et son petit copain projetaient de voler. Sur le fait qu'ils étaient entrés par effraction dans cette maison.

Dans l'éventualité où la situation n'était pas aussi grave qu'elle en avait l'air, je voulais tenir la police à l'écart le plus longtemps possible. De préférence pour toujours. J'avais le sentiment que Grace serait prête à accepter la punition que sa mère et moi lui infligerions, quelle qu'elle soit, si cela lui évitait de se retrouver derrière les barreaux.

Arrête de penser à ça.

J'ai baissé la lampe torche et fait deux pas en arrière.

— Je n'y vois vraiment rien, ai-je dit. Et c'est juste la cuisine. Peut-être que ce que tu as entendu s'est passé ailleurs.

Il fallait prendre une décision. Appeler la police ou...

— Il va falloir que j'entre, ai-je annoncé, avec un regard vers la fenêtre ouverte du sous-sol.

— Je ne peux pas, a dit Grace, les yeux agrandis par la peur. Je ne peux pas y retourner.

— Je ne te le demande pas. Reste près de la fenêtre. Encore mieux, appelle-moi avec ton portable. On sera en contact tout le temps que je serai à l'intérieur.

Nous avons sorti nos téléphones. Je lui ai demandé de mettre la sonnerie en sourdine, et j'ai fait de même. Grace a appelé le mien, qui a vibré dans ma main, et j'ai pris l'appel.

— Très bien. S'il y a un problème, tu me préviens.

Elle a hoché la tête tandis que je replaçais mon portable dans ma poche de chemise. Suffisamment près de mon oreille pour entendre sa voix.

Je me suis mis à quatre pattes et me suis faufilé à reculons par la fenêtre ouverte du sous-sol.

15

Cynthia Archer était très remontée.

Pourquoi Terry ne l'avait-il pas laissée aller chercher Grace ? Pourquoi avait-il insisté pour le faire ? Il devait se rendre compte que c'était important pour elle. Qu'elle tenait à faire savoir à sa fille que, même si elle faisait une pause, elle l'aimait toujours et tenait à être là pour elle.

Même s'il s'agissait simplement de la ramener à la maison en voiture.

Est-ce que Terry lui en voulait ? Était-ce à cause de la bière ? De son impolitesse ? Est-ce que cela avait un rapport avec Nathaniel ? Terry avait-il détecté chez lui de mauvaises vibrations, même s'ils ne s'étaient parlé que quelques secondes ? Mais peut-être n'était-il pas énervé à cause de ce qui avait pu se passer ce jour-là, qu'il en avait simplement assez de cette parenthèse en général.

Ou alors il y avait autre chose.

Qui concernait Grace. Si Terry ne voulait pas qu'elle aille la chercher, c'était peut-être que leur fille avait des ennuis. Rien de forcément grave, mais quelque chose de suffisamment sérieux pour qu'elle explose.

Était-ce ainsi qu'ils la voyaient ? Comme de la dynamite qu'une erreur de manipulation suffit à faire exploser ?

Cette pensée l'a déprimée.

Terry et Grace essayaient constamment de l'épargner, de lui éviter tout ce qui pourrait accroître son niveau d'anxiété. Enfin, Terry était en fait le seul à essayer de la protéger. Grace cherchait sans doute davantage à se protéger elle-même chaque fois qu'elle cachait quelque chose à sa mère.

Le problème était que plus ils s'efforçaient de la préserver de tout souci, plus elle s'en faisait. Quand elle les soupçonnait d'agir de la sorte, elle n'arrivait pas à s'empêcher d'imaginer ce qu'ils pouvaient lui cacher. Est-ce que Grace avait des difficultés à l'école ? Est-ce qu'elle séchait les cours ? Ne rendait pas ses devoirs ? Restait dehors trop tard ? S'attirait des ennuis avec les garçons ? Fumait ? Buvait ? Se droguait ?

Couchait ?

S'agissant des adolescentes, les raisons de se rendre malade étaient innombrables.

Cynthia le savait mieux que personne. Elle était prête à admettre qu'elle avait été une vraie terreur au même âge. Mais elle savait également, si pénible qu'elle ait dû être avec ses parents – du moins quand elle faisait encore partie de leur vie –, qu'elle était plutôt une gentille fille. D'accord, elle avait fait quelques bêtises, comme toutes les adolescentes. Elle n'aurait pas dû passer cette fameuse soirée avec Vince Fleming, qui avait dix-sept ans et ce qu'on appelait à l'époque une « réputation ». Ce n'était pas simplement qu'il aimait faire les quatre cents coups, conduire vite et boire trop. Son père était un criminel notoire, et, pour reprendre une expression que sa mère et sa tante Tess employaient : « La pomme ne tombe jamais loin de l'arbre. »

Même si elle était déjà à moitié soûle, elle se rappelait chaque détail de cette soirée du mois de mai 1983. Du moins, ce qui s'était passé avant qu'elle ne rentre chez elle et ne s'effondre sur son lit. Elle se rappelait que son père avait fini par la retrouver, dans cette Mustang, en compagnie de Vince, qu'il l'avait traînée hors de la voiture et ramenée à la maison. La scène qui s'était ensuivie.

Et les événements horribles, abominables, qui s'étaient produits après ça. Comment elle s'était réveillée le lendemain matin dans une maison vide, et n'avait pas su pendant vingt-cinq ans ce qu'il était advenu de son père, de sa mère et de son frère. Et avait par la suite dû apprendre à vivre en sachant que sa famille – celle au sein de laquelle elle avait grandi – avait disparu à jamais.

Mais rien de tout cela n'était sa faute.

Après toutes ces années, c'était une des rares choses qu'elle avait fini par accepter, grâce en soit rendue au Dr Naomi Kinzler. L'ironie, c'était qu'elle devait sans doute d'avoir eu la vie sauve à sa mauvaise conduite, au fait que ce soir-là elle avait bu plus que de raison. Elle s'était effondrée et n'avait rien vu.

Arrête de t'appesantir sur le passé...

Mais c'était justement tout le problème. Elle ne pouvait pas s'en empêcher. Un traumatisme subi au cours de l'adolescence ne vous quitte jamais vraiment. Elle savait que ces angoisses profondément enracinées nourrissaient ses inquiétudes concernant Grace, et aussi Terry. Même s'ils menaient une existence sans nuage, elle s'était toujours préparée au pire.

Bien sûr, elle aurait pu prendre des médicaments. Mais elle n'aimait pas l'état dans lequel ils la mettaient, et au fond, n'était-ce pas une bonne chose d'être constamment sur le qui-vive ? Pour parer à toute éventualité ? On ne pouvait pas se complaire dans une illusion de sécurité, non ?

Sauf que ce n'était pas une vie.

Et elle ne voulait pas vivre ici, dans cet appartement, si agréable soit-il. Un salon avec cuisine ouverte, plus une chambre et une salle de bains. Avec Nathaniel en face. Et en bas Winnifred la bibliothécaire et Orland, le vieux solitaire. Pas vraiment un endroit où il fallait craindre les soirées bruyantes.

Nathaniel Braithwaite était le seul avec qui elle ait vraiment lié connaissance. Un nom fort distingué pour un homme qui gagnait sa vie en allant promener des chiens pendant que leurs propriétaires étaient au travail.

Cynthia s'en voulait de se moquer de lui en pensée. Nathaniel était gentil. Trente-trois ans, les cheveux noirs comme jais, mince. À en juger par son physique, promener des chiens vous maintenait en aussi bonne forme que la salle de sport. Il lui avait dit qu'il parcourait probablement plus de quinze kilomètres par jour. Sans compter toutes ces génuflexions pour ramasser leurs crottes... enfin, on n'avait pas trouvé mieux depuis la gymnastique suédoise.

Il avait eu sa propre société d'informatique à Bridgeport, qui concevait des applications pour une marque de téléphonie mobile qui avait fait faillite quelques années auparavant. Il avait possédé une voiture de luxe, un appartement donnant sur le détroit, une résidence en Floride. Mais quand son plus gros client avait coulé sans payer à l'entreprise de Nathaniel les millions qu'il lui devait, il l'avait entraînée dans sa chute.

Et Nathaniel n'avait pas seulement perdu son entreprise, son appartement et jusqu'à son dernier sou, ou presque.

Il avait aussi perdu sa femme. Elle l'avait rencontré alors qu'il était au sommet de la vague et s'était habituée à un certain train de vie. Leur mariage avait pris fin en même temps que celui-ci.

Après quoi, comme il l'avait confié à Cynthia au cours des conversations qu'ils avaient eues dans le couloir ou lorsqu'ils se croisaient dans l'escalier, il avait perdu la tête.

Il appelait ça une période de déprime. Un effondrement psychologique, avec une sacrée dose de dépression pour faire bonne mesure. Cela avait duré près d'un an, il avait même passé une semaine à l'hôpital quand il avait traversé une période suicidaire. Lorsqu'il avait fini par émerger des ténèbres, il avait choisi de mener une existence plus simple, moins ambitieuse et beaucoup moins stressante.

Pendant six mois, un an, définitivement peut-être, il s'était résolu à lever le pied, comme on dit. Il avait pris ce petit appartement, puis avait commencé à réfléchir à un moyen de faire bouillir la marmite et d'avoir de la bière au frigo.

Nathaniel aimait les chiens.

Il en avait toujours eu quand il était enfant. Il n'allait pas refaire plusieurs années de fac pour devenir vétérinaire, mais il était sûr de ne pas avoir besoin de diplôme pour les promener. Et il avait trouvé plusieurs clients dont il fallait sortir les chiens quotidiennement.

Cynthia l'aimait bien. Elle s'efforçait de ne pas le prendre en pitié. Même s'il prétendait être heureux et ne pas vouloir se faire plaindre, il semblait constamment sur les nerfs. Elle ne pouvait s'empêcher d'éprouver une certaine tendresse, un sentiment presque maternel à son égard. Après tout, il avait treize ans de moins qu'elle.

Et c'était un homme séduisant.

Mais pour l'heure, elle ne pensait pas à Nathaniel. Elle se demandait pourquoi Terry n'avait pas voulu qu'elle ramène Grace à la maison.

Quelque chose clochait.

Elle le sentait.

La question était de savoir si elle devait agir, et si oui, comment. À tout le moins, elle pouvait rappeler dans une demi-heure pour s'assurer que Grace était bien rentrée. Elle faisait les cent pas dans l'appartement en s'interrogeant de la sorte.

Fais-toi un thé et va te coucher. Voilà ce que tu devrais faire.

Comme si elle y croyait une seule seconde. Elle a pris une des brochures d'information sur les moisissures qu'elle avait jetées sur sa petite table et dont elle se réservait la lecture pour le dîner. Elle en avait rédigé le texte, et en relisant sa copie s'est rendu compte qu'elle aurait pu employer un langage plus simple, moins technique… C'est à ce moment-là qu'elle a entendu un bruit dans le couloir.

Terry avait peut-être décidé de passer avec Grace. Était-ce de l'ordre du possible ? Qu'ils aient voulu la surprendre par une visite de fin de soirée ?

Mais ensuite lui sont parvenus des éclats de voix. Deux. Des hommes, mais aucun n'était Terry.

En ouvrant la porte, Cynthia est tombé sur Orland, de l'appartement du bas, qui s'escrimait sur la porte de Nathaniel. Il n'arrêtait pas de tourner la poignée, mais la porte, fermée à clé, refusait de céder.

Cynthia lui donnait plus de soixante-dix ans. Il était frêle comme un roseau, et s'il avait sans doute mesuré plus d'un mètre quatre-vingts, il avait à présent les épaules voûtées, et ne faisait pas plus d'un mètre soixante-quinze. Ses cheveux fins et clairsemés étaient en bataille, comme s'il venait de se découvrir, mais il n'y avait aucun chapeau en vue. Ses sourcils étaient broussailleux et des poils lui sortaient des oreilles. Ses lunettes à monture argentée étaient de travers.

Nathaniel se trouvait trois mètres plus loin, au bout du couloir, sur le palier.

— Orland ? a-t-il demandé. Je peux vous aider ?

Le vieil homme a tendu le cou en arrière.

— Hein ? Oui, vous pouvez m'aider. Vous pouvez m'aider à ouvrir cette satanée porte.

Il a fermé le poing et tambouriné à la porte.

— Chérie ? Ouvre cette porte, bon Dieu ! (Il s'est à nouveau tourné vers Nathaniel.) Ma femme m'a enfermé dehors. La salope.

Cynthia est sortie dans le couloir et a posé doucement la main sur son épaule. Il a tourné la tête et l'a regardée par-dessus ses lunettes.

— Vous n'êtes pas ma femme.

— Je suis Cynthia. Votre voisine du dessus. Je crois que vous vous êtes trompé d'étage.

— Hein ?

— Orland, a dit Nathaniel, on va vous conduire au rez-de-chaussée, chez vous, d'accord ?

— Ma femme a déménagé ?

Nathaniel et Cynthia l'ont guidé vers l'escalier, Nathaniel en tête, Cynthia fermant la marche. La porte de l'appartement d'Orland n'était pas fermée à clé. Ils l'ont fait asseoir dans son fauteuil inclinable devant la télévision, qui était déjà allumée.

— Je regardais la télé, a dit Orland.

Il n'y avait personne d'autre dans l'appartement, et Orland n'y prêtait pas attention. Il avait renoncé, pour le moment, à traquer son épouse.

— Ça va aller ? a demandé Nathaniel.

— Évidemment, je vais très bien. Qu'est-ce que vous faites ici ?

— Bonne nuit, Orland, a dit Cynthia, qui est sortie discrètement de l'appartement avec son voisin du haut et a fermé la porte.

— Je ne l'ai jamais vu comme ça, a-t-elle dit.

— Moi non plus. Heureusement que je suis arrivé à ce moment-là. Il aurait pu entrer chez moi et je l'aurais retrouvé dans mon lit.

De retour dans le couloir du premier étage, elle lui a dit :

— Je me demande si je dois prévenir Barney. Je veux dire, si Orland commence à perdre la tête, il pourrait mettre le feu à la maison ou quoi.

— Merde, je n'avais pas pensé à ça.

Ils étaient arrivés devant la porte de son appartement.

— Écoute, tu veux un café ou quelque chose ? Je me sens un peu, je ne sais pas, à cran.

— Il est tard, a fait remarquer Cynthia.

— Je comptais faire du déca, si tu as peur de ne pas dormir.

Il a souri, découvrant un instant ses dents parfaites, et a ouvert la porte.

— Il y en a pour deux secondes.

Elle savait qu'elle aurait dû retourner à son appartement et fermer la porte. Mais ce serait agréable de parler avec quelqu'un, n'importe qui, d'à peu près n'importe quoi. Elle ne s'était pas rendu compte, en décidant de s'installer ici, qu'elle se sentirait parfois très seule. Et que même l'agitation pourrait lui tenir lieu de compagnie.

Parler avec Nathaniel atténuerait peut-être le stress qu'elle ressentait en pensant à ce que Terry et Grace pouvaient lui cacher.

Et à ce qu'elle leur cachait, elle.

— Volontiers, a dit Cynthia. Une tasse de déca, ça serait super.

16
Terry

J'ai balancé un instant mes jambes dans le vide avant de me laisser tomber dans le sous-sol. Une chute d'à peine trente centimètres. J'ai examiné la pièce à la lumière de ma torche. Elle renfermait tout ce qu'on pouvait s'attendre à y trouver. De grands canapés. Une télévision. Une cible de jeu de fléchettes sur le mur. Des étagères où s'entassaient autant de DVD et de vieilles cassettes VHS que de livres. J'ai éclairé mes pieds, car je ne voulais pas marcher sur du verre, même en chaussures. Des éclats pouvaient se planter dans la semelle.

Mais ils étaient impossibles à éviter, et des débris ont craqué sous mes pas.

— Qu'est-ce que c'est, papa ? a demandé Grace, dont je voyais seulement les tibias, ses chaussures se trouvant juste derrière la fenêtre.

— Rien, ai-je dit. Ce n'est que du verre.

J'ai sorti le téléphone de ma poche et l'ai collé à mon oreille tandis que je cherchais l'escalier qui conduisait au rez-de-chaussée.

— Tu m'entends ?

— Je t'entends, a chuchoté Grace, qui était encore suffisamment proche pour que je perçoive un léger écho. Ça fait un drôle de bruit, comme si ta voix résonnait. Ça m'a déjà fait ça ce soir, quand je suis sortie de la maison. Mon téléphone déconne peut-être.

— Ça devrait disparaître quand on se sera éloignés, ai-je dit.

Le téléphone dans une main, la torche dans l'autre, j'ai trouvé l'escalier et suis monté au rez-de-chaussée. Les marches m'ont mené dans le couloir de l'entrée. L'un des tiroirs d'une console poussée contre le mur était entrouvert. J'ai soulevé la torche, projeté le faisceau devant moi à l'intérieur de ce qui semblait être la cuisine.

Ç'aurait été bien d'allumer toutes les lumières, mais je savais que c'était impossible. Je ne pouvais pas prendre le risque qu'un voisin me surprenne en train de déambuler dans la maison.

— Qu'est-ce que tu vois, papa ?
— Rien, pour l'instant.

Il n'y avait plus d'écho.

Trois heures auparavant, j'étais assis devant la télévision en train de regarder *Jeopardy !*, et voilà que j'explorais en toute illégalité le domicile de quelqu'un que je ne connaissais pas, muni d'une lampe électrique, au milieu de la nuit, en espérant ne pas tomber sur un cadavre.

À cet instant précis, j'ai pensé à ces deux retraités tués à leur domicile. Qu'avaient-ils dû ressentir en découvrant un inconnu – en supposant qu'ils aient bien été tués par un inconnu – dans leur maison ?

C'était ce que j'étais à présent. Cet inconnu. Et bien que je sois conscient de ne représenter aucune menace, les gens que je pourrais surprendre dans cette maison, eux, ne le savaient pas.

J'espérais ne rencontrer personne… vivant ou mort.

Je me tenais sur le seuil de la cuisine, ouverte sur la salle de séjour. À droite, le grand îlot central, des tabourets de bar, tout l'électroménager habituel, et de l'autre côté, une pièce au plafond haut percé de puits de lumière et garnie de fauteuils, d'un canapé, d'une cheminée et d'un poste de télévision disposé dans un coin.

Le sol de la cuisine était lisse. Une sorte de carrelage, constellé de ce qui ressemblait à un million de minuscules rayures. Je me suis penché pour voir ça de plus près.

— Un chien, me suis-je dit à moi-même.

— Quoi ? a fait Grace. Il y a un chien dans la maison ?

— Non, je viens de remarquer des tas de rayures par terre. Elles ont sans doute été faites par un chien. Par ses griffes.

— Oh.

Les plans de travail étaient encombrés d'un toasteur, d'un robot Cuisinart, d'une machine à café normale, d'une machine Nespresso, d'un gaufrier, d'une machine à pain. Pratiquement tous les gadgets disponibles chez Williams-Sonoma. J'ai abaissé le faisceau de ma lampe, ai lentement balayé le sol à nouveau, vu d'autres griffures. Je me disais que si Stuart ou n'importe qui d'autre avait reçu une balle, il n'aurait pas fini sur le plan de travail. Il y aurait eu des traces, du sang par terre. Alors que je contournais l'îlot pour me rapprocher de la fenêtre, j'ai retenu mon souffle. Je redoutais qu'il y ait quelque chose derrière, et je me préparais mentalement à une macabre découverte.

Mais il n'y avait rien.

J'ai fini de faire le tour de l'îlot, d'explorer l'espace qui le séparait de la cuisinière sans que rien retienne mon attention.

— J'ai regardé partout dans la cuisine, ai-je dit. Je ne vois rien. Pas de réponse. Grace ?

— Je suis là. J'ai entendu. (Un silence.) Papa.

— Oui ?

— Il y a une voiture de police qui passe.

Oh, merde.

J'ai éteint la lampe et retenu mon souffle.

— Grace ?

— Je me suis cachée au coin de la maison. Elle roule vraiment tout doucement. J'ai l'impression qu'elle va au bout de l'impasse.

Ma voiture était garée devant. Était-ce ce qui avait attiré l'attention du conducteur ? S'était-il demandé ce qu'elle faisait là, seule voiture de la rue à ne pas être garée dans une allée ? Allait-il relever l'immatriculation ? S'arrêter pour aller jeter un œil à la maison ?

— Tu veux que j'aille voir où il… ?

— Non, Grace ! Reste où tu es.

— OK.

Nous avons attendu. J'étais tenté de courir jusqu'au salon, en façade, pour risquer un coup d'œil à travers les rideaux, mais sans la torche, je finirais sans doute par trébucher sur quelque chose.

— Je vois des phares qui reviennent, a chuchoté Grace. Il a dû faire demi-tour.

Merde merde merde merde.

— Il doit rouler vraiment très doucement… Ah, le voilà !

Continue. Ne t'arrête pas.

— Il s'arrête, papa.
— Où ?
— Il... il s'est arrêté à côté de ta voiture.
— Il descend ? Qu'est-ce qu'il fait ?
— J'arrive à peine... Ce n'est pas un homme. C'est une femme. Elle a allumé la lumière dans sa voiture.
— Qu'est-ce qu'elle fait ?
— Je ne sais pas. Ils n'auraient pas des genres d'ordi dans leurs voitures ?
— Si, ai-je dit. Peut-être qu'elle contrôle ma plaque.
— Elle commence à... Je crois qu'elle descend de la voiture. Papa, il faut que tu sortes.
Pour aller où ? À la voiture ? La fliquesse avait le nez dessus. À supposer que je puisse m'échapper par le sous-sol, prendre Grace au passage et couper par la propriété adossée à cette maison, une fois que la police aurait découvert la fenêtre fracturée, découvert à qui appartenait la voiture garée devant...
On serait grillés. Grace et moi.
— Ne bouge pas, chérie, ai-je dit en faisant de mon mieux pour étouffer la panique que j'éprouvais.
De la sueur perlait sur mon front. Même si Grace parvenait à se cacher, si la femme contournait la maison et voyait la fenêtre ouverte à l'arrière...
— Attends, a dit Grace. Elle retourne à la voiture. J'ai l'impression qu'elle parle dans sa radio ou quelque chose.
— Est-ce qu'elle s'en va ? Est-ce qu'elle... ?
— Elle part ! Papa, elle se tire ! Elle se tire !
J'ai rallumé la torche en la gardant pointée vers le sol, et j'ai réussi à m'approcher d'une des fenêtres du salon. À travers les rideaux, j'ai vu le véhicule

de la police de Milford remonter la rue, prendre le virage et disparaître.

— Il était moins une, ai-je dit.

— On peut y aller maintenant ? On peut sortir d'ici ?

C'était la deuxième fois en deux heures qu'elle voulait se carapater de cette baraque.

— Je n'ai inspecté que la cuisine, ai-je objecté. Avant de partir, il faut que je jette un coup d'œil rapide dans toute la maison.

17

La voiture, un énorme SUV GM, s'est arrêtée doucement, le moteur continuant à ronfler. Vince était sur le siège passager, Gordie au volant. Les sièges arrière avaient été rabattus pour laisser la place à une échelle coulissante. Bert les suivait dans la vieille Buick, arrêtée à une longueur de voiture à peine.

— Mets-toi au boulot, a dit Vince Fleming à Gordie. Bert viendra te donner un coup de main quand il aura fini. Toutes les planques. Vois s'il y a quoi que ce soit qui sorte de l'ordinaire. S'il n'y a personne, tu entres. Si ç'a l'air occupé, on ira demain dans la journée. Tout... absolument tout doit être retiré d'ici demain.

— Et si les gens sont chez eux ? Et si... ?

— Débrouille-toi ! l'a interrompu Vince.

Il a tendu le bras pour actionner la poignée, s'y est pris à deux fois. Sa main tremblait.

— Et Eldon ? a demandé Gordie.

— Quoi, Eldon ? a rétorqué Vince.

Gordie a essayé de ne pas montrer à quel point cette question l'avait décontenancé.

— Quand est-ce que tu vas lui dire ?

— Je veux en savoir beaucoup plus avant de lui parler. Fais aussi un saut chez lui. Voir s'il est là. Je veux le savoir. Il se peut que tu tombes sur lui dans une des maisons.

Gordie semblait mal à l'aise.

— Comment ? Tu veux dire qu'Eldon est dans le coup ? Que c'est lui qui a fait ça ? Ça ne tient pas debout. Je le vois mal...

— Peut-être pas, a dit Vince. Mais peut-être qu'il se fait aider par son gamin et par d'autres. Si les choses ont mal tourné dans une des maisons, qui sait ce qui peut bien se passer dans les autres ? On est face à une catastrophe nucléaire.

Il a ouvert la portière.

— Allez, file !

Vince est descendu, a claqué la portière, frappé la tôle avec la paume, fort, comme si le SUV était un cheval qu'il voulait faire partir au galop. Gordie a accéléré brusquement, les pneus ont crissé.

Vince a franchi les quelques pas qui le séparaient de la Buick, s'est penché en avant, les coudes sur la vitre baissée côté passager.

Bert n'a rien dit ; il attendait les ordres.

— Dès que tu te seras occupé de ça, tu bosses avec Gordie.

— Compris, a fait Bert.

— Pas un mot à Eldon. Pas encore. Il n'y a pas trente-six façons de régler ça.

— Ce n'est pas lui, patron, a assuré Bert. Impossible.

Vince a pincé les lèvres et secoué la tête, très lentement, de droite à gauche.

— C'était son gosse, là-dedans. Il l'a peut-être poussé. À moins que le gamin ait eu l'idée tout seul. Dans les deux cas, c'est à Eldon d'assumer.

— Ouais, mais il devait y avoir quelqu'un d'autre dans le coup. Je t'ai déjà dit sur qui je misais.

— Je vais me renseigner sur son compte, mais je ne crois pas qu'il ait les couilles pour ça.

— Il aurait pu passer l'info.

— Mais l'enfoiré n'est même pas au courant. Les femmes de ménage ne sont pas au courant. Les nounous ne sont pas au courant. Et dans le cas contraire, ils ne sauraient pas où chercher. Enfin ouais, ça se peut. Tu parles d'un merdier, a conclu Vince en soupirant.

Bert ne savait pas quoi dire. Quels mots pourraient arranger les choses ? Il voulait simplement se mettre en route. Une tâche désagréable l'attendait, et il voulait s'en débarrasser. Après quoi, il pourrait prêter main-forte à Gordie.

— Il faut que j'y aille, a-t-il déclaré.

Vince s'est écarté de la vitre baissée.

— Va.

Avant que Bert ne démarre, Vince s'est approché du coffre. Il s'apprêtait à toucher la large surface métallique avec sa paume, comme on peut poser la main sur un cercueil pendant un service funèbre.

Puis il s'est ravisé. Bert nettoierait la voiture, mais il ne penserait peut-être pas au coffre.

La Buick a démarré et Vince l'a regardée prendre East Broadway, tourner à gauche et disparaître.

D'un air las, il a gravi les marches en bois qui menaient au rez-de-chaussée de la maison de la plage. Dans le temps, il les montait deux à deux. Avant de se prendre une balle. Et avant le diagnostic. Il se faisait trop vieux pour ça. C'était une des raisons pour lesquelles il avait renoncé aux boulots qu'ils faisaient autrefois. Les cambriolages d'entrepôts, les détournements de camions. Des trucs qui exigeaient de porter beaucoup de charges lourdes. Et parfois de courir.

Aussi avait-il démarré une activité secondaire, moins exigeante physiquement. Un service pour les gens qui n'étaient pas à l'aise avec les institutions financières.

Ç'avait eu l'air d'un très bon plan.

Jusqu'à ce soir.

Maintenant il avait l'impression que tout ça allait lui péter à la figure. Il espérait en savoir bientôt davantage, quand il aurait eu l'occasion de parler à un vieil ami.

18

Terry

Étant donné la confusion de Grace quant à ce qui s'était passé dans la maison, l'idée m'a traversé l'esprit que ce qu'elle pensait avoir entendu dans la cuisine pouvait parfaitement avoir eu lieu ailleurs. Je ne me voyais pas limiter ma fouille au rez-de-chaussée.

Autant faire les choses à fond.

Dans le salon, je n'ai rien remarqué d'anormal, à moins que quelqu'un ne soit coincé entre le canapé et le mur ; et je n'allais pas me mettre à déplacer les meubles. Rien qui sorte de l'ordinaire non plus dans la salle à manger attenante. Quand vous cherchez un corps, il ne faut pas longtemps pour rayer une pièce de votre liste. Ce n'est pas une aiguille dans une meule de foin.

Alors que je me dirigeais vers l'escalier qui me conduirait à l'étage, j'ai regardé du côté de la porte d'entrée et du pavé numérique du système d'alarme sur le mur d'à côté. Le voyant était rouge, indiquant que le système était activé. Si j'ouvrais cette porte sans saisir le code, l'alarme se déclencherait, la police arriverait.

Je me suis rappelé avoir entendu Grace dire que le voyant était vert quand elle se trouvait à l'intérieur de la maison.

C'était une énigme que je ne pouvais pas résoudre dans l'immédiat. Je cherchais Stuart.

En montant l'escalier, j'ai failli toucher la rampe, par habitude. J'avais le téléphone dans cette main-là et je n'aurais pu m'y appuyer que pour m'équilibrer, mais même s'il m'était impossible de la saisir, il valait mieux éviter le moindre contact.

Ne touche à rien, surtout.

Le couloir de l'étage, qui faisait environ six mètres de long, donnait sur trois chambres et une salle de bains, dont les portes étaient toutes légèrement entrouvertes, si bien que j'ai pu les pousser doucement du coude. Je suis entré dans chaque pièce, ai braqué ma lampe autour des lits et jeté un œil derrière le rideau de douche de la salle de bains.

Pour l'instant, tout allait bien.

J'ai eu une brève hésitation concernant les placards. Devais-je retourner dans chaque chambre et les inspecter ? Je savais que je n'y tenais pas. Le simple fait de me trouver dans cette maison à me déplacer furtivement de pièce en pièce me paniquait suffisamment.

Pour que Stuart ou qui que ce soit d'autre se retrouve au fond d'un placard, il aurait fallu qu'une tierce personne ait été dans la maison pour l'y placer. Voire deux personnes. Selon Grace, quelqu'un l'avait frôlée.

Parfois il fallait prendre sur soi. Mais j'allais devoir me couvrir la main avant de commencer à ouvrir les placards.

J'ai remis mon portable dans ma poche de chemise sans couper la communication avec Grace et j'ai pris une poignée de Kleenex dans la salle de bains. Après quoi je suis entré dans la première chambre, qui avait tout d'une chambre de fille, avec des animaux en peluche à côté des oreillers et des posters de chevaux sur les murs, et me suis planté devant la penderie.

— C'est parti, ai-je dit tout bas.

La main enveloppée de mouchoirs en papier, j'ai ouvert la porte et éclairé l'intérieur.

Rien de spécial. Des jupes, des chemisiers, des chaussures et d'autres vêtements de petite taille. Des boîtes de poupées Barbie. D'autres peluches. Une petite fille de sept ou huit ans, ai-je supposé. Ça ressemblait au genre de choses dont Grace s'entourait à cet âge. J'ai refermé la porte et j'ai marché dans le couloir jusqu'à la chambre suivante.

Une autre fille, mais plus âgée, une quinzaine d'années sans doute. Une affiche de ce qui ressemblait au dernier boys band à succès sur un mur et, malgré un animal en peluche ici ou là, tout y était un peu moins minuscule. Une station d'accueil pour iPod sur la table de nuit, un amas de boucles d'oreilles et d'autres bijoux sur la coiffeuse. Des flacons de dissolvant, de laque, de lait pour le corps.

Devant la penderie, j'ai pris ma respiration et tourné le bouton.

— *Merde !*

J'ai réussi, malgré ma surprise, à contenir mon exclamation, mais elle était assez forte pour que Grace l'entende.

Sa voix a traversé ma poche de chemise.

— Qu'est-ce qu'il y a, papa ? Qu'est-ce qui s'est passé ?

J'ai sorti mon téléphone.

— Tu sais comment, parfois, quand on te demande de ranger ta chambre, tu te contentes de tout balancer dans ta penderie et de tasser jusqu'à ce que tu puisses fermer la porte ?

— Ouais.

— Eh bien, tu n'es pas la seule.

J'ai rempoché le téléphone. Une pile de vêtements était tombée en vrac sur le bout de mes chaussures. J'ai posé la lampe torche, repoussé ce fouillis dans la penderie – en espérant qu'il était impossible de relever des empreintes sur un tas de jeans, de hauts et de sous-vêtements, puisque je devais faire ça à mains nues – et suis parvenu à refermer la porte.

Je ne me suis pas précipité sur le placard de Fibber McGee dans la chambre principale. Et malgré les circonstances, je me suis demandé où j'avais bien pu piocher cette référence ? Je n'étais pas assez âgé pour avoir entendu ou vu les films ou les programmes radio de *Fibber McGee et Molly*, mais c'était une expression que mes grands-parents employaient toujours pour décrire un placard plein à craquer. Chaque fois que Fibber ouvrait le placard de son entrée, une centaine d'objets tombaient en cascade sur sa tête. Déclenchant, évidemment, l'hilarité.

À cet instant précis, rire m'aurait fait du bien.

La chambre disposait d'un dressing indépendant, si bien que rien ne m'est tombé dessus quand j'ai ouvert la porte. Il était mieux rangé que les penderies des enfants, et rien ne traînait sur le sol moquetté. Des chaussures, par douzaines de paires, dont quatre-vingt-dix pour cent de chaussures de femme, étaient toutes soigneusement alignées sur des étagères. J'ai remarqué huit petites empreintes rectangulaires sur la moquette, groupées deux à deux, chacune à peu près grande comme un domino, et qui, reliées par un trait, auraient formé un carré d'environ soixante centimètres de côté. Dans la mesure où j'étais à la recherche d'un corps, je n'y ai pas prêté beaucoup d'attention.

Je suis sorti du dressing et me suis livré à l'inspection de la salle de bains attenante. Un coup d'œil dans la baignoire pour vérifier qu'on n'y avait déposé aucun cadavre.

J'ai mis la main dans ma poche pour prendre le téléphone.

— J'ai presque fini, ai-je annoncé à Grace. Je vais regarder vite fait dans le sous-sol avant de ressortir. Ça va, de ton côté ?

— Oui. Alors tu n'as pas vu Stuart ?

— Ni lui ni personne d'autre, ma puce.

— Dieu merci.

Je me suis dit qu'il était encore prématuré d'adresser ce genre de remerciement, mais j'espérais qu'elle avait des raisons d'être optimiste.

En retournant au sous-sol, j'ai encore balayé la cuisine du faisceau de ma torche avant de descendre la dernière volée de marches. En plus de la salle de jeux où j'étais arrivé en passant par la fenêtre, il y avait une chaufferie, une buanderie, ainsi qu'un petit atelier. Avec toutes sortes d'outils accrochés au mur, une scie circulaire sur la table, une perceuse à colonne, un petit tour à bois vissé sur l'établi. Une échelle en aluminium était appuyée contre le mur. Et même s'il régnait là une vague odeur de sciure de bois, il n'y en avait aucune trace sur le sol en béton peint.

J'ai avisé contre le mur du fond un congélateur coffre.

Il m'arrivait à hauteur de la taille et faisait environ un mètre quatre-vingts de long. Un petit voyant orange sur le côté indiquait qu'il était en fonctionnement.

— Oh, non, ai-je dit tout bas.

Plus tard, je m'en voudrais peut-être de ne pas l'avoir ouvert. Et il était hors de question que je remette un jour les pieds dans cette maison.

Je me suis approché de l'appareil en tenant la lampe de la main gauche au-dessus de mon épaule, inclinée vers le bas, et j'ai soulevé le couvercle de la main droite.

Des monceaux de surgelés.

En ressortant de l'atelier, je me suis senti réconforté, d'une certaine manière. L'endroit m'avait l'air vierge de tout cadavre. Et si ce genre de détail ne figurait généralement pas sur la fiche descriptive d'un bien immobilier, c'était quand même une bonne chose.

Stuart Koch, vivant ou mort, n'était pas là. Mais s'il était sain et sauf, pourquoi ne répondait-il pas au téléphone ?

J'envisageai toutes sortes d'explications, mais la première qui m'est venue à l'esprit était qu'il s'agissait d'un petit pétochard, et qu'il n'avait pas envie de répondre à la fille qu'il avait embringuée dans une situation terrifiante. Il n'avait pas le cran de lui présenter des excuses. Ni d'admettre qu'il avait fait un truc carrément stupide.

Je ne tenais pas à devoir trouver une autre explication. Celle-ci me convenait parfaitement.

Le problème, c'est qu'elle n'expliquait pas ce qui s'était passé dans cette maison environ une heure et demie auparavant.

Quelque chose me travaillait.

Qui n'était pas d'essayer de comprendre ce qui était arrivé ici. J'avais *vu* quelque chose, et je venais juste d'en prendre conscience.

Quand j'avais éclairé la cuisine en descendant ici, un détail avait attiré mon attention. Je n'y avais pas vraiment pensé avant d'être parvenu au sous-sol.

Quelque chose qui n'était pas tout à fait à sa place. Quelque chose qui miroitait.

Quelque chose sur l'îlot de la cuisine. Pas exactement dessus, mais sur un *côté*.

— Tu as fini, papa ? a demandé Grace.
— Encore une minute.

Je suis remonté à l'étage et, depuis le seuil de la cuisine, j'ai pointé la lampe sur la partie inférieure de l'îlot. Les côtés étaient en bois plaqué de couleur claire, sans doute du chêne blanchi. À une trentaine de centimètres du sol, la surface était altérée. Des gouttelettes avaient été projetées sur le plan vertical pour ensuite dégouliner.

Quelque chose qui, dans l'éclat de la torche, aurait pu passer pour de la sauce à spaghettis.

Je me suis agenouillé et j'ai approché la lampe. Les gouttes étaient fraîches au toucher, et quand j'ai approché mon doigt à un centimètre de mon nez, je n'ai détecté aucune odeur de tomate ni d'épices.

Mon cœur a flanché. Il s'était passé quelque chose ici, c'était certain. Cependant, si ça pouvait me consoler, il y avait si peu de sang que celui qui avait été blessé avait dû réussir à quitter les lieux.

L'hôpital. C'était là qu'on devait aller ensuite. L'hôpital de Milford.

J'ai essuyé le sang sur mon doigt, roulé le mouchoir en boule et l'ai fourré dans la poche avant de mon jean. Puis j'ai repris le portable.

— Hé, ma puce. Je sors. Je crois qu'on a un autre arrêt à faire sur le chemin du retour.

En fait, je me disais qu'il y en aurait peut-être deux. L'hôpital serait le premier, et si nous ne trouvions pas Stuart aux urgences, nous passerions devant chez lui en rentrant à la maison.

Il fallait retrouver ce garçon. Il fallait le trouver et découvrir ce qui lui était arrivé, si tant est qu'il lui soit arrivé quelque chose.

J'attendais que Grace réponde.

— Grace ? Tu es là ? Je me disais qu'on passerait à l'hôpital en rentrant à la maison. J'ai trouvé un tout petit peu... et... je veux dire, vraiment une toute petite quantité de ce qui ressemble à du sang dans la cuisine.

Grace n'avait toujours rien à dire.

— Grace ? Grace, tu es là ?

Rien.

J'ai regardé l'écran de mon portable. La communication avait été coupée. Je me suis rapidement mis à la fenêtre de la cuisine pour voir si elle était toujours dehors, derrière la maison.

Elle n'y était pas.

J'ai fait apparaître son numéro, et j'étais sur le point de la rappeler quand je me suis arrêté. Si Grace avait couru dans les buissons pour se cacher, c'était peut-être que la fliquesse de Milford était revenue et furetait autour de la maison, et si elle avait oublié de mettre son portable en mode silencieux, il ne fallait surtout pas l'appeler. Même si je lui envoyais un SMS, il produirait un bref signal sonore qui alerterait quiconque se trouvait dans les parages.

J'ai pensé à foncer au sous-sol et à m'enfuir par la fenêtre, mais je me suis ravisé. Si un flic se baladait dans le coin, ce n'était pas le meilleur moment pour me montrer. Mais j'ai repensé à la fenêtre cassée. Il suffisait que quelqu'un la remarque et décide d'entrer dans la maison pour que je me retrouve coincé.

Le stress n'avait jamais suscité en moi d'éclair de génie. Je n'arrivais pas à décider de l'étape suivante. J'étais paralysé, terrifié à l'idée de faire le mauvais choix.

J'ai respiré à fond à plusieurs reprises et tenté de me concentrer. Il fallait que je sache ce qui se passait, et ce n'était pas en restant planté dans la cuisine à essayer de ne pas me faire pipi dessus que j'allais apprendre quoi que ce soit.

J'ai éteint la torche et, avec précaution, j'ai traversé le salon jusqu'à la fenêtre de devant pour regarder dans la rue. Pas de voiture de police, ce qui était un soulagement. Bien entendu, la mienne était toujours là, telle une grosse publicité criarde proclamant : IL Y A QUELQU'UN ICI ! ALLEZ DONC VOIR !

Du coin de l'œil, j'ai détecté un mouvement.

À l'extrémité de l'allée, protégée par une haie haute qui séparait la propriété de sa voisine, j'ai distingué deux silhouettes sombres.

Deux personnes. Face à face. Qui se parlaient.

J'étais pratiquement sûr que l'une d'elles était Grace.

Bien qu'il fasse trop sombre pour déchiffrer l'expression de leurs visages, rien n'indiquait dans leur posture qu'elles s'affrontaient. L'autre personne, qui avait à peu près la même taille que ma fille, n'agitait pas les bras et ne pointait pas le doigt.

Et elle n'avait pas l'air d'un homme.

Grace parlait à une autre fille. Ou à une femme.

Le flic qu'elle avait repéré était une femme, mais celle-ci ne semblait pas porter d'uniforme ni de lourd ceinturon lesté d'accessoires. De plus, il n'y avait pas de voitures de patrouille dans la rue, du moins, pas dans la partie que je pouvais voir.

Il était temps de savoir de quoi il retournait.

J'ai regagné le sous-sol, me suis hissé par la fenêtre ouverte et me suis relevé à l'extérieur de la maison. En tournant l'angle, j'ai entendu une conversation étouffée.

Grace a regardé dans ma direction.

— Papa !

Elle a couru vers moi. Son interlocutrice n'a pas bougé.

Grace m'a enlacé, a posé la tête sur ma poitrine.

— Je pensais que tu ne sortirais jamais d'ici.

— Ton téléphone, ai-je dit sans détacher les yeux de la femme.

— Oh, a fait ma fille en tournant la tête vers le portable qu'elle avait toujours dans la main. J'ai dû appuyer sur la touche.

— Qui est-ce ? ai-je demandé.

— Tout va bien, m'a rassuré Grace. Tu sais, je t'ai dit que j'avais passé un autre coup de fil avant de t'appeler, dès que je suis sortie de la maison. Enfin, je n'arrêtais pas d'essayer de joindre Stuart, mais j'ai aussi appelé quelqu'un d'autre.

Je me suis dégagé doucement de l'étreinte de Grace et j'ai marché dans la direction de la femme mystère. Je gardais la torche éteinte le long du corps, espérant qu'une fois plus près je pourrais voir à qui j'avais affaire.
Je me suis immobilisé à un mètre d'elle.
— Salut, Prof, a-t-elle dit.
— Jane.
Jane Scavullo.

19

Cela faisait seulement cinq secondes que Cynthia Archer se trouvait dans l'appartement de Nathaniel quand elle s'est rendu compte qu'elle n'avait pas son téléphone portable. Elle ne s'attendait pas forcément à ce que Terry l'appelle au sujet de Grace, ou de quoi que ce soit d'autre d'ailleurs, mais elle tenait à l'avoir, au cas où. Si bien qu'elle est allée le chercher en courant avant de retourner chez Nathaniel.

Elle s'était persuadée qu'elle avait une raison valable, et parfaitement innocente, d'accepter son invitation à boire un café. Elle avait besoin de cette distraction. En bavardant avec Nathaniel, elle cesserait de penser à Terry et à Grace, et à ce qu'ils pouvaient vouloir lui dissimuler.

Le fait que son voisin soit un beau jeune homme – un beau jeune homme *brisé*, pour parler franc – n'avait rien à voir là-dedans. Et ce bref épisode avec le pauvre Orland avait été perturbant.

Nathaniel, qui sortait deux tasses à café du placard, lui a dit :

— Ça m'a fait plaisir de rencontrer ton mari, euh...

— Terry.

— Oui, Terry. J'espère n'avoir rien interrompu quand vous étiez tous les deux en train de parler sur le porche. Je ne savais pas... Je veux dire, je ne remarque jamais les trucs comme les alliances et autres, du coup, je ne m'imaginais pas que tu étais mariée. Et tu sais, vu que tu vis seule ici... Mais ce ne sont pas mes affaires, de toute façon, alors... Bon sang, je blablate.

Cynthia a souri.

— Ça ne fait rien. Ne t'en fais pas pour ça.
— Il a l'air gentil.
— En effet.
— Assieds-toi, a dit Nathaniel, en désignant un petit îlot avec un évier dans le coin cuisine.

Deux tabourets étaient poussés sous le débord du comptoir. Cynthia en a sorti un et s'y est assise du bout des fesses, un pied posé sur le barreau. Nathaniel a rempli d'eau froide une carafe en verre, s'est retourné et l'a versée dans une cafetière électrique sur le plan de travail d'en face, puis a glissé la carafe vide dans la base.

— J'en bois, mais l'idée même de café décaféiné me paraît aussi aberrante que le vin sans alcool, les gâteaux sans glaçage, le sexe sans orgasme..., a-t-il commenté.

Il l'a regardée furtivement.

— ... J'ai été trop loin ?
— Oui, la remarque sur les gâteaux dépassait un peu les bornes.
— Le problème, c'est que je ne peux boire que du déca à cette heure-là. J'ai déjà suffisamment de mal à m'endormir comme ça, je n'ai vraiment pas besoin de me sentir plus nerveux.
— Qu'est-ce qui t'a rendu nerveux, à part Orland ?

Il a eu un rire forcé.

— Rien, en fait. C'est juste qu'en rentrant je me suis un peu lâché sur l'autoroute, je faisais du cent cinquante environ, et en jetant un œil dans le rétro, j'ai cru qu'un flic me suivait. J'ai failli avoir une crise cardiaque. C'était un Charger... les flics s'en servent très souvent comme voiture banalisée. Mais en fait, c'était juste un type.

— Tu revenais d'où ?

— De nulle part. Très souvent, le soir, je roule comme ça, au hasard. Des trucs me tournent dans la tête. Comment c'était avant, des trucs de ce genre.

— Tu sais, je pense vraiment que je devrais passer un coup de fil à Barney, a annoncé Cynthia.

Elle avait enregistré son numéro. Elle a fait apparaître la liste de ses contacts, tapoté l'écran et mis le téléphone contre son oreille.

Il a répondu au bout de trois sonneries.

— Allô !

— Barney ? C'est Cynthia ? Votre loca...

— Je sais.

— Désolée d'appeler si tard, mais il y a quelque chose dont j'ai pensé devoir vous informer.

Elle lui a raconté.

— Oh, non, a soupiré Barney. Pendant un moment, ça allait à peu près, mais son état a dû se détériorer. L'autre jour, je suis passé le voir et je l'ai entendu parler à quelqu'un, mais quand il a ouvert la porte, il n'y avait que lui, et il n'était pas au téléphone non plus.

— Il cherchait sa femme.

— Ça fait au moins trente ans qu'elle est morte. Il pourrait se faire du mal s'il commence à perdre la boule.

— C'est la raison de mon appel. Je me disais que s'il oubliait quelque chose sur la cuisinière...

— D'accord, je passerai le voir. Merci.

Cynthia a posé son portable sur le comptoir et a regardé Nathaniel prendre du café moulu dans une boîte et le verser dans la cafetière, en en mettant un peu à côté.

— Merde, a-t-il dit en balayant d'une main le café renversé dans son autre main. (Il a frappé ses paumes au-dessus de l'évier, puis les a passées sous l'eau.) Ça m'arrive tout le temps, a-t-il ajouté avec un autre petit rire forcé. Les chiens m'ont peut-être refilé quelque chose. La maladie de Carré ou quoi.

— C'est peut-être les puces, a plaisanté Cynthia. Il te faudrait un de ces colliers spéciaux.

— Comme ça, j'arrêterais de vouloir me gratter le cou avec le pied.

— Ça doit valoir le coup d'œil.

— Oh, je suis souple, a-t-il dit, puis, parce que cette remarque pouvait avoir une connotation sexuelle, il a ajouté rapidement : C'est à force de me baisser pour ramasser. C'est mieux que le yoga. Tu as essayé le yoga ?

— Non.

— J'ai essayé, mais je n'ai pas accroché. J'ai essayé toutes sortes de choses. Le yoga, le spinning... tu sais, le vélo d'appartement. Un cours de step, mais c'était vraiment un truc de nanas. Le karaté, mais j'ai arrêté à la ceinture violette, ce qui est loin d'être impressionnant. Je me rappelle encore deux ou trois choses, mais les katas – tu sais, ces mouvements qu'il faut enchaîner ? –, je n'ai jamais été capable de les faire correctement. J'ai aussi essayé le jogging, et je continue à courir un peu, avec les chiens. Au lieu de juste les promener en marchant, on court à fond de train sur environ huit cents mètres.

La cafetière a commencé à se remplir en gargouillant.

— Tu sors combien de chiens par jour ? a demandé Cynthia.

— J'en ai dix. Je vais d'une maison à l'autre, j'en fais quatre le matin, six l'après-midi, je les sors trois quarts d'heure environ. Je peux en caser deux de plus après le déjeuner parce que certains de mes clients habitent dans la même rue et que je peux en promener deux à la fois.

— Ils s'entendent bien ? Les chiens, je veux dire, pas les clients. Encore que si tu as des potins sur eux, je suis tout ouïe.

— Oui, les chiens s'habituent les uns aux autres, et ils aiment bien jouer, même si parfois je ne couvre pas beaucoup de terrain avec eux. Ils passent plus de temps à se renifler qu'à marcher.

Cynthia a secoué la tête.

— Tu dois vraiment aimer les chiens pour passer tes journées à faire ce que tu fais.

— On en a toujours eu quand j'étais petit. Jamais plus d'un à la fois, mais quand l'un d'eux mourait de vieillesse ou se faisait écraser par une voiture, on en prenait un autre.

Cynthia a grimacé.

— Ton chien s'est fait écraser par une voiture ?

Il a formé un V avec ses doigts.

— Deux. On a perdu O'Reilly quand j'avais trois ans, et Skip quand j'en avais dix. On habitait au bord d'une petite route de campagne, du côté de Torrington... j'ai encore beaucoup de famille là-bas. Mon frère a vécu dans ce coin. J'y ai des neveux et des nièces. Bon bref, mes parents n'attachaient jamais les chiens. Ils tenaient à ce qu'ils courent librement. Mon père disait que si l'un d'eux devait se faire écraser, eh bien, tant pis. Qu'il valait mieux pour un chien passer cinq bonnes années à courir comme un fou que quinze attaché à un arbre.

— Ça, je ne sais pas trop, a dit Cynthia.

— Quoi qu'il en soit, après, j'ai quitté la maison, je bossais tout le temps, et mon ex, que les morbacs la croquent, était allergique, si bien qu'il n'y a pas eu de chien dans mon existence pendant plusieurs années. Et puis, quand je me suis retrouvé dans la merde et que j'ai eu besoin de faire quelque chose, eh bien...

Il a levé les bras au ciel.

— Mais ça va, tu arrives à t'en sortir.

— Oh, ouais. Vingt-cinq dollars par chien, dix chiens, ça fait deux cent cinquante par jour, mille deux cent cinquante par semaine, et le tout en liquide, alors ça revient pratiquement à gagner mille huit cents dollars par semaine s'il fallait payer l'Oncle Sam. (Il lui a lancé un regard soupçonneux.) Maintenant, tu ne vas pas m'annoncer que tu travailles pour le fisc, et pas pour les services de santé.

— Tu es fait comme un rat.

— Et tu sais, je me fais aussi un peu d'argent à droite à gauche. La seule chose que je tenais à garder après que ma boîte a pris le bouillon, c'est mon ATS.

— Ton quoi ?

— Ma voiture. La Cadillac.

— Ah.

— Ce n'est pas vraiment une hybride, question consommation, et l'assurance n'est pas donnée, mais, merde, je ne voulais pas me séparer de ma bagnole.

(Il a ri.) Tu devrais voir la tête des gens quand je me pointe en Cadillac pour promener des chiens.

— Les chiens ne deviennent pas hystériques quand tu entres chez eux en l'absence de leurs maîtres ?

— Il faut d'abord apprendre à les connaître, c'est sûr, sinon ils seraient capables de te sauter dessus. Je m'occupe d'un doberman et d'un berger allemand... Je ne les sors pas ensemble, ces deux-là... Ce n'est pas le genre de clebs que tu as envie d'énerver quand tu passes la porte d'entrée.

— Les gens te confient leurs clés, alors ? a demandé Cynthia.

Il a montré du doigt un trousseau à côté du grille-pain sur lequel se trouvaient une douzaine de clés.

— Parfois, j'ai aussi besoin du code. Mais ça ne dérange pas plus les gens de me le donner que de le donner à leur baby-sitter, a-t-il dit avec un soupir. Tu dois me prendre pour le dernier des losers. À mon âge, faire ce que je fais... Tu sais que j'ai pesé des centaines de milliers de dollars ? Ce que je gagne en une semaine à sortir ces cons de chiens, je le gagnais en dix minutes. Je pouvais m'offrir tout ce que je voulais. J'entrais dans une boutique, je voyais une paire de chaussures à trois cents dollars, et ne me posais même pas la question. Je disais, c'est bon, je les prends. Et je les rapportais chez moi, les mettais une fois, me rendais compte qu'elles me faisaient mal aux pieds, et je n'essayais même pas de les rendre. Je m'en foutais.

Cynthia a secoué la tête.

— Je ne pense pas que tu sois un loser. Qu'est-ce qu'on dit, déjà ? La vie est un voyage, et quand on y pense, la tienne est plus intéressante que celle de la plupart des gens. Comme tu l'as dit la première fois que je t'ai rencontré, tu reprends ton souffle. Tu ne vas pas faire ça toute ta vie. Un jour, tu te diras que c'est bon, qu'il est temps de passer à autre chose.

C'est à ce moment-là que ça a fait tilt dans sa tête.

Oui, il était temps de passer à autre chose.

Elle allait quitter cet appartement.

Elle allait rentrer chez elle.

On ne réglait pas ses problèmes domestiques en déménageant. On réglait ses problèmes en restant chez soi.

Je ne vais pas fuir. Je vais rentrer à la maison.

— Cynthia ?
— Hmmm ?
— Tu es là ?
— Oui, j'écoute.
— J'ai dit que tu avais peut-être raison. Il faut du temps pour tout, non ?

Elle a hoché la tête lentement avant d'annoncer :
— Je vais déménager cette semaine.
— Pour aller où ?
— Chez moi.
— Ça fait à peine quelques semaines que tu es là.
— C'est quelques semaines de trop. C'était... c'était une erreur.
— Non, a rétorqué Nathaniel. Il fallait peut-être que tu viennes habiter ici pour réaliser que c'était une erreur, même si ça paraît cucul comme remarque. Je pensais que tu désirais t'éclaircir les idées, faire le point. Peut-être que vivre dans cette maison t'a fait apprécier à sa juste valeur ce que tu as laissé derrière toi. Ton mari... et tu as une fille, non ?
— Grace, a-t-elle dit avec mélancolie. J'ai abandonné ma famille parce que je me croyais malade, mais il n'y a qu'eux qui peuvent me guérir.

— Qu'est-ce que tu prends ?

— J'ai essayé deux ou trois trucs, comme le Xanax, mais ça ne me réussit pas. À mon avis, je dois résoudre mes problèmes moi-même, sans aucune interférence artificielle.

— Je voulais dire dans ton café.

— Oh ! a fait Cynthia en riant.

— Crème, sucre ?

— Noir, merci.

Nathaniel a retiré la verseuse et rempli deux mugs. Il en a posé un devant Cynthia, puis s'est frappé le front avec la paume de la main.

— Quelle idée de faire du café ! C'est une soirée spéciale pour toi. Si tu déménages, si tu rentres chez toi, il faut fêter ça.

Il a repris le mug avant que Cynthia puisse y toucher et l'a vidé dans l'évier. Il a ouvert le frigidaire et en a sorti une bouteille de vin blanc.

— Non, il ne faut pas...

— Ne dis pas n'importe quoi.

— Vraiment, c'est...

— Écoute, c'est un pinot gris à bouchon à vis, et il est déjà ouvert. Le geste est moins grandiose qu'il n'y paraît. À moins que... Tu bois de l'alcool ?

— Oui, a-t-elle soupiré.

— Eh bien, c'est parfait, alors.

Il a déniché deux verres à moutarde dans le placard, dévissé le bouchon.

— Un très bon millésime. Le mois de mars, je crois, a-t-il dit en fixant l'étiquette.

Cynthia souriait avec gêne. Boire un café avec le jeune homme d'en face – et comparé à elle, c'était vraiment un jeune homme – était une chose, partager une bouteille de vin... en était une autre.

Arrête. Il essaie juste de se montrer gentil.
Il a rempli les deux verres, lui en a tendu un.

— À la tienne ! a-t-il dit en levant le sien et en le faisant tinter contre celui de Cynthia. Aux nouveaux départs !

— Aux nouveaux départs.

— Le mien est pour plus tard, a-t-il dit. J'appartenais à un club d'œnologie, avant. Très très snob. Ma femme et moi, nous étions invités à des dégustations, avec fromages et chocolats fins. On m'envoyait des bouteilles du dernier chardonnay, du dernier merlot ou je ne sais quoi encore dans de luxueuses caisses en bois. Ça coûtait une fortune. Cette bouteille-là, elle me revient à sept dollars. Et tu sais, elle me soûle tout aussi efficacement que les trucs hors de prix. Ce qui, soit dit en passant, m'arrive fréquemment, et souvent seul.

Il a porté le verre à ses lèvres, l'a vidé d'un trait, puis l'a rempli de nouveau.

— J'étais quelqu'un, a-t-il dit. Mais c'est fini.

— Je suis désolée, Nathaniel. Tu as été traité injustement.

— Je ne t'ai jamais demandé de m'appeler Nate ?

— Je…

Il a souri, lui a tapoté la main.

— Appelle-moi Nate.

— D'accord, Nate.

— Par certains côtés, ç'a été une bénédiction. J'étais tellement stressé tout le temps. Chaque minute était consacrée au travail. Je crois que même si je n'avais pas tout perdu, j'aurais été bon pour une dépression nerveuse. Mais j'ai tout perdu. Absolument tout. Et, pire que tout, j'ai perdu Charlotte.

— C'était ta…

165

— Ma femme, oui. Une fois que le robinet a été coupé, elle a commencé à chercher la sortie. Elle a fini avec ce connard... quelqu'un que je croyais être mon ami... et qui a toujours sa carte Platine, lui. Il dirige une entreprise de jeux vidéo. Ça l'a rendu riche, et maintenant...

Il a secoué la tête.

Cynthia ne savait pas quoi dire.

— Tu as déjà perdu quelque chose, toi ? lui a-t-il demandé.

Elle a hésité.

— Je sais ce que c'est, disons.

La curiosité de Nathaniel était piquée.

— Vraiment ? Tu possédais une fortune et tu l'as perdue ? Une grande maison, une belle voiture ? La totale ?

— Non. Ce n'était pas une perte financière.

Elle a porté le verre à ses lèvres et bu une petite gorgée.

Le regard du jeune homme s'est adouci.

— Oh, merde. Désolé. Mais tu ne parles pas de ton mari ou de ta fille. Tu les as toujours, eux.

Elle a fait rouler le vin dans sa bouche, comme s'il coûtait plus de sept dollars la bouteille, avant de l'avaler lentement.

— Ça s'est passé il y a longtemps. Ma famille. J'ai perdu ma famille.

— Comment ça ? Tu veux dire que tes parents sont morts ?

Cynthia n'avait ni l'énergie ni le désir de raconter son histoire.

— C'est plus ou moins ça, a-t-elle répondu. Et mon frère aussi. Il n'y avait plus que moi. Après ça, je suis allée vivre avec ma tante.

— Nom de Dieu. Qu'est-ce qui est arrivé ?
Elle a secoué la tête.
— Désolé, désolé. Ça ne me regarde pas. Qu'est-ce que je suis con ! Je suis là à me faire plaindre alors que tu as vécu une expérience sans doute mille fois pire.

Il a pris son verre et la bouteille et a contourné l'îlot pour venir s'asseoir sur le tabouret à côté d'elle, son épaule effleurant la sienne. Cynthia a eu l'impression qu'une sorte de fluide électrique émanait de son corps.

— Vraiment, je suis désolé.
— Ne te sens pas coupable. Ce qui m'est arrivé, ce qui t'est arrivé, ça a changé nos vies. Ce sont des événements traumatisants, chacun à leur manière.
— Oui, mais n'empêche. Laisse-moi te resservir.

Cynthia n'avait bu que la moitié de son verre mais l'a laissé faire. Il avait pratiquement fini son deuxième verre et s'est resservi, ce qui a vidé la bouteille. Lentement, il a demandé :

— Toi qui as vécu quelque chose d'aussi abominable, tu ne te dis jamais que... Je ne sais pas comment exprimer ça. Tu ne te dis jamais : J'en ai marre de respecter les règles ? Merde, à la fin, j'en ai rien à foutre ? Comme si tu voulais prendre ta revanche. Pas sur quelqu'un en particulier, mais sur la terre entière.

Cynthia a bu une autre gorgée.

— J'ai connu ça à la fin de l'adolescence. On estime avoir le droit de faire tout ce qu'on veut sous prétexte que la vie vous a désavantagé. Mais ça m'a passé. Je ne voulais pas être un boulet pour ma tante. Je veux dire, elle était déjà assez bonne de me recueillir. Si elle m'avait fichue à la porte, je n'aurais eu nulle part où aller. Ce n'est pas parce qu'il vous est arrivé une tuile qu'il faut gâcher la vie de son entourage.

— Euh, oui, bien sûr. Ta tante, elle est toujours en vie ?

Cynthia a senti sa gorge se serrer, ses yeux se mouiller.

— Non.

Ils sont restés là, épaule contre épaule, pendant un moment, sans que ni l'un ni l'autre ne dise quoi que ce soit.

— Écoute, il faut que j'y aille.

— J'ai une autre bouteille entamée au frigo. Ce serait bête de ne pas lui faire un sort.

Elle a senti la pression de son épaule augmenter très légèrement.

— Nate, a-t-elle dit.

— J'ai l'impression d'avoir perdu ces dernières semaines. J'avais quelqu'un comme toi de l'autre côté du couloir... et voilà que tu t'apprêtes à partir.

— Nate.

— Je dis juste que je t'aime bien. C'est agréable de parler avec toi. C'est *facile*. Peut-être à cause de ce qui t'est arrivé, tu as plus d'empathie que la plupart des gens.

— Ça, je n'en sais rien.

Il a ouvert la bouche pour ajouter quelque chose, s'est arrêté, a recommencé.

— Je pense avoir fait quelque chose que je n'aurais pas dû faire, a-t-il dit.

Il a changé de position sur le tabouret de façon à lui faire face plus directement, son visage à quelques centimètres de celui de Cynthia.

— Nate, ce n'est pas grave. Quoi que tu aies fait, ne t'inquiète pas.

— Ton mari, il a de la chance que tu rentres à la maison. Si tu étais ma femme, je ne t'aurais jamais laissée partir.

— Je ferais vraiment...

— Non, je suis sérieux, tu es une femme vraiment...

— J'ai l'âge d'être ta mère.

— C'est n'importe quoi, à moins que tu te sois fait engrosser à dix ans, a-t-il dit tout bas.

— Et tu te trompes... tu n'as rien fait que tu n'aurais pas dû faire, et moi non plus. On a juste pris un verre, et maintenant, je rentre chez moi.

— Non, attends... ce n'est pas ce que j'ai voulu dire. Si je t'ai invitée... Je veux dire, je t'ai invitée parce que je t'aime bien, tu sais ? Mais il y a quelque chose que je voulais te demander.

— D'accord.

Elle a hésité puis opiné de la tête.

— Il s'agit de ton ami.

— Mon ami ?

— Celui qui est passé ici il y a quinze jours.

Cynthia se souvenait de la rencontre en question.

— Eh bien quoi, Nate ?

— Tu te rappelles, il m'a demandé ce que je faisais, et je lui ai dit que je promenais des chiens.

— Oui.

— Tu as dû lui en dire un peu plus sur mon compte après ça, non ?

Elle a fait un effort de mémoire.

— Si je l'ai fait, je n'avais pas grand-chose à raconter, Nate, franchement.

— Le problème, c'est qu'il a repris contact avec moi.

Cynthia a frissonné.

— Oh.

— Oui. Il a dû me googler ou quoi parce qu'il savait plus ou moins ce par quoi j'étais passé, mes déboires financiers. Quand on a gagné des centaines de milliers de dollars en vendant des applications pour portables, mon activité actuelle représente une sacrée dégringolade. Il avait même enquêté sur ma vie privée ; il savait que ma femme m'avait quitté, qu'elle voyait un autre type.

— Nate, qu'est-ce que tu... ?

— Enfin bref, il a dit qu'il pouvait m'aider, si je lui donnais un coup de main.

— De quelle façon ?

Il a hésité.

— Je ne veux pas aborder ce sujet.

— Qu'est-ce que tu as répondu ?

— J'ai réfléchi, et j'ai accepté. Parce qu'il m'a assuré, et il a été catégorique là-dessus, qu'il n'arriverait rien. Que personne ne serait jamais au courant.

— Nate, je ne sais absolument pas de quoi tu parles. Dis-moi, qu'est-ce que tu as accepté ?

Il s'est couvert la bouche avec la paume, l'a passée sur son menton.

— Il vaut sans doute mieux que je ne te raconte pas tout.

Cela lui convenait parfaitement. Après tout, Cynthia n'était pas sûre de vouloir être dans la confidence.

— Ce que je me demandais, puisque c'est un ami à toi... Je me demandais si tu ne pourrais pas lui parler. Parce que je veux mettre un terme à notre arrangement. Je veux arrêter. Je suis même prêt à rembourser tout l'argent qu'il m'a donné jusqu'ici. Enfin, la plus grosse partie en tout cas. J'en ai dépensé un peu. Mais j'ai dans l'idée que ce n'est pas le genre de type à accepter qu'on dénonce un accord commercial, même si on n'a pas vraiment signé de contrat.

— Tu veux que je lui parle ? a demandé Cynthia.

Nate a acquiescé d'un hochement de tête.

— Oui, je t'en serais vraiment reconnaissant. Je veux dire, Vince est ton ami, non ? Il a dit qu'il te connaissait depuis très longtemps, depuis le lycée, que vous étiez restés en contact.

20
Terry

Cela faisait six mois que je n'avais pas vu Jane Scavullo.

J'étais chez Whole Foods, en train d'acheter une petite barquette de salade d'œufs, des muffins et des pâtes fraîches – il m'en avait coûté vingt dollars –, quand je l'avais remarquée qui passait à la caisse devant moi.

J'avais hésité à attirer son attention. Ce n'était plus la fille qui avait été mon élève sept ans auparavant, à dix-sept ans, lorsqu'elle suivait mon cours d'écriture créative. Celle qui se faisait exclure temporairement parce qu'elle se battait avec d'autres filles, qui préférait passer ses journées à fumer dans les toilettes plutôt que de se montrer en cours, qui en voulait à la terre entière, qui ne s'en laissait conter par personne, semblait se foutre de tout.

Et qui savait écrire.

Chaque fois que j'avais une pile de devoirs de cette classe à corriger, je gardais sa copie pour la fin – à supposer qu'elle en ait rendu une. Je me rappelais encore ce passage, dans un de ses devoirs :

> *… tu es un gosse, et tu penses que ça va plutôt pas mal, et puis un jour, ce type qui est censé être ton paternel, il te sort : À plus, et bonne continuation. Et toi, tu te dis : C'est quoi ces conneries ? Et puis des années plus tard, ta mère finit par vivre avec un autre type, qui a l'air réglo, mais toi, tu te dis : Quand est-ce que ça va arriver ? C'est ça, la vie. La vie te demande toujours : Quand est-ce que ça va arriver ? Parce que si ce n'est pas arrivé depuis très, très longtemps, c'est que t'es vachement en retard.*

Elle avait écrit ce devoir après que sa mère s'était mise en ménage avec un certain Vince Fleming, un individu qui était, comme on dit, connu des services de police, et pas seulement ici, à Milford. J'avais passé une longue nuit extrêmement pénible en sa compagnie sept ans auparavant, lorsqu'il nous avait aidés à découvrir ce qui était arrivé à la famille de Cynthia.

Il avait manqué y laisser sa peau.

Mais la bonne action de Vince ne faisait pas de lui un citoyen respectable.

Il m'avait pratiquement avoué, cette fameuse nuit, avoir commis un meurtre dans sa jeunesse, et j'avais dans l'idée que ce n'était pas le seul. Il me mettait mal à l'aise, mais je ne le considérais pas comme un psychopathe. Les actes de violence qu'il commettait, quels qu'ils soient, n'étaient, dans son univers, qu'une façon de faire des affaires. Cependant, comme je me l'étais rappelé à l'époque, ce n'est pas parce que les scorpions ne vous piquent pas par méchanceté que c'est une bonne idée d'en fréquenter.

Il m'avait bien fait comprendre une chose pendant le court moment que nous avions passé ensemble :

même si Jane Scavullo n'était pas sa fille, elle comptait beaucoup pour lui, et il voulait ce qu'il y avait de mieux pour elle. Quand Vince avait une vingtaine d'années, il était devenu père. Une jeune femme qu'il avait mise enceinte avait eu une petite fille, mais peu de temps après, la mère et la fille avaient été tuées dans un tragique accident.

Je pense que Vince voyait souvent en Jane la jeune femme que sa propre fille aurait pu devenir.

Il y avait sept ans, il m'avait fait promettre de faire tout ce qui était en mon pouvoir pour l'aider. Même si j'avais demandé ma mutation et quitté le lycée d'Old Fairfield pendant quelques années, j'avais continué d'encourager Jane à écrire. Mais ce n'était pas aussi simple. Il ne suffisait pas de lui dire qu'elle était douée pour enchaîner les mots. Je devais la persuader que son existence valait la peine d'être racontée. Qu'on n'était pas obligé d'être un grand nom, une célébrité sans cervelle pour être intéressant. Que la vie de tout un chacun avait de la valeur et qu'il y avait des leçons à en tirer. Que son expérience, en dépit de ses efforts pour la ravaler, méritait d'être prise en considération.

— Qu'est-ce que ça peut vous faire ? m'avait-elle demandé plus d'une fois.

— Si je te dis que je fais ça parce que je m'intéresse à toi, tu vas penser que je raconte des conneries, lui avais-je dit. Tu ne me croiras pas. Alors je vais te donner une raison plus égoïste. C'est pour moi. Si je peux faire en sorte que tu te préoccupes tant soit peu de ton avenir, je me sentirai mieux dans ma peau et j'aurai l'impression d'avoir servi à quelque chose en tant que prof.

— C'est une histoire d'ego, alors.

— Oui. Ça ne concerne que moi. Ça n'a absolument rien à voir avec toi.

Jane était restée impassible.

— Alors comme ça, si je fais semblant de m'intéresser, vous serez un genre de Professeur Holland.

— C'est ça. Contente-toi de donner le change. Ne réussis pas parce que au fond de toi tu veux faire mieux. Fais-le pour voir si tu arrives à nous berner.

— D'accord. Je serai votre Eliza Do-nothing[1].

— Elle est bonne.

— Vous pensez que je ne lis pas ? Je connais des trucs.

— Tu vois ? Tu as déjà capté l'esprit de la chose.

D'autres collègues avec qui j'étais resté en contact m'avaient rapporté que Jane Scavullo commençait à faire des efforts. Elle n'avait pas encore exactement le niveau pour Yale, mais elle pourrait effectivement quitter le lycée avec un diplôme.

— Tu es très bonne dans ce rôle, lui avais-je dit.

— Je suis en course pour un oscar.

L'année de sa terminale, elle séchait moins les cours qu'auparavant. Elle rendait certains devoirs. Ses notes s'amélioraient.

— Je pense que tu ne joues plus, avais-je remarqué un jour. Je promets de garder ça pour moi, mais je crois que tu as arrêté de t'en foutre.

— Je ne le fais pas pour vous.

— Tu le fais pour toi.

— Vous vous croyez super-intelligent, mais en fait, vous ne l'êtes pas, vous savez ? Je le fais pour lui.

Pour Vince.

---

1. Allusion à Eliza Dolittle, l'héroïne de *Pygmalion*, la pièce de George Bernard Shaw qui a inspiré *My Fair Lady*. (*N.d.T.*)

J'aurais dû piger ça beaucoup plus tôt. Elle essayait de gagner son pardon en faisant quelque chose de sa vie. Ce que j'avais mis longtemps à comprendre, c'était que Jane portait une lourde responsabilité vis-à-vis de Vince. C'était elle qui l'avait persuadé de m'aider, la nuit où il avait failli mourir.

J'avais aidé Jane à remplir ses dossiers d'inscription pour l'université, avais écrit des lettres de recommandation. Ses professeurs avaient raison : elle n'avait pas le niveau pour Yale. Mais elle avait été acceptée à l'université de Bridgeport, où elle avait choisi la publicité. « C'est parfait pour moi, avait-elle déclaré. J'ai passé ma vie à essayer de faire gober aux gens des trucs qui n'étaient pas vrais. » La publicité lui avait permis de mettre à profit son don pour les mots et sa force de persuasion.

Elle m'envoyait des mails de temps en temps, surtout pendant sa première année. Je me demandais si j'allais avoir droit à une invitation à sa remise de diplôme, mais j'avais été soulagé de ne pas en recevoir. Il y avait de bonnes chances qu'elle ne se soit pas donné la peine d'y assister, de toute façon. Jane n'attachait pas beaucoup d'importance aux cérémonies. Mais si elle y était allée et si j'y avais assisté, je serais très probablement tombé sur Vince, et je n'y tenais pas.

Longtemps, j'avais eu des sueurs froides en pensant à lui.

Cynthia et moi étions passés deux fois à l'hôpital de Milford alors qu'il se remettait de sa blessure par balle. Nous n'étions pas restés suffisamment longtemps pour vraiment parler de visites. Il n'avait pas été particulièrement heureux de nous voir.

— Le truc le plus débile que j'aie jamais fait, c'est de vous avoir fréquentés, tous les deux ! avait-il déclaré la première fois que nous étions entrés dans sa chambre.

Difficile de soutenir le contraire. C'était Cynthia qui avait insisté pour que nous revenions prendre de ses nouvelles.

— Il sera peut-être dans de meilleures dispositions s'il se sent mieux, avait-elle fait valoir. On lui doit beaucoup.

Nous avions donc essayé.

En regardant Cynthia, Vince avait dit :

— Si je pouvais me dégoter une machine à remonter le temps, je monterais dedans et je la programmerais sur 1983. Au lieu de sortir avec toi ce soir-là, j'aurais dû chercher... la fille la plus *moche* de Milford. J'aurais même dû sortir avec un pédé et faire tout ce qu'il avait envie de faire, si ça m'avait évité d'être mêlé à ce merdier et de finir par me prendre une balle dans le bide des années plus tard. Alors vous pouvez garder vos cartes de prompt rétablissement, vos putains de fleurs et foutre le camp.

Nous avions renoncé à une troisième visite et ne l'avions pas revu depuis.

Je n'avais pas parlé à Jane de cette scène, mais j'avais tenu la promesse faite à Vince de lui donner un coup de pouce.

— Qu'est-ce qui se passe entre vous deux ? m'avait-elle demandé une fois. Je lui ai demandé si vous vous parliez, et il a juste grogné.

— Nous avons pris des chemins différents, en quelque sorte.

— Vous vous croyez trop bien pour lui, c'est ça ? Lui, c'est le type né du mauvais côté de la barrière. Vous ne voulez pas qu'on vous voie ensemble.

Cette remarque avait touché un point sensible.

Même si Vince avait été disposé à me fréquenter, avait voulu aller boire une bière de temps en temps, j'aurais probablement refusé, mais pas parce que je me serais cru trop bien pour lui. Vince n'était pas le genre d'individu avec qui j'avais le courage de frayer. C'était un vrai dur, comme ceux avec qui il traînait.

Vince gagnait sa vie en enfreignant toutes les règles.

J'étais un prof de lycée qui payait ses contraventions.

Vince tuait des gens.

Je nous voyais mal devenir copains.

Si bien que, lorsque j'avais aperçu Jane au Whole Foods, j'étais partagé. Ça m'aurait fait plaisir de prendre de ses nouvelles. Mais la conversation s'orienterait inévitablement sur Vince, et je n'avais pas envie de parler de lui.

Je montais dans ma voiture quand, derrière moi, j'avais entendu :

— Vous m'avez repérée mais vous n'avez rien dit. Je le sais.

Je m'étais retourné et je l'avais vue plantée devant moi, un sac en papier kraft à la main.

— N'essayez pas de nier.

— Je n'essaierai pas. Tu as bonne mine.

C'est vrai qu'elle avait changé à son avantage. Pas de jean déchiré, pas de narine avec un piercing, pas de mèches de cheveux roses. Elle était… élégante. Des vêtements élégants, un tailleur chic, les ongles vernis, des cheveux plus courts que dans mon souvenir, bien coupés.

— Vous, vous avez une tête de déterré, avait-elle lâché, avant de sourire. Désolée. Je suppose que c'est l'ancien moi qui parle. Laissez-moi recommencer. Comment allez-vous ?

— Ça va, avais-je répondu avec une lassitude dans la voix qu'elle avait dû détecter.

Ce qui se passait à la maison sapait mes forces.

— Je n'avais pas l'intention de vous agresser. Si vous ne voulez pas me parler, c'est cool.

J'avais souri.

— Je suis désolé. Je t'avais vue, en effet. Mais tu avais l'air pressée et je ne voulais pas te retarder. Comment vas-tu ?

— Bien. Enfin, pas mal. Je retournais au travail.

— Qui se trouve où ?

— Après la fac, j'ai trouvé un boulot chez Anders & Phelps.

Elle avait attendu une demi-seconde pour voir si je connaissais le nom. Quand elle avait vu que ce n'était pas le cas, elle avait expliqué :

— C'est une petite agence de pub, ici, à Milford. On n'a pas le compte Coca-Cola, ou quoi. Ça reste local, mais c'est marrant. Je suis en train de monter un spot radio pour un réparateur de chaudières.

— C'est fantastique, avais-je commenté, et j'étais sincère.

Elle a haussé les épaules.

— Ce n'est pas vraiment *Mad Men*, mais il y a un début à tout. Quand j'ai dit que vous aviez une tête de déterré, je ne le pensais pas, mais vous avez l'air un peu... fatigué.

— Un peu. Mais bon, on a tous quelque chose qui ne va pas à un moment ou à un autre, non ? C'est un de ces moments.

— Bon Dieu, après tout ce qui est arrivé, ça fait quoi, six ans ?

— Sept.
— Tout n'a pas été rose depuis ?
— On fait de notre mieux.
— Comment va votre fille ? Grace, c'est ça ? Quel âge a-t-elle maintenant ?
— Quatorze ans. Même si j'ai l'impression qu'elle en a plutôt dix-neuf.
— L'ado infernale.
— Elle a ses bons côtés. (J'avais hésité.) Comment va Vince ?

Nouveau haussement d'épaules.

— Bien, j'imagine. Lui et ma mère ont officialisé il y a cinq ans, ils se sont mariés.
— Génial.

Elle avait secoué la tête.

— Oui, mais après, il y a un mois, elle est morte. Cancer du sein.

Mon visage s'était allongé.

— Je suis navré.
— Hé, comme vous avez dit, on a tous quelque chose qui ne va pas à un moment ou à un autre. Il y a quatre semaines encore, j'étais donc officiellement la belle-fille de quelqu'un. (Un silence, pendant lequel elle avait donné l'impression de se ressaisir.) J'ai déménagé il y a un moment, de toute façon.
— Et Vince, il tient le coup ?
— Vous connaissez Vince. On ne sait pas s'il faut le plaindre ou le considérer comme un gros con. En tout cas, je suis mieux toute seule. J'ai un appartement au bord de l'eau. Le pied ! Et ce n'est pas tout.
— Dis-moi.
— Il y a ce garçon, avait-elle annoncé avec un grand sourire. Bryce. On sort ensemble depuis

longtemps, et quand j'ai quitté la maison, on a emménagé ensemble.

— C'est super. Je suis content que les choses aient bien tourné pour toi sur ce chapitre.

Jane Scavullo avait marqué un temps d'arrêt avec l'air de me jauger.

— Vous avez été plutôt réglo avec moi, Prof. Vous avez été le seul à croire en moi.

— Ce n'était pas difficile.

— Ça, avait-elle dit, c'est des conneries.

Un étrange silence avait suivi.

— Bon, je dois vous laisser. Ça m'a fait plaisir de vous voir.

Elle m'avait serré dans ses bras avant de rejoindre sa voiture. Une Mini bleue. Et m'avait fait un signe de la main en partant.

Et voilà que nous tombions à nouveau l'un sur l'autre. Dans un endroit et des circonstances des plus improbables. Dans l'allée d'une maison où ma fille craignait d'avoir tiré sur quelqu'un. Une maison que j'avais fouillée illégalement.

Où, à défaut de Stuart, j'avais trouvé du sang.

— Qu'est-ce que tu fais ici, Jane ? lui ai-je demandé.

— C'est Vince, a-t-elle répondu. Il veut vous dire un mot.

21

Terry

Vince Fleming souhaitait me parler ? Maintenant ? À cette heure ? Qu'est-ce que ça pouvait bien signifier ? Cela faisait sept ans que je ne lui avais pas adressé la parole, depuis cette seconde visite à l'hôpital. Pourquoi voulait-il prendre contact avec moi ?

À moins que.

— Dis-moi que ce n'est pas la maison de Vince, ai-je demandé à Jane.

À ma connaissance, il habitait toujours sur la plage d'East Broadway. L'idée d'avoir pu m'introduire au domicile de cet homme m'a retourné l'estomac.

Elle a secoué la tête.

— Non.

— Eh bien, merci mon Dieu. Si ce n'est pas sa maison, je ne sais pas ce qu'il me veut. Grace et moi devons partir.

Je voulais faire monter ma fille dans la voiture et filer directement à l'hôpital de Milford pour voir si Stuart Koch y avait été admis. Et en fonction de ce que nous y apprendrions, il était fort possible que je me mette en quête d'un avocat pour Grace avant le lever du soleil. Quelqu'un avait perdu du sang dans cette maison, et plus tôt on aurait trouvé à qui il appartenait et comment il avait été versé, plus grandes seraient nos chances d'arriver à débrouiller ce sac de nœuds. Il est difficile de tirer quelqu'un d'affaire quand on ignore l'ampleur des dégâts.

— Comment as-tu su que nous étions ici ? ai-je demandé à mon ancienne élève.

Jane a porté son regard sur Grace.

— Je l'ai appelée, a reconnu cette dernière. Tout à l'heure. Avant de t'appeler pour que tu viennes me chercher.

Grace avait téléphoné à Jane ? Depuis quand possédait-elle ses coordonnées ? Et depuis quand la connaissait-elle ?

— Quoi ? Pourquoi l'as-tu appelée ? ai-je demandé à ma fille.

Grace a répondu si doucement que je ne l'ai pas entendue.

— Quoi ?

— Parce que c'est une amie, a dit Grace. Parce que j'ai pensé qu'elle pourrait m'aider.

— Je lui ai dit que la personne à appeler, c'était vous, pas moi, a précisé Jane.

— Qu'est-ce que tu as trouvé ? m'a demandé Grace. Dans la maison. Tu as trouvé quelque chose ?

J'ai prié Jane de m'excuser et j'ai entraîné Grace à l'écart afin de pouvoir lui parler seul à seule.

— J'ai découvert du sang, lui ai-je dit.

— Oh, mon Dieu.

— Très peu, dans la cuisine. J'ai cherché partout ailleurs, mais je n'ai rien trouvé, ni personne. Cela dit, il s'est passé quelque chose dans cette maison. On va aller à l'hôpital voir si Stuart a été admis aux urgences, et si ça ne donne rien, on...

— Monsieur Archer.

C'était Jane. Elle ne m'avait jamais appelé par mon prénom. C'était toujours M. Archer ou Prof.

— On discute, là, ai-je répondu.

— Vince a vraiment horreur qu'on le fasse attendre. Je ne sais pas ce que vous vous racontez, mais croyez-moi, il est plus important que vous parliez à Vince.

— Je ne comprends pas, Jane. Qu'est-ce qu'il a à voir là-dedans ?

Elle a secoué la tête, haussé l'épaule droite d'un centimètre comme si elle était trop lasse pour un haussement d'épaules complet. Je me suis rappelé qu'elle faisait ce geste quand elle était dans ma classe.

— Vous savez que je ne me mêle pas de ses affaires. Il fait ses trucs et je fais les miens. Moins j'en sais, mieux je me porte. Ce n'est pas qu'il ait besoin de moi, mais il s'est dit, en l'occurrence, qu'il serait peut-être préférable que ce soit moi qui vous aborde. Et puis il ne sait plus trop où donner de la tête en ce moment.

Je me suis retourné vers la maison.

— Cette... cette maison... a un rapport avec Vince.

Jane n'a ni confirmé ni démenti.

— Comme je l'ai dit, c'est à lui qu'il faudra demander.

Elle a hésité.

— Il voudra aussi parler à Grace.

— Certainement pas.

— Je l'ai prévenu que vous diriez ça. Alors on a passé un marché, que je vais à mon tour passer avec vous. Grace pourra rester avec moi pendant qu'il vous parlera. Ça vous va ?

Je n'allais pas rester là à débattre de ça toute la nuit avec elle. Si je refusais, Vince enverrait ses hommes de main me chercher, comme il l'avait fait une fois, il y a longtemps.

— Très bien, ai-je acquiescé.

Nous avons tous les trois descendu l'allée jusqu'à la rue. Environ deux cents mètres plus loin, j'ai aperçu la Mini de Jane garée sous un réverbère.

— Allez, viens, a fait Jane à Grace.

— Attends, ai-je dit. La maison sur la plage ?

— Oui, a confirmé Jane. Où vous aviez eu le plaisir de faire sa connaissance. Vous vous rappelez ?

Il aurait été difficile d'oublier.

Il m'a fallu moins de dix minutes pour arriver là-bas. J'avais effectué ce trajet à de nombreuses reprises au cours de ces sept dernières années, et pas parce que je voulais me remémorer ma rencontre avec Vince Fleming. East Broadway était simplement une rue de Milford que j'empruntais souvent pour traverser la ville. C'était également un de mes coins préférés, cette bande de terre le long de la plage qui donnait sur le détroit de Long Island et sur l'île Charles, laquelle faisait officiellement partie du parc de Silver Sands. On racontait que le capitaine Kidd y avait enterré un trésor des siècles auparavant, et je pariais que, si quelqu'un avait pu le trouver, ç'aurait été Vince.

Ce n'était plus tout à fait le quartier idyllique qu'il était encore deux ans auparavant, avant que la tornade Sandy passe par là, dévastant de nombreuses maisons sur le front de mer, abattant des arbres, portant un coup terrible à d'innombrables propriétaires et à leurs familles, ramenant des tonnes de sable sur plusieurs dizaines de mètres à l'intérieur des terres.

Nous nous en étions tirés à relativement bon compte. Un arbre tombé dans le jardin, une vitre cassée par le vent et quelques bardeaux arrachés sur le toit, mais en comparaison des dégâts qu'avaient subis nombre de nos voisins, nous n'avions pas à nous plaindre.

East Broadway reprenait vie. La rue avait été bordée de camionnettes d'artisans pendant plus de vingt mois. Toutes les maisons n'étaient pas réparables. La tempête en avait rasé beaucoup, en avait arraché d'autres à leurs fondations. Certaines habitations qui paraissaient relativement épargnées étaient quand même promises à la démolition car leur structure était trop endommagée.

La maison de Vince faisait partie des habitations réparables. J'étais venu ici à pied plusieurs fois dans les jours qui avaient suivi le passage de l'ouragan ; pendant que des équipes travaillaient au nettoyage des rues encombrées de sable et de débris, la circulation automobile était interdite. Un morceau du toit de la résidence d'un étage de Vince avait été soufflé, des fenêtres avaient été fracassées, une partie du bardage avait été arrachée. Mais quand on la comparait à celles des voisins, il avait eu de la chance. On avait l'impression que les deux maisons d'à côté avaient été dynamitées.

Jane roulait devant moi, pensant peut-être que je ne pourrais pas trouver l'endroit tout seul. Ses feux stop se sont allumés et je l'ai vue montrer le bâtiment du doigt. Grace était à peine visible sur le siège passager. Jane a arrêté la Mini et je me suis garé derrière elle.

Grace a baissé sa vitre quand je me suis approché de son côté.

— Si tu as le moindre problème ou si tu as des nouvelles de Stuart, lui ai-je dit, tu m'appelles, d'accord ?

Elle a fait oui de la tête.

La plus grande partie du rez-de-chaussée faisait office de garage. On pouvait y loger deux voitures ou hiverner un bateau. Sur le côté gauche de la maison, un escalier conduisait à un petit palier. En levant les yeux, j'ai aperçu de la lumière. J'ai gravi les marches. Pas trop lentement, mais pas trop vite non plus. Je me disais que Vince serait aux aguets, et je ne voulais pas débouler là-haut comme un chien qui accourt quand on le siffle. On essaie de préserver son amour-propre comme on peut.

Arrivé sur le palier, j'ai frappé bruyamment à la porte-moustiquaire.

— C'est ouvert, a-t-il dit.

Cela faisait longtemps que je n'avais pas entendu cette voix. Elle était toujours reconnaissable, mais plus râpeuse. Peut-être même moins énergique. Mais je me gardais bien de jauger cet homme sur ses seules capacités vocales.

J'ai ouvert la porte et je suis entré. Le salon se trouvait côté plage, la cuisine à l'arrière. J'ai regardé vers le détroit, mais il n'y avait pas grand-chose à voir à cette heure de la nuit, à part quelques étoiles et les feux indistincts de quelques bateaux au large.

La pièce n'avait pas du tout changé depuis que j'y avais été conduit par les gorilles de Vince sept ans auparavant. Ils m'avaient kidnappé, en fait. Je l'avais cherché un peu partout en ville, me disant qu'il serait peut-être susceptible de m'aider à retrouver Cynthia, qui avait disparu avec Grace à ce moment-là, et lorsqu'il avait appris que quelqu'un rôdait dans les parages à sa recherche, il m'avait fait enlever par ses hommes et livrer à domicile.

Cette fois-ci, au moins, j'étais venu par mes propres moyens.

Vince était assis à la table de la cuisine, sur laquelle il reposait un téléphone portable, sans faire le moindre effort pour se lever et m'accueillir. Il avait perdu du poids et gagné quelques cheveux gris. Le mot qui m'est venu à l'esprit en le voyant était « émacié ». Je me suis demandé s'il n'était pas malade.

Il a désigné la chaise en face de lui.

— Assieds-toi, Terry.

Je me suis avancé, ai tiré la chaise et me suis assis. J'ai gardé les mains sur mes cuisses, loin du plateau de la table. Je ne voulais pas que Vince joue au couteau avec moi cette fois.

— Vince, ai-je dit avec un hochement de tête.

— Ça faisait longtemps.

— Oui.

— Pas un coup de fil, pas une lettre.

— La dernière fois que je t'ai vu, tu ne m'as pas exactement incité à garder le contact.

Il a agité la main en l'air.

— J'étais grincheux. C'est normal quand on s'est pris une balle.

— J'imagine, ai-je admis. Nous avons essayé de te le dire à l'époque, et je te le dis maintenant en toute sincérité, Cynthia et moi te sommes toujours reconnaissants pour ton aide, et nous regrettons que tu aies dû en payer le prix.

Vince m'a dévisagé.

— C'est gentil. C'est adorable. À vrai dire, je pense à toi presque tous les jours.

— Vraiment ? ai-je fait, la gorge serrée.
— Absolument. Chaque fois que je vide ma poche.
J'ai cligné des yeux.
— Je suis désolé. Quoi ?
Vince a posé ses paumes épaisses sur la table et a repoussé sa chaise. Il a fait le tour de la table pour venir se planter à moins d'un mètre de moi. J'ai commencé à me lever, mais il m'a arrêté d'un geste de la main.
— Non, non, reste assis. Tu auras une meilleure vue d'ici.
Il a défait sa ceinture, baissé sa braguette, descendu son pantalon d'une quinzaine de centimètres, et a relevé sa chemise pour découvrir une poche en plastique fixée à son abdomen. À moitié remplie d'un liquide jaune foncé.
— Tu sais ce que c'est ? a-t-il demandé.
— Oui.
— C'est bien. Je suis impressionné. Avant de me faire tirer dessus, je n'avais jamais entendu parler de ces poches de stomie. Mais la balle a bousillé ma plomberie, ce qui fait que je ne peux plus pisser avec ma queue. J'ai dû m'habituer à porter ce machin vingt-quatre heures sur vingt-quatre. Alors maintenant, chaque fois que je vais aux chiottes vider cette poche, je pense à toi.
— Je suis désolé, ai-je dit. Je ne savais pas.
— Ce n'est pas le genre de truc qu'on met sur Facebook.
Je n'avais pas renoncé à essayer d'être agréable.
— Et je suis aussi navré pour ta femme. J'ai croisé Jane il y a un certain temps et elle m'a appris la nouvelle.

Vince a rentré sa chemise, remonté sa braguette, rattaché sa ceinture. Il s'est rassis en face de moi.

— Tu n'as pas demandé à Jane de me faire venir ici pour me mettre au courant de ton état de santé.

— Non. Il s'agit de ta fille.

J'ai frissonné.

— Qu'est-ce qu'elle a, ma fille ? ai-je articulé lentement.

— Il y a qu'elle a mis les pieds dans la merde.

22

Bert Gooding faisait fonctionner les phares de la Buick en tirant sur la batterie. S'il n'était pas vraiment inquiet – il y avait peu de chances qu'on les remarque, ici, en rase campagne, dans une ferme –, il craignait d'attirer l'attention en laissant le moteur tourner. C'était un gros V-8 qui faisait un bruit de tracteur et fumait comme une usine à charbon.

Mais il avait besoin de voir ce qu'il faisait. Et avait positionné la voiture juste comme il fallait.

Il avait emporté une hache, vu le genre de travail qui l'attendait, ainsi que des vêtements de rechange. Il était difficile de s'acquitter de ce genre de besogne sans s'en mettre partout. Quand il était petit, son père l'emmenait deux fois par an dans le Maine, où ils possédaient une cabane en rondins équipée d'un poêle à bois, et Bert était toujours volontaire pour fendre les tronçons déjà coupés en plus petits morceaux. Il adorait la sensation que lui procurait l'exécution d'un geste parfait, la lame qui frappait et fendait le bois proprement, sans rester coincée, le craquement gratifiant. Il fallait exercer suffisamment de pression mais pas trop, pour ne pas avoir à dégager la lame en maintenant la bûche avec sa botte. Tout ça, c'était de la physique.

Ce n'était pas exactement ce qu'il était en train de faire à présent. Même si le principe demeurait le même. Porter un coup fluide et puissant, frapper exactement au bon endroit, pratiquer une coupe aussi franche que possible. Mais là, il y avait peu de chances que la lame se coince, et le bruit était loin d'être aussi gratifiant.

Il était plutôt sinistre.

Il ne le sentait pas. Il ne le sentait pas du tout. Mais parfois, il fallait faire ce qu'on avait à faire, du moins tant qu'on bossait pour Vince Fleming.

Il a brandi la hache au-dessus de sa tête, l'a abattue avec force en décrivant un arc parfait.

Splash.

Il s'est écarté d'un pas, a frappé de nouveau.

Splash.

Le coin n'avait rien de silencieux, même une fois le moteur de la voiture éteint. Il se trouvait juste à côté de l'enclos des porcs, et tout ce tapage les avait réveillés. Ils grognaient, s'ébrouaient et se bousculaient contre la barrière. Ils savaient qu'un petit extra les attendait.

Bert a jeté quelques morceaux dans l'enclos.

— Mangez ça, mes gros salauds.

Il tenait la hache au-dessus de sa tête, prêt à l'abattre avec élan, quand son téléphone a sonné.

— Merde.

Ça l'a déconcentré. Il a baissé la hache, appuyé la cognée contre le pare-chocs avant de la Buick. Il a extirpé le téléphone de sa poche, mettant un peu de sang sur l'écran, mais pas suffisamment pour ne pas voir d'où venait l'appel : MAISON.

Jabba.
Il a porté le téléphone à son oreille.
— Oui, Janine ?
— Où es-tu ?
— Au travail.
— Tu sais quelle heure il est ?
— J'en ai une idée assez précise.
— Tu as dit que tu serais rentré pour 22 heures. Que tu avais un petit truc à faire avec Vince et que tu rentrais.
— J'ai eu un contretemps, a déclaré Bert.
— Tu as oublié, hein ? a-t-elle rétorqué.
— Oublié quoi ?
— La réunion. À 22 heures. À la maison de retraite.

Comment aurait-il pu oublier ? Elle le lui avait seriné toute la semaine. Ils avaient déménagé Brenda, la mère de Janine, âgée de quatre-vingts ans, de son appartement à une maison de retraite d'Orange un mois auparavant, mais ça ne marchait pas. Brenda faisait vivre un enfer à tout le monde. Elle détestait la nourriture et la jetait par terre dans le réfectoire en signe de protestation. Accusait le personnel de la voler tout en étant incapable de dire ce qui lui manquait. Trichait aux cartes avec les autres « détenus », comme elle les appelait. Bousculait les gens en fauteuil pour arriver la première à l'ascenseur.

Les administrateurs de l'établissement avaient dressé une liste de doléances et exigeaient à présent son départ.

Étant donné l'impossibilité pour sa mère de récupérer son appartement, Janine disait qu'elle devait venir habiter avec eux.

Bert avait objecté. Mais Janine ne voulait pas en démordre.

— Je ne pourrai pas venir à la réunion, a annoncé Bert.

— Il faut que tu sois là. On devra probablement la déménager sur-le-champ, a objecté Janine.

— Je te l'ai dit, j'ai eu un contretemps, et je vais y passer la nuit.

— Je ne suis pas heureuse, Bert.

— Tu n'as jamais été heureuse. Jésus pourrait revenir sur terre et te peindre un smiley sur la chatte que tu n'aurais toujours pas le moral.

— Je ne te permets pas de...

Il a raccroché, mis le téléphone en mode silencieux. Elle rappellerait. Elle rappelait toujours.

Bert s'est remis à l'ouvrage, en s'imaginant que c'était Janine qu'il coupait en morceaux et donnait aux cochons.

Il s'est demandé si les porcs avaient un minimum d'exigences. S'il amenait sa femme ici, la balançait dans l'enclos en menus morceaux, détourneraient-ils le groin ? Passeraient-ils leur tour ? Bert supposait qu'elle serait trop répugnante, même pour eux.

23
Terry

— Il est évident que tu es au courant pour ce soir, ai-je dit à Vince Fleming, mais je ne sais pas comment.

— Ça se passera mieux si c'est moi qui pose les questions et toi qui y réponds.

— Compte là-dessus. Ma fille est complètement terrifiée. Elle s'est mise à fréquenter un petit con qui l'a embringuée dans une histoire où elle n'avait rien à faire, et maintenant elle ne sait même plus trop ce qui s'est passé. Tu veux des réponses ? Moi aussi, je veux des réponses.

— N'en sois pas si sûr. Elle t'a dit quoi, la gamine ?

— Grace.

— Hmmm ?

— Elle s'appelle Grace.

Une longue hésitation.

— D'accord. Elle t'a dit quoi, *Grace* ?

J'ai croisé les bras sur ma poitrine, et me suis penché en arrière sur ma chaise.

— Non.

— Pardon ?

— Non, ai-je répété. Si tu veux savoir ce qu'elle m'a dit, tu m'expliques en quoi ça t'intéresse.

— Mais c'est qu'il a des couilles, le prof de lettres.
— On voit que tu n'as jamais enseigné en lycée.
— Ne me cherche pas, Terry.
— Écoute, je ne suis pas idiot. Je sais ce que tu fais et ce dont tu es capable. Ta bande de joyeux compagnons pourrait très bien me faire sortir de cette pièce et on n'entendrait plus jamais parler de moi. Alors, d'accord, tu es foutrement intimidant, mais je ne suis pas le même type que celui que tu as rencontré il y a sept ans. Toi et moi, on a vécu des choses, Vince, et je dis que ça justifie un certain respect mutuel. D'accord, tu nous as aidés, Cynthia et moi, tu t'es pris une balle et maintenant tu portes cette poche. Je suis désolé. C'est de la pitié que tu veux ? Ça m'étonnerait fort. Tu es au-dessus de ça. On est tous marqués, d'une façon ou d'une autre.

J'ai repris mon souffle.

— Je pense que tu sais ce qui s'est passé dans cette maison ce soir. Pas tout, manifestement, sinon je ne serais pas assis là. Mais si tu veux que je réponde à tes questions, réponds aux miennes. Dis-moi ce qu'il y a, à la fin !

Pendant plusieurs secondes, Vince m'a regardé de travers, puis il a repoussé sa chaise, a fait quatre pas jusqu'au comptoir de la cuisine, a sorti deux verres à liqueur et une bouteille de scotch du placard, les a posés sur la table devant moi, et s'est rassis. Il a versé un peu de liquide brun dans chaque verre et en a poussé un vers moi. Il s'est envoyé le sien avant que j'aie touché au mien.

J'ai horreur du scotch.

Comme cela ressemblait néanmoins à une offre de paix, j'ai porté le verre à mes lèvres et en ai bu la moitié, faisant de mon mieux pour ne pas reproduire la même grimace que quand j'avais quatre ans et que mes parents m'avaient fait manger un chou de Bruxelles.

Vince a poussé un soupir.

— Disons que je m'intéresse à cette maison où... Grace était ce soir.

— Quel genre d'intérêt ?

— Tu le sais peut-être déjà. C'est pour ça que j'avais besoin de te parler.

J'ai attendu.

— Et si tu ne le sais pas déjà, mieux vaut que tu restes dans l'ignorance. Crois-moi, c'est pour ton bien et celui de ta fille.

— Mais ce n'est pas ta maison, ai-je remarqué. Elle ne t'appartient pas.

— En effet.

— C'est en rapport avec le garçon ? ai-je demandé.

Vince a acquiescé d'un signe de tête.

— Stuart Koch. Tu le connais, ce gamin ?

— Oui, je le connais.

— Comment ?

Vince a hésité avant de répondre, puis s'est probablement dit que si je n'étais pas déjà au courant, je n'aurais aucun mal à trouver la réponse.

— C'est le fils d'un de mes gars, Eldon. Tu te souviens peut-être de lui. Un chauve. Il t'avait accompagné quand tu étais venu me rendre visite.

Je m'en souvenais. Je ne connaissais pas son nom, mais je me rappelais que l'un des types qui m'avaient jeté dans la voiture pour me conduire à mon premier tête-à-tête avec Vince était chauve. J'avais donc été le professeur du fils d'un des nervis de Vince.

Le monde était petit.

— Eldon élève Stuart seul depuis plusieurs années maintenant, depuis que sa femme l'a quitté pour un Hells Angels et qu'elle est partie vivre en Californie, et il s'y prend comme un manche. Il laisse le gamin faire n'importe quoi et la plupart du temps il ne sait même pas où il est.

— Où se trouve Stuart, maintenant ?
— On s'occupe de lui.
— Alors, il va bien ?
Vince a hésité.
— Je viens de te le dire.

J'ignorais comment interpréter ça. J'avais envie de comprendre par là que Stuart était vivant, et que, s'il avait été blessé par balle dans cette maison, il se rétablissait. Quelque part.

— Grace aimerait bien lui parler. Pour s'assurer qu'il va bien, ai-je dit.

— Super, a répondu Vince. On n'a qu'à la faire monter ici. Comme ça, j'en profiterai pour lui poser quelques questions, face à face.

Je ne voulais pas que Grace ait affaire à cet homme.

— Je parlerai à Stuart moi-même. Et je transmettrai le message à Grace.

— Tu reconnaîtrais sa voix ? Tu saurais vraiment que c'est lui ?

Je n'étais pas certain, après tout ce temps, de reconnaître la voix de Stuart au téléphone. Mais je pourrais l'interroger sur l'année qu'il avait passée dans ma classe. Comme ça, je saurais.

— Je veux bien tenter le coup.
— J'essaie d'être gentil, Terry. Je suis courtois envers toi. Si je veux parler à ta gosse, tu ne pourras rien faire du tout pour m'en empêcher. Mais j'ai

discuté avec Jane. Elle a pensé que ce serait mieux qu'elle parle avec elle pour moi. Et j'ai accepté. Tu veux qu'on continue comme ça ?

— Oui, ai-je répondu.
— Alors dis-moi ce qu'elle t'a raconté.

J'ai décidé de lui dire ce que je pouvais.

— Le petit Koch voulait voler la Porsche qui se trouvait dans le garage de cette maison pour aller faire un tour. Son plan consistait à entrer par effraction, trouver une clé, faire sa petite virée et restituer la voiture.

— Et c'était la seule raison ?
— Oui.
— Grace n'a pas parlé d'autre chose ?
— Quelle autre raison y aurait-il eue ? La seule motivation qui me vienne à l'esprit, c'est le sexe. Mais il y a un million d'endroits où un couple d'ados en chaleur peut s'envoyer en l'air. Ils n'avaient vraiment pas besoin de prendre ce risque pour ça. À mon avis, c'était la Porsche qu'il convoitait.

— Tu m'en diras tant.
— C'est ce que Grace m'a raconté. Ce qui l'intéressait, c'était d'emprunter la voiture. Sinon, pourquoi Stuart aurait-il voulu s'introduire dans cette maison ?

— Où sont-ils allés, à l'intérieur ?

Je me suis repassé la version de Grace en accéléré dans ma tête.

— Ils étaient dans le sous-sol. Ils sont montés au rez-de-chaussée. Ils se trouvaient près de l'entrée quand ils ont cru entendre quelque chose. Stuart est allé voir, un coup de feu a éclaté, et Grace a fichu le camp.

— Un coup de feu a éclaté ?

— Oui.

— Et qui a tiré ?

— Grace ne sait pas trop, ai-je répondu.

— Ça veut dire quoi, ça ?

— Ce que j'ai dit.

Vince m'a lancé un regard noir.

— Stuart avait pris une arme ? a-t-il demandé.

— D'après Grace, il en aurait sorti une de la voiture. La voiture de son père. Celle d'Eldon, donc. J'imagine qu'il laisse une arme dans la boîte à gants.

— Donc, ce coup de feu, il aurait pu être tiré par Stuart ?

Je n'aimais pas le tour que prenait la conversation.

— Je ne pense pas, non, ai-je dit lentement.

Vince a soulevé la bouteille de scotch.

— Un autre ?

J'ai mis ma paume au-dessus de mon verre.

— Non, ça va.

Il a rempli le sien.

— Terry, je comprends qu'il y ait des trucs que tu ne veux pas me dire, que tu essaies de protéger ta gamine. Je pige. Je n'en veux pas à Grace. Mais je dois savoir ce qui s'est passé, et tes réponses vaseuses n'aident pas. Ce n'est pas bon pour toi ni pour ta fille.

Comme je me taisais, il a poursuivi :

— Il y a des trucs que je sais, même si tu crois sans doute que je ne suis pas au courant. Grace a déjà parlé à Jane. Pas maintenant, mais plus tôt. Ta fille a appelé Jane dès qu'elle est sortie de la maison, lui a raconté qu'elle était morte de peur à l'idée d'avoir pu tirer sur Stuart. Ça fait huit, neuf ans que Jane connaît Stuart, depuis que sa mère et moi on a commencé à se fréquenter, et Jane a appris à connaître les gens qui travaillent pour moi et les membres de leurs familles. Grace a dit que Stuart lui avait confié le flingue. Ça te paraît crédible ?

— Oui.

— Qu'est-ce qu'elle a dit d'autre ?

J'ai dégluti. J'avais la bouche sèche, mais je ne voulais toujours pas toucher au scotch.

— Je crois qu'elle a eu une absence. Elle ne sait pas ce qui s'est passé dans cette maison. Elle n'avait jamais eu une arme entre les mains et quand elle a entendu la détonation, elle s'est demandé si elle n'avait pas fait partir le coup d'une manière ou d'une autre. Je lui ai demandé si elle avait senti un à-coup, tu sais, à cause du recul, mais elle ne se le rappelait pas. Et une dernière chose…

Vince a attendu.

— Elle n'a pas l'arme. Elle ignore ce qu'elle en a fait. Elle pense qu'elle l'a laissée tomber dans la maison, mais je ne l'ai pas vue.

Vince a haussé les sourcils.

— Tu es entré dans la maison ?

J'ai fait oui de la tête.

— Tu es passé par la fenêtre cassée ?

Nouveau hochement de tête.

— Qu'est-ce que tu as vu ?

— Un peu de sang. Une trace. Dans la cuisine.

— Merde. Il faudra qu'on fasse un nettoyage plus approfondi. C'est déjà incroyable qu'on ait réussi à en faire autant en si peu de temps. On s'en occupera quand on reviendra réparer la fenêtre. Les gens qui vivent là ne rentreront pas avant la semaine prochaine. On a le temps.

Je me suis demandé quelle quantité de sang il y avait avant qu'ils ne commencent leur grand nettoyage.

— Grace n'a vu personne d'autre dans la maison ? a demandé Vince.

— Elle a cru sentir quelqu'un passer devant elle en courant.

— Elle a pu voir qui c'était ?

J'ai secoué la tête.

— Non.

Grace m'avait dit quelque chose qui m'est revenu à l'esprit.

— L'alarme n'était pas mise.

— Hein ?

— Ils se sont embêtés à entrer par une fenêtre du sous-sol, mais d'après Grace, le voyant du pavé numérique près de la porte était au vert.

On aurait dit que Vince avait un sale goût dans la bouche. Pendant qu'il s'efforçait de donner un sens à cette information, je tentais de comprendre ce qui avait dû se passer après que Grace avait téléphoné à Jane.

— Jane a dû t'appeler juste après avoir eu des nouvelles de Grace. Stuart étant le fils d'Eldon, elle savait que tu étais la première personne à contacter. Alors toi et tes gars, vous vous êtes empressés de camoufler les choses, de nettoyer la cuisine, de faire comme si rien de tout cela ne s'était jamais passé.

Vince n'a rien dit.

— Mais ce n'est pas simplement une histoire de stupides frasques d'adolescents, n'est-ce pas ? Pas simplement une virée en voiture volée qui a tourné court.

Toujours rien.

— Vince, sois franc avec moi.

— On en a fini, a-t-il déclaré.

Il a avalé le reste de son verre et repoussé sa chaise.

— Non, ai-je rétorqué. Ce n'est pas fini. Je ne sais pas si on doit aller à l'hôpital pour chercher Stuart, ou à la police, ou essayer de retrouver cette arme, ou...

— Putain de merde ! a lancé Vince, qui a renversé sa chaise en se levant. Tu crois que tu t'es endurci, mais tu es la même lopette que quand je t'ai rencontré. Écoute-moi, et écoute-moi bien. Tu ne feras rien de tout ça. Tu n'iras pas chercher Stuart. Ni à l'hôpital ni ailleurs. Tu n'iras pas à la police. Tu n'appelleras pas d'avocat à la con. Tu n'iras pas voir cette connasse de l'émission *Deadline* pour lui raconter ta vie une nouvelle fois. Tu vas rentrer chez toi et oublier tout ce qui s'est passé.

Il avait contourné la table et pointait un index court et boudiné à quelques centimètres de mon nez.

— Tu vas te lever demain matin et vaquer à tes occupations comme si de rien n'était, et si tu es malin, Grace et toi n'aborderez plus jamais le sujet. Elle ne dira pas un mot à ses amis. Elle ne cherchera pas à prendre contact avec Stuart. Elle ne l'aura même jamais rencontré. Et tu sais pourquoi ? *Parce que ça n'est pas arrivé.* Rien de tout cela ne s'est produit. Et tu ne la fermeras pas uniquement pour moi, tu la fermeras aussi pour ta gosse.

Comme je ne disais rien, il a enfoncé le clou :

— Je me fais bien comprendre ?

— Je t'entends, oui.

— Entendre n'est pas suffisant, je dois savoir que tu es d'accord. J'ai assez à faire pour le moment sans avoir à m'inquiéter de ce que toi, tu pourrais faire.

— Il faut que je sache si le gamin va bien, ai-je dit. Il faut que je sache ce qui est arrivé à Stuart.

— Non, a rétorqué Vince. Tu n'as pas à te soucier de lui. Parce que... et là, tu m'inquiètes, Terry, parce que tu as l'air d'avoir une sorte de problème de compréhension... Grace ne le connaît même pas. Tu te rappelles cette partie ? Elle n'a même jamais entendu parler de lui.

— Et si la police passe me voir pour me demander ce qui s'est passé dans la maison ?

— Ça n'arrivera pas.

— Mais ça pourrait, ai-je insisté.

— Je te l'ai dit, tu ne diras rien parce que tu veux faire tout ce que tu peux pour protéger ta petite fille.

— Ne menace pas ma fille, Vince.

— Je me mets à ta place. Tu veux faire ce qu'il y a de mieux pour elle. Et tu m'as l'air d'oublier quelque chose, Terry.

— Quoi ?

— L'arme.

Il avait piqué ma curiosité.

— Quoi, l'arme ?

— Si tu ne l'as pas trouvée, c'est peut-être qu'elle l'a déjà été.

J'ai attendu.

— On est absolument certains qu'il y a les empreintes de ta fille dessus. Mais est-ce que cette arme a servi ? Est-ce que quelqu'un a été touché ? Imaginons que la réponse soit oui pour les deux questions. C'est juste une hypothèse. Ça en ferait une arme très particulière. Ce qu'on appellerait une preuve. Une arme sur laquelle la police aimerait mettre la main. Eh bien, pour l'instant, je peux faire en sorte que ça n'arrive pas. Mais ça ne veut pas dire que je vais m'en débarrasser. Je vais la garder en garantie. Tu ne sais pas si cette arme compromet ta gamine, mais il vaudrait bien mieux pour toi qu'elle ne fasse jamais surface, n'est-ce pas ?

Je n'ai rien dit.

— Ramène ta fille à la maison, lis-lui une belle histoire, borde-la et souhaite-lui bonne nuit de ma part.

24

— Ça va aller, Grace, a dit Jane, assise au volant de la Mini. Vince saura quoi faire.

Grace, les larmes aux yeux, n'était pas convaincue.

— Je sais que je vais aller en prison. Je vais aller en prison et je n'en sortirai pas avant d'avoir... je sais pas, cinquante ans ou quoi.

Jane lui a pris la main et l'a serrée.

— Sûrement pas. Ça n'arrivera pas. Je sais que c'est impossible de te dire d'arrêter de t'en faire, mais tout va s'arranger. Tu verras. Vince n'aurait pas duré aussi longtemps s'il ne savait pas se tirer de ces situations.

— Ça ne t'embête pas ? a demandé Grace en reniflant.

— Quoi donc ?

— Qu'il soit, tu sais, de la Mafia ou quoi.

Jane a secoué la tête.

— Il n'est pas de la Mafia.

— Mais c'est un criminel, non ? Et il a un gang ? Et le père de Stuart est un des membres de son gang ?

Jane a soupiré.

— Écoute, je n'en suis pas fière, d'accord ? Mais parler de gang à propos de Vince, Eldon, Bert et

Gordie, ça fait penser à une bande d'ados qui terrorisent le quartier sur leurs motos. Ils gèrent un business. C'est tout. Un genre de business particulier, mais rien d'autre.

— C'est quand même un criminel.

Jane a haussé les épaules.

— Que veux-tu savoir ?

— Comment tu gères ça ? Je veux dire, il y a des jours où mon père me met totalement la honte, et c'est juste un prof.

— Ce n'est pas parce qu'il fait des choses répréhensibles qu'il est totalement mauvais. Écoute, il est comme il est, et c'est ce que son père faisait. Il y a du bon en lui, même si ces derniers temps, lui et moi, on est un peu...

— Un peu quoi ?

— Je ne sais pas. Depuis que ma mère est morte, ça n'a plus été pareil, mais ça va, tu sais ? Je ne suis plus une gamine, et je n'ai pas besoin d'une figure paternelle au quotidien. Là, Vince est coincé. Il a besoin de l'aide de ton père, et de la tienne aussi.

— Pour découvrir ce qui s'est passé ou pour tout dissimuler ?

Jane l'a regardée droit dans les yeux.

— Les deux.

— Si j'ai fait quelque chose de mal, a déclaré Grace, je dois en payer le prix. Je dois faire ce qu'il faut.

— C'est parfois compliqué.

— Il y a quelques semaines, a dit lentement Grace, ma mère et moi, on s'est disputées. (Elle s'est essuyé les yeux.) Je ne t'en ai pas parlé.

— Quel genre de dispute ?

— Tu te rappelles, tu m'as demandé pour cette marque sur ma main ?

Grace la lui a montrée.

— Oui. Tu m'as dit que tu t'étais brûlée accidentellement.

— Ma mère m'a poussée et ma main a heurté une casserole sur la cuisinière. C'était un peu notre faute à toutes les deux, mais si elle ne m'avait pas poussée, ça ne serait pas arrivé. J'ai dû aller à l'hôpital, et ma mère m'a demandé de leur dire la vérité, que c'était sa faute, même si cela entraînait un signalement à la police.

Jane a pris la main de Grace et l'a serrée doucement.

— Wouah ! Tu as raconté quoi, alors ?

— Que je faisais l'imbécile, que je dansais et que mon bras avait cogné la casserole.

— Tu l'as couverte ?

Grace a acquiescé de la tête.

— Oui, mais elle était prête à payer pour son erreur. Elle était prête à bien faire.

— Et tu ne l'as pas laissée parce que tu l'aimes trop pour ça. C'est un peu ce qui se passe maintenant. Je me soucie de toi, et Vince, eh bien, il se soucie des gens qui l'entourent, et on préférerait tous s'en tenir à une histoire qui n'est pas tout à fait conforme à ce qui s'est passé si ça peut te tirer d'affaire sur le long terme.

— Je ne sais pas.

Jane a pris une inspiration.

— Bon, la première chose à faire, c'est de comprendre ce qui s'est réellement passé. Il faut que tu te rappelles tout ce que tu peux sur ce qui a eu lieu dans cette maison. Tu as entendu un coup de feu. C'était peut-être toi. C'était peut-être quelqu'un d'autre. Mais il faut que tu te rappelles. Est-ce que tu as vu quelqu'un, à part Stuart ?

— Non. Enfin, je crois que quelqu'un est passé devant moi en courant. Mais je n'ai vu personne.

— Tu es sûre ?

Grace a hoché la tête.

— D'accord, mais même si tu n'as vu personne, tu as peut-être entendu, ou, je ne sais pas, *senti* quelque chose. Tu as peut-être remarqué quelque chose sans même t'en rendre compte. Ferme les yeux.

— Quoi ?

— Ferme-les. Imagine-toi à nouveau dans cette maison, après le coup de feu.

— Je n'ai pas envie. Je ne veux pas penser à ça.

— Grace, tu veux que je te dise, tu vas y penser et y repenser longtemps, que tu le veuilles ou non, alors autant le faire maintenant et tâcher d'apprendre quelque chose. D'accord ?

— Oui, je suppose.

Grace a fermé les yeux.

— Après le coup de feu, qu'est-ce que tu entends ?

— Moi, en train de crier.

— Qu'est-ce que tu dis ?

— Je crie : « Stuart ! Stuart ! » Comme ça.

— Et lui, qu'est-ce qu'il dit ?

— Il ne dit rien.

— Mais tu entends quelque chose ?

Grace a essayé de fermer les yeux encore plus fort.

— J'entends des pas.

— D'accord, c'est bien. Des pas rapides ou lents ?

— Comme un bruit de course. Pas des pas bruyants, comme si quelqu'un avait porté des chaussures habillées. C'est léger et ça craque un peu. Genre chaussures de course, peut-être.

Jane a souri de manière encourageante, même si Grace ne pouvait pas la voir.

— C'est bien. Donc, quelqu'un courait, prenait la fuite. Tu penses que c'était Stuart ? Tu penses qu'il s'est sauvé en décidant de te planter là ? Peut-être que tu as appuyé sur la détente sans le faire exprès, ou alors il y avait quelqu'un d'autre avec une arme, quelqu'un qui a pris peur et qui s'est enfui ?

— Il ne ferait quand même pas ça ? a dit Grace en rouvrant les yeux.

Jane lui a adressé un regard compatissant.

— Grace, s'il te plaît. Je connais ce genre de gars. Vince est solide, mais les autres et leurs gamins... Je veux dire, je pensais que j'étais juste une idiote, quand j'étais au lycée, mais j'étais une boursière de la fondation Rhodes, en comparaison.

— Une quoi ?

— Laisse tomber. Ferme encore les yeux.

Grace s'est exécutée.

— Bon, tu as entendu des pas. Quelqu'un courir. Étais-tu en train de dire que ça n'aurait pas pu être Stuart ?

— J'en sais rien. J'essaie de me rappeler.

Jane a réfléchi un moment.

— Quand le coup est parti, ç'a dû faire beaucoup de bruit. Est-ce que tu as perdu l'audition une seconde ?

— Peut-être.

— Si tu as été capable d'entendre des pas alors que la personne portait des chaussures de course, c'est qu'elle devait peser son poids, tu ne crois pas ?

— J'imagine, oui, a dit lentement Grace.

— Et tu as dit que quelqu'un t'avait bousculée en courant dans le noir ?

— Oui.

— Fort ?

Grace s'est concentrée.

— Je crois que j'ai plus ou moins perdu l'équilibre. J'ai peut-être été touchée par un sac, enfin, un truc que portait la personne.

— Je me dis que si tu as entendu ces bruits de pas même après être devenue à moitié sourde et qu'on t'a bousculée violemment, le type devait être assez costaud.

Grace a ouvert les yeux et regardé Jane.

— C'est possible. Mais ça ne nous avance pas des masses.

— Eh bien, c'est un début, a affirmé Jane. Mais tu as raison, ça ne réduit pas vraiment notre liste de suspects.

— Suspects de quoi ? a relevé Grace.

— Tu sais, pour découvrir qui était la tierce personne qui aurait pu se trouver là.

Grace a senti des larmes rouler sur ses joues et les a essuyées.

— Stuart est mort, hein, Jane ?

— Je crois savoir ce que Vince est en train de raconter à ton père en ce moment même. Il lui dit de te ramener à la maison et d'oublier que tout ça a eu lieu. Et c'est un très bon conseil. Vince a cette qualité. Et il va être très reconnaissant quand je lui dirai comment tu m'as aidée.

Grace a entendu des pas sur le gravier. Elle s'est retournée et a vu son père debout près de sa portière. Elle a tâtonné pour trouver la poignée et l'a ouverte.

— À plus, a lancé Jane, pendant que Grace regagnait la voiture de Terry.

25

— C'est un plaisir auquel je ne m'attendais pas, a déclaré Heywood Duggan en se glissant péniblement dans le box du café ouvert la nuit en face de l'inspecteur Rona Wedmore.

Il n'était pas gros, mais massif, et la place manquait entre son ventre et le bord de la table.

— Désolée de t'avoir appelé si tard, a dit Wedmore. Et d'avoir fait autant de mystères.

Heywood lui a adressé un grand sourire, découvrant des dents étincelantes. Les deux du haut étaient toujours écartées. À l'époque où ils se fréquentaient, il parlait de faire arranger ça, mais Rona avait dit que cela lui donnait de la personnalité.

— C'est bon de te voir, a-t-il déclaré en posant ses mains épaisses à plat sur la table. Ce n'est pas souvent qu'une femme séduisante m'appelle au milieu de la nuit.

— Oh, ferme-la, a répliqué Wedmore en posant ses propres mains sur ses genoux afin de ne pas lui donner l'occasion de les prendre dans les siennes, ce qu'il était susceptible de faire à un moment ou à un autre, se disait-elle, même si une partie d'elle-même en mourait pourtant d'envie après tout ce temps. C'est bon de te voir, Heywood.

— Tu m'appelais toujours Woody, a-t-il dit en souriant.

Elle a souri.

— C'est vrai.

Elle a penché la tête.

— Et je n'étais pas la seule.

Il a agité la main, comme pour chasser une mouche, balayant ce sous-entendu.

— Tu es superbe.

— J'ai pris quelques kilos depuis la dernière fois qu'on s'est vus, a-t-elle dit.

— Ça en fait plus à aimer.

Elle a levé la main gauche, non seulement pour le tancer avec le doigt, mais pour lui laisser voir son alliance.

— Je suis prise.

— Ce n'était pas une tentative de drague, mais une simple observation, a-t-il assuré avec un sourire chaleureux. Comment ça va avec Lamont ? J'ai entendu dire qu'il en avait bavé en Irak.

— Il va bien. Ç'a été difficile pour lui là-bas. Il a vu des choses que personne ne devrait voir.

— Il n'a pas dit un mot pendant des mois, à ce qu'il paraît.

— Eh bien, il parle maintenant, a dit Wedmore avec un sourire forcé. Et il a un boulot, chez Costco. Ils sont gentils avec lui là-bas.

— Je suis content d'entendre ça... vraiment.

Le visage de Heywood Duggan s'est assombri d'un coup.

— Je me suis demandé, quand tu as appelé, s'il n'était pas arrivé quelque chose. Si vous ne traversiez pas une mauvaise passe. Si tu n'avais pas besoin de quelqu'un à qui parler.

Wedmore a plissé les yeux.

— Ou avec qui m'envoyer en l'air.

Il a levé les bras au ciel.

— Je n'ai pas dit ça, tu me fais de la peine, Rona.

— Oui, c'est ça, à d'autres.

Ils ont commandé des cafés à une serveuse qui passait par là.

— Toi et moi, on a eu de bons moments, avoue-le.

Elle a essayé de cacher son sourire.

— Quand as-tu quitté la police de l'État ?

— Huit, neuf ans.

— Pourquoi ?

Il a transformé un simple haussement d'épaules en dix secondes d'assouplissement articulaire.

— Tu sais, différentes opportunités se sont présentées. Je n'avais pas envie d'y passer ma vie.

— Ce n'est pas ce que j'ai entendu dire.

— Et qu'est-ce que tu as entendu dire ?

— Que des scellés... des espèces... avaient disparu après une saisie de drogue et que peu de temps après, tu avais décidé de prendre une retraite anticipée plutôt que de risquer une enquête interne.

Un autre mouvement de la main.

— Il ne faut pas croire tout ce qu'on raconte.

— C'est à ce moment-là que tu as commencé à bosser en free-lance ?

— J'ai fait des tas de trucs, de la sécurité privée... enfin, tu sais ce que c'est. Bon, alors pourquoi m'as-tu demandé de te retrouver ce soir ? Je commence à me dire que ce n'est pas aussi personnel que je l'espérais.

— Eli Goemann, a dit Rona.

— Eli quoi ?
— J'espère, pour ton bien, que l'ouïe est la seule chose que tu as perdue depuis la dernière fois qu'on s'est vus.
— Je n'ai pas entendu le nom de famille.
— Eli Goemann. Ne fais pas le malin.
— Eli Goemann, Eli Goemann, a-t-il répété en secouant la tête. Désolé. Je ne connais pas ce nom-là.
— Alors pourquoi as-tu demandé à ses anciens colocs où tu pouvais le trouver ? a demandé Wedmore.
Heywood s'est appuyé contre la banquette. L'espace était tellement exigu que Rona a soudain eu l'impression qu'il était pris au piège. La serveuse a posé deux mugs de café sur la table devant eux et s'en est allée.
— Qu'est-ce que tu attends de moi ? a-t-il demandé.
— Je veux que tu me dises pour quelle raison tu étais à la recherche d'Eli Goemann. Je suppose qu'on t'a engagé. Qui veut que tu retrouves Eli, et pourquoi ?
— Rona, enfin, tu sais comment ça marche. Les clients comptent sur le respect de la confidentialité, et on ne m'achète pas pour une tasse de café, a-t-il affirmé avec un sourire narquois. Si tu offrais quelque chose de plus substantiel...
— Arrête de te comporter comme si tu avais douze ans. Tu admets donc être à sa recherche.
— Bon, oui, d'accord. Mais c'est une affaire privée.
— Pas quand il y a un homicide.
Le détective privé a haussé les sourcils.
— Répète.
— Goemann est mort. On a retrouvé son corps à Silver Sands.

— Bordel de merde, a fait Duggan avec une grimace.

— Tu veux bien éclairer ma lanterne.

Il a mis la main sur sa bouche, s'est frotté le menton.

— Merde.

— J'aimerais savoir qui l'a tué, Heywood. Et comme tu t'es rencardé à son sujet, tu es pour l'instant ma meilleure piste.

— On sait depuis combien de temps il est mort ?

— Alors maintenant, tu veux que je réponde à *tes* questions ?

— Bon, écoute, il va falloir que je parle à mon client, que je mette les choses au clair avec lui avant de pouvoir te parler.

— Ce n'est pas à lui de décider, a objecté Wedmore.

— Voilà ce que je suis en mesure de te dire. Goemann a appelé mon client pour lui annoncer qu'il détenait un objet que celui-ci aimerait peut-être récupérer.

— Goemann a volé quelque chose à ton client et essayait de se le faire racheter ?

— C'est en partie vrai. Il n'a pas *volé* cette chose… du moins c'est ce qu'il a dit à mon client… mais est entré en sa *possession*. Et oui, il était prêt à la lui revendre.

— De quoi s'agit-il ?

Heywood a fait non d'un mouvement de tête presque imperceptible.

— Pourquoi ne me dis-tu pas si on a trouvé sur lui quelque chose d'intéressant ? Si c'est ce qu'il essayait de fourguer, je te le dirai.

— On n'a rien trouvé sur lui. Et on ignore encore où il habitait.

— Dans ce cas, tout ce que je peux t'apprendre, c'est qu'il s'agissait d'un objet personnel. Pas le genre auquel on attribuerait une valeur commerciale. Enfin, en partie seulement.

— Mais il a énormément de valeur pour ton client. Combien demandait Eli ?

— Il a proposé une somme folle. Cent mille. Je lui ai dit que c'était impossible. Mon client n'est pas un homme riche.

— Suffisamment pour t'engager.

Il a eu un haussement d'épaules.

— Je suis loin de coûter ce prix-là.

— Donc, ce Goemann approche ton client, réclame cent mille dollars pour restituer cette *chose*, et ensuite, il se passe quoi ?

— Rien.

— Comment ça, rien ?

— Mon client n'a plus aucune nouvelle. Il ne savait même pas qui l'avait appelé. Il m'engage, je trouve le numéro sur son téléphone, découvre que c'est celui de Goemann, puis grâce au service des cartes grises, je remonte sa trace jusqu'à cette maison qu'il avait partagée avec d'autres étudiants, mais ça faisait environ un an qu'il n'y habitait plus. Apparemment, ces douze derniers mois il a vécu à droite à gauche, à dormir sur des canapés, à faire des petits boulots, sans domicile fixe. Comme il n'a jamais rappelé pour faire une contre-offre, essayer de trouver un arrangement, j'ai commencé à me demander s'il avait vraiment eu quelque chose à vendre.

— Tu es toujours sur l'affaire ?

Un autre haussement d'épaules.

— Mon client n'a pas un budget illimité. Et je lui ai dit que c'était peut-être un coup de bluff et rien d'autre.

Wedmore a bu une gorgée de café.

— Woody, a-t-elle dit, ce qui l'a fait sourire, c'est à moi que tu parles. Entre nous, qu'est-ce que Goemann pouvait bien vendre ? Qu'est-ce que ton client essayait de récupérer ?

— En gros, il essayait de retrouver ce que tu étais pour moi.

— Qu'est-ce que tu racontes ?

— Il essayait de retrouver l'amour de sa vie.

26

Cynthia avait envoyé à Vince une carte de condoléances après avoir appris le décès de sa femme dans la rubrique nécrologique du journal.

Elle n'en avait rien dit à Terry. Après ces deux visites désastreuses à l'hôpital de Milford pendant la convalescence de Vince, Terry avait absolument tenu à tourner la page. « Nous avons fait un effort, avait-il dit. Nous avons essayé de manifester notre reconnaissance, et il ne veut pas le savoir. Il n'y a rien d'autre que nous puissions faire. »

Cynthia en convenait, jusqu'à un certain point ; elle se sentait encore redevable à Vince de l'aide qu'il leur avait apportée sept ans auparavant. Si Vince n'avait pas aidé Terry à rassembler certaines pièces du puzzle permettant de comprendre ce qui était arrivé à ses parents et à son frère Todd, Terry ne les aurait jamais retrouvées à temps, elle et Grace.

Elles avaient failli mourir.

Cynthia estimait donc avoir une dette envers Vince. Pour sa vie et celle de sa fille. Envoyer une carte était la moindre des choses. Alors elle en avait acheté une au centre commercial, la plus neutre possible, mais avait écrit à l'intérieur :

J'ai été vraiment navrée d'apprendre le décès de ta femme, Audrey. Mes pensées sont pour toi et Jane en ce moment douloureux. Mais je tenais aussi à te dire que je n'ai jamais oublié. Tu as fait pour nous un immense sacrifice, et je te remercie infiniment. Je comprends que tu n'aies pas été disposé à entendre ce message lors de notre dernière rencontre, mais il reste aussi sincère aujourd'hui qu'il l'était alors. Mes meilleures pensées t'accompagnent dans ce moment difficile, Cynthia.

Elle aurait pu signer pour Terry, mais avait choisi de ne pas le faire. C'était vraiment son mot à elle. Et même si elle n'en avait pas parlé à Terry, elle ne nierait pas l'avoir écrit dans le cas où il l'interrogerait à ce sujet.

Cynthia n'avait reçu aucune espèce de réponse. Et c'était très bien comme ça.

Pourtant, quelques jours après qu'elle s'était installée dans l'appartement, elle avait vu un vieux pick-up Dodge Ram se ranger le long du trottoir au moment où elle-même se garait dans l'allée. Elle était descendue de voiture au moment où Vince Fleming ouvrait sa portière et se laissait glisser à bas de son siège.

— Salut, avait-il lancé.

Il était plus mince et plus gris, de cheveux, mais aussi de peau, et quand il s'était avancé vers elle, elle avait noté dans sa démarche une prudence qui suggérait une douleur sourde.

— Bonjour, Vince.

— J'étais au carrefour, là-bas, et je t'ai vue passer, j'étais presque sûr que c'était toi. Je voulais juste te saluer. Mais... ce n'est pas ta maison.

— Non, avait répondu Cynthia. Quand je rentre du travail, j'aime bien m'asseoir sous le porche avec une bière. Tu m'accompagnes ?

Il avait hésité.

— Je n'ai aucune raison de refuser.

Elle était montée dans sa chambre, avait posé son sac, pris deux Sam Adams et était redescendue pieds nus. Assis dans un des fauteuils du porche, Vince observait la rue.

Elle lui avait tendu une bouteille sur laquelle se formaient déjà des gouttes de condensation, dans l'air humide et chaud.

— Merci.

Cynthia s'était assise, les jambes repliées sous elle, et avait porté la bouteille à ses lèvres.

— Tu as du boulot dans le coin ? avait-elle demandé, comme si elle s'adressait à un sympathique artisan du quartier.

Si Vince répondait par l'affirmative, il était sans doute préférable d'alerter les Voisins Vigilants.

— Non, avait-il répondu sans la regarder. Écoute, merci pour la carte.

— Je t'en prie, avait dit Cynthia. J'avais vu l'avis dans le journal.

— Oui.

— Ça faisait longtemps qu'elle était malade ?

— Environ un an. (Il avait bu un peu de bière.) Fait chaud aujourd'hui.

Cynthia s'était éventée de la main gauche.

— En effet.

— Alors, vous réduisez la voilure ? Vous louez une piaule ? C'est assez grand pour vous deux et la gamine ?

— Il n'y a que moi.

— Oh, vous vous séparez, alors.
— Non, j'ai juste besoin de m'accorder un peu de temps.
— Du temps pour quoi ?
— Juste du temps.
Il avait répondu par un grognement.
— Je peux comprendre. Des fois, c'est bien de vivre seul. Il y a beaucoup moins de drames.
— Jane est toujours avec toi ?
Il avait secoué la tête.
— Non. Elle vit avec un cave.
— Un quoi ?
— Un cave, un abruti, un connard, et j'en passe. Un musicien. Il joue dans un groupe. Ça ne me plaît pas qu'elle vive avec lui. Je suis peut-être vieux jeu, mais ça ne me plaît pas.
— Audrey et toi étiez mariés quand vous avez commencé à vivre ensemble ?
— C'est différent. On avait vécu. Elle avait déjà été mariée. Ça ne regarde personne ce qu'on fait à cet âge.
— C'est peut-être ce que se dit Jane. Que ce qu'elle fait ne regarde personne.
Il s'était renfrogné.
— Je suis venu ici pour que tu me les casses ?
— Je ne sais pas. Tu es venu pour ça ?
— Non.
Un long silence.
— Je suis venu m'excuser.
— De quoi ?
— Quand vous êtes venus me voir à l'hôpital, je me suis comporté comme un abruti. Ça peut paraître un peu tardif, mais je prends mon temps quand il s'agit de reconnaître mes torts.

— N'y pense plus. Tout est pardonné.

— Eh ben merde, c'était plus facile que je ne l'aurais cru. (Il avait tété sa bouteille.) Bon, maintenant que j'ai vidé mon sac, raconte-moi ce qui s'est passé entre Terry et toi.

— Tu appelles ça vider ton sac ?

— J'ai dit que j'étais désolé. Alors, qu'est-ce que tu fais ici ?

Elle s'était calée dans son fauteuil, avait regardé une voiture passer.

— J'ai déraillé. Avec Grace. J'ai... perdu le contrôle. Alors je me suis obligée à faire une pause.

— Tu l'as un peu dérouillée ?

Elle l'avait fusillé du regard.

— Je ne l'ai pas *dérouillée*. Quelle idée. Mais j'essayais de contrôler ses moindres faits et gestes. On se disputait tout le temps.

Vince n'avait pas eu l'air convaincu.

— C'est ce que font les parents. Comment les gamins apprendraient, autrement ?

— Ça va plus loin que ça. Je suis complètement à la masse, Vince. Ça t'étonne ?

— Quoi, tu veux dire à cause de ce qui est arrivé à ta famille ? avait répondu Vince en secouant la tête. Ça fait des années.

Elle l'avait fixé d'un air incrédule.

— Vraiment ? Alors quoi, je devrais aller faire un tour et oublier ?

Il l'avait regardée.

— La situation s'est arrangée. Passe à autre chose.

Cynthia l'avait dévisagé avec étonnement.

— Tu devrais avoir ta propre émission télé. Ça s'appellerait « Le Dr Phil ne peut rien faire pour vous ».

— Et c'est parti, avait dit Vince en allongeant les jambes.

Il semblait avoir du mal à trouver une position confortable.

— Je n'essaie pas de jouer les connards insensibles.

— Non, c'est naturel chez toi.

— Mais c'est vrai, il faut que tu ailles de l'avant. Ça ne sert à rien de revenir sur le passé.

— Et toi, alors ? Tu es passé à autre chose ? Tu as failli y rester.

Il s'était tortillé, mal à l'aise, sur son siège, avait effleuré son ventre de sa main libre.

— J'ai connu des jours meilleurs.

Il avait bu encore un peu de bière.

Une Cadillac avait déboulé dans la rue, tourné dans l'allée et s'était garée. Nathaniel Braithwaite en était descendu, avait claqué la portière et, après avoir passé trente secondes à débarrasser ses vêtements des poils de chien, s'était approché de la maison. Alors qu'il montait les marches du porche, il avait ralenti en apercevant Cynthia et son invité.

— Oh, salut, avait-il dit.

Il avait jeté un coup d'œil à Vince et hoché la tête.

— Salut, avait répondu Cynthia. Nathaniel, je te présente mon ami Vince. Que j'ai connu au lycée. Vince, Nathaniel.

— Belle bagnole, avait remarqué Vince.

Nathaniel avait souri.

— Merci.

— J'ai toujours aimé les Caddies. Mais c'est plus trop ça. Ils essaient d'en faire des caisses de Boches. Je les aimais quand elles étaient grosses et longues avec d'énormes ailerons. Comme la 59. C'était un peu avant mon époque, mais ça, c'était de la bagnole. Des vrais paquebots.

Vince avait tendu le cou pour regarder de nouveau la voiture, puis ses yeux étaient revenus se poser sur la maison. Cynthia pouvait lire dans ses pensées. Nathaniel avait une bien jolie voiture pour quelqu'un qui louait une chambre dans une vieille baraque comme celle-là.

— Vous travaillez dans quoi ? avait demandé Vince.

— J'étais dans les logiciels.

— Plus maintenant ?

— Je fais un break.

Vince avait désigné d'un geste le pantalon de Nathaniel.

— Si vous avez une aventure avec un colley, il va falloir mieux cacher les preuves.

Nathaniel avait baissé les yeux sur ses vêtements.

— Les risques du métier.

Vince avait penché la tête, attendant une réponse. Cynthia estimait que ce n'était pas à elle d'expliquer ce que faisait Nathaniel pour gagner sa vie à présent.

— Je promène des chiens.

— Pour quoi faire ? avait demandé Vince. Comme une sorte de hobby ?

Nathaniel avait secoué la tête, relevé le menton d'un air de défi et de dignité outragée.

— C'est ce que je fais. Je vais chez les gens toute la journée et je sors leurs chiens.

Vince avait fait tourner sa langue dans sa bouche.

— C'est ça votre boulot ? avait-il demandé.

Pas de manière condescendante. Juste intéressée.

— Ça doit bien payer pour que vous rouliez dans une caisse pareille.

Nathaniel s'était mordu la lèvre inférieure, puis avait répondu :

— Je l'avais quand je bossais dans l'informatique. Écoutez, j'ai été heureux de vous rencontrer. (Il avait adressé à Cynthia un sourire embarrassé.) On se voit plus tard.

Sur quoi il était entré dans la maison. Ils avaient entendu son pas lourd dans l'escalier menant à l'étage.

Le regard tourné vers la rue, Vince avait bu une autre gorgée de bière puis déclaré :

— Ce type a sûrement une histoire à raconter.

Cynthia a repensé à cette journée, de retour à son appartement, après le verre de vin partagé avec Nathaniel. Lequel lui avait demandé de l'aider à se soustraire à un arrangement conclu avec son ami de lycée.

Dans quoi Vince avait-il bien pu l'entraîner ? Cynthia n'avait aucune intention de jouer les intermédiaires entre lui et Nathaniel. Ce dernier était majeur et vacciné. Et si certains traits de caractère de Vince lui plaisaient toujours, elle ne se faisait aucune illusion sur son compte.

Aider Nate à se dépêtrer d'un arrangement passé avec Vince serait revenu à faire comme la mouche qui se laisse prendre dans une toile d'araignée pour en sauver une autre.

Elle pensait à ça, entre autres choses, adossée au grand chêne, les bras croisés sur la poitrine, à quelques centaines de mètres de la maison où elle comptait bientôt retourner. Cynthia avait garé sa voiture au coin de la rue, de manière qu'on ne la repère pas.

Elle se demandait où était celle de Terry et pourquoi il mettait autant de temps pour aller chercher Grace et la ramener à la maison.

C'était le coin préféré de Cynthia. Elle s'installait là, près de cet arbre, et si une voiture apparaissait au loin, quelle que soit la direction d'où elle venait, elle pouvait courir se cacher derrière le tronc.

Combien de fois l'avait-elle fait ? Pratiquement tous les soirs depuis qu'elle avait quitté la maison.

Pour s'assurer que tout le monde était bien rentré.

Elle avait envie d'appeler Terry pour lui demander ce qui le retenait, si Grace avait eu un problème, mais cela l'aurait trahie.

Elle a donc préféré attendre, a sorti son portable pour vérifier l'heure. Combien de temps s'était écoulé depuis qu'elle avait eu Terry au téléphone ? Presque une heure et demie ? Où donc pouvait-il bien...

Une seconde.

Une voiture approchait qui ressemblait à son Escape.

Elle a fait le tour de l'arbre, attendu que la voiture passe devant elle. C'était bien celle de Terry.

Avec lui au volant. Et Grace assise à son côté.

En regardant la voiture tourner dans l'allée, Cynthia s'est demandé quel genre d'ennuis s'était attirés Grace. Elle avait bu, peut-être ? Pourtant, quand elle est descendue de voiture, elle avait une démarche normale. Mais elle ne semblait pas dans son assiette. La tête basse, les vêtements en désordre, comme si elle s'était roulée par terre.

Quelque chose n'allait pas.

Mais au moins, elle était rentrée à la maison.

Cynthia les a observés jusqu'à ce qu'ils soient à l'intérieur, puis elle a repris sa voiture pour rentrer chez elle. Mais elle a eu du mal à trouver le sommeil.

Elle n'arrêtait pas de se demander ce que Grace avait fait.

27
Terry

— Qu'est-ce qui s'est passé ? a demandé Grace alors que nous marchions vers ma voiture, garée derrière la maison de Vince. Qu'est-ce qui se passe ?
— Monte.

Je l'ai laissée se débrouiller avec sa portière, cette fois. Je mettais le contact quand elle est montée côté passager.

— Qu'est-ce qu'on va faire maintenant ? a-t-elle insisté. Est-ce que Vince sait ce qui est arrivé à Stuart ? Est-ce que Stuart était avec lui ? Est-ce qu'on va à l'hôpital ? Est-ce qu'on va chez Stuart ? Et qu'est-ce que... ?

J'ai frappé le volant du plat de la main.
— Ça suffit. Plus de questions.
— Mais...
— Ça suffit ! (J'ai démarré et fait demi-tour sur East Broadway.) On en parlera à la maison.

Grace s'est détournée et s'est appuyée contre la portière passager. J'ai regardé dans sa direction et remarqué que ses épaules tremblaient légèrement.

Cinq minutes plus tard, nous étions arrivés. Nous sommes descendus de voiture comme si nous revenions d'un enterrement. Nous déplaçant avec lenteur, sans un mot, perdus dans nos pensées. Elle se tenait à côté de moi pendant que je m'escrimais sur la serrure.

— Dans la cuisine, ai-je dit.

Elle a marché devant moi comme une prisonnière allant à l'échafaud. J'ai désigné une chaise et elle s'est assise docilement. Je me suis assis en face d'elle.

— Ça ne sert à rien de chercher Stuart, ai-je dit.

Ses yeux se sont emplis de larmes.

— Oh, mon Dieu !

— Il semblerait que Vince ou sa bande, ou les deux, se soient trouvés dans la maison entre le moment où tu es partie et le moment où on y est retournés. Ils ont fait un grand ménage. Ils vont revenir pour finir, réparer la fenêtre.

— Mais qu'est-ce que... ?

— Quoi qu'il soit arrivé à Stuart, Vince s'en est occupé.

Grace était toute rouge.

— Qu'est-ce que ça signifie ?

— Je ne sais pas.

— Mais toi, tu en penses quoi ?

Même si l'on veut protéger ses enfants, c'est parfois impossible. Surtout quand ils se sont eux-mêmes mis dans le pétrin.

— D'après moi, ça veut dire qu'il est mort.

Elle a mis les mains sur son visage, le couvrant entièrement, à l'exception de ses yeux apeurés.

— J'ai tiré sur lui, a-t-elle dit d'une voix assourdie. Je l'ai tué.

— Ça, c'est moins clair, ai-je déclaré. Je ne dispose pas de toutes les informations, mais je ne pense pas.

Elle a baissé les mains.

— Pourquoi ?

— À cause de quelques détails. Le premier, c'est que selon tes dires, il est presque certain que quelqu'un d'autre se trouvait dans la maison. Deuxièmement, si tu avais tiré, je pense que tu t'en serais rendu compte. Si tu avais appuyé sur la détente, le recul t'aurait envoyée sur le cul. À mon avis, tu as sans doute été, et tu es peut-être encore en état de choc modéré. Et ça, depuis que la situation a commencé à devenir angoissante dans cette maison. Ta perception des choses est donc altérée. Tu ne sais pas vraiment ce qui s'est passé.
— Quoi d'autre ? a-t-elle demandé.
— Vince dit que tu dois oublier tout ça.
— Ouais, j'y crois vachement.
J'ai attrapé ses poignets et les ai serrés.
— Écoute-moi bien.
Sa gorge s'est contractée.
— Vince ne plaisante pas. Tu n'oublieras pas les événements de ce soir, mais tu vas faire comme si. Tu dois même oublier avoir rencontré Stuart Koch. Il veut qu'on ne parle à personne de ce qui s'est passé. Il ne veut pas qu'on cherche Stuart... il ne veut pas qu'on passe à l'hôpital, chez lui, rien. Et, évidemment, il ne veut pas qu'on aille voir la police.

Même si Vince ne nous avait pas mis la pression, j'aurais hésité à appeler les flics de Milford. Qu'est-ce que j'aurais bien pu leur raconter ? Que ma fille s'était introduite par effraction dans une maison avec son petit copain, lequel avait peut-être, ou peut-être pas, été tué par balle ? Les aurais-je orientés vers Vince Fleming pour qu'ils obtiennent le fin mot de l'histoire ? Vince qui m'avait confié être en possession de l'arme que Grace avait manipulée ?

Cette arme était un joker. Même si Grace ne s'en était pas servie, quelqu'un d'autre l'avait peut-être fait après qu'elle l'avait laissée tomber. Et les empreintes de ma fille s'y trouvaient peut-être encore.

— Mais est-ce que ce n'est pas mal ? a demandé Grace.

La question m'a brutalement arraché à mes réflexions.

— Quoi ?

— Est-ce que ce n'est pas mal ? S'il est arrivé quelque chose à Stuart, que j'en sois responsable ou que ce soit quelqu'un d'autre, est-ce que ce n'est pas mal de ne pas aller à la police ? Est-ce qu'on ne doit pas leur dire ce qui s'est passé ?

J'avais le sentiment de passer un test. Pour savoir si j'étais un bon père. Si j'étais un homme bien. El il m'est apparu à cet instant précis qu'on pouvait être l'un sans être forcément l'autre.

J'ai serré ses poignets plus fort et baissé les yeux sur la table un instant, puis je l'ai regardée bien en face.

— Grace, ce garçon et toi, vous êtes entrés par effraction dans cette maison. Vous étiez sur le point de voler une voiture. Tu es vulnérable. Très vulnérable. S'il y a un moyen de te garder à l'écart de tout ça, j'en userai, je me fous de savoir si c'est bien ou non.

— Tu me fais mal, a-t-elle murmuré.

J'ai lâché ses poignets.

— La seule chose qui m'importe pour l'instant, c'est toi. Je veux m'assurer que tu n'as rien à craindre, qu'il ne t'arrivera rien. Il y a beaucoup de choses que nous ignorons, et quand on ne sait pas tout d'une situation, il est difficile de savoir quelle est la meilleure chose à faire. Alors, même si ça ne me plaît pas de devoir obéir aux ordres d'un voyou comme Vince Fleming, pour le moment, je ne vois pas beaucoup d'autres options.

— Je n'aime pas ça.
— Grace... je n'ai pas toutes les réponses, là, tout de suite.

Elle m'a regardé au fond des yeux pour y trouver un peu de réconfort. J'ai déplacé ma chaise de l'autre côté de la table et j'ai serré ma fille dans mes bras. Elle a blotti son visage au creux de mon épaule et a sangloté.

— J'ai si peur.
— Moi aussi.
— Je ne sais pas quoi faire.
— Il faut qu'on surmonte ça. Bientôt, peut-être, on saura de quoi on parle. Mais en attendant... et je déteste ça, crois-moi, je déteste ça... je ne suis pas sûr qu'on ait beaucoup d'autre choix que de se plier aux exigences de Vince.

Elle s'est écartée de moi et a demandé :
— Et si mes amis commencent à me poser des questions ?
— Des questions sur quoi ?
— Sur ce qui est arrivé à Stuart. Je suis censée dire quoi ?

J'ai senti ma nuque se raidir. Le temps nous était compté. Je ne pourrais pas préserver Grace indéfiniment. À quel moment tout cela nous rattraperait-il ? Quand est-ce que les choses commenceraient à mal tourner ?

— Combien savent que tu voyais Stuart ?
— Deux amies à moi. Et Stuart l'a peut-être dit à quelqu'un. Je veux dire, on ne sortait pas vraiment

ensemble, mais il nous est arrivé de traîner quelquefois tous les deux, c'est tout. J'ai peut-être cité son nom sur Facebook.

Bon Dieu. Une fois en ligne, ça l'était pour toujours.

— S'il y a des mentions qui le concernent, efface-les, ai-je dit. Efface tout ce que tu peux. Non, attends. Plus tard, si on découvre que tu as effacé tout ce qui le concernait la nuit de sa disparition... Merde... je ne sais pas. Si tes amis te demandent de ses nouvelles, tu dis que tu ne l'as pas vu ces derniers temps. Que vous vous êtes éloignés l'un de l'autre, quelque chose comme ça. Quelqu'un savait que vous alliez vous retrouver ce soir ?

Grace a réfléchi un moment.

— Je ne pense pas. Je ne l'ai dit à personne.

— Et Sandra ?

— Sandra ?

— Sandra Miller. La fille avec qui tu disais aller au cinéma ce soir.

Grace a fait la grimace.

— Tu lui as demandé de te servir d'alibi au cas où je les appellerais, elle ou sa mère ?

Grace a secoué la tête. Les ados se croient parfois très malins, mais le crime parfait est hors de leur portée.

— Tu m'as dit que la mère de Sandra te raccompagnerait à la maison. Comment comptais-tu t'y prendre pour rentrer ?

— J'aurais demandé à Stuart de me déposer plus loin dans la rue, comme ça, tu n'aurais vu aucune voiture se garer dans l'allée.

J'ai repoussé ma chaise. Il était difficile d'essayer de réconforter ma fille sans être en même temps furieux contre elle.

— Parle-moi de Jane, ai-je dit.
— Tu veux savoir quoi ?
— Quand est-ce que vous vous êtes rapprochées, toutes les deux ?

Sentant un reproche dans ma voix, elle s'est raidie.

— Je l'ai trouvée sur Internet et je suis devenue son amie.
— Avoir une amie sur Internet et lui téléphoner au milieu de la nuit parce qu'on pense avoir commis un meurtre, ça correspond à deux niveaux de relation très différents. Pourquoi l'as-tu appelée ? Quand est-ce que vous êtes devenues aussi copines ?
— J'ai appris à la connaître ces derniers mois. Je voulais savoir.
— Savoir quoi ?
— Je voulais savoir, pour maman et toi, et ce qui s'était passé à l'époque. (Elle a reniflé.) Vous n'en parlez jamais vraiment. Enfin, vous parlez du fait que maman est toujours totalement flippée à cause de ce qui lui est arrivé, que ç'a été un gros traumatisme et tout, mais vous n'entrez jamais dans les détails pour que je puisse vraiment essayer de comprendre.

Je l'ai laissée parler.

— Mais je savais que Vince Fleming vous avait aidés à l'époque, et qu'il était avec maman la nuit où sa famille a disparu, en 1983. Et je savais que tu avais été le prof de Jane et que Vince était plus ou moins son beau-père. Je n'allais pas demander des trucs à Vince. Il était bien trop flippant et trop vieux pour que je lui parle. Mais j'ai pensé que si je m'adressais à Jane, elle répondrait à certaines de mes questions.
— Tu aurais pu simplement nous demander.

— Ouais, bien sûr ! Vous avez toujours été genre super-protecteurs par rapport à ça. Depuis que j'ai sept ans et que maman et moi on a failli se faire tuer, on croirait que vous m'avez mise dans une bulle. Vous dites toujours qu'on en parlera un jour, mais on n'en parle jamais. Et c'est comme si maman était la seule à avoir le droit d'être sur les nerfs à cause de ça. Et moi, alors ? Tu crois que ça ne me fait plus flipper parce que ça s'est passé il y a longtemps ? Je n'ai pas oublié que j'ai été dans cette voiture en haut de cette falaise. Je n'ai qu'à fermer les yeux pour revivre la scène. Je me rappelle. Et je veux savoir. Je veux tout savoir, pas juste discuter de mon *ressenti* par rapport à ça, comme la fois où vous m'avez envoyée chez la psy que voit maman. Et même si Jane n'était pas là physiquement quand c'est arrivé, elle en sait beaucoup, et ça ne la gêne pas d'en parler avec moi. Elle *m'aide*, d'accord ? Ça ne vous ennuie pas, maman et toi, que je parle à quelqu'un qui peut *vraiment* m'aider ?

Mon cou commençait à être trop fatigué pour soutenir ma tête. Je l'ai laissée retomber pendant que je réfléchissais à ce qu'elle venait de dire.

— Et donc, vous vous voyez ?

— Oui. On s'est vues des tas de fois. Pour prendre un café ou autre. Et d'ailleurs, on n'a pas fait que parler de ces vieilles histoires. On a aussi discuté de choses et d'autres. Je l'aime bien... je l'aime beaucoup... et quand j'ai eu des ennuis, c'est elle que j'ai appelée.

— Parce que tu pensais qu'elle était plus à même de t'aider que moi ?

Il était difficile de ne pas se sentir légèrement blessé.

— Non... pas exactement, a-t-elle corrigé. C'était à cause de Stuart. Et de ses relations à elle.

— Parce qu'elle le connaissait ? Parce que le père de Stuart travaille pour Vince ?

— Ouais. J'avais déjà vu Stuart à la sortie du lycée et tout, mais c'est Jane qui nous a présentés, en fait.

— Quand ça ?

— Il y a quelques semaines. On était au centre commercial, elle l'a vu et l'a appelé, et on s'est mis à discuter. Et après ça, Stuart m'a envoyé un SMS et on s'est vus.

— Tu savais que Stuart avait un lien avec Vince Fleming ? Que son père est Eldon Koch ? Qu'il travaille pour Vince ?

— Ouais. Je le savais.

— Et sachant cela, tu es sortie avec lui ? Avec ce gamin qui a pour père un foutu gangster ? Tu sais qu'il m'a enlevé en pleine rue à l'époque de cette histoire ?

J'ai secoué la tête avec incrédulité.

— Mais il t'a aidé aussi, non ? S'il ne t'avait pas aidé à comprendre ce qui se passait, je serais morte, pas vrai ? Et maman aussi. Pas mal pour un foutu gangster.

Je n'avais rien à répondre à ça.

— C'est ce que j'ai appris grâce à Jane. Si vous me disiez des choses de temps en temps, j'aurais peut-être été au courant.

— Je t'interdis...

Je me suis interrompu. J'étais en train de laisser les choses déraper. Voilà que c'était moi qui perdais le contrôle. De la situation et de moi-même.

— Tu dis tout le temps qu'il ne faut pas juger les gens a priori.

— Quoi ?
— Ce n'est pas parce que le père de quelqu'un est une mauvaise personne que son fils l'est nécessairement.

Je l'ai regardée, abasourdi.

— Stuart est entré par effraction dans une maison pour voler une voiture. Ce n'est pas un préjugé. Il a déjà prouvé qu'il était une calamité. Comme son père.

Grace s'est levée, est montée dans sa chambre en courant et a claqué la porte avec assez de force pour faire trembler la maison.

Assez de force pour libérer quelque chose à quoi je pensais sans vraiment en avoir conscience.

Pour autant qu'il sache, elle l'a vu.

La personne qui était passée devant elle en courant, qui avait peut-être abattu Stuart.

Savait-elle que Grace n'avait pas réussi à la voir ?

Si elle croyait que Grace l'avait vue, qu'elle était en mesure de l'identifier...

Peut-être fallait-il nous en inquiéter davantage que du fait que la police découvre que Grace se trouvait dans la maison.

28

— Salut ! a fait Vince quand Jane Scavullo est entrée.

Il l'avait entendue monter l'escalier et l'attendait.

— Salut, a-t-elle répondu d'une voix lasse.

Elle se tenait sur le pas de la porte.

— Entre.

— Je suis très bien ici.

— Oh, nom de Dieu, entre et assieds-toi.

Jane s'est avancée dans la pièce et s'est assise sur la chaise que Terry venait de quitter.

— Alors, elle a dit quoi ? Elle a vu quelque chose ? a demandé Vince. Non, attends. Bouge pas, il faut que j'aille vider ce machin avant d'exploser.

Il est allé aux toilettes, a fermé la porte.

Jane a fermé les yeux un moment, posé les mains sur la table. Son beau-père est ressorti deux minutes plus tard, s'essuyant les mains sur sa chemise, et s'est assis en face de la jeune femme.

— Alors ?

— Elle n'a pas été d'une grande utilité.

— Merde. Elle a bien dû remarquer quelque chose.

Jane lui a rapporté sa conversation avec Grace aussi fidèlement que possible.

— On ne sait donc rien sur ce type, a conclu Vince. Que dalle. (Jane n'a rien dit.) C'est génial. Elle a dit s'ils étaient là pour autre chose que la voiture ?

Jane a secoué la tête.

— Comme quoi ?

— Elle l'a dit ou elle l'a pas dit ?

— Elle ne l'a pas dit. Stuart est entré dans la maison pour prendre les clés de la Porsche. S'il était là pour autre chose, Grace n'a pas l'air d'avoir été au courant.

— Ils ne sont pas montés à l'étage, alors ?

— Je t'ai répété ce qu'elle m'a dit.

— La personne qui se trouvait là n'a pas eu à entrer par effraction.

— Tu me poses la question ?

— Je pense tout haut. Stuart a cassé une fenêtre, ce petit con. Mais l'alarme était déjà coupée. Peut-être par quelqu'un qui avait une clé, qui savait comment désactiver le système de sécurité.

— Qui vient peut-être surveiller la maison pour le compte des proprios. Qui a une clé et connaît le code.

Elle a suggéré cela comme si c'était évident.

Vince a réfléchi à cette hypothèse.

— Mais si cette personne était là avec leur bénédiction, qu'est-ce qu'elle foutait à rôder dans le noir ?

Jane a haussé les épaules.

— J'en sais rien, Vince. Il est tard. (Elle a incliné la tête de côté, le dévisageant d'un œil critique.) Le fait qu'ils soient entrés dans cette maison, que quelqu'un d'autre s'y soit trouvé aussi et ce qu'ils y cherchaient, ça, ça t'inquiète vachement, mais Stuart, est-ce que tu t'inquiètes pour lui ne serait-ce qu'un tout petit peu comme ça ?

Elle a écarté son pouce de son index de quelques millimètres.

— Bien sûr que je suis inquiet.
— Eldon est au courant, au moins ?
— Non.
— Quand est-ce que tu vas lui dire ?

Vince a pianoté sur la table.

— Quand ce sera le moment. J'ai d'abord quelques questions à lui poser.
— Tu te fous de moi. Tu vas le cuisiner avant de lui parler de son fils ?
— Ouais. Je vais lui demander comment Stuart a eu l'idée de choisir cette baraque, par exemple. Eldon a dû se relâcher et lui laisser voir la liste.
— Quelle liste ? Et puis pourquoi cette maison te fait tellement flipper ?
— Laisse tomber. La présence de Stuart est directement liée à Eldon. Il a merdé. Il y a un truc pas clair.
— Je ne sais pas de quoi tu parles.
— Eldon était peut-être là. Dans la maison. Il était en retard à notre rendez-vous, ce soir.

Jane a posé le bout de ses doigts sur son front, tête baissée.

— Vince, sérieusement, tu es en train de dire qu'Eldon a abattu son propre fils ?
— Non. Enfin, je ne sais pas ce qui s'est passé. Eldon était peut-être là et ne l'avait pas dit à son fils, et ils se sont surpris.
— C'est n'importe quoi.
— Peut-être qu'Eldon était en train de me voler, a dit Vince, plus pour lui-même qu'à Jane.
— Comment Eldon aurait bien pu te voler ? Il n'était pas dans *ta* maison. Selon toi, Eldon aurait été capable de tuer son propre fils et de se pointer

242

ensuite à votre rendez-vous ? C'est ce que tu es en train de dire ? Tu imagines Eldon faire ça ?

— Je le saurai, tu peux me croire.

Jane a repoussé sa chaise et s'est levée.

— Eh bien, bonne chance.

Sur quoi elle a tourné les talons et s'est dirigée vers la porte.

— Attends, a dit Vince dans son dos.

Elle s'est arrêtée sans se retourner.

— Je veux juste... je veux te remercier pour le tuyau. De m'avoir prévenu après le coup de fil de Grace, je veux juste te dire que tu as bien fait.

— Qu'est-ce que j'aurais pu faire d'autre ? a-t-elle demandé, face à lui à présent.

— Je sais, mais quand même. Je comprends que ça t'énerve d'être entraînée là-dedans. Je n'aime pas que tu sois mêlée à mes affaires, mais dans ce cas, c'était différent. Je pensais que Grace t'en dirait plus à toi qu'à moi.

— Tu ne veux pas me mêler à tes affaires, a contre-attaqué Jane. Depuis quand ? Tu ne crois pas que j'ai toujours été impliquée ? Arrête un peu. Tu as vécu avec ma mère, puis vous vous êtes mariés. Je vivais sous ton toit. Alors tu ne m'as peut-être jamais demandé de voler une cargaison d'iPad, mais tu crois que je n'étais pas impliquée ? Chaque fois que ma mère recevait un coup de fil, son cœur s'arrêtait de battre parce qu'elle avait peur que tu sois mort ou en prison. Quand on frappait à la porte, je me disais que c'était peut-être les flics, ou quelqu'un avec un flingue prêt à te faire sauter la cervelle. Alors ne t'excuse pas parce que tu m'as demandé de questionner Grace. Ce n'était rien comparé à ce que j'ai dû vivre pendant des années.

Vince allait dire quelque chose, mais aucun mot n'est sorti de sa bouche.
— Faut que j'y aille. Il est tard.
Vince a fait un pas vers elle.
— Jane...
Un soupir exaspéré.
— Quoi ?!
— C'est... c'est une période difficile pour moi. Il faut que tu le saches.
— Si tu le dis.
— Je sais que j'ai été pas mal occupé dernièrement, que toi et moi on n'a pas passé beaucoup de temps ensemble, mais bon, tu as ta vie, et il y a tous ces emmerdements avec le docteur et...
— Quel docteur ? Tu as du nouveau ?
— Rien. Oublie ça. Le fait est que j'ai réorganisé toutes mes activités ces deux dernières années, en essayant d'être plus créatif.
— Je trouve que tu as toujours été vachement créatif. Braquer des camions, voler des SUV, les expédier à l'étranger. C'est carrément créatif.
Vince n'a pas tenté de démentir.
— Mais ça demande beaucoup de main-d'œuvre. Je ne suis plus tout jeune. Et j'ai... j'ai eu des problèmes de trésorerie. Mais je suis en train de remonter la pente.
— Tu penses que tout ça a un rapport quelconque avec le fait que je suis furax contre toi ?
Il n'a rien dit. S'est contenté d'attendre.
— Pourquoi tu n'es pas allé la voir ?
— Je suis allé la voir, a-t-il dit, sur la défensive.
— Quoi, deux fois ?
— Ce n'est pas vrai, Jane, et tu le sais. Je suis souvent allé voir ta mère à l'hôpital.

— Mais pas cette nuit-là. Tu étais où, à ce moment-là ?

— J'étais en chemin. J'allais venir. Je t'assure.

— Vraiment ? Tu as eu un empêchement ? Tu as été retardé ? Je sais où tu étais, moi. Au Mike's, ce bar de Milford où tu passais beaucoup de temps. Si tu avais tenté d'aller à l'hôpital dans ton état, tu aurais défoncé le bâtiment des urgences avec ta voiture.

— Bon, j'étais au Mike's. La belle affaire.

— Et qu'est-ce que tu y faisais ?

— Je buvais quelques verres, a-t-il admis. Je ne savais pas que ça arriverait ce soir-là.

— Non, tu ne savais pas, parce que ça faisait des jours que tu n'avais pas foutu les pieds à l'hôpital pour prendre de ses nouvelles. Sinon, tu aurais vu qu'elle n'allait vraiment pas bien. Tu aurais su que c'était la fin. J'ai essayé de te prévenir mais tu avais la tête dans le cul et tu ne m'as pas entendue.

Vince a marmonné quelque chose.

— Qu'est-ce que tu dis ?

— Je ne pouvais pas.

— Tu ne pouvais pas quoi ?

— Je ne pouvais pas la voir comme ça. C'était juste… (Il s'est interrompu, a inspiré profondément, comme s'il était essoufflé.) J'adorais ta mère. Elle était tout pour moi. La voir souffrir, voir son état se dégrader chaque jour, c'était dur.

— Pour elle aussi c'était dur, a rétorqué Jane.

— Pourquoi tu crois que j'étais au Mike's à boire comme un trou ? Parce que je ne supportais pas de la perdre, voilà pourquoi.

Jane le dévisageait de ses yeux perçants.

— Tu t'apitoyais sur ton sort. Tu sais ce que je n'aurais jamais imaginé pendant toutes ces années ? C'est que tu étais une lopette.

Vince lui a jeté un regard noir. Il était écarlate.

— Oui, je l'ai dit. Tu n'avais pas assez de couilles pour être là. Enfin, ce n'est pas comme si tu n'avais pas côtoyé la mort toute ta vie, hein ? Ça ne te dérange pas de la provoquer. Tu veux juste ne pas voir à quoi elle ressemble.

— Personne ne me parle comme ça impunément, Jane.

Elle a écarté les bras. Vas-y. Fais-toi plaisir, semblait-elle dire.

— Bon Dieu, Jane, a-t-il repris avant de se rapprocher de la table et de s'y appuyer d'une main. Je ne veux pas faire ça. (Il a baissé la tête, l'a secouée lentement.) Je sais que je t'ai déçue. Je ne te reproche rien. Je ne suis pas l'homme que tu croyais. Je ne l'ai probablement jamais été. J'ai perdu ta mère, et on dirait que maintenant je t'ai perdue, toi aussi. Je ne te décevrai plus très longtemps.

Jane a commencé à répondre, mais quelque chose l'a retenue.

— D'ailleurs, a-t-il ajouté avec désinvolture, ce n'est pas comme si j'étais vraiment ton père. Tu n'es pas ma vraie fille. Alors, où est le problème ?

Il s'est forcé à rire, mais cela a déclenché une quinte de toux.

Jane hésitait. Elle n'était qu'à quelques centimètres de la porte, mais il était difficile de laisser en plan quelqu'un qui s'étouffait à moitié.

— Ça va aller ? a-t-elle demandé.
— Ouais.

Son portable s'est mis à sonner.

— Il faut que je décroche.
— Bien sûr.
Il a sorti le téléphone, l'a collé à son oreille.
— Ouais, Gordie... bien... ouais... quitte pas.
Vince a dit à Jane :
— Il y a des trucs dont je dois m'occuper.
— Bien sûr, a répété Jane.
Elle s'est retournée, a passé la porte-moustiquaire, et l'a laissée claquer derrière elle.

Vince parlait au téléphone.
— Comme ça, je me dis que ça pourrait être le type qui promène les chiens. Braithwaite. Le clavier de l'alarme était au vert. Quelqu'un s'est servi d'une clé, connaissait le code. Continue à faire les autres vérifs, mais je le sens bien, lui. Si on a cambriolé d'autres maisons, alors ce n'est pas lui. Mais si c'est juste celle des Cummings, c'est différent. On lui rendra une petite visite demain. Il habite juste en face de la femme d'Archer. Je te donne l'adresse... tu as de quoi noter ?

29

Terry

J'aurais pu monter dans la chambre de Grace, frapper à la porte et tenter de calmer le jeu, mais j'étais à court d'arguments. Si elle voulait faire une colère à cause de ça, ça ne me dérangeait absolument pas.

Je suis donc resté le cul sur ma chaise de cuisine.

En me disant, *Merde et merde et bordel de bon Dieu de merde*.

Parce qu'on y était. Et jusqu'au cou encore.

Est-ce que j'étais stupide de faire ce que Vince m'avait ordonné de faire ?

Sans doute.

Est-ce que j'avais une meilleure idée pour gérer le truc ?

Pas vraiment.

Vince croyait-il sincèrement pouvoir garder ça secret ? Pensait-il être en mesure de faire disparaître ces problèmes ? Même s'il parvenait à nous faire oublier, à Grace et à moi, jusqu'à l'existence de Stuart, s'imaginait-il capable d'effacer toute trace de lui ?

Stuart avait-il cessé d'exister ? Et si tel était le cas, qu'avait-il bien pu lui arriver ? S'il était mort, qu'est-ce que Vince avait fait de lui ? Et qu'en était-il de son père, Eldon ? Quelle serait sa réaction ? À la rigueur, on pouvait compter sur Grace et moi pour tenir notre langue, mais le père de Stuart ? Si son gamin était mort, ferait-il les quatre volontés de Vince ?

Qu'est-ce que cette maison avait de particulier ? Pourquoi Vince n'arrêtait-il pas de demander si Stuart et Grace avaient d'autres projets que celui de voler la Porsche ? Pourquoi voulait-il savoir s'ils avaient été ailleurs qu'au sous-sol et au rez-de-chaussée ?

L'homme perdait son sang-froid. S'il ne maîtrisait pas la situation, s'il était incapable de la contenir, quelles seraient les conséquences pour Grace, plus tard, quand tout serait divulgué ? Quel prix paierait-elle pour ne pas s'être manifestée auprès des autorités dès le début ?

Et si l'autre personne qui se trouvait dans cette maison croyait que Grace était un témoin et savait qui elle était et comment la trouver, n'avait-elle pas intérêt à aller voir la police et à jouer cartes sur table ?

On était bien !

Demain matin, j'irais voir un avocat. Quelqu'un à qui je pourrais raconter ça en toute confidentialité. À qui présenter les faits. Avec qui voir quelles étaient nos options.

J'imaginais qu'aucune n'était réjouissante.

Et comme si cela ne suffisait pas, il y avait une autre question.

Cynthia.

Quel serait l'impact de tout ça sur elle ? À moins que Vince ne puisse vraiment enterrer ce merdier plus profondément que le trésor du capitaine Kidd, j'allais devoir tout lui dire. Elle avait le droit de savoir.

Bien plus, j'avais *besoin* qu'elle sache. Cynthia était peut-être plus nerveuse et stressée que la moyenne, mais elle était quand même mon roc, je ne serais pas capable de me sortir de là sans elle. Et même si Grace tenait absolument à cacher la vérité à sa mère, elle aussi aurait besoin d'elle.

La question restait de savoir à quel moment la mettre dans la confidence.

Pas ce soir. Certainement pas ce soir.

Je suis monté, me suis planté devant le lavabo de la salle de bains, me suis regardé dans le miroir une bonne minute avant de me rappeler ce que j'étais venu faire là. Je me suis brossé les dents, me suis déshabillé et glissé dans le grand lit que j'avais trouvé bien trop vaste ces dernières semaines.

Je suis resté allongé, les yeux fixés au plafond, pendant plusieurs minutes, puis j'ai estimé qu'il s'était écoulé suffisamment de temps pour que je puisse aller voir Grace. Je suis sorti du lit, ai enfilé un peignoir et me suis dirigé vers sa chambre, plus loin dans le couloir.

J'ai poussé la porte à peine entrebâillée. La lumière était éteinte, mais sa fenêtre éclairait suffisamment pour voir qu'elle était couchée.

— Je ne dors pas.

— Je m'en doutais, ai-je dit en me perchant au bord du lit.

— Je ne pense pas pouvoir aller travailler demain.

— Je téléphonerai dans la matinée pour dire que tu es malade.

— D'accord.

Elle a sorti une main de sous les couvertures et m'a pris le bras.
— Et maman ? a-t-elle demandé.
— Je pensais justement à elle.
— Si tout finit par se savoir et que je sois obligée, tu sais, d'aller en prison ou quoi, il faudra lui dire.
— On va peut-être devoir la mettre au courant avant cela.
J'ai souri et lui ai massé le bras.
— Tu penses que c'est ça qui va se passer ? Que je vais aller en prison ?
— Non, ai-je répondu. On fera en sorte que ça n'arrive pas. Laisse-moi te poser une question.
Grace a attendu.
— Qu'est-ce que te dit ton instinct ?
— À propos de quoi ?
— À propos de Stuart. Tu lui as tiré dessus ou pas ?
Elle a pris un instant pour réfléchir à la question.
— Non, je ne lui ai pas tiré dessus.
— Qu'est-ce qui te fait dire ça ?
— Je suis restée dans mon lit à retourner ça dans ma tête encore et encore, tu sais.
— J'imagine.
— C'est logique.
J'ai légèrement pressé son bras.
— Continue.
— J'ai effectivement entendu un coup de feu. Et quand c'est arrivé, j'ai crié. Mais j'ai d'abord entendu le coup de feu. Si j'avais eu peur et que j'avais crié, j'aurais peut-être fait quelque chose de stupide comme appuyer sur la détente. Mais je n'ai pas flippé *avant* d'avoir entendu un coup de feu.
— Tu te rappelles autre chose ?

Elle s'est tapé la tête plusieurs fois contre l'oreiller.
— Non.
— Ça va aller ou tu veux venir dans ma chambre ?
— Je vais attendre quelques minutes. Si je n'arrive pas à dormir, je viendrai.
— D'accord.

J'allais lui faire part de mes réflexions concernant l'opportunité de lui trouver un avocat, mais je me suis ravisé. Je me suis penché pour l'embrasser sur le front.

— On va s'en sortir... mais il faut qu'on adopte deux ou trois nouvelles règles.
— Oui, je sais. Je suis privée de sorties à vie. J'avais compris.
— Je ne parle pas de ça exactement. Ce que je veux dire, c'est que tu dois te montrer prudente. Faire attention. À qui tu ouvres la porte, avec qui tu discutes sur Internet, si quelqu'un que tu ne connais pas veut te rencontrer par exemple, ou bien...
— Qu'est-ce que tu racontes ?

Je ne voulais pas l'inquiéter. Dieu sait qu'elle allait déjà avoir suffisamment de mal à dormir comme ça.

J'ai cherché des mots qui ne semblaient pas trop alarmistes.

— Celui... La personne qui t'a bousculée... croit peut-être que tu l'as vue.
— Mais je ne l'ai pas vue.
— Je dis juste qu'elle ne le sait peut-être pas.

Son regard s'est aiguisé quand elle a compris où je voulais en venir.

— Merde.
— Ouais.
— Si Stuart est mort et si c'est le type dans la maison qui l'a tué...

— Ouais, ai-je répété.

— Mais comment pourrait-il savoir qui je suis ?

— Il ne le sait peut-être pas. Mais il pourrait le découvrir.

Elle s'est assise dans son lit et m'a enlacé.

— J'ai peur, papa.

Je l'ai serrée fort.

— Moi aussi. Mais pour l'instant, tu ne crains rien, ici, avec moi. Je ne laisserai rien t'arriver.

Grace a enfoui son visage contre ma poitrine et a dit d'une voix étouffée :

— Je ne l'ai pas vu. Je n'ai rien vu. Rien.

— Je sais. On va s'en sortir.

Je l'ai gardée ainsi pendant cinq bonnes minutes avant qu'elle ne lâche prise et ne repose sa tête sur l'oreiller.

— Tu viens me chercher si tu as besoin de moi, ai-je dit en me levant doucement du lit.

— Oui, je viendrai. Mais ça va.

Je me suis éclipsé, laissant la porte entrouverte pour pouvoir l'entendre si elle m'appelait.

Comme je m'y attendais, je n'ai pas fermé l'œil. Du moins pas avant 5 heures. Là, j'ai fini par m'assoupir. Mais je me suis réveillé de nouveau avant 7 heures, et comme je ne voyais pas l'intérêt de rester au lit, je me suis levé, douché et habillé, et en descendant à la cuisine, je suis allé jeter un coup d'œil dans la chambre de Grace pour voir si elle dormait.

Elle n'était pas dans son lit.

Sa salle de bains se trouvait juste en face, porte ouverte. Elle n'y était pas.

— Grace ?

— Je suis en bas, a-t-elle répondu.

Elle était assise à la table de la cuisine. Simplement assise. Elle ne prenait pas son petit déjeuner, elle ne faisait rien. Elle portait le tee-shirt trop grand avec lequel elle aimait dormir. Elle avait les yeux larmoyants, et on avait l'impression qu'elle s'était coiffée dans une soufflerie. Je n'avais pas meilleure mine.

— Tu m'as fait peur, ai-je dit. Ça fait combien de temps que tu es là ?

Elle a levé les yeux sur la pendule murale.

— Depuis 5 heures environ.

Elle avait dû descendre après que j'avais fini par m'endormir. Autrement je l'aurais entendue.

— J'ai quelque chose à dire, a dit Grace.

Je l'ai regardée.

— Je t'écoute.

— Je me fous de ce que dit Vince. Je me fous de ce qu'il t'a raconté. Et je me fous de ce qui m'arrivera. (Elle a marqué une pause, pris une inspiration :) Il faut que je sache.

Sur quoi elle s'est levée, est passée rapidement devant moi, puis est remontée dans sa chambre.

30

Eldon Koch dormait quand il a entendu cogner à la porte.

Lui et son fils Stuart occupaient un appartement au-dessus d'un atelier de réparation d'électroménager sur Naugatuck Avenue. L'entrée se trouvait en haut d'un escalier qui courait sur le côté du bâtiment.

Il a ouvert les yeux, s'est tourné vers le réveil à affichage numérique : il était presque 7 heures. Il a pensé que c'était Stuart, qui s'était débrouillé pour paumer ses clés et avait besoin qu'on lui ouvre la porte. Il n'était pas inhabituel que Stuart passe la nuit dehors, voire disparaisse un jour ou deux. S'il avait perdu ses clés, cela signifiait que la seconde voiture d'Eldon, la vieille Buick, était quelque part dans la nature. Il faudrait qu'il retrouve le double de la clé, et ils seraient tous les deux obligés de retourner là où elle se trouvait et de la ramener.

À moins que Stuart ne soit soûl. Il y avait tout lieu de penser qu'il était rentré bourré, ou défoncé.

Eldon estimait qu'il avait fait de son mieux avec le gamin, mais bon, vous pouviez passer toute votre vie à essayer d'apprendre à un poisson à se servir d'une tractopelle, à un moment donné, il fallait admettre que certains objectifs étaient hors d'atteinte. Avec les années, Stuart finirait peut-être par se mettre du plomb dans la tête. Eldon ne pouvait que l'espérer. Élever seul un enfant n'était pas de la tarte. C'était peut-être sa femme la plus maligne des deux, elle qui avait mis les voiles quand Stuart n'avait que cinq ans. Elle avait fini par se faire tuer six ans après dans un accident de moto, à l'arrière d'une Harley, quelque part au nord de San Francisco, mais au moins elle avait connu six années d'insouciance. D'une certaine manière, il l'enviait pour cela, même si elle avait terminé sa vie encastrée dans la butée d'un pont.

— Minute ! a-t-il crié. Tu as encore paumé tes clés ?

Eldon a rejeté les couvertures, s'est levé en caleçon, a attendu un instant que passe le vertige qui le prenait quand il se levait trop vite, puis a chaussé une paire de pantoufles à carreaux rouges et noirs usées jusqu'à la corde. Il est sorti de la chambre en traînant les pieds et a traversé le salon-cuisine. La silhouette d'un homme se découpait à travers la porte vitrée, le soleil du matin se levant derrière lui.

Il ne ressemblait pas à Stuart, mais Eldon n'en était pas sûr. L'homme continuait à tambouriner à la porte.

— J'ai dit une minute !

Eldon est arrivé à la porte, a tourné le verrou et ouvert brusquement.

— Oh, a-t-il fait en plissant les yeux, aveuglé par la lumière. Salut, Vince.

Vince portait un coupe-vent matelassé à moitié fermé et tenait dans la main gauche un plateau en carton supportant deux cafés à emporter.

— Voilà qui va t'aider à te réveiller, Eldon. Quatre sucres, c'est ça ?

— Ouais. Qu'est-ce qui se passe ?

— Tu vas m'inviter à entrer ?

— Oh, merde. Oui, bien sûr.

Il a ouvert la porte en grand et Vince, une main dans la poche de son blouson, est entré.

— Qu'est-ce qui se passe ? Tout va bien ?

— On a un problème, Eldon. Je comptais sur toi pour m'aider à le résoudre.

Eldon a encore cligné des yeux plusieurs fois, s'habituant à la lumière du jour, pendant que Vince s'avançait dans le coin cuisine. Il a posé le plateau et tendu un café à son employé. Celui-ci, pratiquement nu, l'a pris à deux mains avec maladresse.

— Un problème ?

Eldon s'est retourné pour regarder par la porte, mais il ne pouvait pas voir le parking sans sortir sur le palier.

— Gordie et Bert sont avec toi ?

— Non. Ils ont été occupés toute la nuit. Ils le sont toujours. Tout s'est bien passé pour toi hier soir ?

— Hein ? Ah, ouais. Je me suis occupé de l'argent puis je suis rentré. S'il y avait quelque chose, tu aurais dû m'appeler.

— C'est bon.

— Alors, c'est quoi ce problème ?

Il n'avait toujours pas touché son café. Vince avait retiré le couvercle du sien et soufflait dessus.

— On en est à évaluer les dégâts, a dit Vince.

— Quoi ?

— Ouais. On vérifie toutes les planques. On a été touchés hier soir, Eldon.

Celui-ci en est resté bouche bée.

— Putain, non. Tu déconnes !
— J'aimerais bien.
— C'est mauvais, ça. Très mauvais.
— Sans déc. Assieds-toi, Eldon.

Eldon a posé son café sur la petite table devant le canapé. Vince avait laissé le sien dans le carton sur le comptoir.

— Et si j'allais m'habiller d'abord ? J'en ai pour deux secondes.

Il paraissait vulnérable, planté là dans son caleçon et ses pantoufles miteuses.

— Non, assieds-toi.

Eldon a pris le canapé tandis que Vince s'asseyait péniblement dans un fauteuil Ikea bas et curviligne.

— Tu n'as pas envie de savoir où on a été touchés ? a demandé Vince.

— Bien sûr. J'allais le demander.

— Chez les Cummings.

— Wouah, a fait Eldon. On parle de deux cent mille, là, plus le reste. Putain, Vince, c'est pas une attaque. C'est une catastrophe.

— En effet.

— Il est à qui, ce pognon ? Au directeur de banque de Stamford ? Il a mis trois ans pour le détourner. Il a dans l'idée de se barrer aux Caïmans, et il pourrait vouloir le récupérer bientôt. Il ne va pas être content.

Vince a secoué la tête.

— Non. Et peu importe à qui appartient le fric. Ce qui importe, c'est qu'il ait disparu.

— Il y a juste cette planque ?

— Je t'ai dit, on vérifie.

— On ne devrait pas être assis là, a dit Eldon. Il faut qu'on aille sur place.

Vince a secoué la tête, levé la main pour obliger Eldon à rester où il était.

— Ce qui est intéressant à propos d'hier soir, c'est que la maison des Cummings a bien l'air d'avoir été visitée deux fois.

— Hein ?

— Oui. Deux fois la même nuit. À ce qu'on dirait, quelqu'un était déjà là quand une autre personne est arrivée.

Eldon Koch avait l'air dérouté.

— Je ne pige pas. Tu veux dire qu'ils se connaissaient ? Qu'ils travaillaient ensemble ?

— Pas sûr. On dirait que quelqu'un est entré normalement. Avec une clé et un code. Et qu'ensuite quelqu'un d'autre est entré par une fenêtre du sous-sol, ignorant qu'il aurait pu passer par la porte d'entrée sans déclencher l'alarme.

Eldon avait toujours l'air perplexe. Soudain, il a claqué des doigts et pointé l'index sur son patron.

— Le promeneur de chiens aurait pu entrer normalement.

— Peut-être, a déclaré Vince. C'est à lui que j'ai pensé en premier.

— Il a une clé. Il connaît le code. C'est la maison d'un de ses clients.

— Peut-être, a répété Vince.

— Quoi ? À quoi penses-tu ?

— Tu es arrivé en retard au rendez-vous hier soir.

— Hein ?

— Au motel. Tu étais en retard.

— Je te l'ai dit, je suis désolé. J'ai laissé Stuart prendre la Buick, et du coup je me suis retrouvé avec la Golf. Elle voulait pas démarrer. J'ai dû la tripatouiller pour la faire marcher. Si j'avais été un peu malin, j'aurais prêté la Golf à Stuart, qu'il se débrouille avec, mais je crois qu'il avait un rencard, et la Buick, eh bien, elle est plus spacieuse, tu comprends ? (Il lui a adressé un sourire complice.) On a plus de place pour se palucher, quoi. Merde, j'ai été jeune autrefois. Je sais ce que je sais, alors je la lui ai laissée. La Buick, c'est un tank... elle est increvable. Je suis vraiment désolé. Je comptais être là à l'heure.

— Après avoir démarré la Golf, tu t'es arrêté quelque part en allant au motel ?

— Non, j'ai roulé pied au plancher. Merde, il faut au moins ça pour la faire avancer. Je suis allé directement au rendez-vous. Qu'est-ce qui se passe, Vince ? Pourquoi tu me poses ce genre de questions ? T'as un truc à me reprocher ? D'accord, j'étais en retard. Je regrette. Ça ne se reproduira plus. Mais quel est le rapport avec le fait qu'on ait été touchés ?

— Où est-ce que tu gardes la liste ?

— Hein ?

— Arrête de faire « hein », Eldon. C'est agaçant.

— Tu me demandes pour la liste ? Où est-ce que je la garde ?

Vince a soupiré.

— Oui. C'est ce que j'aimerais savoir.

— Je ne l'ai jamais entrée dans l'ordinateur, comme tu as dit. Je fais les mises à jour dans mon carnet. Tu me dis des trucs, et moi je les note dedans.

— Où est le carnet ?

— Là, il est dans mon pantalon.

— Va le chercher.

Eldon s'est levé du canapé et a rejoint sa chambre dans un bruissement de pantoufles. Vince a entendu un cliquetis de petite monnaie quand Eldon a ramassé son jean par terre. Il est revenu quelques secondes plus tard, son carnet à la main, et s'est rassis sur le canapé.

— Tu vois ? a-il dit en le passant à Vince.

Celui-ci l'a ouvert, feuilleté.

— Tu l'as toujours sur toi ?

Eldon a haussé les épaules.

— Sauf peut-être quand j'écris dedans. Ça peut m'arriver de le poser à l'atelier, ou quoi.

L'atelier de carrosserie qui servait non seulement de quartier général à Vince, mais également de couverture par où transitait une partie de ses fonds.

— Donc, il peut t'arriver de le laisser traîner là où quelqu'un pourrait le prendre et le consulter. Et ici, dans l'appartement ? Il t'arrive de le laisser sorti ?

— Putain, Vince, où est-ce que... ?

— Réponds à ma question, Eldon.

Pour la première fois, la peur se lisait dans son regard.

— Euh, peut-être. Mais ce ne serait pas un problème. Le seul qui soit jamais ici, c'est Stuart. Tu pourrais lui demander, mais je ne crois pas qu'il soit encore rentré. (Eldon a jeté un coup d'œil à la porte close de la chambre de son fils.) Je peux aller voir.

— T'embête pas. Tu as raconté à ton gosse comment tu gérais tout ça ?

Eldon s'est gratté la tête.

— J'ai... Il m'a questionné une fois au sujet des adresses. Je lui ai dit que j'enlevais une unité à chaque chiffre, que 264 Main Street, ça donnait 153, etc. C'était juste histoire de discuter entre père et fils, tu vois ?

— Et les dates ?

— Je lui ai dit que c'était la même chose. Par exemple, du 10 au 20 mars, ça faisait du 9 au

19 février. Le truc qu'on avait mis au point. Mais bon sang, Vince, tu penses que Stuart essaierait de nous voler ? C'est impossible. Même s'il regardait dans mon carnet, il n'aurait pas de clé.

— Elles sont où, tes clés, là ? a demandé Vince.

— Elles sont dans la chambre... Je les laisse toujours... Eh bien, je les laisse en général sur la table, juste à côté du lit.

Il s'est interrompu, s'est levé d'un bond, puis est retourné dans la chambre. Il est ressorti de la pièce avec une seule clé.

— J'ai celle de la maison que j'ai dû visiter hier soir.

— Où sont les autres ?

— Elles doivent être à l'atelier, a-t-il dit lentement. Vince a souri.

— Ce n'est pas vraiment un problème de toute façon. Ce n'est pas comme ça que Stuart est entré. Il a cassé une fenêtre du sous-sol.

— Oh, bordel ! (Eldon a serré le poing et s'est frappé le genou, fort.) Tu déconnes ou quoi ? Le petit con ! Je vais lui défoncer la gueule.

Sur son visage, la colère a soudain fait place à l'inquiétude. Il a bondi à nouveau, est allé dans sa chambre à grandes enjambées, en est revenu avec un téléphone portable. Debout derrière le canapé, il a composé un numéro, mis l'appareil contre son oreille.

— Je vais le faire venir, a-t-il dit à Vince. Attends un peu. Je vais faire venir ce petit salaud à l'instant et on va s'expliquer. Je le crois pas. Petit salaud, va !

Vince a attendu pendant qu'Eldon écoutait le téléphone de Stuart sonner dans le vide.

— Décroche, petit merdeux. Merde ! Messagerie ! « Hé, où est-ce que t'es passé ? Ramène ton cul à la maison immédiatement ! Tout de suite ! »

Il a mis fin à l'appel, secoué la tête de frustration. Attendu.

— Je n'arrive pas à croire qu'il ait... (Une seconde.) Merde, comment tu sais ça ? Comment tu sais qu'il a vraiment fait ça ? (Une expression d'alarme est passée sur son visage.) Les flics ? Merde, les flics l'ont serré ?

— Non.

— Alors quoi ? Comment ? Tu as peut-être mal compris. Ce n'est pas possible qu'il ait fait ça. Il te respecte, Vince. Il est peut-être con comme la lune, mais il te respecte... vraiment.

— Je ne pense pas qu'il était là pour l'argent, a dit Vince calmement. Il savait pour la Porsche dans le garage. Il est entré dans la maison pour trouver les clés et se faire une virée avec.

Eldon avait presque l'air soulagé.

— C'est tout ?

— Non. Loin s'en faut. Même s'il ne voulait que des clés de bagnole, il avait dû savoir en lisant ton carnet, quand il n'était pas bien à l'abri dans ton putain de futal, quand est-ce que les Cummings seraient absents. Alors il s'est dit que ce serait le bon moment pour s'introduire dans la maison, trouver les clés et s'amuser un peu.

— D'accord, ce gosse est un idiot. Je ne sais pas quoi dire. Je lui parlerai. On va arranger ça. Qu'est-ce qu'il a fait ? Il a avoué ? Il était là quand quelqu'un d'autre nous a volés ? Il a essayé de l'arrêter et s'est dit qu'il devait te raconter ce qui s'était passé ? Vince, allez, j'ai besoin de savoir.

— Si Stuart a pu jeter un coup d'œil au carnet, qui d'autre a pu le voir ? a demandé Vince. À qui a-t-il pu parler ? Des maisons qui étaient sur la liste ? Des périodes d'absence des propriétaires ? Des maisons qui étaient équipées de systèmes de sécurité et de celles qui n'en avaient pas ? De l'endroit où était planquée la marchandise à l'intérieur de la maison ?

Eldon a secoué rageusement la tête.

— Personne. Écoute, est-ce que tu sais où il est ? Tu l'as avec toi, hein ? Il est avec Gordie ? Bert ?

— Rassieds-toi, Eldon.

Celui-ci a fait le tour du canapé, s'est assis, penché en avant, les coudes sur les genoux.

— Qu'est-ce que tu ne me dis pas, Vince ?

Vince a marqué un temps d'arrêt.

— Je veux que tu m'écoutes attentivement. Je vais t'expliquer comment on va procéder.

Eldon a commencé à blêmir.

— Qu'est-ce que tu racontes ?

— Tu vas dire aux gens... à tous ceux qui poseraient la question... qu'il est parti quelque temps.

— Qu'est-ce que tu racontes ?

— Est-ce que Stuart va retourner au lycée en septembre, ou est-ce qu'il va laisser tomber quand il aura seize ans ?

— Il dit qu'il n'y retournera pas, mais je lui ai dit qu'il devait rester au lycée. Que s'il voulait faire quelque chose de sa vie, il devait y rester.

— Donc, s'il ne retourne pas en cours, ça ne surprendra personne.

Eldon semblait souffrir d'une sorte de tremblement, sa tête oscillait très légèrement d'avant en arrière, presque trop vite pour qu'on le perçoive.

— Non, non.

— Il y aura des relevés de téléphone portable. Tu recevras des appels de son appareil, d'un peu partout, pendant qu'il visitera notre bonne vieille Amérique. Si on t'interroge, tu pourras parler des endroits où il est allé. Raconter qu'il parlait de ça depuis longtemps, traverser ce grand pays en stop. On s'arrangera pour faire des retraits d'argent de manière que ça colle. Ici et là.

— Arrête, Vince. S'il te plaît, arrête.

— Il y aura donc des traces. Tu comprends l'importance que ça a. Et puis, un beau jour, il ne donnera plus de nouvelles. Il aura peut-être passé son dernier appel depuis la Californie, ou l'Oregon. Un endroit comme ça. C'est donc là que la police commencera à le chercher. À ce moment, la piste sera tellement froide qu'elle ne les conduira jamais jusqu'ici, jusqu'à notre petite entreprise.

— Non.

— Ce « non », ça veut dire que tu ne marches pas ? a demandé Vince. Ou c'est juste que tu as du mal à te faire à l'idée ? (Sa voix s'est adoucie et il a tendu la main au-dessus du genou d'Eldon, sans se résoudre à le toucher.) Il nous a tous mis en très mauvaise posture.

— Tu n'as pas fait ça. Dis-moi que tu n'as pas fait ça.

— Pas moi. Quelqu'un d'autre. Et on va trouver qui. Bert, Gordie et moi, on va s'en charger pour toi. On va trouver celui qui a tué ton garçon et lui faire payer... tu peux y compter.

Le menton d'Eldon tremblait.

— Mais l'endroit où se trouvait Stuart quand c'est arrivé, ça nous pose un sérieux problème. On ne pouvait pas laisser les Cummings rentrer chez eux et trouver un cadavre dans leur cuisine. On ne pouvait pas non plus le transporter ailleurs et risquer qu'on le découvre. On nous aurait posé des questions. Il y a des choses qu'il serait difficile d'expliquer aux flics. Stuart avait ses défauts, mais je sais que tu l'aimais. Je comprends ça. Je sais ce que c'est de perdre un enfant. Je crois savoir ce que tu es en train de vivre. Mais je vois aussi ce qui doit être fait. Le fils de pute qui a tué ton fils est aussi le fils de pute qui a pris notre argent. De l'argent dont nous avions la garde. Qu'on nous avait confié. Ce qui complique les choses, Eldon. C'est pour cette raison que je dois être sûr de pouvoir compter sur toi. Je dois savoir que tu vas...

— Où est-il ? a demandé Eldon dans un murmure.
— Eldon, on s'en est occupés.

Eldon s'est levé, a fait un pas en direction de Vince, pointant sur lui un doigt tremblant.

— Espèce d'enfoiré. Tu m'annonces que mon fils est mort et tu n'as pas la décence de me laisser le voir une dernière fois ?
— Les choses sont allées très vite.
— Je veux le voir ! Je veux voir mon fils ! Espèce d'enculé ! Où est Stuart ?

Vince voulait se lever pour ne pas laisser cet homme le surplomber, mais ç'allait être coton de s'extirper de ce siège, incliné comme il l'était.

— Je te l'ai dit, on s'est occupés de lui.

Eldon le dévisageait d'un air incrédule. Sa voix s'est faite sourde.

— Dis-moi que tu ne l'as pas emmené à la ferme.
— Eldon.
— Dis-moi que tu ne l'as pas donné aux cochons. Dis-moi que tu n'as pas donné mon garçon aux cochons.

— Il faut que je sorte de ce fauteuil à la con.

Vince a empoigné les accoudoirs en bois, tenté de se pencher en avant, commencé à se soulever. Mais soudain, Eldon a posé le plat de la main sur sa poitrine et l'a repoussé. Vince est retombé en arrière, l'avant du fauteuil s'est soulevé brusquement, tout le bazar manquant basculer.

— Eldon, il faut que tu te calmes.

— Pauvre sac à merde. Tu ne ressens donc rien ! Comment as-tu pu faire ça ? (Il continuait à agiter un doigt menaçant devant le visage de son boss.) Je parie que c'était toi. Tout ce blabla sur une autre personne qui se serait trouvée dans la maison. Je parie que c'était toi.

— Non.

— Cette combine que tu as arrangée, ce plan pour mettre à l'abri le fric d'autres gens. C'est une arnaque, hein ? Tout le truc. Tu embobines ces connards pour qu'ils te confient leur magot, et tu attends d'en avoir assez pour rafler la mise. Un jour, Gordie, Bert et moi, on viendra bosser et tu te seras envolé, et quand ces enfoirés passeront récupérer leur argent, on sera là comme des cons avec juste nos yeux pour pleurer. C'est ça, ce que Stuart a découvert ? Il t'a surpris la main dans le sac ? C'est pour ça que tu l'as tué ?

Il déblatérait en postillonnant. Furieux, Vince a fixé une goutte de salive sur la manche de son coupe-vent.

— C'est comme ça que ça s'est passé ? a poursuivi Eldon. Stuart est entré pour voler une bagnole et il est tombé sur toi ? Toutes ces questions pour savoir où j'étais, pourquoi j'étais en retard... c'est que des conneries, pas vrai ? Du flan. Espèce d'enculé.

— Tu ne devrais pas dire des choses pareilles, a menacé Vince. Dans d'autres circonstances, tu m'aurais parlé comme ça, je ne t'aurais pas pardonné. Mais là, je vais me montrer indulgent. Tu as subi une perte. Tu es en état de choc.

Eldon n'en avait pas fini.

— Ça fait trop longtemps que tu es en bout de course. Tu es un vieillard. Tu es malade, tu es mourant, et tu ne sais plus ce que tu fais. Mais je te suis resté fidèle, et tu sais pourquoi ? Parce que la loyauté, ça compte, voilà pourquoi. Mais il y a des limites. Quand on donne le fils d'un homme à manger aux cochons, on peut faire une croix sur son soutien.

Eldon s'est retourné et s'est dirigé vers la chambre, laissant à Vince le temps de prendre assez d'élan pour se projeter en avant et s'extraire du fauteuil.

— Qu'est-ce que tu fais ? a demandé Vince.

Il a posé la main sur le dossier du canapé, refermé les doigts sur le coussin.

— Je m'habille, a répondu Eldon.
— Qu'est-ce que tu vas faire ?

L'homme enfilait son jean, attachait sa ceinture.

— Tu le sauras bien assez tôt.
— Je regrette pour ton fils, a dit Vince.

Il a retiré un coussin du dossier du canapé de la main gauche, a plongé la droite dans son blouson.

Eldon tendait le bras au-dessus du lit pour attraper sa chemise, le dos tourné, quand Vince a fait irruption dans la chambre.

— Tu ne regrettes rien, espèce d'enfoiré. Tu n'en es pas capable.

Arrivé à moins d'un mètre, Vince a soulevé le coussin, y a enfoncé le canon de son arme et a tiré. Cela a quand même fait du bruit. Mais Vince craignait seulement que la détonation ne s'entende à l'extérieur de l'appartement, et sur ce point, il pensait être relativement tranquille.

La balle a touché Eldon sous l'omoplate droite. Il est tombé en avant sur le lit.

— Merde ! a-t-il hurlé.

Vince a été rapide. Il s'est couché sur Eldon, lui a maintenu l'oreiller sur la tête et a tiré une seconde fois. Eldon s'est débattu brièvement, puis s'est arrêté.

— Tu te trompes, a murmuré Vince. Je regrette. Plus que tu ne pourrais l'imaginer.

Il s'est écarté du lit en soufflant bruyamment. A remis l'arme dans son blouson. Il avait les articulations raides et mal au ventre. Il sentait quelque chose de chaud et d'humide sur sa jambe. L'espace d'un instant, il a eu peur de s'être tiré dessus. Une tache sombre s'étalait sur sa cuisse, juste au-dessous de son entrejambe.

Cette soudaine activité physique avait fait fuir sa poche.

L'adhésif qui la maintenait en place s'était détaché.

— Bordel de merde, a-t-il juré tout bas.

Il est allé dans la salle de bains pour se nettoyer du mieux qu'il pouvait. Quand il a eu terminé, il s'est lavé les mains et, d'un air las, a considéré son reflet au-dessus du lavabo. Il ne s'était pas rasé depuis la veille, n'avait pas fermé l'œil de la nuit.

Il fallait le faire, s'est-il dit.

Au moment où il rentrait sa chemise dans son pantalon et remontait sa braguette, il a entendu quelqu'un frapper bruyamment à la porte de l'appartement.

— Ohé !

Une voix d'homme, étouffée, à travers la vitre.

Vince s'est figé, de peur que le moindre de ses gestes ne puisse être entendu.

— Ohé ! Est-ce que Stuart est là ? Je cherche Stuart Koch !

Prudemment, Vince a passé la tête dans le salon pour voir l'entrée de l'appartement. Les stores n'étaient pas fermés, et l'homme avait collé son visage au carreau, les mains en visière pour regarder à l'intérieur.

Vince a pu voir de qui il s'agissait.

Il y en a qui n'écoutent pas.

Vince était sûr que le visiteur ne pouvait pas distinguer l'intérieur de la chambre d'Eldon, de là où il était. Mais il a alors fait quelque chose qui pouvait changer la donne. Il a regardé si la porte était fermée à clé.

Elle ne l'était pas.

Le bouton a tourné lentement. Vince a mis la main dans son blouson pour ressortir son arme.

31

Terry

Que Vince Fleming aille se faire foutre.

Ce n'était pas un point de vue que j'avais adopté tout de suite. Il s'était imposé peu à peu. Après que Grace avait déclaré très clairement qu'elle devait savoir ce qui s'était passé, j'ai dû décider quels intérêts étaient les plus importants.

J'ai choisi Grace.

J'ai choisi Grace parce que je l'aimais, évidemment, mais aussi parce que, à ce moment-là, j'ai pris la mesure de son courage. Elle n'allait pas se réfugier dans son lit et remonter les couvertures sur sa tête. Elle était prête à affronter la situation et, quelques heures après le début de cette affaire, j'avais commencé à me dire que c'était le seul moyen de nous sortir de là.

C'était peut-être aussi le seul moyen de la sauver, elle. Si quelqu'un, quelque part, la considérait comme un témoin, ce serait peut-être en essayant avec ténacité d'y voir clair dans ce merdier qu'on parviendrait à démasquer cette personne.

N'empêche.

Vince était redoutable, et s'opposer à lui ne serait pas une mince affaire. Il faudrait que je surveille mes arrières, que j'en apprenne le plus possible sans qu'il le sache. Et je n'avais pas vraiment idée de la façon dont je m'y prendrais pour exploiter ce que je découvrirais.

— Ça va aller si tu restes ici pendant que je sors poser quelques questions ? ai-je demandé à Grace.

Elle était dans la salle de bains, porte ouverte, en train de se brosser les dents.

— Ouais, a-t-elle répondu. Je téléphonerai au boulot pour dire que je suis malade. Tu n'es pas obligé de le faire. Je prendrai ma voix de mourante. Je sais que je ferai une grosse bêtise en cuisine si je vais travailler. Mettre le feu à quelqu'un, laisser tomber une casserole de homards, parce que je n'arriverai pas à me concentrer.

— Et il se peut que j'aie à te parler, ai-je dit. Mieux vaut que tu sois là. (Je me suis frappé le front avec la paume de la main, me rappelant que c'était le jour de la femme de ménage.) Merde, Teresa.

— À quelle heure elle arrive d'habitude ? a demandé Grace.

— Dans la matinée. En général, personne n'est à la maison, elle a sa clé. Si tu veux, je peux l'appeler pour la décommander.

— Non, c'est bon.

Je lui ai demandé si elle avait continué à essayer de joindre Stuart sur son portable.

— Ouais, et je lui ai envoyé des messages, aussi. Rien.

J'ai décidé de commencer par l'hôpital de Milford. Comme ç'aurait été le premier endroit où nous nous serions rendus après avoir quitté la maison des Cummings, cela me paraissait logique.

J'ai embrassé Grace avant de partir, non sans lui avoir rappelé les nouvelles règles. Ne pas ouvrir à des inconnus. Laisser l'alarme branchée. Éviter tous les réseaux sociaux. Ne communiquer avec personne en ligne.

— Compris, a-t-elle dit en m'adressant un petit salut militaire de la main.

L'hôpital est en plein centre-ville, et j'ai mis moins de temps pour y aller que pour trouver une place de stationnement. Je suis passé par l'entrée principale et me suis approché de la réception, où une femme pianotait sur un clavier.

— Je peux vous renseigner ? a-t-elle demandé.
— Je cherche quelqu'un qui a peut-être été admis hier soir. Je voulais prendre de ses nouvelles.
— Son nom ?
— Stuart Koch, ai-je répondu en épelant le nom de famille.

Elle a saisi le nom et observé l'écran. Elle m'a demandé l'orthographe de Stuart, que je connaissais parce que je l'avais eu comme élève. Si j'avais dû deviner, je l'aurais écrit avec « ew » au milieu.

Elle a froncé les sourcils.

— Je ne vois rien. Il aurait été admis quand ?
— Hier soir vers 22 heures. Peut-être 23 heures.
— Et pourquoi l'aurait-on hospitalisé ?

J'ai hésité. J'ai failli dire qu'il avait été blessé par balle. Mais si Stuart n'était pas là, ce genre de remarque donnerait lieu à tout un tas de complications, inciterait peut-être cette femme à prévenir la police.

J'ai donc répondu :

— Je crois que c'était pour une blessure à la tête. Il a trébuché, ou quelque chose comme ça.

Elle a décroché le téléphone, attendu quelques secondes, puis a demandé :

— Vous avez pris en charge un patient du nom de Koch hier soir ? Il aurait été admis après 22 heures, peut-être pour un trauma crânien ? Oui, eh bien, vérifiez... Bon, très bien.

Elle a raccroché et m'a regardé d'un air désolé.

— Je regrette, mais nous n'avons personne de ce nom. Vous êtes sûr qu'on l'a amené ici ?

— C'est ce que je croyais.

— Je vous dirais bien de demander à la clinique de jour, mais ils ferment à 19 h 30. Si votre ami s'est blessé plus tard, je ne sais pas où il aurait pu aller à part ici.

— Merci d'avoir pris de votre temps, ai-je dit.

En retournant à la voiture, j'ai appelé Grace.

— J'ai fait chou blanc à l'hôpital. Tu as du nouveau ?

— Non.

— D'accord. Tu sais où habite Stuart ?

— Je n'y suis jamais allée, mais je peux chercher. Tu attends ?

J'ai dit que oui. Je l'ai entendue pianoter, en quête d'une adresse.

— J'ai trouvé, a-t-elle annoncé. (Elle m'a transmis les coordonnées.) Laisse-moi juste vérifier sur Whirl360.

Ce site fournissait l'image réelle de n'importe quel endroit. Nouveau cliquetis de clavier.

— Bon, a repris Grace, Stuart m'a dit qu'il habitait au-dessus d'une sorte d'atelier de réparation, et là, j'ai l'image sous les yeux. Ça s'appelle Dietrich's Appliance Repair. Il y a un escalier sur le côté du bâtiment. Je crois qu'il conduit à son appartement.

J'étais presque certain de connaître cet endroit. J'étais passé devant en voiture à de nombreuses reprises.

— Tu peux voir la Buick de Stuart, là, sur l'ordinateur ? me suis-je enquis.

— Enfin, papa, a soupiré Grace avec lassitude. Ce n'est pas une image prise en direct !

— OK d'accord. Je te rappelle.

Je suis remonté dans l'Escape et j'ai pris la direction de Naugatuck Avenue. Il ne m'a pas fallu longtemps pour trouver l'atelier. Je me suis garé de l'autre côté de la rue, suis descendu et ai embrassé les environs du regard. Un alignement de résidences et de locaux commerciaux. Il y avait un parking près de l'atelier, bordé par une rangée de boutiques. Il était pratiquement désert. Une vieille Golf, un pick-up, mais pas d'énorme Buick vieille de plusieurs décennies.

Mais il était encore très tôt. Une voiture passait de temps à autre, transportant quelqu'un au travail ou au lycée. Beaucoup de gens n'étaient sans doute même pas encore levés. Il me répugnait de frapper aux portes à cette heure, mais certaines circonstances obligent à enfreindre les convenances.

J'ai traversé la rue et gravi l'escalier qui courait sur le côté du bâtiment, un peu comme celui qui conduisait à l'étage de la maison de plage de Vince, sur East Broadway. Arrivé en haut, j'ai frappé bruyamment à la porte.

— Ohé ?

J'ai attendu quelques secondes avant de recommencer.

— Ohé ! Est-ce que Stuart est là ? Je cherche Stuart Koch !

Un store masquait la porte vitrée mais il n'était pas fermé. J'ai collé mon visage à la vitre et mis mes mains en visière pour faire écran au soleil.

J'apercevais une cuisine et un salon. Deux portes, dans le fond, donnaient sans doute sur des chambres, ou une chambre et une salle de bains. Aucun signe de vie, mais Stuart ou son père dormaient peut-être encore.

Peut-être ne pouvaient-ils pas m'entendre crier à travers la porte.

J'ai estimé qu'il ne s'agirait pas d'une effraction à proprement parler si je me contentais d'ouvrir et de jeter un coup d'œil à l'intérieur.

À condition que la porte ne soit pas fermée.

Le bouton a tourné. J'ai donc entrebâillé le battant d'une trentaine de centimètres et passé la tête à l'intérieur de l'appartement.

— Holà ! Il y a quelqu'un ?

Pas de réponse.

— Stuart ?

Je savais d'expérience qu'il fallait parfois faire beaucoup de bruit pour réveiller un adolescent endormi. Il devait y avoir quelqu'un. Les gens ne quittent pas leur domicile sans fermer la porte à clé.

J'ai donc ouvert en grand et je suis entré.

32

— Finalement, qu'est-ce que tu as fait hier soir ? a demandé Bryce Withers en sortant du lit, nu, pour gagner la salle de bains.

Jane Scavullo a marmonné quelque chose dans son oreiller.

— Qu'est-ce que tu dis ?

Elle s'est retournée à son corps défendant pour qu'il puisse l'entendre, entraînant dans son mouvement un fouillis de couvertures.

— Des trucs.

— Des trucs ?

— Ouais. Pas grand-chose. Comment ça a été hier soir ?

— C'est en train de devenir un bon plan, a répondu Bryce. Il y a tellement de bars qui ne veulent pas payer le groupe. Eux, ils nous filent cinq cents dollars par soir, ce qui nous fait cent dollars chacun, et on peut boire tout ce qu'on veut. (Il a ricané.) Mes potes, je pense qu'ils joueraient juste pour la picole, mais on mérite un cachet. Je t'ai parlé de cet autre bar qui nous a contactés pour nous proposer de jouer le vendredi et le samedi soir ? Quand j'ai parlé cachet, ils ont dit deux cents. Alors moi, j'ai répondu qu'on pouvait pas se permettre de faire un concert pour deux cents billets, qu'il fallait partager ça en cinq, et le type, il me fait, Non, non, les deux cents dollars, c'est ce qu'il nous ferait payer pour jouer là-bas. Il a dit que ça nous ferait une bonne publicité, qu'on trouverait d'autres plans grâce à lui. Si je l'avais eu en face de moi, je lui aurais fait avaler ses dents, je te jure. C'est le monde à l'envers, putain, de penser qu'on devrait toujours bosser gratos quand on a du talent.

— Hmm, a commenté Jane sans enthousiasme.
— Je suis rentré vers 2 heures et tu étais complètement comateuse. Alors tu n'as rien fait ? Tu n'as quand même pas passé toute la soirée ici ?
— Non.
— Qu'est-ce que t'as fait ?
— J'ai vu Vince.

Elle a aussitôt regretté ses paroles.

— Cet enfoiré ? Je croyais que tu lui parlais plus.
— Je n'ai pas envie de revenir là-dessus. Et ne parle pas de lui comme ça. Moi, ça va, je peux le faire, mais pas toi.
— Je dis juste qu'il n'a pas été là pour ta mère quand elle était, tu sais... Et qu'ensuite, tu t'es fait entuber pour la maison qu'il était supposé te laisser. C'est un connard... c'est tout ce que j'essaie de dire.

Il est revenu dans la chambre et s'est assis au bord du lit, du côté de Jane. A posé la main sur sa tête, caressé ses cheveux.

— Je veux juste te dire que je veille sur toi. Il n'en a peut-être rien à battre, mais pas moi.
— Ne t'inquiète pas pour moi.
— Mais pourquoi es-tu allé le voir ?
— Il voulait que je l'aide à résoudre un problème.

Bryce a tressailli.

— Quel genre de problème ?

— Un truc... en rapport avec son travail. Cette fille, une amie à moi, elle a eu des ennuis, et c'est plus ou moins lié à Vince. Du coup, j'ai atterri chez lui.

Le jeune homme a tressailli de nouveau.

— Quelle fille ?

— C'est une longue histoire, Bryce, et j'ai besoin de dormir.

— Je suis curieux, c'est tout. C'est Melanie ? La fille qui t'a contacté ?

— Non, pas Melanie. Elle s'appelle Grace. Grace Archer. J'ai eu son père comme prof, il y a longtemps.

— Ah, ouais, tu m'as parlé de lui. Celui qui était sympa avec toi. C'est pas sa femme à qui il est arrivé plein de trucs chelous quand elle était gamine ou quoi ?

— Tais-toi, tu veux.

Jane a essayé de rabattre les bords de l'oreiller sur ses oreilles.

— Pourquoi elle voulait te parler, cette nana ? C'était quoi son problème, et c'est quoi, le rapport avec Vince ?

Jane a ouvert les yeux tout grands, a frappé le lit de ses bras.

— Putain, on peut savoir pourquoi tu me fais *Questions pour un champion* ce matin ?

Il a cessé de lui caresser les cheveux et retiré sa main.

— Tu n'es pas obligée de me sauter à la gorge. J'essaie juste de m'intéresser.

— Depuis quand ? a rétorqué Jane. Tu ne me demandes presque jamais rien, sauf quand ça a un rapport avec Vince et les coups fourrés qu'il a pu me faire. Eh bien, c'est mon problème, pas le tien, alors tu peux arrêter de t'en faire.

— Je sais qu'il ne m'aime pas. Il a quelque chose contre les musiciens, c'est ça ?

— Le monde entier ne tourne pas autour de toi, tu sais.

Il s'est levé.

— Très bien. Préviens-moi quand t'attendras plus tes règles, qu'on puisse avoir une conversation normale.

— Elle est bonne, celle-là ! Chaque fois que je m'énerve après toi, c'est à cause de mon syndrome prémenstruel, pas parce que tu es complètement con.

Il est retourné dans la salle de bains et a fermé la porte. Quelques secondes plus tard, elle a entendu couler la douche.

Ça allait pourtant si bien, a-t-elle pensé. Mais depuis qu'ils s'étaient installés ensemble, Bryce avait commencé à se métamorphoser en gros nul.

Il n'arrêtait pas de l'interroger sur Vince. Ce qu'il faisait, comment il gagnait son argent, s'il avait déjà tué quelqu'un. Était-ce parce que les activités de Vince le faisaient flipper ou parce qu'il trouvait ça plutôt cool ?

Elle a regardé le réveil. Presque 8 heures. Elle était censée être à son travail à 9 h 30.

Mon Dieu. J'en ai des choses à faire en une heure et demie.

Peut-être que si elle restait au lit encore cinq minutes, elle se sentirait moins mal. Elle n'avait pas beaucoup dormi. Les événements de la veille au soir l'avaient perturbée.

Ses pensées ont été interrompues par un bourdonnement de faible intensité. Elle avait éteint son téléphone, mais il était toujours sur vibreur, et, posé sur sa table de nuit, il faisait encore suffisamment de bruit pour qu'elle l'entende.

Un SMS ou un e-mail. Probablement du boulot.

Elle a tendu le bras pour prendre le portable, a consulté l'écran.

Rien.

Elle s'est retournée dans le lit, vu que Bryce avait laissé son téléphone sur sa table de nuit.

Elle n'était pas particulièrement bien disposée à son égard à cet instant. Pas suffisamment pour l'avertir qu'il avait un message.

Mais tout de même, c'était peut-être important, alors elle s'est tortillée de l'autre côté du lit double et s'est saisie du téléphone.

Il s'agissait d'un SMS.

Envoyé par un ami de Bryce, Hartley, un des autres membres d'Energy Drink.

Elle ne pouvait imaginer pire comme nom de groupe. Maintenant qu'elle travaillait dans la publicité, elle était douée pour ces choses-là. Mais Bryce l'écouterait-il si elle lui disait ?

Elle a lu le message.

> Concert s'est bien passé. Dslé que t dû te casser. J'espère que tu te sens mieux. Tiens-nous au jus asap si tu peux pas venir ce soir.

33

— Je pense que tout sera réglé avant la fin de la journée, Unk.

— Tu es la meilleure, Reggie. La seule à qui j'aurais dû parler de ça. La seule à qui je peux dire que j'ai été complètement idiot de faire confiance à ce garçon, Eli. Je lui ai donné du travail, je l'ai aidé. Ses colocataires l'avaient mis à la porte, tu sais. Mais je me reconnaissais un peu dans ce garçon.

— Ce n'était pas un garçon, Unk. C'était un homme.

— Sans doute, mais... je ne sais pas. J'ai vu en lui un gamin qui a été désavantagé toute sa vie. Ses parents n'en ont jamais rien eu à foutre de lui, et il a longtemps dû se débrouiller tout seul.

— Il s'est un peu trop bien débrouillé, si tu veux mon avis.

— Tu as raison. Je sais ça. Mais je n'avais jamais imaginé qu'après lui avoir donné du travail, lui avoir tendu la main, il se retournerait contre moi. Eli et moi on discutait, le soir. J'ai fini par tout lui dire sur elle. Toutes ces histoires que je t'ai racontées. Beaucoup trop. Un soir, je suppose que j'avais un verre dans le nez, je lui ai dit ce que j'avais fait. C'était stupide, j'ai été stupide.

— Il a payé pour sa trahison, Unk. Il a eu ce qu'il méritait.

— À part lui, la seule personne à qui je me suis jamais confié, c'est toi. Tu connais mes secrets.

— Et tu connais les miens, Unk.

— Tu aurais dû me le dire plus tôt. Que mon frère était un vrai monstre. Au début, je me disais qu'après la mort de ta mère, t'élever seul ferait de lui un homme meilleur, un bon père.

— Un bon père n'attend pas de sa fille qu'elle assume toutes les responsabilités d'une épouse. Tu as été le père que j'aurais dû avoir, depuis le jour où tu m'as recueillie, quand j'avais quatorze ans.

— Je ne l'ai jamais dit à personne, tu sais.

— Il n'y a rien à dire. La grange a pris feu. Il est mort. Fin de l'histoire.

— À propos d'Eli, tu penses qu'il a dit à Quayle que c'était moi ? Quand il a essayé de conclure l'affaire avec lui ?

— Il nous a dit que non. Si Eli avait tout raconté à Quayle, tu aurais déjà eu de ses nouvelles. Je te le garantis.

— Je hais cet homme. Il n'y a pas d'autre mot. Je le hais de tout mon être.

— Je sais, Unk. C'est affreux, ce qu'il vous a fait, quand il l'a emmenée. Mais c'est toi qui auras le dernier mot.

— Peut-être.

— Patience. Aujourd'hui, nous allons récolter ce que nous avons semé.

34

Terry

J'ai fait trois pas dans l'appartement de Koch en laissant la porte ouverte derrière moi et je me suis arrêté. J'ai balayé la pièce du regard. Je m'attendais à trouver un dépotoir. Après tout, c'était un appartement situé au-dessus d'un atelier de réparation d'électroménager où vivaient un père et son fils, sans femme à l'horizon. Je n'avais jamais vu la mère de Stuart du temps où il était mon élève. Est-ce qu'elle les avait abandonnés ? Est-ce qu'elle était morte ? Je n'ai jamais su. Tous mes efforts pour faire venir Eldon à une réunion parents-professeurs avaient échoué. À l'époque, je le considérais comme un père qui se foutait de sa progéniture, et c'était peut-être le cas. Mais depuis ma dernière conversation avec Vince, je situais avec précision le père de Stuart. Et s'il ne souhaitait pas venir discuter des progrès scolaires de son fils, c'était peut-être aussi parce qu'il m'avait sauté dessus en pleine rue et balancé à l'arrière d'un SUV. Il devait se dire que je risquais d'avoir une dent contre un élève dont le père m'avait kidnappé.

L'appartement, donc, était bien rangé. Pas de vaisselle dans l'évier ni de fouillis sur le comptoir, à part un café dans un porte-gobelets en carton. Pas de vêtements éparpillés çà et là. Une Xbox et des jeux étaient soigneusement rangés sur une étagère sous la télévision. Il y avait des photos encadrées sur le mur, dont une en particulier a attiré mon attention, une photo de famille réunissant Eldon, Stuart à environ trois ans et une femme que j'ai supposé être sa mère. Tous arboraient le sourire forcé que l'on prend sur ce genre de cliché.

Ma présence ici n'était peut-être pas une bonne idée.

Même si ce n'était pas aussi risqué que ce que j'avais fait la nuit précédente. Me glisser à travers une fenêtre du sous-sol cassée, déambuler dans la maison de gens que je ne connaissais pas, ouvrir des portes de placards, fureter dans chaque pièce. Une expérience nouvelle pour moi.

Pénétrer sans y avoir été invité dans un appartement qui n'était pas fermé à clé n'était pas aussi grave, d'autant que je recherchais une personne qui y habitait. Mais si quelqu'un débarquait derrière moi à cet instant précis, je serais bien en peine de m'expliquer. Je pourrais arguer que la porte était ouverte, que je n'étais pas là pour dévaliser les lieux... qui me croirait ?

Eldon apprécierait-il de me trouver ici ? En tout cas, il y avait fort à parier que ce ne serait pas du goût de Vince.

J'ai décidé d'appeler une dernière fois, suffisamment fort, espérais-je, pour réveiller les morts.

— Stuart ! C'est Terry Archer ! Le père de Grace ! Je suis juste passé voir si tu allais bien.

Rien.

J'ai encore attendu quelques secondes. Instinctivement, j'ai tendu le bras pour toucher le café à emporter dans le plateau en carton.

Encore chaud.

Il y avait un autre gobelet sur la table devant le canapé. En le prenant, j'ai senti qu'il était chaud, lui aussi.

Quelqu'un était donc sorti chercher des cafés ou arrivé avec mais n'était pas resté suffisamment longtemps pour les boire. Que fallait-il en déduire ? Que deux personnes s'étaient trouvées dans cet appartement quelques minutes plus tôt, et que quelque chose les avait poussées à quitter les lieux si rapidement qu'elles ne s'étaient pas donné la peine d'emporter leurs boissons.

Ni de fermer la porte.

Était-ce à dire que Stuart était vivant ? Qu'il avait débarqué avec deux cafés – pour faire la paix avec son père, peut-être – mais qu'ils avaient tous les deux levé le camp juste après ? Stuart avait peut-être raconté à son père ce qui s'était passé, et ils étaient en route pour la maison dans laquelle il s'était introduit cette nuit ?

Mon Dieu, j'étais dans le noir total...

Et ce n'était pas en restant planté là que j'allais apprendre quelque chose. Alors je suis sorti de l'appartement à reculons et j'ai fermé la porte.

Ils allaient peut-être revenir. J'ai décidé d'attendre encore quelques minutes, mais pas sur le palier en haut des marches. Je suis redescendu, j'ai traversé la rue et suis monté dans ma voiture. Comme il commençait à faire chaud, j'ai mis le contact pour pouvoir baisser les vitres.

Et je suis resté là.

À réfléchir à ce que j'allais faire.

Mais si personne ne se manifestait, je n'avais pas vraiment le choix. Que faire d'autre qu'en passer par un avocat, puisque j'ignorais ce qui était arrivé à Stuart ? Il fallait qu'on sache où on en était pour parer à toute éventualité.

J'ai allumé la radio, écouté les infos, les bulletins sur l'état du trafic.

Perdu dix minutes.

J'étais sur le point de démarrer quand mon portable a sonné. C'était la maison. J'ai répondu.

— Grace ?

— Salut, papa. Tu as trouvé Stuart ?

— Non, mon cœur. Je t'aurais appelée, sinon.

— Je me disais que tu l'avais peut-être trouvé et qu'il était... tu sais..., et que tu attendais d'être à la maison pour me le dire.

— Je ne l'ai pas trouvé, ni mort ni vif. Je suis passé chez lui, mais il n'y a personne. Ni lui ni son père.

— D'accord. (Elle a marqué une pause.) Ce n'est probablement rien.

— Quoi, ma puce ?

— Il y a ce type garé de l'autre côté de la rue, un peu plus bas.

J'ai immédiatement senti un frisson me parcourir l'échine.

— OK, ai-je repris lentement en m'efforçant de chasser toute angoisse de ma voix. Raconte-moi.

— J'étais dans ma chambre, en train de regarder dehors, mais juste par la fente des rideaux, tu vois ?

— Oui.

— Du coup, je ne pense pas qu'il m'ait vue.

— Tu es en train de dire que quelqu'un surveille la maison ?

— C'est ça le problème. Je n'en suis pas sûre, mais il regarde plus ou moins dans cette direction.

J'ai démarré la voiture.

— Attends, ai-je dit, le Bluetooth se met en route... C'est bon, tu es sur haut-parleur.

— Tu m'entends, là ?

— Oui, ai-je répondu en posant le portable sur le siège à côté de moi et en bouclant ma ceinture.

J'ai appuyé sur le champignon.

— Tu es là ? a demandé Grace.

— Je suis en route. Cinq minutes maxi.

— Comme j'ai dit, ce n'est peut-être rien. Je suis un peu nerveuse, tu comprends ? Surtout après ce que tu m'as dit, comme quoi j'étais un témoin et tout.

— Je ne voulais pas te faire peur, mon cœur.

— Je sais, mais tu avais raison. J'ai peut-être vu quelque chose sans même en avoir conscience. Tu comprends ? Ou entendu quelque chose ?

— Décris la voiture.

— C'est juste une voiture. Bleu foncé.

— Et le conducteur ? Il y a quelqu'un d'autre à l'intérieur ?

— Non, juste ce type. Un type normal.

Bon Dieu. Les ados avaient-ils perdu toute capacité d'observation ?

— Il est blanc ? Noir ?

— Blanc.

— Il a l'air plus vieux ou plus jeune que moi ?

— À peu près pareil. C'est difficile à dire parce qu'il est tellement loin... Attends.

— Quoi ?

— Il sort de la voiture, papa.

— Qu'est-ce qu'il fait ?

— Il regarde autour de lui. Il regarde des deux côtés de la rue.

J'ai senti mon cœur accélérer.

— Maintenant que tu peux le voir, il est grand comment ? Il fait ma taille ?

— Plus grand. Et il a des cheveux, genre châtain gris, et il porte des lunettes de soleil, un jean et une chemise blanche, et un blouson. Style veste de sport. Plus ou moins noir.

— OK, c'est bien. Tu le reconnais ? Tu l'as déjà vu ?

— Non, jamais... Il traverse la rue.

— Où es-tu, Grace ?

— Dans ma chambre. Je le regarde de là-haut.

— La porte d'entrée est fermée à clé ?

— Oui, je l'ai fermée quand tu es parti. Comme tu m'as dit. Et j'ai branché l'alarme, aussi, comme ça, s'il défonce la porte, ça sonnera.

J'ai chassé cette image de ma tête.

— Bon, ai-je fait. C'est bien, c'est bien. Ce n'est probablement rien, d'accord ? Probablement rien du tout. Je suis là dans quatre minutes.

J'arrivais à un stop. J'ai ralenti, regardé des deux côtés, et je l'ai grillé. Un bus scolaire arrivait en sens inverse et sur le trottoir, de mon côté, se tenait un groupe d'écoliers.

— Merde, merde, merde, ai-je grommelé en appuyant un peu plus fort sur la pédale d'accélérateur.

— Qu'est-ce qu'il y a ? a demandé Grace.

— Rien. Ne t'inquiète pas pour moi. Qu'est-ce qu'il fait maintenant ?

— Il est devant chez nous. Il regarde la maison !

— OK, OK, calme-toi. Ça va aller. La porte est fermée à clé. Je veux que tu vérifies si tu as bien mis l'alarme.

— Papa, je sais...

— Fais-le !

Je l'ai entendue descendre bruyamment l'escalier à travers le téléphone qu'elle avait pris avec elle.

— Le voyant rouge est allumé, a-t-elle dit.

— Bon, c'est... Merde !

J'ai pilé. Le bus s'était arrêté, avait mis ses warnings, et une demi-douzaine d'enfants traversaient la rue devant moi. La voiture a stoppé net.

— Papa ! Papa ?

— Ça va, ma chérie, ai-je répondu, même si mon cœur cognait comme s'il voulait s'échapper de ma poitrine.

J'ai levé les yeux sur le chauffeur du bus, une femme, qui me lançait un regard noir et réprobateur. Le dernier écolier est passé devant ma voiture puis est monté dans le bus. La seconde d'après, les warnings ont cessé de clignoter et j'ai de nouveau écrasé l'accélérateur.

— Grace ?

— Oui ?

— Où es-tu maintenant ?

— Près de la porte.

— Tu le vois ?

— Non, je vais jeter un œil par la fenêtre du salon... Non, il n'est plus sur le trottoir d'en face. Il a dû...

En fond sonore, j'ai entendu le carillon de notre porte.

— Papa ! a-t-elle dit tout bas.

— Grace ?

— On sonne. Il est derrière la porte !

— N'ouvre pas, ma chérie. Reste loin de la porte. Comme personne ne viendra ouvrir, il va s'en aller. À ce moment-là, tu arriveras peut-être à regarder sa voiture de plus près. Peut-être même à relever une immatriculation...

— Il frappe à la porte maintenant, a-t-elle chuchoté. Il a essayé la sonnette, et maintenant il frappe.

J'ai grillé un autre stop, éveillant un concert de klaxons.

— Ça va aller, ma chérie. J'arrive dans trois minutes. Qu'est-ce qui se passe, là ?

— Il a arrêté, a-t-elle dit, d'une voix qui paraissait légèrement moins hystérique. Il ne sonne plus à la porte, ne frappe plus ni rien.

— C'est bien, c'est bien. Il a renoncé. Retourne vite dans ta chambre et vois si tu...

— Attends, m'a interrompu Grace. J'entends quelque chose.

— Quoi ? Qu'est-ce que tu entends ?

— On dirait... Papa, on dirait qu'il met une clé dans la serrure.

— Ce n'est pas possible, ma chérie. Il ne peut...

— Ça tourne.

— Qu'est-ce qui tourne ? ai-je demandé en retenant ma respiration tandis que je déboîtais pour doubler une fourgonnette qui se traînait.

— Le verrou, a dit Grace. Il tourne.

35

Vince Fleming était resté dans la salle de bains de l'appartement d'Eldon Koch une minute entière après que Terry Archer était parti en refermant la porte. Il ne voulait pas prendre le risque de voir ce trou du cul changer d'avis et débouler derechef.

Il aurait peut-être dû le buter, lui aussi.

Maudit sois-tu, Eldon.

Vince se disait que c'était Eldon qui avait forcé le jeu. Il lui avait bien fait comprendre qu'il n'acceptait pas son plan. Qu'il ne voulait pas l'aider à maquiller la mort de Stuart. Et comme on dit dans ces cas-là, si vous n'êtes pas une partie de la solution, vous êtes une partie du problème.

Or, dissimuler les circonstances de la mort de Stuart, détourner la police de tout ce qui concernait Vince et ses activités était un gros problème.

Si Eldon refusait de tenir son rôle quand on ferait croire que Stuart se baladait aux quatre coins du pays pendant plusieurs semaines, voire plusieurs mois, que comptait-il faire au juste ? Aller à la police ? Passer avec elle une sorte de marché s'il témoignait contre son patron ? Il en aurait été bien capable, d'autant plus qu'il semblait le croire responsable de la mort de Stuart.

Où est-ce qu'il était allé chercher ça ?

Eldon débloquait à pleins tubes, juste avant la fin. Suggérant qu'en plus d'avoir tué son fils, Vince arnaquait ses clients. Qu'il prenait leur argent en leur faisant croire qu'il le mettrait en lieu sûr alors qu'en fait il attendait d'en avoir amassé suffisamment pour rafler le tout et disparaître.

Ça ne plaisait pas à Vince qu'Eldon ait pu penser ça. Il se demandait si Gordie et Bert n'avaient pas la même idée.

Il a émergé de la minuscule salle de bains et marché précautionneusement jusqu'à la porte. Il a regardé si Terry Archer était encore dehors, peut-être sur les marches. Il a vu une voiture garée de l'autre côté de la rue, avec Archer au volant.

Qu'est-ce qu'il fout ?

Il attendait. Il attendait le retour de Stuart ou d'Eldon. Vince a effleuré le café tiède sur le comptoir.

— Merde, a-t-il fait.

Archer se disait sans doute que quelqu'un reviendrait pour les cafés. Mais tôt ou tard, il faudrait bien qu'il parte.

En attendant, Vince était coincé ici.

Il est retourné dans la chambre, a considéré le corps d'Eldon étalé en travers du lit, le sang imbibant les draps.

— Espèce d'abruti, a dit Vince tout bas. Tu crois que je voulais faire ça ?

Comment allaient réagir Gordie et Bert ? Tous trois travaillaient ensemble depuis longtemps. Ils étaient amis. Vince se croyait capable de les persuader qu'il n'avait pas pu faire autrement. Il leur dirait qu'Eldon avait perdu les pédales. Qu'il débloquait. Que son chagrin l'avait rendu irrationnel, que c'était devenu un boulet. Sans parler de ce qu'il pourrait raconter, et à qui il pourrait le raconter. S'il avait parlé aux flics, ce n'aurait pas été uniquement Vince qui aurait trinqué. Gordie et Bert seraient tombés avec lui.

Ils comprendraient.

Il devait leur faire savoir qu'Eldon avait merdé dans les grandes largeurs. Qu'il avait été négligent en permettant à son fils de connaître les détails de leur opération. À la réflexion, Eldon était responsable de la mort de son fils, même si c'était un autre qui avait pressé la détente.

Oui, Gordie et Bert comprendraient.

N'empêche que ce ne serait pas évident pour eux d'avoir à revenir ici, ce soir, quand il ferait nuit, pour nettoyer ce merdier. Pour se débarrasser du corps d'un homme qu'ils avaient appris à connaître. Vince était sûr qu'ils auraient de la peine, mais qu'ils comprendraient qu'il fallait le faire.

Bon Dieu. D'abord Stuart, et maintenant Eldon.

Vince avait élaboré un plan pour expliquer la disparition de Stuart. Faire croire aux flics qu'il était mort accidentellement pendant qu'il explorait l'Amérique. Ce serait plus dur pour Eldon. Il fallait qu'il y réfléchisse. Le point positif, c'était qu'il n'avait plus de proche pour s'inquiéter de sa disparition.

Vince s'est appuyé contre le montant de la porte. « Las » était un mot bien faible pour décrire son état. Il était crevé. Effondré.

Il pouvait presque sentir qu'il était dévoré de l'intérieur. Le médecin était incapable de lui dire avec certitude combien de temps il lui restait. Six mois ?

Un an tout au plus ? Il gagnerait peut-être un peu de rab avec un traitement agressif, mais Vince n'en voulait pas.

Mieux valait continuer le mieux possible le plus longtemps possible.

Ou peut-être pas.

Vince a sorti son téléphone pour passer un appel.

— Ouais, a fait Gordie.

— Où es-tu ?

— Je rentre à l'atelier. J'ai fait tout ce que je pouvais pour le moment. Nettoyé là où c'était possible, mais il me reste des visites à faire.

— Bert est avec toi ?

— Non. Il continue sa tournée. J'ai quatre cent mille billets, de la coke, un peu de matos dans la caisse. Tu veux qu'on en fasse quoi ?

Vince s'est demandé s'il n'allait pas devoir ouvrir un coffre-fort. Quelle ironie, franchement.

— Laisse-moi m'en occuper, a-t-il dit. J'ai de nouveaux incendies à éteindre.

— Génial. On avait vraiment besoin de ça.

— Archer continue à fouiner.

— Je croyais que tu lui avais parlé.

— Je lui ai parlé, mais il n'a pas capté le message. Je sais comment on pourrait régler ça, du moins provisoirement.

Il a confié son idée à Gordie.

— Je peux m'en charger, a dit celui-ci. Et quoi d'autre ?

— Je te le dirai quand je te verrai.

— Bien. Écoute, la bonne nouvelle, s'il y en a une, c'est que pour l'instant nos problèmes semblent limités à la maison des Cummings. Ce qui met le promeneur de chiens dans le collimateur.

— OK, à plus, a dit Vince.

Il a jeté un dernier regard à Eldon, a senti l'odeur cuivrée du sang.

Il a roulé le corps dans les draps, grognant et peinant sous l'effort. Il y avait un rouleau de plastique dans le coffre, et du rouleau adhésif. Il allait envelopper Eldon à présent. Ce qui faciliterait la tâche de Bert et de Gordon quand ils reviendraient ici ce soir. Il mettrait à fond la clim encastrée dans la fenêtre. Tout était bon pour lutter contre cette chaleur. Il espérait qu'Eldon ne serait pas trop faisandé à leur arrivée.

— Je regrette, a dit Vince au cadavre, j'aurais dû te donner une chance de dire au revoir à ton garçon.

36

De bon matin, Heywood Duggan a téléphoné de chez lui à son client, Martin Quayle.

— Allô !
— Monsieur Quayle ? Heywood Duggan à l'appareil.
— Duggan ! Je ne m'attendais pas à avoir de vos nouvelles. Je croyais que vous aviez renoncé. Que vous m'aviez abandonné.
— Il y a une raison si Eli Goemann ne vous a pas recontacté. Quelqu'un l'a tué.
— Mon Dieu. Qui a fait ça ? Dans quoi pouvait-il bien tremper ? Vous pensez que je n'étais pas la seule personne qu'il essayait d'arnaquer ? Parce que je commence à me dire que c'était ça. Je me dis qu'il n'a jamais eu ce qu'il prétendait avoir. Qu'il a juste vu l'histoire aux infos.
— Je n'ai pas les détails. Un inspecteur de police est passé me voir. Une femme. Elle a découvert que je m'étais renseigné sur son compte. Ils n'ont encore arrêté personne.
— Est-ce qu'il l'avait ?
— Il semblerait que non. Rien de ce que cet inspecteur... elle s'appelle Wedmore... a dit ne laisse entendre qu'on a retrouvé quoi que ce soit sur lui.

— Alors c'est que quelqu'un d'autre l'a peut-être, a conjecturé Quayle.

— Eli ne l'a peut-être jamais eue, a dit Duggan. Comme vous dites, il a pu vous manipuler.

— Je... je n'arrive tout simplement pas à imaginer qu'on puisse faire une chose pareille. Que ce soit Eli ou quelqu'un d'autre. Qu'est-ce qui peut pousser quelqu'un à faire ça ?

— Je l'ignore, monsieur Quayle. Je suppose que quelqu'un a estimé que l'objet en lui-même avait de la valeur, et non pas ce qui se trouvait à l'intérieur. Mais écoutez-moi, je suis tombé sur certains noms hier que je voulais vous soumettre. Des gens chez qui Goemann a créché ces derniers mois après avoir été mis à la porte par ses colocataires. J'ai effectué quelques vérifications.

— « Créché » ?

— Logé.

— Ah, d'accord.

— Il y a eu deux filles. Selina Michaels, à Bridgeport. Et une certaine Juanita Cole, ici, à Milford. Je ne sais pas si elles étaient ses petites amies, mais il les a persuadées de le laisser dormir sous leur toit pendant un certain temps. Il y a eu un type plus âgé appelé Croft, pour qui il a peut-être travaillé, et un autre avec lequel il serait allé à l'école, un certain Waterman. Mais que ces gens aient quoi que ce soit à...

— Vous avez dit Croft ?

— Oui.

Il n'entendait plus Quayle à l'autre bout de la ligne.

— Vous êtes toujours là ? a demandé Duggan.

— Il y a très longtemps, j'ai connu un homme qui s'appelait Croft. Il... C'était un ami à moi. Nous nous sommes battus ensemble. Au Vietnam. Nous étions tous les deux du coin. Je vivais à Stratford. Il était de New Haven. Nous sommes restés en contact quand nous sommes rentrés.

— D'accord. Vous avez une raison quelconque de croire qu'il pourrait être mêlé à ça ?

Nouveau silence sur la ligne.

— Monsieur ?
— Je la lui ai volée.
— Vous avez quoi ?
— Nous aimions tous les deux la même femme. Une... occasion s'est présentée, et je la lui ai volée.
— C'était votre femme ? Vous parlez de Charlotte ?
— Oui... c'est lui.
— Croft ?
— Je le sais. C'est lui. Il a toujours voulu la reprendre, et il a fini par le faire. Ce fils de pute. Maintenant que j'y pense, je suis presque certain de l'avoir vu il y a deux ans. À l'église. Il devait savoir.
— Vous avez peut-être raison, a repris Duggan. Je peux continuer à suivre cette piste un peu plus longtemps, voir ce que je peux trouver.
— Le salaud ! Je vais lui demander de s'expliquer.
— Je vous le déconseille, monsieur Quayle.
— Je vais le terroriser. Voilà ce que je vais faire...
— Monsieur Quayle, écoutez-moi. Je crois que la meilleure chose à faire serait de...
— Et si je lui disais... c'est une suggestion... si je lui disais qu'on l'a récupérée ? S'il me rit au nez, me prend au mot, je saurai qu'elle est avec lui. Mais s'il ne le fait pas, s'il semble inquiet, on saura qu'elle est toujours là quelque part. Il croira peut-être qu'on l'a récupérée par l'intermédiaire d'Eli, que le marché a été passé. Je sais ! Je lui dirai...

— Stop ! a dit Duggan. Vous n'allez pas la jouer comme ça.

— ... je lui dirai qu'on cherche des empreintes ! Que si on trouve les siennes, il est foutu. J'appellerai mon avocat, la police, et...

— Monsieur Quayle, a dit Duggan d'un ton calme mais ferme. Renoncez-y.

— Je vais me faire ce fils de pute. Voilà ce que je vais faire.

Quayle a mis fin à l'appel.

Et puis merde ! a pensé Heywood Duggan. Si c'était ce qu'il voulait, qu'il le fasse. Il serait trop heureux de pouvoir oublier cette affaire, de passer à autre chose.

Le dossier était clos.

37

Cynthia Archer n'arrivait pas à dormir.

Allongée dans son lit, elle se demandait ce que son mari et sa fille pouvaient bien lui cacher. Pourquoi Terry avait-il mis si longtemps pour aller chercher Grace et revenir à la maison ? Ils n'étaient pas rentrés avant minuit, deux heures après que Grace l'avait appelé pour qu'il vienne la chercher.

Quelque chose clochait. Elle le sentait.

Mais elle ne pouvait pas appeler Terry et lui demander pourquoi ils étaient rentrés si tard sans admettre qu'elle les avait espionnés de derrière un arbre, comme un personnage ridicule dans un épisode de *Scooby-Doo*. Si Terry apprenait qu'elle avait surveillé la maison, il en conclurait aussitôt qu'elle l'avait fait d'autres fois. Peut-être tous les soirs depuis qu'elle était partie.

Et il aurait raison.

Quand l'écran de son réveil numérique a affiché 5 : 30, elle s'est dit que ça ne servait à rien de rester au lit plus longtemps. Elle s'est levée, douchée, maquillée, et elle a enfilé les vêtements qu'elle avait sortis la veille au soir.

Elle a mis une tranche de pain dans le toasteur, pelé une banane, fait du café, allumé la radio. Mais elle aurait été incapable de répéter un mot de ce qu'elle entendait. Elle avait l'esprit ailleurs.

Les salauds.

Ils croyaient pouvoir la mener en bateau, c'est ça ? Elle comprenait pourquoi. Ils la protégeaient. Ils faisaient ce qu'ils pouvaient pour contenir son angoisse.

C'était insultant. Comme si elle était incapable de gérer les choses. Comme si elle était une sorte de bébé.

Eh bien, Cynthia Archer n'était pas un bébé.

Elle allait tirer ça au clair. Elle n'irait pas directement au travail ce matin-là. Elle passerait à la maison. Après tout, c'était encore la sienne, et elle pouvait s'y rendre n'importe quand. Elle n'avait pas besoin d'invitation ni besoin de raison.

Elle entrerait sans frapper.

Salut, j'ai eu envie de prendre le petit déjeuner avec vous. Le café est en route ?

À 6 h 50 elle a donc quitté son appartement et s'est dirigée vers l'escalier. Mais un homme, un peu plus bas sur les marches, lui bloquait le passage. Elle a failli crier.

— Bonjour, Cynthia.

C'était Barney. Il avait un tournevis à la main et une boîte à outils en métal de couleur rouge était ouverte sur la première marche. La rampe en bois, normalement fixée au mur par des supports métalliques, était à moitié enlevée.

— Vous m'avez fait une de ces peurs, a-t-elle dit.
— Désolé. J'ai décidé de passer ce matin voir comment allait Orland. Je suis entré chez lui discrètement... Il dort à poings fermés, mais je vais rester jusqu'à ce qu'il se réveille. Je me suis dit que je ferais

deux, trois bricoles en attendant. Il y a un moment que je voulais réparer cette rampe. Elle est branlante, c'est dangereux. Attendez, je vais vous laisser passer.

— Merci. J'espère qu'Orland va bien.

— Il était peut-être dans un mauvais jour hier. Je le connais depuis longtemps. On était au lycée ensemble. Où est-ce que vous allez comme ça de si bon matin ? Attendez... laissez-moi deviner. Vous allez faire une inspection dans un restaurant. Vérifier qu'il n'y a pas d'insectes dans les patates sautées.

— J'ai beaucoup de travail, a-t-elle dit.

Comme elle passait devant lui, elle a entendu une porte s'ouvrir dans le couloir du rez-de-chaussée. Puis Orland qui criait :

— C'est quoi ce boucan ?

Son visage est apparu au pied de l'escalier, regardant vers le haut à travers des lunettes sales, les cheveux en bataille. Il ne portait rien d'autre qu'une robe de chambre bleue en piteux état et des chaussettes.

— Barney ! Qu'est-ce que tu fabriques ?

— Je répare la rampe, Orland. Tu veux peut-être me donner un coup de main ?

— J'ai l'air d'être en tenue pour bricoler ?

— Alors va donc t'habiller. Comment tu te sens aujourd'hui ?

— Très bien, a-t-il affirmé. (Il a toussé et regardé Barney d'un air interrogateur.) Où est Charlotte ?

Barney a laissé échapper un soupir de lassitude.

— Charlotte est décédée, Orland. Il y a des années. Tu le sais.

— Ah bon. Je suis désolé d'apprendre ça. Vous avez été mariés combien de temps, vous deux ?

— Tu divagues, Orland. Charlotte n'a jamais été *ma* femme.

Orland s'est gratté le crâne.

— Oh, c'est vrai, a-t-il dit en ricanant. Où avais-je la tête ?

Cynthia a adressé à Barney un faible sourire compatissant.

— Il faut que j'y aille, a-t-elle dit tout bas.
— Bien sûr.
— Bonne journée, Orland, a lancé Cynthia en passant rapidement devant lui avant de sortir.

Quelques secondes plus tard, elle était dans sa voiture.

Alors qu'elle quittait Pumpkin Delight Road pour tourner dans Hickory, elle a vu la Ford Escape de Terry sortir de l'allée en marche arrière. Elle a freiné brusquement, s'est rangée le long du trottoir et l'a regardée partir dans la direction opposée, vers Maplewood.

Où pouvait-il bien aller à cette heure ? Il ne travaillait pas au mois de juillet. Elle était pratiquement sûre qu'il n'y avait qu'une personne dans la voiture, ce qui voulait dire que Grace était encore à la maison.

Pourquoi partir si tôt ? Quel genre de commission pouvait-il faire ? Était-il allé chercher un donut et un croissant ? Ou bien un Egg McMuffin pour Grace ? Cela ne lui ressemblait pas.

Se pouvait-il qu'il soit malade ? Allait-il au drugstore acheter des médicaments ? Est-ce que c'était pour Grace ? Était-elle malade ? La pharmacie CVS sur Boston Post Road devait être ouverte à cette heure. Elle fonctionnait vingt-quatre heures sur vingt-quatre.

Autant le suivre et voir ce qu'il en était.

Cynthia a laissé à son mari une bonne longueur d'avance, puis a retiré son pied du frein.

Il n'a pas pris la direction de la pharmacie. Il a traversé la ville jusqu'à Naugatuck Avenue. S'est garé en face d'un atelier de réparation d'appareils électroménagers. Mais celui-ci n'était même pas ouvert, et Terry n'avait jamais parlé d'un lave-linge ou d'un sèche-linge cassé ni...

Il n'allait pas à l'atelier. Il montait un escalier sur le côté du bâtiment. Jusqu'à ce qui ressemblait à un appartement.

Qu'est-ce qu'il faisait là ?

Pile à ce moment-là, Terry a regardé dans sa direction, une seconde à peine, et Cynthia s'est soudain sentie vulnérable. Et s'il la repérait ? Elle était pratiquement certaine qu'il ne l'avait pas vue, mais qu'arriverait-il la prochaine fois qu'il se tournerait du même côté ? Être surprise en train d'espionner son mari et sa fille devant leur maison était une chose, mais comment expliquerait-elle qu'elle avait suivi Terry dans tout Milford ?

Elle a fait demi-tour et repris la direction de la maison. Elle ferait l'innocente. Entrerait, trouverait Grace, lui demanderait où était son père.

En tournant l'angle, elle a remarqué qu'une voiture était garée dans la rue, pas très loin de chez eux, qui ne s'y trouvait pas quand elle était partie quelques minutes plus tôt. Un homme traversait la rue, juste devant leur maison.

Cynthia a ralenti, s'est rangée sur le côté.

L'homme a remonté leur allée, s'est approché de la porte d'entrée. A sonné.

Mais qui ça peut bien être, aussi tôt ? Ne réponds pas, Grace. N'ouvre pas cette porte.

Elle a plongé la main dans son sac pour prendre son portable. Elle allait appeler sa fille, lui dire de ne pas aller ouvrir. Mais avant qu'elle ait pu passer l'appel, elle a vu l'homme frapper à la porte. Suffisamment fort pour qu'elle l'entende à travers le pare-brise.

— Allez-vous-en, a dit Cynthia tout haut. Partez, allez-vous…

Ce qu'elle a vu ensuite… eh bien, elle avait du mal à en croire ses yeux. L'homme a mis la main dans sa poche et en a sorti… une clé.

Avant de la mettre dans la serrure, il a regardé furtivement par-dessus son épaule pour s'assurer que personne ne le voyait. N'ayant pas repéré Cynthia, assise dans sa voiture, il s'est retourné face à la porte et a inséré la clé.

Cynthia a écrasé l'accélérateur.

La voiture a bondi en avant dans un crissement de pneus. Elle n'a même pas attendu d'être au niveau de l'allée pour tourner brusquement à droite. La voiture a franchi le trottoir en cahotant et foncé à travers le jardin. Les roues patinaient en soulevant du gazon et de la terre, tandis que Cynthia se dirigeait droit sur la porte d'entrée, pressant le klaxon tellement fort qu'il lui semblait l'enfoncer dans la colonne de direction.

L'homme s'est retourné brusquement et, voyant la voiture foncer sur lui, a plongé de côté pour l'éviter. Cynthia a pilé, et le pare-chocs s'est arrêté à moins de deux mètres de la porte.

L'intrus courait à fond de train à présent, en direction de la voiture bleue. Cynthia a ouvert sa portière et crié :

— Hé ! Hé vous !

Elle hésitait à se lancer à sa poursuite, mais à ce moment-là, le hurlement familier d'un système d'alarme a retenti. Cynthia a fait volte-face et vu Grace, dans un des tee-shirts trop grands qu'elle mettait pour dormir, debout sur le seuil de la maison.

— Maman ! Maman ! a-t-elle crié.

Elle s'est précipitée, bras tendus. Est tombée dans les bras de sa mère, en larmes, et Cynthia l'a serrée fort, comme si elle voulait ne plus jamais la laisser partir.

38
Terry

Je ne m'attendais pas à voir ce que j'ai découvert en arrivant à la maison.

Des traces de pneus sur la pelouse, la voiture de Cynthia, portière grande ouverte, collée à la maison, Grace et sa mère dans les bras l'une de l'autre devant la porte.

Grace sanglotait. L'alarme hurlait.

J'ai freiné brutalement, laissé la voiture dans la rue et couru vers elles. Grace m'a vu à travers ses larmes.

— Papa !

— Grace ! Grace ! Est-ce que ça va ? ai-je demandé une fois, puis au moins à cinq autres reprises.

Cynthia a profité de mon arrivée pour se libérer de l'étreinte de Grace, non pas, comme je le soupçonnais, parce qu'elle ne voulait pas la réconforter, mais parce qu'elle voulait voir par où était parti l'homme qui avait tenté de s'introduire dans la maison.

Elle a couru jusqu'au milieu de l'allée, scrutant la rue au loin.

— Merde, a-t-elle lâché.

— Il ne t'a pas fait de mal au moins ? ai-je demandé à Grace, en la serrant contre moi et en essayant de me faire entendre malgré l'alarme.

— Il n'est pas entré, a-t-elle dit. Maman est arrivée. Elle a failli l'écraser.

La voisine d'en face, encore en peignoir, était sortie de sa maison, une tasse de café à la main.

— Tout va bien ? a-t-elle demandé.
— Tout va bien, ai-je répondu.
— J'appelle la police ?

Cynthia allait dire oui, mais je l'ai arrêtée en secouant fermement la tête.

— Non, ça va ! ai-je crié. On s'en occupe.

Cynthia m'a fusillé du regard.

— Tu es sérieux ? a-t-elle dit en s'avançant vers moi. Quelqu'un essaie de s'introduire chez nous et d'agresser notre fille, et toi tu ne veux pas appeler la police ?

— Rentrons, ai-je dit.

La première chose que j'avais à faire était de saisir le code pour arrêter l'alarme. J'ignorais si elle avait été activée parce que l'intrus avait réussi à entrer ou parce que Grace avait ouvert la porte en voyant sa mère.

— Mais qu'est-ce qui se passe à la fin ? a demandé Cynthia.

Elle est allée à sa voiture, dont le moteur tournait encore, et a tendu la main dans l'habitacle pour le couper et prendre son sac. Elle avait son portable à la main.

— Si tu n'appelles pas la police, je vais le faire.
— Non, maman, attends, a dit Grace.

L'attention de Cynthia était en éveil.

— Qu'est-ce qu'il y a ?
— S'il te plaît, suis-je intervenu. Rentrons. Tu as raison... il faudra peut-être qu'on appelle la police. Mais d'abord, je veux m'assurer que Grace va bien.

Ses sanglots s'étaient transformés en reniflements.
— Je vais bien. Je t'assure. Je te l'ai dit.

Du coup, Cynthia s'est sentie autorisée à passer l'appel, mais je l'en ai empêchée encore une fois.

— *S'il te plaît*, pas tout de suite.

Nous sommes entrés et avons fermé la porte, et l'alarme, qui n'avait jusqu'ici été qu'agaçante, est devenue assourdissante. Je me suis approché du clavier et j'ai saisi le code à quatre chiffres pour l'arrêter. Quand elle a été réduite au silence, nous avons entendu la sonnerie du téléphone. Ce devait être l'entreprise de surveillance. J'ai couru décrocher le combiné du salon.

— Allô ? ai-je dit. C'est pour l'alarme, c'est ça ?
— Vous êtes bien M. Archer ?

L'homme articulait avec beaucoup de soin.

— C'est moi.
— Vous avez une urgence ?
— Tout va bien.
— Nous avons besoin de votre mot de passe, monsieur Archer. Faute de quoi nous serons contraints d'envoyer la police.

J'étais dans un tel état que j'ai mis une seconde pour m'en souvenir.

— « Télescope », ai-je dit. Notre mot de passe est « télescope ».
— Entendu. Pouvez-vous me dire ce qui s'est passé ?
— Nous... nous avons oublié que l'alarme était branchée et nous avons ouvert la porte, ai-je expliqué. Je suis vraiment désolé.
— Ne vous en faites pas, monsieur Archer. La bonne nouvelle, c'est que votre système fonctionne. Je vous souhaite une excellente journée.

J'ai posé le combiné et vu que Cynthia avait repris Grace dans ses bras. Ma femme m'a regardé d'un air farouche.

— Pourquoi n'étais-tu pas là ? a-t-elle demandé.
— Je suis sorti quelques minutes.
— Pour quoi faire ?
— Une course.
— Chez un réparateur d'électroménager ? À 7 heures du matin ?

J'ai regardé Grace.

— Tu as dit à ta mère où j'allais ?

Elle a fait non de la tête.

Je me suis tourné de nouveau vers Cynthia.

— Tu me suivais ?

Elle s'est détachée de Grace et a fait un pas vers moi en me pointant du doigt.

— Tu avais promis de veiller sur elle. Mais il se passe quelque chose, et je veux savoir ce que c'est.
— Et si tu répondais à ma question ? Est-ce que tu me suivais ? Est-ce que tu nous espionnais ?

Comme Cynthia hésitait, Grace a dit :

— C'est vrai ça, maman ? Tu nous as mis, genre, sous surveillance ?

Cynthia a dû penser que la meilleure défense était l'attaque. Elle s'est hérissée et a rétorqué :

— Encore heureux ! Si je n'avais pas été là, cet homme... il serait entré dans la maison ! (Et, s'adressant à moi :) Et c'était qui ? Si tu ne veux pas que j'appelle la police, dois-je en déduire que tu sais qui c'est ?
— Non, je ne sais pas, ai-je dit. Grace, tu es sûre de ne l'avoir jamais vu ?

Elle a secoué la tête.

— Est-ce que ça pourrait être l'homme qui était dans la maison ?

— Il y avait un homme dans notre maison ? s'est alarmée Cynthia.

— Pas dans la nôtre, ai-je dit.

— Ç'aurait pu être lui, a répondu Grace, mais je ne sais pas. Même si c'était lui, comment pouvait-il avoir une clé, papa ?

— Il n'en avait peut-être pas, ai-je suggéré. Peut-être qu'il avait un... comment on appelle ça déjà... un jeu d'outils pour crocheter les serrures.

— Mais il a fait ça en un rien de temps. J'ai entendu qu'on mettait une clé dans la serrure et le verrou a commencé à tourner.

— Moi, je l'ai vu se servir d'une clé, a dit Cynthia, qui m'a regardé. À qui as-tu donné une clé ?

— À personne. Et toi, tu as donné une clé à quelqu'un ?

— Bien sûr que non.

J'ai regardé Grace.

— Tu plaisantes ? a-t-elle dit. Tu me prends pour une idiote ?

Je lui ai lancé un regard qui laissait entendre qu'au vu des douze dernières heures, la question était risquée.

— D'accord, ai-je conclu. Nous sommes les seuls à avoir une clé de cette maison, avec Teresa.

— En tout cas ce n'était certainement pas Teresa qui essayait d'entrer, a fait remarquer Grace.

— Pourquoi quelqu'un aurait-il une clé et voudrait-il entrer chez nous ? ai-je demandé en regardant Grace.

— Comme tu l'as dit, je suis un témoin.

Cynthia, qui s'efforçait de comprendre de quoi nous parlions, semblait frappée de stupeur.

— D'accord. Mais quelle est la probabilité pour que la personne qui était dans la maison ait la clé de la nôtre ?

Elle a secoué la tête.

— Je ne sais pas. Je... j'en sais vraiment rien, papa.

— Mais de quoi parlez-vous ? a demandé Cynthia. Qu'est-ce qui se passe à la fin ?

J'ai pris une seconde pour me calmer, laisser la tension retomber, comme on dit, avant de déclarer :

— On a des ennuis.

Assis à la table de la cuisine, Grace et moi lui avons tout raconté, depuis le début. Sans rien laisser de côté. Quand Grace omettait un détail, je complétais, et vice versa.

Cynthia, et c'est tout à son honneur, a surtout écouté, posant seulement une question de temps à autre, nous laissant dérouler le fil de l'histoire. À sa place, j'aurais interrompu le récit toutes les dix secondes.

J'ai conclu en lui disant d'où je revenais, que j'avais espéré trouver Stuart Koch chez lui.

— Vous ne savez donc toujours pas ce qui lui est arrivé ? s'est étonnée Cynthia.

Nous avons tous les deux fait non de la tête.

— Je sais que tu veux probablement m'engueuler et tout, mais papa s'en est déjà en partie chargé, et là, tout de suite, il faut vraiment que j'aille aux toilettes, alors si ça pouvait attendre deux minutes, le temps que je revienne ?

Cynthia a signifié son accord d'un hochement de tête.

Quand Grace s'est levée de table, sa mère l'a prise par le bras pour l'attirer contre elle et la serrer encore dans ses bras. Grace s'est pendue au cou de sa mère et lui a dit :

— Je suis contente que tu sois à la maison. Même si c'est juste une visite. Et que tout part en couille.

Cynthia a semblé vouloir répondre quelque chose, mais elle s'est retenue. Elle a juste dit :

— Va.

Grace partie, Cynthia m'a regardé.

— C'est moi que tu pourrais engueuler à sa place, ai-je dit.

Elle m'a pris la main.

— On est dans de beaux draps.

— C'est quoi, déjà, la réplique de Tommy Lee Jones dans ce film ? « Si c'est pas un merdier, ça fera l'affaire jusqu'au prochain[1]. » Oui, c'est grave.

— Je crois que tu as raison de vouloir lui trouver un avocat. Illico. On ne sait pas ce qui nous attend.

J'ai acquiescé de la tête.

— Mais on a déjà connu des moments difficiles, a continué Cynthia. Grâce à moi. Mes problèmes ont bien failli nous tuer.

— C'est sympa de pouvoir prendre le relais.

— D'après toi, l'homme à la porte... il est venu pour Grace ? Il était dans cette maison et il pense qu'elle l'a vu ?

— C'est possible.

— Admettons que ce soit ça. Comment a-t-il pu se procurer une clé ?

Bonne question.

Cynthia a avancé des hypothèses.

---

[1]. *No Country for Old Men*, des frères Coen, inspiré du roman éponyme de Cormac McCarthy. (*N.d.T.*)

— Peut-être que Grace... ou toi, ou moi... peut-être qu'on a laissé traîner nos clés quelque part, ce qui a permis à quelqu'un d'en faire un double. Tu sais, comme quand tu laisses tes clés de voiture au garagiste, ou que tu les confies à un voiturier et qu'elles restent accrochées dans un restaurant, où n'importe qui peut s'éclipser un moment avec.

Sauf que j'étais professeur dans le secondaire et que Cynthia travaillait pour le service de santé de la ville. D'accord, nous avions une femme de ménage, mais nous n'étions pas vraiment du genre à dilapider notre argent de cette manière.

— C'est quand, la dernière fois que tu as fait appel à un voiturier dans un hôtel ou un restaurant ? ai-je demandé.

— Jamais.

— Moi pareil.

— Alors un ami de Grace ? Il aura fouillé dans son sac, pris la clé et en aura fait un double ?

— D'après la description de Grace, ce n'était pas un adolescent. Plutôt quelqu'un de mon âge.

— Mais même s'il était entré dans la maison, a observé Cynthia, il aurait eu affaire au système d'alarme. Dès qu'il se serait déclenché, il aurait été obligé de fuir.

— Il ignorait qu'on en avait un, ai-je conjecturé. S'il l'avait su, il aurait fallu qu'il connaisse le code pour le désactiver.

Nous sommes restés silencieux un moment.

— Voler une clé et la dupliquer est une chose, a repris Cynthia. Mais on ne serait pas assez stupide pour divulguer le code.

— À part toi, moi, Grace et Teresa, personne ne le connaît.

— C'est la seconde fois qu'on cite son nom, a fait remarquer Cynthia.

Nous nous sommes tus à nouveau.

— Non, ai-je repris. Je veux dire, pourquoi Teresa aurait-elle donné une clé et le code ? Qu'est-ce qu'on possède ? L'alarme ne sert qu'à nous protéger nous, à cause de ce qui s'est passé il y a des années. Et ce type, quand il a essayé d'entrer, il croyait qu'il n'y avait personne. Il a sonné, il a frappé à la porte, et Grace n'a pas répondu. Alors peut-être qu'il ne venait pas pour l'agresser mais pour une autre raison. Qu'est-ce qu'il aurait volé ? Tes bijoux inestimables ?

Pour la première fois, Cynthia a gloussé doucement, en dépit des événements.

— Ma collection de pièces de monnaie rares ? ai-je continué. Les milliers de dollars en cash qu'on a planqués sous le matelas ?

— Ça ne tient pas debout, a-t-elle admis, et son visage s'est assombri. Je vais parler à Vince.

— Oui, c'est ça, super-plan ! Il nous adore. Quand je l'ai vu hier soir il n'a pas été plus aimable que lorsqu'on lui avait rendu visite à l'hôpital, tous les deux, il y a des années.

— Je l'ai vu.

— Quoi ? Tu veux dire, récemment ?

— Oui. Il est venu me voir à l'appartement.

— Attends une minute, ai-je dit en retirant ma main de la sienne. Tu vois Vince ?

— Je ne *vois* pas Vince, a-t-elle protesté en s'adossant à sa chaise. Mais je lui ai parlé, je lui ai écrit après la mort de sa femme, je lui ai envoyé une carte. Il m'a aperçue en voiture, m'a suivie à l'appartement, m'a remerciée. Et il s'est excusé de nous avoir si mal traités à l'époque.

— Je n'ai pas eu droit à des excuses, moi.

— Je suppose que la carte que tu lui as envoyée a été égarée par la poste.

Je n'avais rien à rétorquer à cela.

— Quoi qu'il en soit, a poursuivi Cynthia, je tiens à lui parler. Je pense qu'il sera plus communicatif avec moi qu'avec toi.

— Je t'accompagne.

— Non. J'irai seule. En plus, il faut que quelqu'un reste avec Grace. Tout le temps.

Je ne l'ai pas contredite.

J'ai appuyé mon dos contre le dossier de ma chaise et croisé les bras sur ma poitrine.

— Alors, ça fait combien de temps que tu nous surveilles ?

Elle s'est mordu la lèvre.

— Depuis mon départ.

— Attends un peu. Tu n'as pas pu nous surveiller tout le temps ?

— Non. Mais presque tous les soirs. Je me garais à l'angle. Il y a un arbre... tu vois lequel c'est, devant la maison des Walmsley ?

J'ai hoché la tête.

— Il est suffisamment large pour se cacher derrière. Je ne peux pas dormir avant de vous savoir tous les deux en sécurité à la maison. Surtout Grace. Je pouvais voir sa fenêtre, et parfois j'attendais qu'elle ait éteint la lumière pour retourner chez moi. (Elle avait la gorge serrée.) Tout ce que je voulais, c'était entrer. Je voulais monter dans sa chambre, l'embrasser pour lui souhaiter bonne nuit et éteindre sa lumière. Mais j'imagine qu'à quatorze ans, on n'a plus l'âge pour ça.

— Je ne crois pas que ça l'aurait dérangée.

— Ensuite, après avoir fait ça, tout ce que j'aurais voulu, ç'aurait été de me glisser dans le lit à côté de toi. (Elle a reniflé.) Mais je retournais à l'appartement. Jusqu'au lendemain soir. Et je recommençais, encore et encore.

J'aurais dû le savoir. J'aurais dû me douter depuis le début qu'elle ferait ça.

— Tu peux me pardonner ? a-t-elle demandé.

J'ai décroisé les bras, me suis penché en avant, et j'ai pris sa main.

— De nous aimer ? Oui, je crois.

J'allais l'enlacer quand nous avons entendu un hurlement à l'étage.

Grace.

Pas un hurlement. Un cri, plutôt. Un seul mot :

— Oui !

Cynthia et moi avons monté l'escalier au pas de course et l'avons trouvée dans sa chambre, assise sur le lit, son téléphone à la main, un sourire qu'on ne lui avait pas vu depuis longtemps sur le visage.

— Qu'est-ce qu'il y a ? ai-je demandé en entrant le premier, Cynthia juste derrière moi.

Grace a levé les yeux. Elle souriait toujours.

— Il va bien ! a-t-elle dit.

— Qui ? a fait sa mère. Stuart ?

— Il vient de m'envoyer un message ! Il va bien !

Elle m'a tendu le téléphone et je l'ai incliné de façon que Cynthia puisse aussi voir l'écran.

GRACE : dis-moi que tu vas bien
GRACE : s'il t'est arrivé quelque chose je deviens folle réponds-moi

GRACE : si tu peux pas parler demande à qq d'autre de me contacter
GRACE : jtai touché ? dis-moi au moins ça

Ces messages avaient tous été écrits dans la matinée. Grace en avait envoyé une dizaine d'autres pendant la nuit.

Et voilà ce qui était apparu à l'instant :

STUART : slt
GRACE : omg ça va ?
STUART : désolé si jtai fait flipper
GRACE : flipper ? je devenais folle, oui
STUART : j'ai dû me casser désolé de t'avoir laissée là-bas c la merde ici mon père grave vener
GRACE : mais toi, ça va ?
STUART : ouais
GRACE : t où ?
STUART : je me planque un moment. daron vener, boss aussi
GRACE : je l'ai fait ? jtai tiré dessus ?
STUART : putain non ! te raconterai. à +

Cynthia et moi avons échangé un regard, puis nous avons regardé Grace, qui était aux anges.

— C'est trop génial comme nouvelle, a-t-elle dit.

39

— Allô !
— Reggie.
— Je suis pas mal occupée, là, Unk. Laisse-moi te rappeler dans quelques…
— Il m'a appelé.
— Quoi ? Qui t'a appelé ? De quoi tu parles ?
— Il sait.
— Qui ? Qui sait quoi ?
— Quayle.
— Nom de Dieu. Attends une seconde. Je sors du café. Laisse-moi monter dans la voiture. Attends. C'est bon, je suis dedans. Recommence.
— Quayle m'a téléphoné à l'instant. Il sait que c'est moi.
— C'est impossible. Eli ne le lui a jamais dit. Je suis sûre de ça. Il… Merde !
— Quoi ?
— Je viens de me renverser du café sur les cuisses. Unk, je ne comprends pas. Comment Quayle a pu faire le lien ?
— Il a engagé un détective. Eli a dû l'appeler une fois pour le sonder au sujet d'un deal, mais comme il n'a jamais rappelé, Quayle a voulu le retrouver.

Alors il a engagé un détective privé pour le chercher.

— Qu'est-ce que Quayle a dit ? Exactement. Qu'est-ce qu'il a dit exactement, Unk ?

— Qu'il savait que c'était moi. Qu'il aurait dû le savoir depuis le début. Reggie, il a dû passer un marché avec Eli finalement.

— Quoi ?

— Il ne l'a pas vraiment en sa possession, mais le détective, si. Quayle a dit qu'ils relevaient les empreintes. Qu'ils allaient chercher les miennes.

— C'est sûrement de la foutaise, Unk. C'est une ruse pour te piéger.

— Et si c'est vrai ? S'ils trouvent mes empreintes, ils iront à la police. On m'arrêtera. Et ensuite ils sauront pour Eli, ce qu'il lui est arrivé.

— Laisse-moi réfléchir, laisse-moi réfléchir. Si on savait qui était ce détective...

— Il me l'a dit.

— Quoi ?

— Il m'a donné son nom. Duggan. Heywood Duggan. J'ai vérifié dans l'annuaire. C'est un vrai détective privé.

— Ben merde alors, tu as une adresse, Unk ?

40

À l'atelier de carrosserie, Vince s'était enfermé dans son bureau. Gordie était derrière la porte, lui demandant à travers le verre dépoli si ça allait.

— J'ai besoin d'une minute, a-t-il dit en se laissant tomber sur sa chaise rembourrée. Où est Bert ?
— Il arrive.
— À quelle heure il est rentré de la ferme ?

Vince a ouvert un tiroir, en a sorti un petit verre et une bouteille de Jack Daniel's. S'en est versé une rasade, l'a bue d'un trait, s'en est servi une autre.

— Vers 4 heures du mat'. Il m'a rejoint pour faire deux autres maisons, et puis il est parti de son côté.
— Qu'est-ce qu'il a fait de la Buick d'Eldon ?
— Il l'a laissée chez lui. Il était dans sa propre caisse quand il m'a rejoint. Écoute, je pense que ça va plus ou moins, a dit Gordie, sauf qu'on a eu un problème dans une des maisons tout à l'heure.

Bon sang, ça n'en finira jamais.

— Quelle maison ? a demandé Vince.

Gordie lui a dit.

— Il a sonné à la porte et frappé, il était sûr qu'il n'y avait personne, mais la gamine était là, et après la femme a débarqué. Elle a failli l'écraser.

Cynthia.

— Merde, a dit Vince.

— Tu as parlé à Eldon ? a demandé Gordie. Je veux dire, il va se pointer ici d'une minute à l'autre sans être au courant ? Parce que je veux pas être celui qui lui dira. Ça devrait venir de toi, je pense. D'accord, j'essaie de me défiler, mais comme tu es le patron et tout ça.

— Eldon ne viendra pas.

— Pourquoi ça ?

— Quand Bert arrivera, je vous mettrai tous les deux au courant. Tu as fait l'autre chose que je t'avais demandée ?

— Les messages ? Oui, c'est fait. Mais je voulais te demander si...

— Je te l'ai dit. Il me faut une minute.

La silhouette de Gordie s'est éloignée du verre dépoli.

Vince a regardé droit devant lui, hébété. Il s'est servi un troisième verre, l'a avalé cul sec, et a posé ses mains à plat sur le bureau. Il s'est concentré sur sa respiration. A inspiré lentement, puis expiré lentement. La tête lui tournait, et ça n'avait rien à voir avec l'alcool. Il avait une boule d'angoisse au milieu de la poitrine. Il s'est demandé un moment s'il n'allait pas vomir.

C'était ça qu'on appelait une attaque de panique ?

Reprends-toi. Tu as des tas d'emmerdes à résoudre.

Une silhouette a de nouveau assombri le verre dépoli.

— Bert arrive, a annoncé Gordie.

— Je sortirai quand je sortirai.

L'ombre s'est éloignée de nouveau.

Vince repensait à une émission qu'il avait vue sur les catastrophes. Probablement sur Discovery Channel. Quand un avion se crashait ou que deux trains fonçaient l'un vers l'autre sur la même voie, il y avait généralement plus d'une cause, sauf s'il s'agissait d'un attentat. C'était une conjonction d'événements. La coïncidence d'une erreur de pilotage et d'un interrupteur défectueux. Le mécanicien qui regardait une vidéo sur son portable au moment où les systèmes embarqués tombaient en panne.

Vince était convaincu que les événements avaient conspiré contre lui. Stuart s'était introduit dans cette maison au moment même où quelqu'un d'autre la cambriolait.

Tout partait en couille autour de lui. Il sentait son petit empire se disloquer. Même s'il avait déjà été pas mal rogné avant les péripéties de ces dernières vingt-quatre... mon Dieu, ça ne faisait pas si longtemps. Ces douze dernières heures plutôt.

Audrey.

Peut-être que Jane avait raison : il s'était comporté en lopette. Mais il n'avait pu supporter de voir sa femme sur ce lit d'hôpital ces dernières semaines. Ça le déchirait, l'emplissait de désespoir et de rage en même temps. Il savait qu'il ne s'agissait pas de lui, mais d'elle, d'être là pour elle. Mais c'était trop risqué d'aller la voir. Vince devait rester un roc. Le roc, toujours. Celui qui ne se laissait jamais émouvoir.

La plupart du temps, il y parvenait.

Hélas, pas quand il se trouvait dans cette chambre avec Audrey, à la regarder mourir. Lui laisser voir son menton trembler, ses yeux se mouiller quand elle ouvrait les yeux était déjà lamentable. Mais si quelqu'un était entré dans la chambre, une infirmière, son médecin, Jane, Eldon, Gordie ou Bert, et l'avait vu dans cet état, il ne s'en serait jamais remis. Ç'aurait été une humiliation.

Pourtant, maintenant, il se posait la question.

Il s'était trop inquiété de la manière dont on le jugerait au moment où il perdait Audrey. Il risquait à présent de perdre Jane.

Oh, et puis merde. Ce n'est pas comme si c'était ma fille ou...

Peut-être. Mais il l'aimait, bon sang. Dès qu'Audrey était entrée dans sa vie avec Jane, il avait ressenti quelque chose pour cette gosse. Dure et vulnérable à la fois. Elle avait si souvent été blessée par les hommes qui étaient entrés dans l'orbite de sa mère, à commencer par son propre père qui n'avait jamais été là pour elle, qu'elle avait renoncé à chercher une figure paternelle. De son point de vue, tous les hommes avec qui sa mère s'était liée étaient des connards.

Vince était prêt à admettre qu'il n'était guère différent, mais au moins il lui témoignait un intérêt que les autres n'avaient jamais manifesté.

Il avait eu une fille autrefois.

Brièvement.

Ça l'avait toujours hanté. Il avait souvent pensé à la jeune fille qu'elle n'était jamais devenue. À la façon dont ce bébé aurait changé en grandissant. À ce qu'il aurait été à cinq ans. À dix. À quinze. Lorsque Audrey et lui avaient commencé à vivre ensemble et Jane avec elle, il n'avait eu aucun mal à s'imaginer comment aurait pu être sa fille.

Opiniâtre. Entêtée. N'ayant pas peur de se battre. Sacrément intimidante parfois. Sournoise, aussi, quand cela servait ses intérêts.

Et une emmerdeuse de première. Mais il aurait été fier que sa fille ressemble à Jane. C'était une gamine qui savait se débrouiller. Une gamine qui ne se laissait pas emmerder.

Il n'essayait pas d'être son ami. Depuis le début, il s'efforçait seulement de la traiter avec respect. Il ne lui racontait pas de conneries. Quand elle lui avait demandé un jour – c'était plus de sept ans auparavant, avant qu'il prenne cette balle – s'il allait épouser sa mère, il aurait pu répondre quelque chose comme : Eh bien, on avisera, ta mère et moi, on tient beaucoup l'un à l'autre, mais à ce stade, on ne sait pas où ça va nous mener, etc.

Au lieu de quoi il lui avait dit : « J'en sais rien. Si je devais me décider aujourd'hui, je dirais que c'est hors de question. Il y a déjà suffisamment de gens qui m'asticotent comme ça. Mais elle me plaît. Et toi aussi, je t'aime bien. »

Une autre fois, elle lui avait demandé de but en blanc s'il était un criminel.

— C'est comme ça que tu gagnes ta vie, non ? Je veux dire, l'atelier de carrosserie, c'est juste pour la galerie. Un commerce réglo pour couvrir tous les trucs que toi, Bert, Gordie et Eldon vous trafiquez. J'ai raison ou j'ai raison ?

Il avait réfléchi un instant.

— Tu as raison.

Jane avait hoché la tête avec reconnaissance.

— C'était un test.

— Hein ?

— Je voulais juste voir si tu me mentirais en face. Je n'aime pas ce que tu fais, mais au moins tu es honnête avec ça.

Cette fille était un oiseau rare.

Peut-être était-il naïf de croire ça, mais il pensait qu'avec le temps elle avait fini par le respecter pour sa franchise. Et après le respect, qu'il n'avait pas gagné du jour au lendemain, c'est certain, il croyait qu'elle en était venue à éprouver pour lui un sentiment plus fort. Peut-être se faisait-il des illusions, mais il se pensait aimé en retour.

Il savait qu'il n'était pas un type cultivé. Il avait à peine terminé le lycée et n'avait jamais fréquenté aucun établissement d'enseignement dit « supérieur ». Mais il adorait lire, et les rayonnages de sa maison sur la plage étaient encombrés de livres. Histoire et biographies, surtout. Vince aimait savoir comment des gens importants prenaient leurs décisions et il trouvait rassurant que des personnes aussi intelligentes fassent souvent les mauvais choix.

Pour son anniversaire ou pour Noël, Jane lui achetait toujours un livre. Tous les autres lui offraient du scotch en général. Un jour il lui avait dit : « Toi, tu sais que je suis un penseur, pas un buveur. »

Mais ce qui l'avait vraiment touché, c'était que l'année précédente, quand sa mère était encore en vie, Jane lui avait acheté un livre pour la fête des Pères. Les volumineux mémoires de Keith Richards, *Life*. Elle avait écrit à l'intérieur : *Pour un mec qui déchire, ce livre sur un autre mec qui déchire. Love, Jane.*

Avant cela, elle ne lui avait jamais rien acheté pour la fête des Pères.

Cette année, celle-ci était tombée quelques semaines avant la mort d'Audrey. La bonne opinion que Jane avait de lui en avait manifestement pris un coup. Il n'y avait pas eu de cadeau cette fois.

Elle me déteste.

Elle le détestait parce qu'il avait laissé tomber sa mère. Laissé tomber Jane aussi. En plus, il y avait l'histoire de la maison. Une jolie maison à étage, à Orange, sur Riverdale Road, tout près de Ridge Road, pas très loin du centre commercial. Audrey en était propriétaire quand elle avait rencontré Vince, et après s'être installée avec lui, elle l'avait gardée et mise en location.

À la mort de sa mère, Jane avait supposé qu'elle en hériterait, mais Audrey l'avait léguée à Vince. Jane avait pensé que celui-ci la lui donnerait et c'était ce qui aurait dû se passer, s'il n'y avait pas eu un hic.

Bryce. Bryce Withers.

Il y avait quelque chose chez ce garçon que Vince n'aimait pas. Et pas simplement qu'il était musicien. Non, c'était lui faire trop d'honneur. Il jouait dans un groupe. Le terme de « musicien » suggérait un apprentissage, une formation. Du talent. Inutiles pour ce que faisait Bryce.

Il se trouvait que Vince avait raison. Un soir il s'était aventuré dans un bar où ils se produisaient. Energy Drink, c'était comme ça qu'ils s'appelaient. Vous parlez d'un nom foireux ! Vince n'avait jamais dit à Jane qu'il les avait vus jouer. Il voulait cerner le type qui couchait avec sa belle-fille. Ce qu'il avait entendu l'avait convaincu que Bryce faisait plutôt du bruit que de la musique. Un singe avec une guitare aurait produit le même genre de sons.

Non, c'était désobligeant pour les singes.

Jane s'assumait. Elle avait décroché un bon boulot dans une agence de publicité locale. Elle ne gagnait pas des fortunes, pas encore, mais elle s'en sortait mieux que son petit copain, que Vince avait catalogué comme un parasite de première catégorie. Un type prêt à vivre aux crochets de sa petite amie. Et, par extension, à profiter de toute somme d'argent ou de tout bien immobilier dont elle pourrait hériter.

Comme la maison de sa mère.

Si elle épousait ce clown, qu'ils s'installaient dans cette maison, se séparaient un jour et étaient obligés de vendre, ce petit con toucherait au final la moitié de ce qui avait été légué à Vince au départ.

Il ne voyait aucun inconvénient à ce que tout revienne à Jane. Mais pas à Bryce.

Du coup, il l'avait gardée pour lui et subissait le mépris de Jane. Dès qu'elle aurait rompu avec lui – il faudrait bien qu'elle ouvre les yeux un jour ou l'autre –, il lui annoncerait que la maison était à elle.

Cette histoire le tracassait.

Mais à présent il était confronté à de nouveaux problèmes. Le premier d'entre eux étant l'argent qui avait disparu du grenier des Cummings.

On a de nouveau frappé sur la vitre dépolie.

— Vince ?
— Quoi ?
— C'est Bert.

Vince a rangé le verre et la bouteille, refermé le tiroir, a encore respiré à fond deux ou trois fois. Ça allait. Il était à nouveau un roc. Capable d'aller jusqu'au bout. « Finis ce que tu commences », lui disait son père.

Il a fait le tour du bureau et ouvert la porte.

— Gordie m'a dit que tu avais eu des soucis.
— Ouais. Je croyais qu'il n'y avait personne.
— Les flics ?
— J'ignore ce qui s'est passé après que je suis parti.

Vince avait besoin de le savoir.

— Qu'est-ce qu'il y a avec Eldon ? a demandé Bert.

Gordie était juste derrière lui, l'air inquiet.

— Eldon est mort, a déclaré Vince.

Deux secondes de stupeur muette, puis Gordie a lâché :

— Putain de merde.

— Qu'est-ce qu'il y a eu ? a demandé Bert.

— Il a mal pris la nouvelle, a expliqué Vince. Il est devenu comme fou. Il me menaçait. Me rendait responsable. M'accusait. Je crois qu'il était prêt à appeler les flics. (Il a pris une inspiration.) J'ai fait ce que j'avais à faire.

Bert a regardé son patron avec incrédulité.

— Attends. Tu es en train de dire que... Putain, tu as tué Eldon ?

— Il faudra s'occuper de lui plus tard, a conclu Vince. Pour l'instant, on a d'autres priorités. Vous deux, il faut que vous alliez rendre visite au promeneur de chiens. À ma connaissance, c'est le seul qui possède une clé et qui connaisse le code de l'alarme de cette maison. Voyez s'il n'est pas devenu un peu trop gourmand. De mon côté, je vais devoir appeler une ancienne petite amie et essayer de la persuader de ne pas appeler les flics, s'il n'est pas déjà trop tard.

41

Heywood Duggan a garé sa voiture dans la rue, près d'une rangée de commerces du centre de Milford. Son bureau était niché à l'arrière d'une boutique qui vendait des robes de mariée. L'entrée se trouvait au rez-de-chaussée, à quelques mètres d'une benne à ordures. C'était à peine plus qu'un réduit de dix mètres carrés, et il devait partager les toilettes avec les filles de la boutique. Un bureau, un ordinateur, deux chaises, un meuble classeur. Duggan n'y recevait jamais de clients potentiels, mais pour faire de la paperasse et des recherches, c'était très bien.

Alors qu'il descendait de voiture et marchait vers l'entrée du local, son portable a sonné. Il a jeté un coup d'œil à l'écran et a décroché.

— Monsieur Quayle, a dit Heywood, le téléphone dans une main, les clés dans l'autre.

— Je l'ai fait, a déclaré Quayle. J'ai appelé ce salaud.

Y avait-il un intérêt quelconque à lui dire qu'il n'aurait pas dû ? Plus maintenant.

— Qu'est-ce qu'il a dit ? a demandé Heywood.

— Il a eu peur. Je l'ai énervé, c'est sûr.

Heywood a tripoté son trousseau, isolé la clé qui ouvrait son bureau.

— Énervé parce qu'il ne savait pas de quoi vous parliez ou énervé parce que vous aviez découvert la vérité à son sujet ?

— Parce que j'ai découvert la vérité, ça ne fait aucun doute. Quand je lui ai dit qu'on était en train de relever des empreintes sur le vase.

— Vous ne lui avez quand même pas dit ça ?

— Si. J'ai dit que vous étiez en train de le faire.

Heywood a soupiré en introduisant sa clé dans la serrure. Elle n'a pas tourné comme d'habitude. Avait-il oublié de verrouiller la porte la veille au soir ?

— Monsieur Quayle, c'était stupide de votre part. Écoutez, je viens d'arriver à mon bureau. Je vous rappelle dans une heure environ.

Il a remis le portable dans sa veste et poussé la porte.

Une femme était assise sur la chaise derrière sa table de travail. Elle l'a regardé et a souri.

— Comment êtes-vous entrée ici ? a demandé Heywood.

C'est à ce moment-là qu'il a senti un objet froid et dur, pas plus large qu'une pièce de monnaie, pressé contre son crâne. Alors qu'il allait se retourner, l'homme qui tenait l'arme a dit : « Je ne ferais pas ça. » Puis il a fermé la porte.

— Je vais vous poser une question, a dit la femme, et je ne la poserai qu'une seule fois. Je veux donc que vous m'*écoutiez* très attentivement, puis que vous réfléchissiez très attentivement à votre réponse. Ce que je ne veux pas, c'est que vous répondiez à ma

question par une autre question. Ce serait très, très improductif. Vous comprenez ?
— Oui, a répondu Heywood.
— Où est-il ? a-t-elle demandé.

42

Terry

Les messages de Stuart Koch avaient rendu Grace folle de joie. Cynthia, informée de nos ennuis depuis peu, ne demandait qu'à en voir le côté positif, elle aussi.

— Alors elle ne l'a pas fait, a-t-elle jubilé, incapable de dissimuler son enthousiasme. Grace n'a pas tiré sur ce garçon. Ni personne d'autre, d'ailleurs. Il n'a rien.

Nous avions laissé Grace dans sa chambre pour aller dans la nôtre, fermant la porte presque complètement.

— On dirait bien, ai-je répondu laconiquement.

— Et Vince t'a dit qu'il s'occupait de faire réparer la fenêtre cassée. Comme ça, ce sera comme s'il ne s'était rien passé. Personne ne saura jamais ce que notre fille a fait. Et ça lui servira de leçon... j'en suis convaincue. Elle ne refera plus jamais une chose pareille. (Cynthia a secoué la tête, exaspérée.) Mais on devra instaurer de nouvelles règles. Les permissions de minuit devront être strictement respectées. Si elle sort quelque part... si on la laisse sortir quelque part... il faudra qu'on sache où elle va, avec qui, pendant combien de temps, quand...

— Bien sûr. On lui mettra un de ces bracelets à la cheville, et on pourra passer la soirée devant l'ordinateur à regarder où elle va.

— Tu te moques de moi.

— Désolé.

— Ça s'est passé alors qu'elle était sous ta surveillance, m'a-t-elle rappelé.

— J'en suis conscient.

— Je ne dis pas que c'est ta faute, s'est empressée d'ajouter Cynthia. C'est autant la mienne, parce que je n'ai pas été là. (Elle s'est assise au bord du lit.) Je suis juste contente que ce soit derrière nous. Au moins, on ne va pas passer la journée à lui chercher un avocat.

— Oui, ai-je dit lentement.

— Qu'est-ce qui ne va pas ? Tu ne trouves pas que c'est une bonne nouvelle ?

— Si, bien sûr que si. Je ne veux pas jouer les rabat-joie, mais c'était juste des SMS.

— Qu'est-ce que tu insinues ?

Son visage a commencé à s'allonger.

— Ce n'est pas comme si Grace lui avait vraiment parlé.

— Oui, mais les messages venaient du portable de Stuart, a fait valoir Cynthia.

— Je sais.

— Grace avait l'air de croire que c'était bien lui. Ces ados, ils doivent avoir chacun leur façon d'écrire leurs SMS. On doit pouvoir les reconnaître aux abréviations qu'ils utilisent et tout.

— Tu as probablement raison. Disons que Stuart va bien. Il se cache quelque part en attendant que les choses se tassent. Quel est le rapport avec le fait que quelqu'un a essayé de s'introduire chez nous ?

Cynthia a regardé sur le côté, comme si la réponse se trouvait sur le bloc-notes de la table de chevet.

— Peut-être n'y a-t-il aucun lien, a-t-elle dit. Entre l'histoire avec Grace et le fait qu'on a voulu entrer chez nous. (Elle a marqué une pause.) Une simple coïncidence.

— Dans ce cas, on devrait appeler la police. Si Grace et moi on a voulu te tenir en dehors de ça, c'est parce qu'on croyait que ç'avait un rapport avec elle, et on ne voulait pas que la police s'en mêle tant que les choses ne s'étaient pas décantées d'elles-mêmes ou qu'on ne lui avait pas trouvé un avocat. Tu veux appeler les flics maintenant ?

Je voyais bien qu'elle hésitait. Elle s'est frotté la bouche, puis a posé un bref instant ses deux mains sur sa tête, comme si elle souffrait d'une affreuse migraine et essayait d'empêcher son cerveau d'exploser.

— Mon Dieu, je n'en sais rien. Si cet homme n'a vraiment rien à voir avec ce qui est arrivé à Grace, alors on *devrait* appeler la police. Il pourrait revenir, ou s'introduire chez quelqu'un d'autre, ou... Et merde, j'en sais rien.

— Mais...

Elle s'est levée pour aller dans la salle de bains, a mis sa main en coupe sous le robinet et bu un peu d'eau. Je l'ai suivie jusqu'à la porte.

— Voilà ce que je ne comprends pas, ai-je dit. Si Stuart est vivant, pourquoi Vince ne me l'a pas dit ? Il aurait pu me faire savoir que le gamin était sain et sauf. Au lieu de ça, il m'a ordonné de laisser tomber l'affaire. S'il m'avait dit que Stuart allait bien, je l'aurais sans doute fait. Je ne serais pas parti à sa recherche, ce matin, à l'hôpital et à son appartement.

J'ai marqué une pause, pour cogiter.

— C'est peut-être pour ça qu'on a reçu les SMS. Vince a découvert... ne me demande pas comment... que je fouinais, et l'idée lui est venue.

— Vince aurait envoyé des messages à Grace sur le téléphone de Stuart ?

— Vince ou un de ses sbires.

— Oh, merde, a fait Cynthia en se cramponnant des deux mains au meuble de la vasque et en me regardant dans le miroir.

— Il faut quand même qu'on en ait le cœur net, ai-je déclaré.

Le téléphone a sonné dans la chambre, nous faisant sursauter tous les deux. J'y suis allé le premier. L'écran affichait : « correspondant inconnu ».

J'ai décroché.

— Allô !

— Ta femme est là ?

Je connaissais cette voix.

— Qu'est-ce que tu veux ?

— Passe-la-moi, a insisté Vince.

Sur le seuil de la salle de bains, Cynthia a articulé silencieusement :

— Qui est-ce ?

Je lui ai tendu le combiné.

— Vince.

Elle a ouvert de grands yeux, porté le téléphone à son oreille.

— Vince ?

Elle m'a laissé mettre ma tête à côté de la sienne pour entendre la conversation.

— Cynthia, il faut que je sache si tu as prévenu la police. Ils sont chez toi, là ?

— Pourquoi aurais-je appelé la police, Vince ?

— Parce qu'il y a eu un incident. Chez toi. Pas à ton appartement. Il y a une heure environ.

— C'est exact. Il y a eu un incident. Mais comment le sais-tu ?

Elle m'a lancé un regard furtif.

— Tu n'as pas répondu à ma question.

— Non, a dit Cynthia. La police n'a pas été prévenue... pas encore.

Un autre silence, du côté de Vince. Était-ce un soupir de soulagement ?

— C'est bien, a-t-il dit. Je te dois des excuses.

Cynthia s'est mise à rougir.

— Des excuses ? C'était toi ? Un de tes hommes de main ?

— Comme j'ai dit, je te dois des excu...

— Non ! Tu me dois bien plus que de simples excuses ! Tu me dois... tu nous dois... des explications, voilà ce que tu nous dois, espèce d'enfoiré !

— Cynthia, je...

— Arrête tes conneries ! Pourquoi quelqu'un qui travaille pour toi a essayé de rentrer chez nous ? Comment t'es-tu procuré une clé ? Qu'est-ce qui se passe ? Et pour ce qui est de Stuart, c'était toi ? C'est toi qui as envoyé ces messages ?

— De quels messages parles-tu ?

— De messages envoyés à Grace. Elle a reçu des SMS de Stuart il y a quelques minutes à peine.

— Je n'ai envoyé aucun message à Grace, a-t-il affirmé.

J'ai trouvé sa réponse ambiguë. Il n'avait pas dit qu'il n'était pas au courant. Mais Cynthia prenait une autre direction.

— *Notre maison*, Vince. Tu as envoyé quelqu'un pour qu'il entre chez nous ? C'était quoi, le plan ?

D'enlever Grace pour l'empêcher de parler ? Mon Dieu, c'était ça, le plan ?

— Non. Il pensait que la maison était vide.

— Il ?

— Bert. C'était Bert.

J'ai pris le téléphone.

— Pourquoi, Vince ? Pourquoi Bert aurait-il voulu entrer chez nous ?

Nouveau silence à l'autre bout de la ligne.

Pour finir, Vince a parlé.

— Parce que c'est là que se trouve l'argent.

43

Il était presque 10 h 30 quand Jane Scavullo est arrivée dans les bureaux de l'agence de publicité Anders & Phelps, son sac à main en bandoulière, la sangle d'un énorme sac de sport d'où dépassait un manche de raquette de tennis sur l'autre épaule.

— Salut, Jane, a lancé Hector, le jeune homme de l'accueil, tandis qu'elle traversait le hall. Tu as une sale gueule.

— Va te faire foutre, Hector.

— Et tu es aussi à la bourre, a-t-il ajouté avec plaisir.

Elle devait admettre qu'elle avait eu meilleure mine. Elle était loin d'avoir eu son compte de sommeil. Toutes ces histoires avec la maison des Cummings, et Grace, et Vince. Et puis, ce matin, apprendre que Bryce lui avait menti. Et pour finir, cet arrêt qu'elle avait dû faire en venant ici pour s'occuper d'une autre affaire.

Elle a balancé son sac de sport sous son bureau et l'a poussé au fond d'un coup de pied, puis a remarqué que le voyant de son téléphone clignotait. Comme elle n'était pas encore prête à affronter ses messages, elle s'est levée et est allée voir à la cantine si quelqu'un avait mis la cafetière en route.

Yes.

Elle a attrapé un mug et l'a rempli. Jane buvait son café noir, comme Vince. « Si tu veux boire du café, lui avait-il dit, bois du *café*. Ne va pas y mettre des trucs de gonzesse, comme du lait, de la crème ou du sucre. »

Elle a soufflé dessus, en a pris une gorgée, a surpris son reflet dans le verre d'une publicité encadrée : « Riverside Honda renaît de ses cendres. Les super-rabais, c'est MAINTENANT ! »

Ce n'était pas une de ses campagnes. C'était bien avant qu'elle commence à bosser ici, même si elle se rappelait cette concession qui avait complètement brûlé quelques années auparavant. Elle ne travaillait pas depuis suffisamment longtemps pour Anders & Phelps – A&P, comme tout le monde appelait l'agence ici – pour mériter d'avoir une de ses œuvres accrochées au mur, même pas ici, dans la pièce où ils prenaient leur déjeuner. Et de nos jours, une pub efficace avait peu de chances de pouvoir être encadrée. Qui faisait encore de la publicité dans les journaux ? Qui les *lisait* encore ? Jane était incapable de se rappeler la dernière fois qu'elle en avait acheté un, même le *New York Times*. Quand elle voulait savoir ce qui se passait dans le monde – ce qui n'arrivait pas très souvent, à vrai dire –, elle allait sur Internet. C'était là qu'elle aimait placer les campagnes de ses clients. Il fallait juste trouver le site adéquat pour cibler la bonne population. Ou comprendre les habitudes de navigation des gens et faire apparaître la pub sur tous ceux qu'ils consultaient. Il y avait la radio, aussi. Même si ça semblait être le plus vieux média du monde, après les journaux, cela restait un choix judicieux. Avec tous les gens qui passaient leurs journées en voiture et qui aimaient avoir un fond sonore, ça pouvait être efficace.

Comme si elle en avait quelque chose à foutre.

Est-ce que c'était ça qu'elle voulait vraiment faire ? M. Archer l'avait cernée, lui. Elle voulait écrire, et pas des jingles à la con pour des stations-service ou des boîtes qui réparaient des chaudières. Elle voulait écrire des romans. Elle voulait écrire pour raconter ce que c'était d'être une jeune femme dans le monde d'aujourd'hui. Qui se demande ce qu'elle va bien pouvoir faire de sa vie. Qui passe son temps à se battre pour obtenir quelque chose. À qui personne ne veut donner de boulot stable. Que des contrats à durée déterminée. Sans aucun avantage. Tout était dans la formule 22-22-22. Si vous aviez vingt-deux ans, les entreprises vous faisaient trimer vingt-deux heures sur vingt-quatre pour vingt-deux mille dollars par an. Et si vous n'étiez pas content, vous pouviez aller vous faire foutre.

Un peu comme chez Anders & Phelps.

Elle est retournée à son bureau, a posé son café et a écouté ses messages. La veille, elle avait démarché au hasard deux douzaines d'entreprises de la région de Milford. Elle avait trois retours, tous lui disaient merci, mais non merci, on n'a pas le budget pour faire de la publicité en ce moment.

Crétins ! Si ça ne marchait pas fort, il fallait se faire connaître. Si l'activité était en baisse, il fallait se débrouiller pour capter le peu qu'il en restait. Jane essayait bien de leur dire, mais certains chefs d'entreprise étaient cons comme la lune.

Et cet enfoiré de Bryce.

Qui lui avait parlé du concert, raconté comment s'était passée la soirée alors qu'il n'y avait même pas mis les pieds. Jane n'avait pas dit qu'elle avait vu son message. Elle avait laissé le téléphone retourné sur sa table de nuit. Quand il était sorti de la salle de bains, elle lui avait dit que son portable avait sonné. Brian l'avait consulté en lui tournant le dos.

— Qu'est-ce que c'est ? avait-elle demandé.
— Rien. Juste Hartley, qui veut qu'on bosse sur de nouveaux trucs.

Elle l'avait vu pianoter avec son pouce, sans doute pour effacer l'échange au cas où elle deviendrait curieuse.

Si elle devait deviner, elle pencherait pour Melanie. Sa soi-disant *amie* Melanie. Elle avait bien vu qu'il se passait quelque chose entre eux. Rien de flagrant. Ce n'était pas comme si Melanie s'était penchée par-dessus la table la dernière fois qu'ils étaient sortis ensemble boire un verre et avait fourré sa langue dans la bouche de Bryce. C'était plus la façon dont elle s'esclaffait chaque fois qu'il disait quelque chose. Il faut dire que Bryce n'avait pas précisément l'humour de Jerry Seinfeld. Et Jane était presque certaine de l'avoir surpris plus d'une fois en train de la mater discrètement.

Jane a sorti son téléphone, fait défiler ses contacts et s'est arrêtée sur « Melanie ». Elle a réfléchi à la façon dont elle allait s'y prendre, au message qui serait susceptible de la confondre.

Elle a tapé : Slt, un verre après le boulot ça te dit ? t'as vu le groupe hier ? pas pu venir.

Elle a envoyé le message.

Jane a posé le téléphone, a sorti un classeur de son bureau. Elle devait rédiger un spot radio pour un cabinet d'avocats et trouver le moyen de rendre une alèse de matelas irrésistible sans utiliser le mot « tache ».

Son téléphone a vibré.

Melanie avait écrit : OK pour le verre. Suis passée au bar, Bryce était pas là. Malade ?

Voilà qui était intéressant. Cette réponse méritait réflexion. Melanie ne le couvrait pas. Si elle était sortie avec Bryce, elle aurait menti, non ? Elle aurait dit oui, j'ai vu le groupe, Bryce était génial. Quelque chose dans ce goût-là.

Elle a répondu : Merde, 10 000 trucs viennent de me tomber dessus, pourrai pas ce soir. Bryce avait l'air OK ce matin.

S'il n'était pas sorti avec Melanie, qu'est-ce qu'il fabriquait ?

Et avec qui ?

Oh, et puis merde. Elle a appelé le portable de Bryce.

Quelques secondes plus tard, il lui disait :

— Hé, bébé. Désolé pour ce matin. On est partis du mauvais pied ou...

— Ne me raconte pas de salades, d'accord ? Réponds à cette question sans mentir.

— Qu'est-ce que tu racontes ?

— Où étais-tu hier soir ? Je sais que tu n'étais pas avec le groupe.

Silence à l'autre bout de la ligne.

— Tu es là, Bryce ? Le moment est mal choisi pour me dire que tu as perdu mon signal.

— Écoute, euh... je n'ai pas pu aller au concert. J'étais mal foutu.

— Si tu n'es pas allé au concert, tu es allé où, alors ? Tu as passé la soirée aux urgences en attendant qu'ils soignent ton petit rhume ?

— Jane, je peux pas... je peux pas faire ça maintenant.

— Moi, oui.

— C'est juste qu'entre nous, ç'a été plutôt mouvementé ces derniers temps, tu sais ? Et tu étais supertendue. Parfois, quand je te parle, j'ai l'impression que tu es sur une autre planète. Tu n'entends rien de ce...

— Dis-moi juste son nom, a-t-elle dit.

Hector était apparu et se tenait devant son bureau. Long soupir de Bryce.

— Je suis sorti boire un verre avec Steph. C'est tout. Un verre.

— Tu es sorti avec Staphylocoque ?

Hector avait croisé les bras et pianotait sur son coude avec ses doigts.

— Jane, ne l'appelle pas comme ça. C'est juste une amie, mais elle sait écouter...

— Je suis au téléphone, a dit Jane à Hector d'un ton brusque.

— On dirait un appel perso.

— Wouah ! Tu es super-perspicace.

— Tu ne devrais pas me parler comme ça.

— Te parler comment ?

— Comme quand tu es entrée et que tu m'as dit d'aller me faire foutre.

— Oh, Hector, va te faire foutre.

— Voilà, c'est exactement ce que je veux dire. C'est contraire au code de conduite du bureau.

Jane a repris le téléphone.

— Adieu, Bryce.

— Ouais, on parlera plus tard, quand tu seras...

— Non, adieu pour de bon.

Elle a mis fin à l'appel et s'est tournée vers Hector avec un regard noir.

— Le code de conduite et toi vous pouvez aller vous faire foutre. Tu voulais autre chose ?

— Il y a une femme à l'accueil qui voudrait te parler.

— À quel sujet ? J'ai embouti sa voiture ou quoi ?

— Elle veut faire appel à tes services, espèce de garce. Pour une campagne de pub... Le truc qu'on fait ici. Tu es au courant ?

— Accompagne-la en salle de réunion. Je la rejoins dans une minute.

— Tu sais, a murmuré Hector en se penchant au-dessus du bureau. Je me plaindrais bien à M. Anders à ton sujet, mais j'ai dans l'idée que tu le suces.

Jane a battu deux fois des paupières et rétorqué :

— Ouais, mais d'après lui, je suis loin d'être aussi douée que toi.

Hector a détalé. Jane a rassemblé un bloc-notes, un stylo à pointe fine, ainsi qu'un iPad dans son bel étui en cuir noir. Si cette cliente potentielle désirait voir ou entendre ce que Jane avait fait pour d'autres, elle pourrait le lui montrer sur la tablette. Elle a laissé passer une minute, le temps qu'elle s'installe. Comme ça, Jane pourrait soigner son entrée. C'était toujours mieux que d'être celle qui attend sur sa chaise et qui donne l'impression de n'avoir rien d'autre à faire. Le client devait penser que vous lui faisiez une fleur en trouvant le temps de venir lui parler malgré votre agenda surchargé.

La femme était assise. Séduisante, les cheveux noirs, un petit rang de perles autour du cou. Grand sourire, belles dents.

— Bonjour, a-t-elle dit en se levant.

— Restez assise, a répondu Jane en lui tendant la main. Ravie de vous rencontrer. Il fallait que je termine une conversation téléphonique.

Elle était très pro à présent, finis, les gros mots qui tachent.

Calme-toi. Oublie cette histoire avec Bryce. Enferme-la dans la boîte. Tu as toujours été forte pour ça.

— Il n'y a pas de problème, a dit la femme.

— Je m'appelle Jane Scavullo.

Elle a donné à sa visiteuse une carte de visite.

— Je suis tellement contente de vous rencontrer. J'ai eu de bons échos, à votre sujet.

Jane a failli dire : Vraiment ? Elle a dû se reprendre. *Ne prends pas un air stupéfait quand on te fait un compliment.*

— Et vous êtes ?

— Je suis le meilleur coach de vie de tout le sud du Connecticut.

— Vous êtes quoi ?

— Coach de vie. J'essaie d'accroître ma visibilité et j'ai pensé que j'avais peut-être besoin de faire davantage de publicité, vous comprenez ? Enfin, j'ai mon site Internet, mais il faut bien que les gens le trouvent, n'est-ce pas ? Qu'ils aient connaissance de son existence.

Jane réfléchissait. *Steph ? Bryce était sorti avec Stephanie ?* Cette fille n'avait rien pour elle.

— Qu'en dites-vous ? a demandé la femme.

— Pardon ?

— Vous pensez pouvoir me faire connaître, m'amener plus de clients ?

347

— Eh bien, j'imagine qu'il faudrait peut-être commencer par me donner votre nom.

— Oh ! (La femme a ri et lui a tendu la main.) Je m'appelle Regina. Mais appelez-moi Reggie. Comme tout le monde.

44

Gordie et Bert ont pris la camionnette qu'ils garaient derrière l'atelier. Bert s'est mis au volant, et Gordie est monté à côté de lui.

— Je n'arrive toujours pas à le croire, a dit Bert.
— Qu'est-ce que tu n'arrives pas à croire ?
— Tu plaisantes ? Eldon. Je n'arrive pas à croire que Vince a buté Eldon.
— S'il l'a fait, c'est qu'il avait une raison. Comme il a dit, Eldon allait nous balancer. Je veux dire, ouais, c'est vachement triste ce qui est arrivé à son gamin, et il était bouleversé et tout, mais s'il était pas foutu de gérer ça sans nous mettre en danger, il était censé faire quoi, Vince ?

Bert n'avait pas l'air dans son assiette.

— Ne me parle pas du gamin. Ce n'est pas toi qui as dû aller à la ferme.
— Désolé, mec. Ç'a pas dû être facile.
— Putain, je peux plus continuer.
— Ne parle pas comme ça. Ne parle plus jamais comme ça, a dit Gordie. Il y a des fois où ça merde. Tu te sentiras mieux dans un jour ou deux.
— Enfin, faut avoir de la merde dans les yeux pour ne pas voir que les choses partent en vrille.

Gordie lui a jeté un regard en coin.

— Qu'est-ce que tu racontes ?

— Je dis juste que le boss n'est plus l'homme qu'il était.

— Sa femme est morte. Il est malade. Il faut qu'il surmonte ça. Dans quel état tu serais si ta femme mourait ?

Bert l'a regardé et a éclaté de rire.

— Sérieusement ?

— Bon, d'accord, c'est peut-être un mauvais exemple.

— Ce serait la meilleure chose qui pourrait m'arriver. Janine voulait que j'assiste à une réunion qui a lieu plus ou moins en ce moment, à la maison de retraite où vit sa mère. La vieille bique, ils la foutent dehors parce qu'elle est trop chiante. Et devine quel est le plan de Janine ? Devine ?

— Dis-moi.

— Elle va l'installer à la maison avec nous.

— Oh, mec. Tu peux pas laisser faire ça.

Bert a agité la main en l'air en un geste de frustration.

— Que faire ? On ne peut pas parler à Janine. Les deux, là, elles vont se liguer contre moi, critiquer tout ce que je fais. (Il s'est tu.) Il y a des fois où je me dis que j'aimerais mieux me tirer et ne jamais revenir. La vie est merdique à la maison, et pas beaucoup mieux au boulot.

Gordie l'a regardé sans prononcer un mot.

— Vince, je te le dis, il est au bout du rouleau, a repris Bert. Tout est en train de se débiner. Et maintenant on a été touchés. Qu'est-ce qui va arriver quand le type à qui appartient l'argent reviendra le chercher et qu'on l'aura pas ? Qu'est-ce qui va se passer à ce moment-là ?

Gordie restait silencieux.

— Hein ? Tu ferais quoi si tu confiais autant de pognon à garder à quelqu'un et qu'il te le paumait ? Tu dirais « OK, ça arrive », et tu en resterais là, ou tu lui exploserais la cervelle ? Moi, je sais ce que je ferais, tu peux me croire.

— Raison de plus pour savoir ce qu'est devenu l'argent, a rétorqué Gordie d'un ton égal.

— Ouais, mais justement, si on n'y arrive pas ? Et qu'on est toujours à la remorque de Vince ? Ce mec est en sursis, et aussi longtemps qu'on sera liés à lui, on le sera aussi. Cette histoire avec Eldon, pour moi c'est la goutte d'eau.

Gordie était redevenu silencieux.

— Quoi ? Tu n'as rien à dire ?

— Tu ne devrais pas parler comme ça, mec. Vince, il aimerait pas ça.

— Tu vas lui raconter ?

— Bien sûr que non. Mais tu prends des risques rien qu'en pensant comme ça. Il a descendu Eldon. Tu penses qu'il ne nous descendrait pas si on le regardait de travers ?

— C'est exactement ce que je dis. T'as envie de vivre avec ça tous les jours ? À te demander si le boss va pas arriver par-derrière et te tirer dans la tête ou te trancher la gorge ?

— Je comprends ce que tu dis mais...

— Mais ? Mais quoi ? Je l'ai observé. Parfois, on dirait qu'il n'est pas tout à fait là. Il souffle comme un bœuf, comme s'il faisait une crise cardiaque ou quoi. Le cancer le bouffe de l'intérieur. Il s'accroche aux meubles pour ne pas tomber. Tu l'as vu marcher ? Il clopine. J'étais avec lui l'autre jour, et il disait que ça lui faisait un mal de chien de conduire, tout tassé avec cette poche sur les cuisses.

Gordie regardait droit devant à travers le pare-brise.

— D'accord, laisse tomber. (Bert a frappé le volant de la paume de la main.) Fais l'autruche.

— On va voir ce qui se passe. Peut-être que...
— Tu sais où on va ?
— Par là.

Le fourgon a fait une embardée quand Bert a tourné à gauche. Il était quasiment vide mais faisait quand même un bruit de ferraille à chaque bosse, chaque joint de la chaussée.

— Je ne fais pas l'autruche, a déclaré Gordie. J'ai vu ce que tu as vu. Mais qu'est-ce que tu vas faire ? Lui donner ton préavis ? Lui dire que tu as une meilleure proposition ?

Bert a grogné.

— J'ai une idée, a annoncé Gordie. Dis-lui que tu as été débauché par la Mafia.

— Justement. Vince, c'est pas la Mafia. Ils vous laissent jamais filer. Quand t'en fais partie, c'est pour toujours. Mais Vince, c'est un type tout seul. Si tu arrêtes, tu arrêtes.

— Non, tu te trompes. Si tu plantes Vince... essaie de prendre à droite au prochain feu... il finira par te trouver. Je t'assure, on déconne pas avec ce mec. Tu pourras raccrocher quand il sera mort.

— Je n'aurai peut-être pas à attendre très longtemps, a répliqué Bert en braquant.

— Je te le répète, ne parle pas comme ça.

— Je ne dis pas que je le ferai. Je dis juste qu'au train où ça va, il n'en a peut-être plus pour très longtemps. Et je ne veux pas être là quand...

— Là ! Droit devant, de l'autre côté de la rue. C'est pas lui ?

Bert s'est rangé le long du trottoir, de façon à pouvoir regarder sans avoir à surveiller la route. Sur le trottoir d'en face, un homme promenait deux chiens. Un labrador sable et un caniche, qui tiraient tous les deux sur leurs laisses.

— Ouais, c'est Braithwaite, a dit Bert. Je le sens pas, ce mec. Je pense qu'il l'a fait. Je prends les paris.

— Ça va être chaud avec les chiens.

— Les labradors sont sympas, et un caniche, t'es sérieux ? Il pourrait aussi bien promener deux chats.

Bert a jeté un coup d'œil dans le rétroviseur, braqué à fond et fait demi-tour, arrêtant la camionnette sur le bas-côté de la route, à plusieurs longueurs de voiture de Nathaniel Braithwaite.

Gordie est descendu côté passager et s'est placé au milieu du trottoir.

Braithwaite s'est arrêté. Les chiens continuaient à tirer.

— Nathaniel, c'est ça ?

— Oui, a-t-il répondu avec hésitation.

Gordie a souri.

— Nous sommes des associés de M. Vince Fleming, et nous aimerions vous parler.

— Ah, d'accord. J'allais l'appeler, en fait. Euh... je voulais discuter, vous savez, de notre arrangement.

— Vous m'en direz tant ! Mais il va falloir que vous laissiez les chiens.

Bert était descendu du fourgon à son tour et se tenait à côté de Gordie. Lunettes de soleil sur le nez et bras croisés, jouant son personnage.

— Je finis de les promener, et ensuite j'imagine que je pourrai le retrouver quelque part, a dit Braithwaite.

Gordie a secoué la tête.

— Non. C'est maintenant. Et on n'emmène pas les chiens.

Nathaniel Braithwaite a ri d'un rire forcé et nerveux.

— Je ne peux pas laisser les chiens partir...

— Bien sûr que vous pouvez. Vous n'avez qu'à les détacher. Rendez-leur leur liberté.

— Vous ne comprenez pas. Ils sont sous ma responsabilité. Leurs propriétaires me font confiance pour que je m'occupe d'eux.

— Leurs propriétaires vous font confiance, hein ? a ricané Bert. Elle est bonne, celle-là.

Il a écarté son blouson afin que Nathaniel puisse voir le pistolet glissé dans sa ceinture.

— S'il vous plaît, a plaidé Braithwaite. Laissez-moi juste les ramener chez eux.

— Et vous donner le temps de fuir ? a demandé Gordie. Ça m'étonnerait.

— Fuir ? Pourquoi je fuirais ?

— Descends les chiens, a soufflé Gordie à Bert en tordant la bouche, mais suffisamment fort pour que Braithwaite l'entende.

Bert a posé sa main droite sur la crosse.

— OK ! OK ! a dit Braithwaite.

Il s'est agenouillé, a d'abord détaché le caniche, puis le labrador. Les chiens se sont précipités dans un jardin voisin, reniflant la pelouse, les arbres, se reniflant l'un l'autre. Braithwaite les a regardés s'éloigner, le visage décomposé par l'angoisse.

Bert avait ouvert la portière coulissante du fourgon.

— En voiture, a-t-il dit.

45

Terry

— Mais qu'est-ce que tu racontes ? ai-je demandé à Vince au téléphone, tandis que Cynthia se blottissait contre moi pour entendre ce qu'il disait. Quel argent ? Il y a de l'argent dans cette maison ?

— Vous avez toujours fait partie de mes premiers choix, a dit Vince. Personne n'est plus irréprochable qu'un professeur et une femme qui travaille pour le département de la santé. Un couple de fonctionnaires municipaux responsables et honnêtes. La police ne fouillerait jamais votre maison. Jamais de la vie.

— Tu as caché quelque chose ? Chez nous ?

— Je ne tiens pas à en parler au téléphone. Je passerai un peu plus tard. Pour vous en débarrasser.

— Espèce de salaud. Si tu as caché quelque chose ici, tu nous as tous mis en danger, tu as...

— Je te dis que je vais m'en occuper.

La communication a été coupée.

— Tu as entendu ça ? ai-je dit à Cynthia.

Elle a d'abord hoché la tête, puis a commencé à la secouer d'un air incrédule. Je voyais la peur dans ses yeux.

— Ça n'a aucun sens. Je ne comprends pas.

— Tu as entendu ce qu'il a dit. C'est parce qu'on est blancs comme neige. Parce qu'on est le genre de gens que personne ne soupçonnerait de cacher quelque chose d'illégal. Comme des marchandises volées. De l'argent volé.

J'essayais de comprendre. Était-ce ce à quoi Vince voulait en venir quand il m'avait demandé si Stuart et Grace avaient visité la maison des Cummings ? S'ils avaient cherché autre chose que les clés de la Porsche ?

— Enfoiré, ai-je dit tout bas.
— Quoi ?
— Vince cache son argent chez d'autres gens, au cas où les flics feraient une descente chez lui.
— C'est une histoire de fous.
— Possible. Mais s'il y a de l'argent caché dans cette maison et qu'on ne s'est doutés de rien, ce n'est peut-être pas aussi dingue qu'il y paraît.

Nous nous sommes regardés, abasourdis.

— Le sous-sol, ai-je fini par dire. Si ce salaud a planqué quelque chose ici, c'est probablement au sous-sol.

Je me suis précipité hors de notre chambre, Cynthia sur mes talons. Nous sommes passés devant la chambre de Grace, et quelques secondes après, celle-ci est sortie dans le couloir en demandant : « Qu'est-ce qu'il y a ? »

Nous ne lui avons pas répondu. Dix secondes plus tard, j'étais au sous-sol et me dirigeais vers la chaudière. Elle était installée côté nord, dans un coin de la salle de jeux où nous regardions des films. Dans un espace d'environ cinq mètres carrés, où elle voisinait avec le ballon d'eau chaude et quelques cartons.

— Ça pourrait être ici, ai-je déclaré.

357

— Je ne sais même pas ce qu'on cherche, a dit Cynthia. Une boîte pleine d'argent ? C'est une blague. Une boîte à chaussures ? Un carton à vin ? Quoi ?

— Je ne sais pas.

J'ai pris les deux premiers cartons que j'ai vus. Ils portaient chacun une inscription griffonnée au marqueur : *Photos de famille* et *Reçus 2007*.

Je les ai traînés sur le sol de la salle de jeux. Je me suis agenouillé, j'ai ouvert les rabats des deux cartons et plongé les mains à l'intérieur, écartant des feuilles volantes et des enveloppes de vieilles photos de vacances que nous ne nous étions jamais donné la peine de mettre dans un album.

— Prends-en d'autres, ai-je dit.

— C'est n'importe quoi, a commenté Cynthia, qui a quand même obtempéré.

Il y en avait environ une douzaine. D'autres reçus. D'autres photos. Deux cartons de cassettes VHS que nous avions étrangement décidé de garder alors que nous n'avions plus de magnétoscope depuis presque dix ans. Des cartons remplis de CD que nous n'écoutions plus. Des mémoires que j'avais écrits du temps où j'étudiais à l'université du Connecticut. Le contenu des cartons était éparpillé partout sur le sol. Nous avions mis un sacré bazar.

Il n'y avait pas d'argent.

Grace se tenait au pied de l'escalier et nous regardait.

— Ça va pas la tête, vous deux ?

— Qu'est-ce que tu veux, Grace ? ai-je dit.

— Qu'est-je que je dois faire avec Teresa ? a-t-elle demandé.

Cynthia et moi, nous nous sommes regardés.

— Quoi ? a dit Cynthia.

— Elle est là. En haut. Je lui dis qu'elle a mal choisi son jour ou on considère que tout va plus ou moins bien maintenant et on oublie le type qui est sans doute entré pour me tuer ?

Nous sommes restés muets. Nous continuions à nous regarder, et j'avais dans l'idée que nous pensions la même chose.

— Dis-lui qu'on arrive, a déclaré Cynthia.
— OK.

Grace a disparu en haut de l'escalier.

— L'homme de Vince avait besoin d'une clé pour entrer ici, ai-je dit.

— Et du code, a ajouté Cynthia. Comme tu l'as dit, il a pu se procurer la clé par tout un tas de moyens, mais le code ? Seules quatre personnes sont censées le connaître.

Nous sommes montés à l'étage et avons trouvé Teresa debout dans l'entrée. Elle avait une cinquantaine d'années. Pour ce qu'on en savait, elle faisait des ménages depuis qu'elle avait débarqué ici d'Italie trente et quelques années auparavant. Teresa avait encore un accent, mais son anglais était impeccable, et je savais qu'elle dévorait les livres. Nous lui donnions tous nos poches quand nous les avions lus.

— Ça va ? a-t-elle demandé d'une voix aiguë. La voiture ! Qu'est-ce qui s'est passé avec la voiture ? Un problème de freins ? Vous avez failli rentrer dans la maison !

— La direction, a expliqué Cynthia avec douceur. Je vais leur demander de regarder la direction. Je descendais la rue et d'un coup, je me suis retrouvée sur la pelouse.

— Oh ! là, là ! s'est écriée Teresa en se prenant le visage à deux mains. Vous auriez pu vous tuer !

— Sans blague, a dit Cynthia, qui a ensuite souri de manière rassurante : Ç'a été une sacrée journée.

— Je vais faire du thé, a proposé Teresa. Ça vous calmera.

— Ce ne sera pas nécessaire.

— Je suis surprise de vous trouver tous à la maison. Lui, a-t-elle dit en me montrant du doigt, je me doutais qu'il serait là, puisque vous, les profs, vous êtes en vacances tout l'été et tout, mais je ne m'attendais pas à vous trouver là aussi, vous et Grace. Et une voiture dans le jardin ! Est-ce que vous revenez habiter ici ? S'il vous plaît, dites oui ! Je sais que ça ne me regarde pas, mais ça me fait de la peine que vous soyez séparés. Ce n'est pas juste. Que voulez-vous que je fasse ? Je peux travailler, ou je peux revenir un autre jour si je tombe mal.

— Restez, a dit Cynthia. J'espère que vous pourrez nous aider.

— Ah, oui ? a fait Teresa avec une expression pleine d'attente.

— Je veux vous raconter ce qui s'est passé ce matin. Pour quelle raison j'ai traversé le jardin avec ma voiture.

— Ce n'était pas un problème de direction ?

— Non. Je passais devant la maison et j'ai vu un homme.

— Un homme ? Quel homme ? Un homme où ça ?

— Un homme qui essayait d'entrer dans la maison. J'ai coupé à travers la pelouse pour le faire fuir.

Teresa était bouche bée.

— Un cambrioleur ? Qui forçait la porte ?

— Il ne forçait rien du tout. Il avait une clé.

On y était. Un petit tic facial. Une légère rétractation des commissures des lèvres.

— Une clé ? Un homme avec une clé ? a-t-elle demandé.

— C'est ça. (Cynthia continuait à parler d'une voix douce, bienveillante.) Grace était là, et elle l'a entendu sonner à la porte, et puis frapper. Comme elle ne voulait pas ouvrir à un inconnu, elle n'a pas bougé. Mais après, elle l'a entendu glisser une clé dans la serrure.

— Mon Dieu, mais c'est affreux ! s'est exclamée Teresa, qui a aperçu Grace près de la porte de la cuisine. Tu devais être terrifiée.

— Oui, plutôt.

— Apparemment, l'homme ne craignait pas de déclencher l'alarme, a poursuivi Cynthia. Vous savez, il y a ce petit autocollant sur la porte qui dit que la maison est protégée par un système d'alarme. Il ne pouvait donc pas ignorer qu'à l'instant où il ouvrirait la porte, il serait obligé de le désactiver. Il connaissait donc sans doute le code. Il savait qu'il serait capable de couper l'alarme.

Cynthia a marqué un temps d'arrêt, se préparant à porter le coup de grâce.

— Ce qu'on se demandait, c'est comment cet homme a pu avoir une clé et connaître le code. Il aurait fallu pour cela qu'il se procure une de nos clés pour en faire un double, et que quelqu'un lui donne le code.

La gorge de Teresa s'est contractée. Elle a regardé à gauche et à droite, commençant à ressembler à un animal tremblant et acculé.

— Grace, a-t-elle murmuré pour n'être entendue que de nous. Les adolescents, ils aiment entrer dans les maisons quand les gens sont absents pour faire la fête et faire l'amour.

— Pardon ? est intervenue Grace. J'ai entendu.

— Je vous dis juste ce que je sais des jeunes, a fait Teresa d'un air contrit, comme si ce n'était pas sa faute.

— Vous devinez donc ce que l'homme m'a dit ? s'est enquise Cynthia.

Oh, intéressant. Cynthia prenait des risques, là.

— Vous avez parlé à cet homme ? a demandé Teresa, incrédule. Je croyais que vous l'aviez fait fuir. Quand vous avez foncé sur lui.

— Oh, je lui ai fait peur, a dit Cynthia. Je lui ai fait sacrément peur. Et ç'a été pire quand il est tombé en sautant par-dessus des buissons, qu'il s'est foulé la cheville et que Terry lui a sauté dessus.

J'ai été ravi d'apprendre que j'avais un rôle dans cette histoire.

— Ça nous a donné l'occasion de lui poser quelques questions, a continué Cynthia. Avant que les flics ne viennent l'arrêter. Et vous savez ce qu'il nous a dit ?

Teresa avait toujours l'air d'un animal aux abois mais elle ne tremblait plus. Elle était prête au combat.

— Il vous a raconté des mensonges, a-t-elle éructé, crachant presque les mots. Des mensonges et des conneries.

— Vraiment ? Vous ne savez même pas ce qu'il a dit. Qu'est-ce qu'il a dit, d'après vous ? Que vous lui aviez laissé faire un double de notre clé ? Que vous lui aviez donné le code ?

— La police... est-ce qu'il l'a dit à la police ?

— Je ne pense pas, a répliqué Cynthia. Je pourrais faire en sorte que ça n'arrive pas si vous nous donnez quelques précisions.

Teresa se tâtait pour savoir si elle devait lâcher le morceau. Cynthia lui a donné quelques secondes pour y réfléchir. Le regard de la femme s'est adouci.

— Il a dit qu'il ne ferait jamais rien de mal, a-t-elle fini par lâcher. Qu'il ne volerait ni ne casserait jamais rien. Il a même dit que personne ne saurait jamais qu'il était venu. Qu'il avait juste besoin d'entrer dans la maison.

— Il vous a expliqué pourquoi ? suis-je intervenu.

— Je ne le sais pas, et je ne lui ai pas posé la question, a répondu Teresa. Je lui ai juste demandé si c'était un pervers, s'il allait mettre des caméras pour regarder votre fille sous la douche ou quelque chose comme ça.

Grace a grimacé d'effroi.

— C'était un homme effrayant, difficile de lui dire non.

— Décrivez-le, a demandé Cynthia.

Elle avait vu l'homme qui avait tenté de s'introduire chez nous, mais celui qui avait approché Teresa et notre visiteur pouvaient ne pas être une seule et même personne.

Teresa a donné une brève description qui aurait facilement pu correspondre à Vince.

— Et il avait cette drôle de bosse sous sa chemise et son pantalon, a-t-elle ajouté.

Bingo.

— Il est passé ici, un jour, il y a presque trois ans. Il surveillait la maison, m'a vue entrer. Il m'a abordée alors que j'avais fini mon travail et que je montais dans ma voiture, a appris que je faisais le ménage chez vous. Il a dit que je pourrais l'aider. J'ai cru qu'il voulait me demander des heures de ménage, mais il a expliqué que c'était pour autre chose. Il s'était déjà renseigné sur moi et savait que mon fils était en prison. Il a dit qu'il pourrait lui rendre la vie difficile ou la lui faciliter, parce qu'il connaissait des gens.

Cynthia et moi avons échangé un regard rapide. Teresa avait donc un fils en prison ? Première nouvelle.

— Si je l'aidais, il glisserait un mot en faveur de mon Francis, et aussi qu'il me donnerait de l'argent.

— Donc, vous nous avez vendus, a déclaré Cynthia.

Teresa s'est emportée.

— Vous croyez que vous comptez plus que mon fils ?

— Nous n'étions pas du tout au courant.

— Bien sûr que non, vous ne me posez jamais aucune question sur ma vie. Je suis juste la personne qui vient chez vous pour nettoyer vos cochonneries et ramasser derrière vous.

Si cette remarque a donné mauvaise conscience à Cynthia, ce qu'elle a dit ensuite n'en laissait rien paraître :

— Vous êtes virée.

46

— Alors comme ça vous êtes coach de vie ? a dit Jane. Ça doit être intéressant.

Tu parles, Charles.

— Si vous avez des soucis dans votre travail ou avec votre petit ami, a expliqué la femme que tout le monde appelait Reggie, si vous cherchez quelqu'un à qui parler, quelqu'un qui vous écoutera et qui vous proposera des choix de vie, je suis celle qu'il vous faut. Par exemple... j'imagine que vous avez un petit copain. Tout va bien ? Vous sentez-vous épanouie dans cette relation ? Si non, pourquoi ? C'est le genre de sujet dont vous pourriez parler avec vos amies, mais en quoi sont-elles qualifiées pour vous conseiller ?

— Et vous, vous avez des qualifications ?

Reggie a fait oui de la tête.

— J'ai un certificat de life-coaching. Écoutez, je n'essaie pas de me faire passer pour une psychiatre, une psychologue ni quoi que ce soit d'autre. Ça, ce sont des gens qui ont une véritable formation médicale, et si vous souffrez d'un trouble grave, si vous êtes bipolaire, schizophrène ou dépressive, par exemple, ce n'est pas à moi qu'il faut s'adresser.

Mais mettons que votre problème soit un peu plus simple. Vous avez l'impression de ne pas arriver à vous prendre en main. D'être dans une impasse. Vous vous réveillez chaque matin en vous sentant incapable d'affronter une nouvelle journée, de faire la même chose encore et encore, mais vous ne savez pas quoi faire pour changer votre situation. Ce qu'il vous faut, c'est une personne à qui parler, mais c'est ce qui manque à la plupart des gens. Je veux dire, bien sûr, ils ont peut-être leur mère, leur père ou quelqu'un comme ça, mais il y a souvent déjà beaucoup de préjugés dans ce genre de relation.

— Oui oui, a dit Jane.

— Quand on vient me voir, il n'y a pas d'a priori. Je ne juge pas. Je ne commence pas par dire : Vous n'avez jamais rien réussi, alors qu'est-ce qui vous fait croire que vous pourrez renverser la vapeur maintenant ? Non, je ne fais pas ça. Je suis pleine d'énergie positive. Je suis dans la construction, pas dans la destruction. Je veux que la personne sache qu'elle est capable de changer la donne, de transformer sa vie, d'atteindre ses objectifs, et mon travail consiste à faciliter ça par le dialogue et le soutien, bref, par le coaching. C'est tout ça, être un coach.

— Wouah, a fait Jane, qui n'avait pas écrit un seul mot sur son bloc-notes.

— Et il y a tellement de gens qui auraient besoin de cet accompagnement. Des hommes et des femmes... enfin, surtout des femmes, je dois l'admettre, parce que les hommes, je pense, ne s'avouent pas facilement qu'ils ont besoin des conseils d'un inconnu. Dieu sait qu'ils ne veulent même pas demander leur chemin après avoir roulé pendant une heure sans avoir la moindre idée de l'endroit où ils se trouvent.

— C'est vrai, a approuvé Jane.

Reggie s'est penchée en arrière sur sa chaise, a dévisagé Jane et a déclaré :

— Vous êtes sceptique. Je le vois bien.

Jane a levé les mains en l'air.

— Eh, je ne juge pas. Vous avez un service à proposer, vous avez besoin de vous faire connaître. Je comprends totalement.

— Mais vous pensez que c'est de la foutaise.

— Je n'ai jamais dit ça.

— Vous avez une relation en ce moment, et elle est tourmentée. N'est-ce pas ?

— Je vous demande pardon ?

— Votre mascara a un tout petit peu coulé. Vous avez pleuré.

Jane a approché la main de sa paupière, cligné des yeux. Elle aurait eu besoin d'un miroir mais elle n'en avait pas sous la main.

— C'est un peu difficile en ce moment, a-t-elle concédé.

— Une autre femme ?

— Je... je ne sais pas. Je sais qu'il m'a menti. Sur l'endroit où il était hier soir.

— Pensez-vous qu'il vous ait menti avant cela ? a demandé Reggie.

— Je ne sais pas. C'est la première fois que je suis vraiment sûre.

— Il faut vous poser une question très simple. Comment s'appelle-t-il ?

— Bryce.

— Il faut vous demander : Est-ce que j'ai confiance en Bryce ? Si la réponse est négative, il faut vous poser une seconde question. Vous voyez-vous avancer dans la vie avec un homme en qui vous n'avez pas confiance ?

Jane, déconcertée, a fait non de la tête.

— Je ne veux pas... Je crois qu'on devrait avancer. Qu'aviez-vous en tête ? Des spots radio ? Être plus présente sur le web ? Je crois qu'on peut éliminer la télé, à cause du coût plutôt prohibitif, mais bon, je ne connais pas vos tarifs. J'imagine que si vous êtes le coach de Tom Cruise, vous pouvez facturer ce que vous voulez.

Reggie lui a adressé un sourire compatissant.

— Bien entendu, mais parlons sérieusement. Je...

Un petit *ding* s'est fait entendre dans son sac à main. Un message.

— Oh, mieux vaut voir ce que c'est..., a-t-elle dit en farfouillant dans son sac pour trouver son téléphone. Oh, c'est une de mes clientes qui confirme notre rendez-vous de ce matin. Je vous jure, une fois que les gens s'ouvrent à moi, ils ne peuvent plus faire un pas sans me consulter.

Regina, qui continuait à regarder son téléphone, a froncé les sourcils.

— J'avais complètement oublié que j'étais censée la retrouver pour le café dans vingt minutes. Si vous saviez comment ma journée a commencé. Je me demande si, peut-être, on ne pourrait pas...

— Aimeriez-vous qu'on se voie plus tard, cet après-midi par exemple ? a proposé Jane, abandonnant le ton qu'elle avait adopté plus tôt.

— Non, ça ira. Vous savez quoi ? J'ai apporté tout un paquet de matériel promotionnel. Je voudrais que vous le regardiez. Des brochures, et deux articles qui sont sortis dans le journal de Milford et le *New Haven Register*. Flûte, on dirait que j'ai oublié tout ça dans la voiture. J'irais bien les chercher mais... (Elle a encore regardé l'heure sur son téléphone.) Je ne sais pas si j'aurai le temps de revenir vous les apporter.

— Et si je vous accompagnais à votre voiture ? On discutera encore un peu en chemin, vous me donnerez ces documents et vous irez à votre rendez-vous. Je pourrai ensuite jeter un coup d'œil à tout ça et vous faire quelques recommandations. Qu'en pensez-vous ?

— Ça me semble parfait, a dit Reggie.

Elles se sont levées. Jane a pris son portable.

— Alors, Reggie, comment avez-vous entendu parler de moi ? a demandé Jane tandis qu'elles se dirigeaient vers l'ascenseur.

— On a mentionné votre nom... j'essaie de me rappeler où. Je crois que c'était à une réunion avec des professionnels de l'immobilier. Vous avez travaillé avec ces gens-là ?

— J'ai fait un spot radio pour Belinda Morton, a répondu Jane. Est-ce que ç'aurait pu être elle ? Elle a une agence, ici, à Milford.

— C'est bien possible, oui, a fait Reggie alors que Jane appuyait sur le bouton d'appel. Elle avait de très gentilles choses à dire à votre sujet.

Jane Scavullo a souri.

— Il faudra que je la remercie la prochaine fois que je la verrai.

Les portes se sont ouvertes et elles sont montées dans la cabine. Jane a appuyé sur « 0 ».

— Vous êtes de Milford ? a-t-elle demandé.

— Je n'ai pas grandi dans le coin, si c'est ce que vous voulez savoir. Je suis de Duluth, en fait.

— Ah bon. Je ne suis jamais allée là-haut. Il doit faire froid l'hiver.

— Ça, c'est sûr. Mais je n'arrive pas à croire qu'on ait eu autant de neige ces deux dernières années. Cette météo détraquée. L'ouragan Sandy ! Vous étiez là ?

— Oui, c'était incroyable. Mon beau-père habite une maison sur la plage, sur East Broadway. Il y a eu beaucoup de dégâts là-bas. Au moins, sa maison a pu être réparée. Il y en a beaucoup qu'il a fallu raser.

— Qu'est-ce qu'il fait ? a demandé Reggie. Je pourrais le connaître ?

— Eh bien, a répondu Jane en esquissant un sourire alors que les portes s'ouvraient, je ne pense pas m'avancer beaucoup en disant qu'il n'a pas eu recours à vos services, ni à ceux d'aucun autre coach d'ailleurs.

— C'est bien ce que je disais. Les hommes ne veulent pas passer pour faibles.

— Je suis bien placée pour le savoir.

Elles sont sorties du bâtiment, en plein soleil. Il faisait chaud.

— Vous êtes garée où ?

— Par là, a dit Reggie en pointant le doigt. Le parking était complet quand je suis arrivée, mais j'ai trouvé une place dans une ruelle un peu plus loin. Je suis désolée de vous enlever à votre bureau comme ça.

— Il n'y a pas de problème. Reggie, avez-vous un chiffre en tête pour votre budget publicité ?

— Eh bien, tout ça est tellement nouveau pour moi. La seule chose que j'ai faite, c'est le site Internet, et j'ai demandé à un jeune homme que je connais, qui est vraiment doué avec les ordinateurs, de me le mettre en ligne, si bien que ça ne m'a presque rien coûté, sauf pour faire enregistrer le nom de domaine. Mais je me demandais ce que je pourrais faire avec mille dollars environ.

Elles ont tourné dans l'allée.

Jane a secoué la tête.

— Franchement, vous n'irez pas très loin avec ça. Ça pourrait payer le temps que je vais passer à vous trouver deux ou trois idées, mais si vous voulez acheter des spots radio, ça vous coûtera un paquet d'argent.

— Voilà ma voiture, a annoncé Reggie en sortant sa clé.

— Jolie BM, a commenté Jane.

La voiture était garée à côté d'un SUV Lexus blanc.

— On dirait que le coaching paie mieux que ce que j'aurais imaginé.

Reggie avait ouvert le hayon arrière et se penchait pour en retirer une serviette.

— Oh, je ne l'ai pas achetée avec mes revenus de coach. C'est mon mari, Wyatt, qui me l'a offerte.

— Ah bon, a dit Jane. Et il fait quoi votre mari ?

Reggie a jeté un coup d'œil par-dessus son épaule pour répondre à Jane, mais son regard a semblé la traverser.

— Lui et moi, nous fraudons les impôts, et il y a très peu de temps, il m'a aidée à tuer un homme parce qu'on nous avait fait croire, à tort, qu'il détenait quelque chose que nous voulions.

Jane s'est figée.

— Quoi ?

— Oh, a ajouté Reggie en s'écartant de la voiture, et on pourrait dire qu'il fait aussi dans le kidnapping.

C'est à ce moment-là que quelqu'un derrière Jane a rapidement abattu un sac en toile sur sa tête ; et tout est devenu très sombre.

47

— Ça va être long ? a demandé Nathaniel Braithwaite. Parce qu'il faut vraiment que je retrouve King et Emily.

— C'est qui, ça ? a fait Gordie, sur le siège passager du fourgon.

Bert était au volant, et ils roulaient. Braithwaite avait beaucoup de mal à garder l'équilibre, étant donné que le fourgon n'avait pas de siège à l'arrière. Les jambes écartées sur le plancher métallique, il se cramponnait aux appuie-têtes devant lui.

— Les chiens. Ce sont leurs noms. King et Emily. Ils sont sous ma responsabilité. Si je ne les trouve pas, leurs maîtres vont faire une crise d'apoplexie.

— D'apo... quoi ?

— Ils vont être très en colère. Vous réagiriez comment, vous, si vous aviez confié votre chien à quelqu'un et que cette personne le perdait ?

— Je serais en rogne, a répondu Gordie. Ouais, en rogne. Et toi, Bert ?

— Moi aussi, je serais en rogne.

— Allez, qu'est-ce que vous voulez ? a demandé Braithwaite. Est-ce que M. Fleming veut me voir ? Je vous l'ai dit, j'avais l'intention de lui parler. Je veux mettre fin à notre arrangement. Je ne le vis pas bien.

— Vraiment ? a fait Gordie.

— Oui. Et je suis disposé à lui rembourser l'argent qu'il m'a déjà donné. En signe de bonne foi.

— Vous allez le rembourser, vous dites ? a demandé Gordie.

— En effet. Intégralement. Il m'a donné trois mille dollars. Je peux tout rembourser.

— Avec quoi ?

— Pardon ?

— Avec quoi ?

— Avec... l'argent qu'il m'a donné. Je ne l'ai pas dépensé.

Gordie a remué sur son siège.

— Vous êtes sûr de ne pas avoir eu une autre rentrée d'argent récemment ?

— Qu'est-ce que vous racontez ?

Le fourgon a fait une embardée dans un virage, et Braithwaite a manqué tomber.

— C'est quand, la dernière fois que vous êtes passé chez les Cummings ?

— Il y a quelques jours. Ils sont en vacances. Je vous ai envoyé une note. Enfin, à M. Fleming, pour lui faire savoir qu'ils seraient absents une semaine.

— Et depuis, vous n'y êtes pas retourné ?

— Non. Ils ont mis leur chien en pension. Je n'avais aucune raison d'y aller.

— Mais vous auriez pu.

Braithwaite s'est tu.

— Ohé ! Qu'est-ce que vous répondez à ça, *Nate* ?

— Je ne sais pas où vous voulez en venir. Bien sûr que j'aurais pu entrer chez eux si je l'avais voulu. Vous le savez. J'ai une clé. Je connais le code. Je peux entrer quand ça me chante, mais je ne vois pas l'intérêt si Mandy n'y est pas.

— C'est le nom du chien ? a demandé Bert. Comme dans la chanson de Barry Manilow ?

Bert avait toujours bien aimé Manilow, mais jamais autant que les Carpenters.

— Oui, a dit Nathaniel.

— Vous êtes sûr que vous n'étiez pas dans cette maison hier soir, Nate ? a insisté Gordie.

— Quoi ? Non. Je n'y étais pas. Pourquoi j'y aurais été ?

— Peut-être pour résoudre vos problèmes de trésorerie ? Il paraît que vous n'avez pas toujours été dans le business canin. Je ne crois même pas qu'il y ait une formation pour ça. Ce qu'on m'a dit, c'est qu'il fut un temps où vous étiez dans une tranche de revenus légèrement supérieure. C'est exact ?

— Oui.

— Que vous étiez patron dans l'informatique ?

— Des applis.

— Hmmm ?

— Ma société concevait des applis pour portables et tablettes. C'est ce qu'on faisait.

Gordie a hoché la tête.

— Donc, vous vous faisiez des tonnes de fric, et maintenant vous ramassez des crottes de chien sur le trottoir. C'est ce que j'appellerais une dégringolade aux proportions épiques.

Braithwaite s'efforçait de garder l'équilibre.

— Oui, a-t-il admis. C'est un peu ça.

— Alors, il me semble que si l'occasion de récupérer un peu de ce que vous aviez autrefois se présentait, vous en profiteriez.

— Je ne sais absolument pas de quoi vous parlez.

— À votre avis, pourquoi notre boss voulait entrer dans cette maison au départ ?

— Je ne sais pas et je n'ai pas demandé. Il m'a juste donné sa parole qu'il ne prendrait jamais rien, qu'il ne volerait rien, que les propriétaires ne sauraient jamais qu'on s'était introduit chez eux. Je me disais... je ne sais pas... je pensais qu'il se servait peut-être de la maison pour surveiller des gens de l'autre côté de la rue, ou pour y mettre des micros, vous savez, pour espionner les Cummings.

— Et ça ne vous dérangeait pas ?

— C'est difficile de dire non à votre patron. Il a dit qu'il m'avait rendu service. Je n'en croyais pas mes oreilles. Le type qui sortait avec mon ex, il l'a fait tabasser. Il a eu la mâchoire cassée.

— Ouais, a commenté Gordie. J'ai failli me bousiller la main. L'enfoiré ne l'a pas vu venir.

— Nom de Dieu, c'est vous qui avez fait ça ?

Gordie a haussé les épaules.

Braithwaite a repris la parole.

— Vince a dit que pour le remercier j'avais intérêt à collaborer. Faute de quoi on pourrait raconter que c'était moi qui l'avais fait ou commandité. C'est un sacré manipulateur. Mais je m'en fous, je ne veux plus être sous sa coupe.

— Je ne crois pas que vous ayez à vous en faire pour ça, a dit Gordie. Je pense pouvoir parler au nom de M. Fleming en disant qu'on n'aura plus besoin de vos services.

Braithwaite semblait avoir des doutes.

— Sérieusement ?

— Ouais, a fait Gordie.

— C'est... c'est génial. C'est presque trop beau pour être vrai. Je vous suis reconnaissant. Vraiment.

C'est ce que vous vouliez me dire ? Parce que si c'est ça, super, mais j'aimerais que vous me déposiez.

— Pas encore, a dit Bert.

— Qu'est-ce qu'on fait ? On fait un tour ?

— On cherche juste un endroit, a dit Gordie.

— Un endroit ?

— Combien de temps on va continuer à tourner comme ça ? a demandé Gordie à Bert. L'essence est pas donnée, tu sais.

Gordie avait été tellement absorbé par sa conversation avec Nathaniel Braithwaite qu'il ne savait plus où ils étaient. Il supposait néanmoins que c'était la route qui conduisait à Derby. Deux voies, trafic régulier, mais plus isolée que Boston Post Road.

— Je crois que c'est bon, là, a indiqué Bert. Je peux m'arrêter sur le bas-côté. Personne ne nous verra de toute façon.

Les pneus de la camionnette ont fait craquer le gravier quand il est passé de la chaussée à l'accotement. Bert s'est mis au point mort mais a laissé le moteur tourner, pour que la climatisation continue à fonctionner.

Gordie s'est levé et s'est glissé entre les deux sièges de devant. Braithwaite a reculé d'un pas pour lui faire de la place.

— Je ne veux pas d'ennuis, a-t-il déclaré. S'il y a quelque chose que vous voulez ou que veut M. Fleming, dites-moi simplement ce que c'est.

— On veut la vérité, a répliqué Gordie.

Bert passait à l'arrière à son tour, après avoir retiré de sous son siège un coffret noir en plastique dur sur le côté duquel on lisait : « Black & Decker ».

Braithwaite a essuyé son front en sueur. Malgré la climatisation, il faisait chaud dans cette cellule métallique qui lui a soudain paru très petite, avec trois adultes qui manœuvraient pour y trouver une place.

— Bien sûr, je répondrai à toutes vos questions, a déclaré le promeneur de chiens en jetant un regard nerveux au coffret que portait Bert.

— Où est l'argent ?

— Je ne sais pas, et c'est la vérité. J'ignore de quel argent vous parlez.

— L'argent que vous avez pris dans la maison des Cummings cette nuit. Deux cent mille billets, à la louche. Où est-il ? Si vous le rendez tout de suite, on vous fera juste mal. Mais si vous nous donnez du fil à retordre, eh bien, ça finira plus tragiquement.

— Je n'ai pas pris d'argent. Vous êtes en train de dire qu'il y avait de l'argent dans la maison ? C'était pour ça que votre patron voulait entrer ? Pour y cacher de l'argent ?

— Tu es prêt ? a demandé Gordie à Bert.

Ce dernier a hoché la tête et posé le coffret sur le plancher. Il a fait sauter les deux fermoirs, ouvert le couvercle et sorti une perceuse sans fil orange et noir.

— Non, mais qu'est-ce que ça signifie ? a demandé Braithwaite.

Gordie s'est soudain jeté sur lui, crochetant sa jambe avec son pied et le poussant en arrière des deux mains. Braithwaite est tombé lourdement, produisant un bruit métallique sourd. Le fourgon a tangué. Gordie a sauté sur lui, à califourchon. Il lui a pris les poignets et les a immobilisés sur le plancher près de sa tête, comme une petite brute de cour d'école.

— Laissez-moi ! a protesté Braithwaite.

Bert les a contournés et s'est placé juste derrière la tête de Braithwaite, tenant la perceuse dans sa main droite. Il a donné un coup de gâchette, et le foret a tourné à toute vitesse pendant que l'outil émettait un vrombissement aigu.

— Vous avez peut-être une carie, a annoncé Bert. Vous avez vu *Marathon Man* ? C'était gentillet, comparé à ce que je vais vous faire. Il va falloir que vous ouvriez grand la bouche.

— Non, a dit rapidement Braithwaite avant de serrer les mâchoires.

Bert s'est agenouillé, s'est penché au-dessus de son visage. A titillé la gâchette de la perceuse.

Whizz. Whizz. Whizz.

Nathaniel continuait à serrer les dents, lèvres pincées.

Gordie a fait une suggestion :

— S'il ne veut pas ouvrir la bouche, t'as qu'à lui percer le front.

— C'est ta dernière chance de nous dire où est le fric, a menacé Bert.

Le foret était à deux centimètres de ses lèvres.

Tournant à toute vitesse.

Braithwaite a eu un borborygme censé signifier « Je sais pas ».

Bert a appuyé la pointe du foret contre la lèvre supérieure de leur prisonnier pendant un millième de seconde. La chair délicate s'est déchirée. Le sang a jailli. Nathaniel a crié.

— Et merde ! Tu m'en as mis dessus, a protesté Gordie.

— Désolé, a dit Bert. Je devrais peut-être laisser tomber les dents et passer par l'oreille. Ce sera peut-être moins salissant.

Nathaniel a écarquillé les yeux, terrorisé.

Bert était en train de se repositionner quand il a entendu une sonnerie de portable. Les deux malfrats se sont regardés, se demandant un moment quel téléphone c'était.

— C'est pas moi, a dit Gordie.
— Merde, a fait Bert.

Il a posé la perceuse sur le plancher pour sortir son portable de sa poche. Il a consulté l'écran et grimacé.

— Jabba ? a demandé Gordie.

Bert a confirmé de la tête et mis l'appareil à son oreille.

— Ouais ? Je t'ai dit, je peux pas venir à la réunion. T'as qu'à leur dire de garder la vieille bique. On peut pas la prendre avec nous. Ouais, c'est ce que j'ai dit. La vieille...

Nathaniel a saisi l'occasion.

Il n'était pas allé plus loin que la ceinture violette, mais il se rappelait au moins un mouvement de karaté. Quand quelqu'un est à califourchon sur vous et vous tient par les poignets, la gravité joue en faveur de votre adversaire. Vous ne pouvez pas lever les bras.

Mais vous pouvez les bouger latéralement, et utiliser le poids dudit adversaire à votre avantage.

Vif comme l'éclair, Nathaniel a ramené ses bras immobilisés le long de son corps. Gordie, toujours cramponné à ses poignets, a soudain piqué du nez. Nathaniel s'est dégagé rapidement et, au moment où Gordie commençait à se retourner, il lui a écrasé le nez avec la paume de la main, de toutes ses forces.

— Putain ! a hurlé Gordie.

Ça s'était passé si vite que Bert était pris au dépourvu. Il avait toujours son téléphone à l'oreille.

Tandis que Gordie se couvrait le nez des deux mains, Braithwaite s'approchait péniblement, en crabe, de la porte coulissante. Il a tiré sur la poignée, ouvert la portière d'un coup de pied et sauté à bas du véhicule.

Celui-ci était garé tout au bord du fossé, où le sol s'inclinait aussitôt et disparaissait dans les hautes herbes. Braithwaite a rapidement recouvré son équilibre, pivoté sur la gauche et couru vers l'avant du fourgon.

Bert l'a aperçu qui passait comme un éclair devant le pare-brise et traversait la route.

— Putain ! a répété Gordie, qui ne se tenait plus le visage à deux mains et était en train de se relever, empêchant Bert, qui s'apprêtait à poursuivre le fuyard, de passer.

Gordie est descendu en trébuchant dans l'herbe. Il y avait aussi du gravier par terre, et il lui a fallu un moment pour que ses pieds soient bien assurés. Il a contourné la camionnette par l'avant, s'est élancé sur la route.

C'est à ce moment-là que Bert a entendu une sorte de hurlement de panique, un bruit de caoutchouc glissant sur la chaussée sèche, et un choc retentissant.

Comme le bruit d'un quartier de bœuf tombant d'une fenêtre au deuxième étage. Au moment de l'impact sur le trottoir.

— Nom de Dieu ! a crié un homme.

Au lieu de descendre par le côté, Bert a ouvert les portières arrière. Une camionnette FedEx était arrêtée à côté de la leur, moteur tournant. Bert s'est faufilé entre les véhicules et s'est immobilisé au niveau du pare-chocs du véhicule de livraison.

Gordie gisait sur la chaussée, le corps tordu comme un bretzel sanguinolent. Le chauffeur FedEx, agenouillé près de lui mais trop horrifié pour le toucher, a vu Bert et a dit :

— Il est passé en courant juste devant moi ! Je le jure ! Je n'ai pas pu m'arrêter !

Bert s'est obligé à détourner le regard et a scruté les alentours.

Aucun signe de Nathaniel Braithwaite.

Il a couru à l'arrière du fourgon FedEx, a regardé de nouveau. Le promeneur de chiens aurait pu disparaître n'importe où. C'était une zone boisée. Et il y avait une demi-douzaine de maisons derrière lesquelles il aurait pu se cacher.

Et merde !

Bert a claqué les portières arrière de la camionnette après avoir d'abord récupéré son téléphone sur le plancher, puis il a ouvert la portière côté conducteur et s'est mis au volant. Le moteur tournait toujours.

Sans se donner la peine de fermer la portière coulissante, il a mis le contact et appuyé sur le champignon, laissant derrière lui le type de FedEx, qui s'était écarté du corps et avait un téléphone à l'oreille.

— Hé ! a-t-il crié alors que Bert le dépassait à toute allure. Hé !

Bert roulait pied au plancher. Il ne savait pas où il allait, mais il était certain de ne pas retourner à l'atelier de carrosserie.

Ni d'aller à la maison de retraite.
Ni de rentrer chez lui.
Cela faisait longtemps qu'il y réfléchissait, qu'il se préparait.
Bert en avait fini.

48

Terry

Une fois Teresa congédiée, Cynthia et moi avons continué à fouiller la maison. Nous avons terminé avec les cartons que nous avions sortis de la chaufferie, et notre attention s'est portée sur l'espace exigu sous l'escalier. Il s'y trouvait une demi-douzaine de cartons supplémentaires. Je les ai tous traînés au milieu de la pièce, puis nous en avons chacun pris un et nous y sommes allés de bon cœur.

J'avais un instant envisagé d'attendre que Vince arrive – à supposer qu'il tienne parole – pour nous montrer la voie, mais l'idée qu'on ait pu cacher quelque chose dans notre maison était tellement irritante que nous voulions tous les deux trouver ce qu'on y avait mis et nous en débarrasser le plus vite possible. Surtout si la présence de cette chose faisait de nous une sorte de cible.

Grace est redescendue et nous a demandé ce que nous faisions.

— On cherche de l'argent, ai-je répondu.

Elle a cligné des yeux.

— C'est ici que vous gardez votre argent ?

— Non. On pense que de l'argent est caché dans la maison.

— Quoi ? Pourquoi ?
— Bonnes questions.
— Je peux vous aider à chercher ?
— Fais-toi plaisir, a dit Cynthia.
— C'est quelque part dans le sous-sol ?
— On ne sait pas où c'est. Simplement, ça semble logique de commencer par là, ai-je expliqué.
— Si je le trouve, je pourrai le garder ? a demandé notre fille.

Nous avons répondu à l'unisson.
— Non.

Ça n'a pas eu l'air de lui faire plaisir, mais elle était quand même curieuse.
— Vous savez pour combien il y en a ?

Nous avons répondu par la négative. Elle a dit qu'elle allait regarder dans le garage, et nous lui avons donné notre bénédiction. Cynthia, qui venait de vider un carton de dessins d'enfant de Grace, s'est arrêtée pour souffler sur les cheveux qui lui tombaient sur les yeux.

— Et s'il n'était dans aucun de ces cartons ? S'il était, je ne sais pas... dans les murs ?

Je me suis arrêté à mon tour.

— C'est possible. Mais non, je ne pense pas. S'il a caché de l'argent chez nous, il veut pouvoir le récupérer rapidement. Il n'a pas envie d'avoir à arracher tout le placo. Et d'ailleurs, il a bien fallu qu'il l'y mette. Et je n'ai pas vraiment souvenir d'être rentré un jour à la maison et d'avoir trouvé un des murs replâtré.

— Alors c'est qu'il doit être dissimulé quelque part. Quand tu as sorti tous ces cartons, tu as regardé s'il n'était pas coincé entre les montants de l'escalier par exemple ?

L'idée semblait bonne, dans la mesure où les murs n'étaient pas finis à cet endroit-là. Je suis retourné à quatre pattes dans l'espace de rangement sous les marches, pour vérifier. Je n'ai rien trouvé.

— Et sous les lits ? a suggéré Cynthia.

— Trop évident. Trop risqué, aussi. On garde des petites valises là-dessous. On aurait pu facilement tomber dessus.

On a sonné à la porte.

Nous nous sommes regardés nerveusement. Nous ne voulions pas que Grace aille ouvrir. Elle pouvait entendre la sonnette depuis le garage. J'ai monté les marches deux à deux, en criant :

— J'y vais.

Grace était en train de passer la porte séparant le garage de la cuisine.

— Qui est-ce ? a-t-elle demandé.

— Reste là.

Arrivé à la porte, j'ai jeté un rapide coup d'œil à travers le petit carreau qui se trouvait à hauteur de nez.

Vince Fleming.

J'ai tourné le verrou, ouvert la porte, et je n'ai pas dit un mot.

— Me voilà, a-t-il annoncé. (Et, avec une politesse forcée, il a ajouté :) Je peux entrer ?

Je me suis effacé. Arrivée en haut des marches, Cynthia s'est immobilisée quand elle l'a vu.

— Espèce de salaud, a-t-elle dit.

Vince n'a pas bronché. Il s'attendait à ça, apparemment.

— Putain d'enfoiré ! a repris Cynthia, en y mettant un peu plus de cœur. J'ai partagé une bière avec toi. Tu m'as parlé de ta vie comme si tu étais presque un être humain. Mais c'était un numéro. Tu es ignoble. Tu es absolument méprisable.

Vince avait l'air très fatigué.

— Vas-y. Crache ton venin.

— Tu as fait chanter Teresa. Pour pouvoir entrer quand tu voulais.

Il a secoué la tête.

— Ce n'était pas du chantage. Je lui ai proposé d'aider son fils.

Cynthia avait les joues en feu.

— Pourquoi nous ?

— Pourquoi pas vous ? a-t-il répliqué. Vous êtes parfaits.

— Je ne comprends toujours pas, ai-je dit. Qu'est-ce que tu fais ? Comment t'es-tu servi de nous ?

— Je cache des choses pour des gens, a-t-il expliqué. Des choses que les autorités ne doivent pas trouver. Argent, drogue, armes, bijoux, n'importe quoi. Je les cache là où personne ne penserait à regarder. Chez des gens au-dessus de tout soupçon. De braves et honnêtes gens chez qui la police ne viendrait jamais fouiller. Vous aviez le profil.

— Si je suis censé me sentir flatté, ai-je dit, ce n'est pas le cas.

— Il y a des tas de gens qui ont le profil, a remarqué Cynthia. Alors je te repose la question, pourquoi *nous* ?

Vince a passé sa langue sur ses dents.

— Je suis amené à passer dans le coin, de temps en temps. J'ai vu votre femme de ménage arriver un jour. L'idée m'est venue de ce service que je pourrais proposer. J'ai décidé de commencer avec vous.

Ça me semblait la moindre des choses... après les événements que nous avons vécus ensemble.

— Je ne le crois pas, a dit Cynthia.

— J'ai commencé par faire de nouvelles recrues. D'autres femmes de ménage, des baby-sitters, des nounous. Des gens qui ont la confiance de leurs employeurs.

— Laisse-moi deviner, est intervenue Cynthia. Il y a au moins un promeneur de chiens dans le lot.

Vince a confirmé d'un hochement de tête.

— Hier soir, Nate m'a dit qu'il y avait quelque chose entre vous et qu'il voulait arrêter. Il ne voulait pas dire quoi. Tu l'as entraîné là-dedans après l'avoir rencontré à mon appartement.

Vince n'a rien dit.

— Tu es un cas ! a commenté Cynthia.

— Quelqu'un a mis la main sur ce que tu avais planqué dans la maison des Cummings, ai-je dit. Mais ce n'était pas Stuart. Grace et lui se trouvaient là au moment où quelqu'un d'autre te faisait les poches.

— Ouais, a concédé Vince. C'est pour ça que mes gars ont fait le tour des autres planques, pour voir si on n'avait pas été touchés ailleurs. C'est ce que Bert était venu faire ici.

— C'est où ? ai-je demandé.

Il a levé les yeux au plafond.

— Dans le grenier. C'est là qu'on planque la marchandise en général. Personne ne va jamais au grenier. On fourre ça entre les solives, sous l'isolant. Là où personne n'ira mettre son nez.

— À moins de savoir que ça s'y trouve, ai-je observé.

Il a posé sur moi un regard sans expression. « Ouais. » S'est frotté les mains.

— L'argent que tu caches, ai-je demandé, il y en a combien à toi ?

— Pas un sou. Je prends mon pourcentage. Comme je l'ai dit, je le garde pour d'autres.

— Et s'il disparaît, ai-je déclaré, tu es bien dans la merde.

Il m'a souri d'un air condescendant.

— Oui, c'est vrai. Mais tu n'as pas à t'inquiéter, je ne laisserai plus rien chez toi. Je suis ici pour t'en débarrasser. (Un silence.) En supposant qu'on ne l'ait pas pris. Il n'y a pas grand-chose ici, du moins en cash.

— Alors on est censés te laisser monter au grenier ? a demandé Cynthia.

— Je peux attendre ici, si vous préférez le faire. Ça va peut-être vous prendre un moment.

Nous avons tous les deux hésité, avons échangé un regard.

— Je vais chercher une échelle, ai-je annoncé.

À ce moment-là le téléphone de Vince s'est mis à sonner. Il a sorti son portable de son pantalon. L'a regardé.

— C'est Jane.

— Elle est au courant pour ça ? ai-je demandé.

Il a fait non de la tête en plaçant le téléphone contre son oreille.

— Qu'est-ce qu'il y a, ma grande ? a-t-il dit.

Mais son expression est passée de la curiosité à l'inquiétude.

— Qui êtes-vous, bordel ! C'est toi, Bryce !

Il a écouté. S'est rembruni.

— Attendez une minute. Attendez une minute. Qui êtes... ?

Il n'a rien dit pendant plusieurs secondes, puis a explosé.

— Si vous lui faites du mal, je vous tue. Je vous arrache le cœur, je...

Quelqu'un à l'autre bout de la ligne essayait de lui dire quelque chose, mais Vince n'en avait pas terminé.

— Non, fermez-la, vous... vous vous foutez de ma gueule ? Je ne peux pas rassembler ça, c'est absolument impossible ! Passez-la-moi ! Je veux lui parler ! Je veux entendre sa voix.

Il a attendu. Je ne savais pas s'il retenait son souffle, mais je retenais le mien, et j'avais la quasi-certitude que Cynthia aussi.

— Ma chérie ? a-t-il dit timidement.

Quand Jane a pris le téléphone, elle a crié assez fort pour qu'on puisse aussi l'entendre.

— Vince, ne fais...

Rien de plus.

— Repassez-la-moi ! a-t-il éructé. Si vous... D'accord, d'accord, ne lui faites pas de mal. Ne lui faites pas de mal. Dites-moi ce que vous voulez.

Je l'ai vu pâlir.

— Ça peut prendre un certain temps. Tout n'est pas au même endroit. C'est compliqué. Je n'essaie pas de vous embobiner. C'est dispersé pour des raisons de sécurité...

Il s'est tu, a écarté le téléphone de son oreille. On lui avait raccroché au nez.

Très doucement, Cynthia a demandé :

— Vince. Qu'est-ce qui est arrivé à Jane ?

Mais il passait déjà un appel.

— Vas-y, décroche, décroche. Fils de... Gordie ! Appelle-moi ! Tout de suite !

Il a appelé un autre numéro. Des gouttes de sueur perlaient sur son front.

— Putain, décroche... Bert ! C'est toi ? Bon, bon, écoute, tu es avec Gordie ? J'ai essayé d'appeler et il... *quoi ?* Moins vite ! *Moins vite !* Comment c'est arrivé ? Un fourgon FedEx ? Comment il s'est démerdé pour se faire... Et Braithwaite, qu'est-ce qu'il lui est arrivé ? Putain, il *promène des chiens*. C'est pas James Bond quand même !

Il a posé la main sur son front, l'y a laissée.

— Écoute, écoute... je me fous de tout ça pour le moment. Ne... *Ferme-la et écoute-moi*... ne t'inquiète pas de ça pour l'instant. On a un problème... Ouais, autre chose... ouais, plus important. Quelqu'un a enlevé Jane !

Suivirent d'autres questions posées par Bert.

— C'est bien ça. Ils ont enlevé Jane et ils menacent de la tuer si on ne... Ne me dis pas que tu t'en fous !

On avait l'impression que les yeux de Vince allaient lui sortir de la tête. Il avait retiré la main de son front pour la poser sur sa poitrine.

— Tu m'écoutes, là ? Bon, je suis chez les Archer. Tu laisses tomber ce que tu fais et tu viens me chercher... Quoi ?

Son visage était aussi sombre que le fond d'un puits.

— Non, tu m'écoutes. Tu travailles encore pour moi. Amène ton cul tout de suite...

Puis il n'a plus rien dit. C'était la deuxième fois qu'on lui raccrochait au nez en deux minutes. Lentement, il a remis le téléphone dans son jean et nous a regardés avec les yeux d'un homme qui avait perdu tout espoir.

— Ils ont Jane, a-t-il soupiré. Et je n'ai plus personne.

Il a tendu le bras pour s'agripper à la table de l'entrée, mais sa main a glissé sur le courrier de la veille.

C'est à ce moment-là que ses jambes se sont dérobées et qu'il s'est écroulé.

49

C'est le sang sur la traîne de la robe de Claudia Moretti qui a poussé la propriétaire de la boutique de robes de mariée à appeler la police.

Claudia avait le premier rendez-vous de la journée pour un nouvel essayage de sa robe, qu'elle porterait dans deux semaines, quand elle épouserait Marco Pucic, un électricien sans emploi que les parents de Claudia considéraient comme un abruti fini. Elle avait déjà passé le vêtement quand elle a remarqué quelque chose de collant sur sa main, et pour éviter d'en mettre sur le tissu, elle s'est éclipsée par la porte de derrière qui donnait dans un petit couloir avec deux portes, presque contiguës. La première était celle des toilettes, la seconde celle du détective privé Heywood Duggan.

Elle est entrée dans les toilettes, s'est lavé les mains, et quand elle est revenue la propriétaire de la boutique, Sylvia Monroe, a remarqué une tache rouge sombre sur la traîne. En l'examinant, elle s'est aperçue qu'elle était encore humide. Dans le couloir, Sylvia a découvert un petit filet de sang sous la porte du bureau de Heywood.

Il n'était pas question qu'elle entre là-dedans. Elle a composé le 911.

Rona Wedmore avait été appelée peu après l'arrivée de l'agent en tenue.

Il s'agissait d'une exécution.

Une balle dans la tête. Wedmore pensait que le tueur avait utilisé une arme équipée d'un silencieux. Même si la détonation avait quand même dû être assez bruyante pour être entendue de ceux qui se trouvaient à proximité, Joy Bennings, la responsable de la police scientifique, estimait que Duggan était mort une heure ou deux avant l'arrivée des employés de la boutique.

— On va accomplir nos prodiges habituels, a-t-elle annoncé à Rona.

— Je veux savoir si l'arme utilisée est la même que celle qui a tué les Bradley.

— Les deux profs retraités ?

— Exact.

— Il y aurait un lien ?

— Ça se pourrait. Même genre d'exécution.

— Est-ce que ça va ? s'est enquise Joy, constatant que Rona restait là à regarder le corps. Tu es plus joyeuse d'habitude.

— Duggan est un ancien *trooper*, a dit Wedmore.

— Merde. Tu le connaissais ?

— Oui. Je l'ai interrogé hier soir. Il s'intéressait au meurtre de Goemann, et Goemann a habité dans la maison voisine de celle des Bradley.

— Quel été, a commenté Bennings. Je pensais prendre une semaine, partir à Cape Cod, mais les gens tombent comme des mouches ces temps-ci.

Pendant que la légiste s'occupait du corps, Wedmore a fouillé le bureau de Duggan, puis elle s'est assise sur sa chaise et, d'une main gantée, a secoué la souris pour ranimer l'écran d'ordinateur, la manipulant avec précaution, même si elle ne s'attendait pas à ce qu'on trouve d'autres empreintes que celles de la victime.

Elle a ouvert le logiciel de messagerie et a soupiré.

— Il va falloir qu'on embarque ça, a-t-elle dit. Voir ce qu'on peut en tirer. Tous les mails, envoyés, entrants, mis à la poubelle, ont été effacés. Mais on y découvrira peut-être encore quelque chose.

Quelque chose qui mettrait Wedmore sur la piste du client de Heywood. Elle devait le trouver, trouver sur quoi travaillait le détective, trouver qui était susceptible de vouloir sa mort.

Ouais, c'était aussi simple que ça.

Wedmore a remarqué qu'il n'y avait pas de téléphone fixe sur le bureau. Comme un nombre croissant de personnes, Heywood devait travailler uniquement avec un portable, le numéro qu'elle avait utilisé pour l'appeler la veille au soir après avoir cherché ses coordonnées sur son site.

— Il avait un téléphone sur lui ? a demandé Wedmore à Joy.

Celle-ci a fait non de la tête.

Merde.

Cela empêchait Wedmore de retrouver son opérateur téléphonique et d'obtenir la liste de ses appels.

Elle est sortie du bureau de Duggan pour aller voir Sylvia Monroe. La propriétaire de la boutique se trouvait dans un bureau grand comme un placard à l'écart de son show-room, dont la vitrine arborait à présent l'écriteau FERMÉ. Elle était assise derrière une table minuscule qui disparaissait sous les reçus, les tissus, auxquels s'ajoutaient une bouteille de bourbon et un verre.

— Madame Monroe ?

Sylvia a levé les yeux, pris la bouteille et l'a remise à sa place dans un tiroir du bureau.

— Désolée, a-t-elle dit. Je suis à bout de nerfs.

— Je comprends. Je voulais vous poser quelques questions.

— Oui, bien sûr.

— À quelle heure avez-vous ouvert ce matin ?

— Juste avant 10 heures.

— Vous n'avez rien remarqué d'insolite, rien qui sorte de l'ordinaire ?

— Non. En général, j'entre par la porte de devant, pas par l'arrière, si bien que je ne suis même pas passée dans ce couloir.

— Vous n'avez rien entendu ?

— Comme quoi ?

— Une dispute ? Un coup de feu ? Des bruits de pas dans le couloir ?

La femme a secoué la tête avec désespoir.

— Rien. Ç'a dû se passer avant que j'arrive.

Wedmore pensait la même chose.

— On a déjà eu des ennuis ici, avant, mais jamais rien de semblable, a précisé Sylvia.

— Quel genre d'ennuis ?

— Il y a quelques années, on a été cambriolés. Quelqu'un est reparti avec pour presque cent mille dollars de robes de mariée. Qui vole des robes de mariée ? L'assurance n'a remboursé qu'une somme infime. Quand M. Duggan a installé son bureau ici, j'ai cru qu'on serait peut-être plus en sécurité. C'était comme d'avoir un vigile, vous comprenez ? Parce qu'il était flic avant. Vous le saviez ?

— Oui, je le savais, a répondu Rona Wedmore.

— Il ne m'était jamais venu à l'esprit que sa présence ici nous attirerait des ennuis. Regardez ma main, elle tremble.

— Vous n'avez jamais eu d'autres cambriolages ?

— Jamais. On a dépensé des fortunes en caméras pour rien.

— Pardon ?

— Les caméras de surveillance qu'on a installées à l'arrière du magasin.

Monroe a regardé Wedmore comme si elle venait de se rappeler où elle avait laissé ses clés de voiture.

— Quoi, j'aurais dû vous en parler plus tôt ?

50

Vince est tombé à genoux, puis a tendu ses deux mains devant lui pour se rattraper. J'ai cru qu'il allait perdre connaissance, mais il est resté un moment à quatre pattes, haletant, à essayer de reprendre son souffle.

— Appelle le 911 ! m'a dit Cynthia.

— Non ! a braillé Vince.

Elle est partie vers la cuisine.

— N'appelle pas ! a-t-il hurlé, tête baissée.

Elle est revenue avec un verre d'eau.

— Bois ça, a-t-elle dit en le tenant devant son visage.

Il a soulevé une main de manière à pouvoir faire ce qu'on lui demandait. Grace était perchée au milieu de l'escalier, observant la scène, les yeux fixés sur Vince.

Il a pris deux gorgées et a rendu le verre à Cynthia. J'étais à côté d'elle à présent, tendant la main à Vince.

Il l'a prise et, au prix d'un immense effort, s'est redressé sur ses pieds.

— Par ici, ai-je dit en le soutenant jusqu'au fauteuil le plus proche.

— Pas le temps, a répondu Vince d'une voix qui se brisait.

— Juste une minute, a insisté Cynthia, que tu retrouves tes forces.

— Il faut que... il faut que je commence à faire la tournée.

— Merde, reste assis une minute, a repris Cynthia. Tu as des douleurs dans la poitrine ?

— Non.

— Tu es sûr ?

— Je... je suis juste fatigué. On aurait dit une vague qui...

— Bois encore un peu.

— Quelque chose de plus fort...

— Bois cette eau.

Il a bu deux autres gorgées, a rendu le verre.

— Raconte, ai-je demandé.

— Un type. Qui utilisait le téléphone de Jane. Il a dit qu'elle était entre leurs mains. Ils veulent tout.

— Tu lui as parlé ?

— Elle a dit deux... trois mots. Mon prénom, et puis : « Ne fais pas... » Ils ne l'ont pas laissée dire autre chose. Mais c'était bien elle. (Il a serré les poings, les a ouverts, serrés de nouveau.) Je les tuerai, a-t-il proféré doucement, je les tuerai tous.

Cynthia m'a regardé, puis s'est adressée à Vince :

— Pour ça, on te croit sur parole, mais dans l'immédiat il faut que tu trouves un moyen de la récupérer.

— Tu crois que je ne suis pas au courant ? Mais après ça, je jure devant Dieu que...

Il nous a regardés tous les deux, et l'espace d'un instant j'ai cru percevoir un soupçon d'autoapitoiement dans ses yeux.

— Tu as dit qu'ils voulaient tout. Ça signifie quoi ? ai-je interrogé.

— Tout ! a-t-il répondu, comme si c'était évident. Tout ce que j'ai ! Tout ce que j'ai gardé pour les gens. L'argent et le reste. Ils veulent tout. (Vince a secoué la tête.) S'il faut ça pour récupérer Jane, très bien, ils l'auront. Mais quand ce sera fait, je serai un homme mort. Et si je suis un homme mort, je les entraînerai avec moi.

Je comprenais plus ou moins où il voulait en venir, mais il a dû lire la confusion sur nos visages. Aussi a-t-il expliqué plus clairement la situation.

— Je dois payer la rançon avec de l'argent et des biens qui ne m'appartiennent pas. Un jour, leurs propriétaires vont vouloir les récupérer, et ils ne seront pas contents quand je leur dirai que j'ai tout donné. Ces gens ne font pas de cadeaux. Je parle de bikers. De braqueurs de banque. De trafiquants de drogue. Je suis un mort en sursis à plus d'un titre. Alors les enfoirés qui ont enlevé Jane, je me fous de savoir combien je vais en buter, ou ce qui m'arrivera après.

— Ce sera important pour Jane.

Vince a haussé les épaules. Dans une attitude de défi, il s'est levé du fauteuil, droit comme un I. Mais son torse a légèrement oscillé et il a dû écarter les bras pour garder l'équilibre.

— Merde.

— Tu ne peux pas faire ça, a dit Cynthia. Tu n'es pas en état. Tu dois laisser quelqu'un d'autre s'en occuper. Tu *dois* appeler la police, Vince.

— Non ! a-t-il rugi.

Malgré son extrême faiblesse, il était encore capable de faire trembler les murs. Il a pointé un index épais sur nous deux.

— Pas la police.

— Nom d'un chien, Vince, a plaidé Cynthia en essayant de rester calme. Ils ont l'expérience de ce genre de chose.

— Ils n'ont aucune expérience pour gérer la situation comme j'entends la gérer, a décrété Vince. Bon sang, tu imagines si j'appelais les flics ? Ils se frotteraient les mains. Ils me passeraient les menottes et me feraient chier pendant une semaine avant de se décider à chercher Jane.

Il n'avait sans doute pas tort.

— Non, c'est hors de question. Je vais m'en occuper moi-même, a-t-il conclu.

— Tu sais qui l'a enlevée ? lui ai-je demandé.

Il a lentement secoué la tête en signe de dénégation.

— Non, mais j'ai ma petite idée. J'ai cru reconnaître la voix. Une femme. Quelqu'un qui m'a apporté du cash à planquer il y a quelques jours. Maintenant je me dis que c'était peut-être pour me jauger, voir comment fonctionnait la combine. Je me suis posé la même question à propos des deux types qui sont venus me voir hier soir. Peut-être qu'ils sont dans le coup ensemble.

— Quels types ?

— Logan et son trou-du-cul de frangin, Joseph. Le bouffeur de donuts.

Je ne savais absolument pas de qui il parlait.

— Ils ne semblaient pas clairs. Mais la femme, elle doit avoir une idée de ce qu'il y a comme argent, et du reste. Elle a dit de tout apporter. Que s'il n'y avait pas le compte, elle le saurait. La salope. Si elle sait vraiment, je vais être un peu court.

— La maison des Cummings, ai-je dit. Tu t'es fait voler hier soir.

— Deux cent mille dollars et des broutilles, a précisé Vince, la mâchoire serrée. Faut que j'y aille.

Il a fait quelques pas hésitants vers la porte.

— Et tes hommes ? ai-je demandé. Tu as dit que tu n'avais personne.

— Eldon est mort. Gordie est mort. Et Bert, il s'est cassé. Il a abandonné. Le traître, l'enfoiré !

Cynthia est restée bouche bée.

— Deux de tes hommes sont morts ? Ce sont ceux qui détiennent Jane qui les ont tués ?

— Non. Eldon... a eu un problème. Et Bert m'a dit que Gordie avait eu un accident. Il y a quelques minutes. Renversé par un fourgon.

— Tu as parlé de Nathaniel, a repris Cynthia. Tu as dit « le promeneur de chiens ».

— Bert et Gordon pensaient que c'était peut-être lui qui avait visité la planque hier soir. Ils l'ont emmené faire un tour. Ça s'est mal passé.

— Est-ce que Nate... Qu'est-il arrivé à Nate ? a demandé Cynthia.

— Il s'est échappé.

Cynthia a eu l'air soulagée.

— Qu'est-ce que tu vas faire ?

— Récupérer ce que je peux dans le délai dont je dispose. Bert et Gordie sont déjà passés dans quelques planques. Mais pas toutes. Ils n'avaient pas le temps... Certaines personnes étaient chez elles, ils n'auraient pas pu entrer sans provoquer une scène. Ils devaient vérifier si on n'avait pas été touchés ailleurs que chez les Cummings. Ils ont réuni quelques centaines de mille et des brouettes.

J'arriverai peut-être encore à trouver deux cent mille, à gagner du temps.

— Tu as quel délai ?

— Elle me rappelle après 13 heures. Ce qui me laisse presque quatre heures. Il faut que j'y aille.

— Attends une minute, a dit Cynthia. J'essaie de comprendre. Tu dois passer dans combien de maisons ?

Il a réfléchi en levant les yeux au plafond.

— Cinq… peut-être six… ça devrait le faire. Si l'argent est là. Si on ne nous a pas dépouillés comme chez les Cummings.

— Et tu as les clés et les codes de sécurité ?

— Au bureau.

— Et si les gens sont chez eux, il se passe quoi ? Tu les descends après leur avoir demandé de te tenir l'échelle pour pouvoir monter dans leur grenier ? Tu tiens déjà à peine sur tes jambes. Je ne te vois pas ramper dans des combles. Tu n'y arriveras jamais, c'est impossible.

— Ce n'est pas votre problème, a répliqué Vince en faisant un autre pas vers la porte.

Mais si, c'était notre problème. Ce qui s'était passé dans la maison des Cummings nous concernait au premier chef. Grace s'y était trouvée. Quelqu'un l'avait vue et la considérait peut-être encore comme une menace. Tant que nous ne saurions pas qui était cette personne, nous étions encore largement concernés.

Cynthia a continué.

— Tu ne veux pas appeler la police, mais tu crois pouvoir débarquer chez les gens sans qu'ils appellent le 911.

Il a ouvert la porte, et a appuyé la main sur le haut du chambranle.

— Je suis censé faire quoi ? a-t-il demandé en nous tournant le dos, d'une voix brisée.

Je voyais son corps éreinté se soulever à chaque respiration.

— Donne-nous une minute, ai-je dit, puis j'ai touché le bras de Cynthia et l'ai conduite dans la cuisine en passant devant Grace, toujours assise sur les marches.

— Quoi ? a-t-elle demandé tout bas une fois dans la cuisine.

J'ai fermé la porte afin que Vince, ainsi que Grace, ne puisse pas entendre.

— Je n'arrive pas à croire que je suis en train de dire ça, mais on devrait peut-être l'aider.

— La seule façon de l'aider, c'est d'appeler la police.

— Je n'en suis pas si sûr. Tu te demandais ce qui arriverait s'il allait dans ces maisons et que les gens étaient chez eux. Qu'est-ce qu'il leur dirait ? « Salut, j'ai planqué de l'argent dans votre grenier. Ça ne vous dérange pas que j'entre pour le récupérer ? » Il se ferait arrêter à coup sûr. Mais l'autre solution, qui consisterait à aller voir les flics, peut ne pas marcher non plus. Il faut qu'il puisse accéder à ces maisons et reprendre l'argent, s'il veut avoir une chance de sauver Jane.

Cynthia n'était pas convaincue.

— Mais s'il explique les choses à la police, qu'il leur fait comprendre... Tu te rappelles cet inspecteur ? La femme ? Rona Wedmore.

— Je me rappelle.

— Si Vince lui parlait, si on lui parlait avec lui, peut-être qu'ils ne perdraient pas trop de temps à s'intéresser aux affaires de Vince. Peut-être qu'ils s'inquiéteraient pour Jane.

— Il ne s'agit pas simplement de Jane, ai-je dit. Enfin, je ne voudrais pas qu'il lui arrive quelque chose, mais il n'y a pas qu'elle dans la balance.

Cynthia m'a regardé une seconde d'un air ébahi, puis elle a compris.

— Grace.

— Oui. Quand cette affaire éclatera au grand jour, tout va se savoir. Y compris que notre fille a pénétré par effraction dans la maison des Cummings. Et puis, on ne sait toujours pas qui était là, et cet inconnu pourrait s'inquiéter d'avoir été vu par Grace.

Cynthia secouait la tête.

— Mais il ne s'est rien passé de tragique là-bas. Grace a eu des nouvelles de Stuart. Il y a eu ces messages. Il va bien. Si on appelle les flics, Grace n'aura peut-être pas autant d'ennuis qu'on le craignait au départ, et on aidera Jane en même temps.

Je n'en étais pas certain.

J'ai tenté un changement de tactique.

— Cet homme, là, à côté, je sais ce qu'il est. C'est un voyou. Mais j'ai toujours le sentiment de lui être redevable de l'aide qu'il nous a apportée. S'il ne m'avait pas accompagné cette nuit-là, je ne vous aurais pas retrouvées... toi *et* Grace... à temps. Et comme on dit, aucune bonne action ne reste impunie. Il a failli mourir.

Le regard de Cynthia s'est adouci.

— Je ressens la même chose que toi. Je suis consciente de son sacrifice. Mais qu'est-ce qu'on peut faire ? Nom de Dieu, Terry, qu'est-ce qu'on peut bien faire ?

— Je sais comment entrer dans ces maisons pour qu'il puisse récupérer l'argent. N'importe quelle maison où il y a des gens.

— Comment ?

— Les moisissures.

Elle a cligné des yeux.

— Pardon ?

— Les moisissures, ai-je répété. Ton dernier projet. Les attaques de moisissures dans les maisons. Dans les greniers humides. Les risques sanitaires. Ces putains de spores qui flottent dans l'air et pénètrent dans les poumons.

— Je ne te suis pas.

— Va chercher ton sac.

Elle n'a pas demandé pourquoi. Elle est allée dans l'entrée et en est revenue dix secondes plus tard.

— Ils sont en train de discuter, a-t-elle dit.

— Quoi ?

— Vince et Grace. Ils parlaient, et ils se sont arrêtés quand je suis entrée.

Je ne pouvais pas me préoccuper de ça maintenant.

— Sors ta carte.

— Quelle carte ? Mon permis de conduire ?

— Non. Ta carte des services de santé.

Il y a eu une étincelle dans ses yeux. Elle avait lu dans mes pensées. Elle a fouillé dans son sac, en a sorti son badge officiel du département de santé publique de Milford.

— C'est ce que tu montreras quand ils ouvriront la porte, ai-je annoncé.

Elle a hoché la tête.

— Je leur dirai qu'on inspecte les maisons du secteur. Qu'il y a une sorte d'épidémie de moisissures.

— C'est déjà arrivé, une épidémie de moisissures ?
— Pas que je sache, a-t-elle dit. Mais j'ai des brochures sur le sujet dans la voiture. Ça donne un aperçu des risques. Il y a des photos qui ont de quoi terroriser n'importe quel propriétaire.
— On leur dit qu'on a besoin de voir le grenier. Que c'est là que les moisissures prolifèrent.
— On ?
— Tu leur dis, ai-je rectifié. Mais je serai à tes côtés. Avec une échelle. On laissera Vince dans la voiture, parce qu'il ferait peur aux gens.
— C'est de la folie pure, a dit Cynthia.
— Je sais.

Je voyais pourtant bien qu'elle envisageait la chose. Elle a repris la parole et abondé dans mon sens.

— Si tu pensais avoir dans ton grenier des moisissures susceptibles de te rendre malade, tu ne voudrais pas savoir ? On entre, on monte au grenier... ça, tu pourras t'en charger... tu prends l'argent, et on s'en va.
— Ouais, ai-je dit.

Je croyais l'avoir convaincue, mais elle a secoué la tête.

— Non, c'est trop dingue, trop risqué. Je veux aider Vince... vraiment... et je veux aider Jane, mais le meilleur moyen reste d'appeler la police. Et puisque Stuart est vivant...

Derrière la porte, Grace a poussé un gémissement lugubre.

Nous l'avons trouvée en larmes, adossée au mur face à Vince.

— Il est mort, nous a-t-elle dit. Stuart est mort. Ils ont tout inventé. Les messages, ils étaient tous bidon. Vince me l'a dit.

Vince nous a regardés avec des yeux cernés.

— Il fallait que je t'empêche de fureter. Mais on n'en est plus là à présent. Ça ne sert plus à rien de mentir.

À travers ses larmes, Grace a ajouté :

— Il dit que ce n'est pas moi qui l'ai tué.

Vince a opiné d'un air las.

— Hier soir, j'ai utilisé l'arme comme moyen de pression. Mais le pistolet d'Eldon, celui que Stuart a donné à votre gamine, il n'a pas servi. Le chargeur est plein.

Cynthia s'est tournée vers moi et a annoncé :

— Je vais chercher les brochures.

51

Elle ne savait absolument pas où elle était.

Dans une pièce, bien sûr. Dans une maison, quelque part. Il faisait frais, ce devait donc être un sous-sol. *Sans blague, Sherlock*. Ils étaient entrés dans un garage avec la voiture et ils lui avaient fait ensuite *descendre* un escalier. Puis elle avait entendu la porte se refermer derrière elle.

Ils lui avaient tout de suite mis la tête dans un sac en tissu qu'ils avaient relevé quelques secondes à peine après l'avoir jetée dans la voiture pour lui coller de l'adhésif sur la bouche. Ils en avaient aussi utilisé pour fixer le sac autour de son cou, ce qui lui avait fait une sacrée peur au début. Elle avait cru qu'ils voulaient l'étrangler. Mais ils n'avaient pas serré et elle pouvait respirer. Ils lui ont attaché les poignets derrière le dos, et ont fini par lui lier aussi les chevilles, quand elle a commencé à donner des coups de pied dans tous les sens. Elle savait qu'ils étaient deux à la maintenir sur le plancher devant la banquette arrière, parce qu'elle se sentait contrainte par deux paires de pieds. Une sur son dos, l'autre sur ses cuisses.

Reggie, la soi-disant coach de vie, conduisait. Elle ne disait pas grand-chose. C'était les deux hommes à l'arrière, ceux qui la maintenaient à terre, qui faisaient l'essentiel de la conversation. Laquelle tournait principalement autour de la somme d'argent qu'ils allaient récupérer.

— Tu as une idée de combien ça pourrait faire ? disait l'un.

— Un gros paquet, répondait l'autre. Sans doute plus d'un million. Reggie, tu penses que ça fera plus d'un million quand il aura vidé toutes les maisons ?

— On verra.

Ils avaient aussi parlé d'autres choses. Du coup de fil qu'ils devaient passer à Vince, comme quoi ce serait un moyen vraiment plus efficace et rapide de procéder. De toute l'énergie qu'ils avaient gaspillée à dissimuler des balises GPS dans les sacs avec le cash pour tenter de localiser les maisons, alors qu'il était plus logique de laisser Vince tout leur apporter.

Elle estimait qu'ils avaient mis dix minutes à tout casser pour arriver à destination. Ils étaient donc probablement toujours à Milford, même si théoriquement ils avaient eu le temps d'aller jusqu'à New Haven, ou Bridgeport, voire Shelton, si ça roulait correctement. Cela dit, elle ne pensait pas qu'ils avaient pris l'autoroute, Milford semblait donc le plus vraisemblable.

Elle se demandait combien de temps s'écoulerait avant qu'on remarque son absence au travail. Il était peu probable qu'elle puisse compter sur Hector, cette petite merde, pour prévenir la police. Ne la voyant pas revenir, il en profiterait pour aller raconter au reste de l'équipe qu'elle s'était barrée de bonne heure pour une pause déjeuner à rallonge.

Est-ce que quelqu'un remarquerait que son sac à main était toujours là ? Que sa Mini n'avait pas bougé du parking ?

Elle aurait peut-être dû faire plus d'efforts pour s'insinuer dans les bonnes grâces d'Hector.

Couchée sur le plancher, la tête dans un sac et le visage plaqué contre le tapis de sol, Jane s'était demandé s'ils allaient la tuer. Et même s'ils l'épargnaient, elle essayait d'imaginer ce qu'ils pourraient faire d'elle, parce qu'un des types à l'arrière lui faisait très mauvaise impression.

Il était extrêmement malsain.

— Elle est jolie, tu ne trouves pas ? a-t-il demandé. Joli cul.

— Reste concentré, Joseph, lui a intimé Reggie. Logan, maîtrise ton frère.

— Il admire juste le paysage, a dit l'autre, dont la voix était plus grave.

Joseph et Logan. Deux frères.

— T'en dis quoi ? a dit Joseph tout bas. Je m'en paierais bien une tranche.

— Quand on aura l'argent, a dit Logan, tu pourras te payer le plus beau cul du pays. Tu n'es pas obligé de te contenter de ce que tu as sous la main.

— Ouais, ben n'empêche. C'est juste là.

Sentant une main sur ses fesses, Jane a essayé de changer de position pour la repousser.

— Tout doux, a dit Joseph. Je te parie que ça doit être une vraie panthère.

Même si elle avait une furieuse envie de voir la tête de ces connards, elle se demandait si elle ne devait pas s'estimer heureuse d'avoir les yeux bandés. S'ils ne voulaient pas qu'elle voie leurs visages, c'est qu'ils n'avaient pas l'intention de la tuer. Mais elle avait vu Reggie. Et ils s'appelaient par leurs vrais noms. Elle n'avait pas l'impression qu'ils faisaient l'effort d'en utiliser des faux. Ce serait un peu stupide de leur part d'utiliser leurs vrais noms s'ils comptaient la relâcher, non ? Ils devaient bien se douter qu'elle les transmettrait à Vince, voire aux flics.

Elle en avait conclu que quoi qu'il arrive ensuite ils n'allaient pas la libérer. S'ils lui avaient mis un sac sur la tête, c'était pour la rendre plus docile. Ça n'avait rien à voir avec la volonté de protéger leur identité.

Quand ils étaient entrés dans le garage, Logan avait annoncé :

— On va te détacher les jambes pour que tu puisses marcher. Ne te mets pas à donner des coups de pied ou quoi.

Jane a fait un signe affirmatif de la tête.

— Bon, très bien. Détache-lui les jambes, a-t-il ordonné à son frère.

— Laisse-moi prendre mon couteau, a répondu Joseph, qui s'est penché sur elle et lui a soufflé à l'oreille : Il est vachement aiguisé.

Elle a senti un tiraillement au niveau des chevilles quand il a coupé la corde.

— C'est bon, a dit Joseph, dont elle a senti la main remonter le long de sa cuisse.

Jane a eu l'impression qu'une tarentule lui grimpait dessus.

Logan l'a fait asseoir, l'a aidée à passer entre les deux sièges, et elle a pu s'extraire du véhicule.

— Je vais te conduire à l'intérieur, a dit Logan.

Lentement, ils ont fait le tour de la voiture, leurs pas résonnant sur le béton froid. Ils ont monté deux marches pour entrer dans la maison, puis ont avancé d'une dizaine de pas dans un couloir avant de s'arrêter.

— Ça descend, l'a prévenue Logan.

Elle a descendu les marches avec précaution. L'escalier était juste assez large pour deux, et son ravisseur l'a escortée en la tenant par le coude.

— Maintenant tourne à gauche ici. C'est bon, retourne-toi... Tu peux t'asseoir. Il y a une chaise.

Elle s'est exécutée. Le siège avait un coussin, mais le dossier était en bois. On aurait dit une chaise de cuisine.

— Bon, eh ben, à la revoyure, a dit Logan.

Elle l'a senti s'en aller, puis elle a entendu le bruit d'une porte qui se fermait. Elle ne savait pas s'il avait laissé la lumière allumée. Le sac qu'elle avait sur la tête était parfaitement opaque, mais le tissage suffisamment lâche pour laisser passer l'air.

Assise là dans sa bulle de ténèbres, elle s'est débattue pour libérer ses poignets, mais la corde était bien serrée et lui entaillait la peau.

Elle entendait des voix en haut.

Il devait y avoir une cuisine ou un salon juste au-dessus de sa tête.

Les voix avaient une sonorité presque métallique, comme si elles lui parvenaient par un conduit d'aération.

— Je pense qu'il va faire ce qu'on attend de lui, a dit quelqu'un.

Un homme, mais c'était une voix différente de celles des deux frères.

— Je pense que Wyatt a raison, a déclaré Reggie. Il ne laissera pas mourir sa fille.

Wyatt. Le mari. Celui qui lui avait mis le sac sur la tête et qui l'avait poussée dans la voiture. Il avait dû venir ici par ses propres moyens. Ils étaient donc au moins quatre. Reggie, Wyatt, Logan et Joseph.

Pendant un moment, elle n'a rien entendu d'autre que des bruits de pas intermittents au-dessus de sa tête. Et puis, dans une autre partie de la maison, quelqu'un qui parlait avec colère, sans que personne lui réponde. Jane en a déduit que cette personne devait être au téléphone.

La porte s'est ouverte.

— Salut. (C'était Reggie.) Ton paternel, ou peu importe qui c'est, veut entendre ta voix.

Elle a défait l'adhésif autour de son cou pour soulever le sac et décoller celui qui obstruait sa bouche avant de dire dans le téléphone :

— Attendez, je vous la passe.

— Vince, ne fais pas... ! a crié Jane.

Reggie a remis l'adhésif en place, laissé retomber le sac. Elle a quitté la pièce sans le fixer autour de son cou et a fermé la porte.

Jane avait cru entendre Vince dire quelque chose, même si la femme n'avait pas mis le téléphone contre son oreille.

Deux mots.

Ma chérie.

L'avait-il déjà appelée comme cela ? « Ma puce », peut-être. « Mon chou. » Mais jamais « ma chérie ».

Jane avait envie de pleurer. Elle avait envie de céder à la panique, aussi. Mais elle a pris sur elle.

Elle devait être forte.

Elle avait toujours été forte. Elle avait toujours su se débrouiller toute seule. Il fallait qu'elle trouve un moyen de se sortir de là.

Ils allaient la tuer, elle en était certaine. Que Vince fasse ce qu'ils attendaient de lui ou pas.

Ils le tueraient sans doute lui aussi, à moins qu'il n'ait un plan génial et ne se montre plus malin qu'eux.

Elle a entendu la porte s'ouvrir de nouveau. Quelqu'un entrait dans la pièce.

— Mm, mm, mm ? a marmonné Jane sous son bâillon.

Le « qui est là ? » le plus intelligible dont elle était capable.

L'intrus n'a rien dit mais elle l'entendait respirer.

Ils avaient envoyé quelqu'un pour la tuer. Ayant convaincu Vince qu'elle était vivante, ils n'avaient plus besoin d'elle. Elle s'est penchée en avant et a secoué la tête pour essayer de faire tomber le sac, mais il n'a pas bougé.

— Calme-toi, a dit un homme. J'avais juste envie de descendre discuter avec toi un moment. De te tenir compagnie. De t'aider à passer le temps.

Joseph.

52

Terry

Vince a été moins difficile à convaincre que je ne l'aurais imaginé. Cynthia lui a montré sa carte officielle des services sanitaires de Milford.

— Voilà qui persuadera les propriétaires de nous laisser monter dans leur grenier sans que tu aies à les menacer de leur faire sauter la cervelle.

— C'est sans doute préférable, s'est-il contenté de dire.

Il avait l'air dans les vapes. Il devait penser à Jane. En tout cas, moi, je pensais à elle.

Je suis allé au garage et en suis revenu avec une échelle et quatre tendeurs courts aux extrémités munies de crochets. J'ai levé la tête au plafond, comme si je regardais notre propre grenier à travers, et je lui ai demandé :

— On commence ici ?

Vince a hésité.

— Non. Je n'ai pas beaucoup de temps, et il y a plus de cash dans les autres maisons.

Je suis donc sorti avec l'échelle pour la sangler sur la galerie de l'Escape avec les sandows. Il était logique de ne prendre qu'une seule voiture et d'emmener Grace avec nous. Nous n'avions personne à qui la confier, et il était hors de question de la laisser à la maison après les événements terrifiants de la matinée.

Cynthia a proposé à Vince le siège passager, moins par courtoisie, supposais-je, que parce qu'elle ne tenait pas à ce qu'il s'assoie à l'arrière avec Grace. Nous passerions d'abord à l'atelier de carrosserie, le quartier général de Vince. Il devait y récupérer toutes les clés dont il allait avoir besoin, ainsi qu'un petit carnet dans lequel étaient notés adresses et codes de sécurité, ce qui nous permettrait d'avoir accès aux maisons dans lesquelles il n'y avait personne. Il lui fallait aussi prendre le butin que Bert et Gordie avaient déjà sorti de leurs différentes caches un peu partout dans Milford. Il avait fourré le tout dans deux sacs écologiques réutilisables Walgreens.

— Nous… enfin, Cynthia se chargera des pourparlers, lui ai-je dit en jetant un coup d'œil dans le rétroviseur juste à temps pour le voir se renfrogner. Et si tu peux me dire où se trouve l'argent dans chaque maison, je grimperai le récupérer.

— J'espère que tu ne songes pas à m'arnaquer, a-t-il menacé.

J'allais lui dire ma façon de penser, mais je me suis retenu, pensant que Cynthia s'en chargerait.

La riposte est venue de Grace :

— Waouh ! C'est vraiment dégueulasse comme remarque.

Vince a changé de position pour la regarder.

— Ouais, c'est moi qui ai dit ça, a-t-elle continué. Pensez à tous les emmerdements qu'on a eus, mes parents et moi, à cause de vos problèmes depuis hier soir… et bon, d'accord, j'ai aussi totalement déconné… mais c'était votre idée géniale de planquer de l'argent chez des gens, et c'est parti en sucette, et maintenant, ma mère et mon père essayent de vous sauver les miches, à vous et à Jane, et vous les accusez d'essayer de vous arnaquer ? Excusez-moi et tout, mais si ça, c'est pas être un con, c'est que je ne m'y connais pas.

Vince s'est tourné vers moi et m'a demandé :

— Ça fait combien de temps qu'elle traîne avec Jane ?

— Assez longtemps pour savoir comment te parler, manifestement, ai-je répliqué.

Il a tourné la tête et regardé droit devant lui à travers le pare-brise. Sans s'adresser à aucun d'entre nous, il a grommelé :

— J'avais bien besoin de ça. Me faire emmerder par deux pisseuses.

Pour la première maison de la liste, on s'en est bien tirés. L'allée conduisait jusqu'à un garage pour deux voitures, à l'arrière. Nous nous sommes garés à côté, puis Cynthia et moi avons sonné à la porte de devant. Comme personne ne venait nous ouvrir, nous sommes allés prévenir Vince, qui est descendu de voiture, une clé à la main, et s'est dirigé vers la porte de derrière. Dans la mesure où la maison était bien protégée par des arbres et de hauts buissons qui délimitaient la propriété, nous étions quasiment sûrs de pouvoir entrer sans être vus.

Vince a ouvert et s'est approché du pavé numérique de l'alarme qui bipait. Il a saisi un code à quatre chiffres et le bip a cessé.

— Teresa travaille ici ? a demandé Cynthia avec une pointe de mépris.

Il a fait non de la tête.

— On l'a eu par la baby-sitter.

Cynthia a préféré rester près de la voiture avec Grace et faire le guet. Elle me téléphonerait en cas de problème. J'ai descendu l'échelle du toit et j'ai suivi Vince au premier étage, en faisant attention de ne pas cogner les murs.

— Du gâteau, a-t-il annoncé en montrant du doigt l'accès au grenier, un panneau dans le plafond du couloir de l'étage.

J'ai déplié l'échelle, écarté le panneau quand j'ai eu atteint la dernière marche et je me suis hissé dans le grenier. Il y faisait une chaleur à crever. Au moins dix degrés de plus que les vingt-six qu'on avait dehors.

Il y faisait sombre, aussi. Des grilles de ventilation encastrées dans le rampant du toit projetaient quelques faisceaux de lumière pâle, et la trappe par laquelle j'étais monté en dispensait un peu plus, mais il n'était quand même pas facile d'y voir.

— Une torche ne serait pas de trop, ai-je dit. Ou une lampe frontale.

— La prochaine fois, m'a répondu Vince au pied de l'échelle. Je ne sais pas exactement où c'est planqué. C'est Gordie qui s'en est occupé. D'habitude, on n'aime pas le mettre trop près de la trappe. Regarde dans les coins.

Ce n'était pas évident de se déplacer. Il n'y avait pas de plancher. Rien que des solives séparées par de la laine de verre. Je pouvais tout juste me tenir debout et marchais en posant les pieds en travers des solives afin de ne pas glisser et risquer de passer à travers le plafond en dessous. J'ai sorti mon téléphone et, une fois encore, m'en suis servi de lampe torche.

Je me suis accroupi, ai tendu le bras entre les premières solives pour soulever des morceaux d'isolant. Comme je n'ai rien trouvé, je suis passé à celles d'à côté.

Il ne m'a pas fallu longtemps avant que quelque chose attire mon attention.

Le plastique brillant d'un sac-poubelle vert foncé a réfléchi la lumière du téléphone.

— Je crois que je l'ai, ai-je dit.

J'ai rempoché mon portable, retiré et écarté l'isolant, me suis saisi du sac et l'ai soulevé.

Il était plein de billets de banque.

— Bon Dieu ! ai-je murmuré.

Pareil à un funambule passant d'un fil à l'autre, j'ai marché sur les solives jusqu'à me retrouver au-dessus de la trappe.

— Attention en dessous ! ai-je annoncé avant de laisser tomber le sac dans les bras de Vince. Il faut que j'aille remettre l'isolant.

Pas la peine de laisser des traces de notre passage. J'ai continué mon numéro de funambule, me déplaçant de solive en solive, malgré la faiblesse de la lumière ambiante.

Brusquement, mon pied a glissé.

Ma chaussure droite a ripé sur le bord d'une solive, traversé l'isolant et heurté quelque chose de relativement solide. Pas suffisamment toutefois. Tout mon corps s'est affaissé, et j'ai écarté les bras pour tenter de me rattraper aux solives les plus proches.

Il y a eu un grand fracas.

— Putain, c'est quoi, ça ? a crié Vince.

— Mon pied. J'ai fait un trou dans le plafond.

J'ai réussi à remonter ma jambe, en m'entaillant la cheville sur le bord déchiqueté du placoplâtre.

Quand j'ai regardé en bas, là où j'avais mis le pied, je n'ai vu que du noir.

Soudain, une lumière est apparue, puis le visage de Vince s'est tourné vers moi.

— C'est un placard, a-t-il dit. T'es un vrai manche.

— Je vais bien, merci d'avoir posé la question. Qu'est-ce qu'on va bien pouvoir faire ?

— Rien. Il n'y a rien à faire. Ils penseront que c'est des ratons laveurs.

Des ratons laveurs de film d'horreur, peut-être...

J'ai remis l'isolant en place, même si je n'en voyais pas trop l'intérêt, et louvoyé pour revenir jusqu'à l'ouverture. J'ai laissé pendre mes jambes à travers la trappe jusqu'à sentir l'échelle sous mes pieds, ai descendu deux marches, replacé le panneau. Vince, qui se tenait en haut de l'escalier, le sac à la main, me regardait avec impatience tandis que je repliais l'échelle.

— On a planqué de l'argent dans je ne sais combien de maisons, et on n'est jamais passés à travers le plafond, a-t-il observé.

— Non, ai-je rétorqué. L'argent, vous l'avez juste *perdu*.

Quand nous sommes sortis par la porte de derrière, Cynthia est accourue. Elle a vu le sac vert dans la main de Vince.

— Mission accomplie ? a-t-elle demandé.

Nous avons tous les deux fait un signe de tête affirmatif, mais sans dire un mot. Nous avions ce que nous étions venus chercher et nous voulions foutre le camp d'ici. Après avoir remis l'alarme et fermé la porte à clé, Vince est monté dans la voiture tandis que je rattachais l'échelle avec les sandows.

En me mettant au volant, j'ai demandé :

— Et maintenant ?

— Viscount Drive, a-t-il indiqué.

Je suis sorti de l'allée en marche arrière et j'ai pris la direction de la maison suivante. Depuis la banquette arrière, Grace a demandé :

— À votre avis, si vous leur donnez tout ce qu'ils veulent, tout l'argent, ils libéreront Jane ?

Cynthia a murmuré quelque chose à notre fille, sans doute du style « Ne parlons pas de ça ».

Mais Vince a quand même répondu.

— Probablement pas.

— Pourquoi ? a demandé Grace.

— Ils la tueront, et moi aussi, parce que je ne suis pas du genre à lâcher l'affaire.

Un frisson m'a parcouru, qui ne devait rien à la climatisation.

— Dans ce cas, suis-je intervenu, ça ne rime à rien de vider toutes ces maisons.

Vince a continué à regarder droit devant lui.

— Oh que si !

— Comment ça ? C'est quoi ton plan ? Si tu penses qu'ils vont prendre l'argent et vous tuer quand même, toi et Jane, quelle est l'idée ?

— J'y travaille.

— Tu voudrais bien nous éclairer ? ai-je demandé.

— Tourne à gauche.

La maison sur Viscount avait également un étage. Une habitation modeste, bardage blanc, pas de garage.

— La femme de ménage ? La nounou ? Le réparateur de chaudière ? Qui vous informait de l'intérieur ici ?

— Qu'est-ce que ça peut faire ? a dit Vince.

Nous nous sommes garés dans l'allée. Une vieille Pontiac Firebird d'un rouge passé s'y trouvait déjà. Elle devait avoir plus de trente ans. Cynthia a été la première à descendre de l'Escape. Quand elle a sonné, je me tenais trois pas derrière elle.

Dix secondes plus tard, la porte s'est ouverte sur un homme qui devait avoir au moins soixante-dix ans. Habillé avec soin, la chemise boutonnée jusqu'au col. Grand et mince, avec quelques cheveux gris hirsutes sur le crâne.

— C'est pour quoi ? a-t-il demandé.

Cynthia a présenté ses excuses pour le dérangement, a rapidement montré son badge et débité son laïus.

— Nous avons eu une augmentation préoccupante des cas de moisissures domestiques. Vous avez peut-être vu quelque chose à ce sujet dans le journal ou aux infos ?

— Euh, je sais pas. La patronne en a peut-être entendu parler, a-t-il dit en penchant la tête en arrière vers l'intérieur de la maison. Gwen !

Quelques secondes plus tard, une femme du même âge, à la chevelure argentée, est apparue dans l'encadrement de la porte.

— Oui ?

— Ces gens sont du service de santé. Ils sont là pour les moisissures.

— Ça par exemple ! s'est-elle récriée. On n'a pas de ça chez nous.

— Vous avez sans doute raison, a dit Cynthia. Le problème avec les moisissures, bien sûr, c'est qu'on en subit souvent les effets avant de les voir. Elles se développent généralement dans les endroits humides, souvent derrière les murs ou les meubles, et la plupart du temps dans les combles, parfois à cause d'une fuite dans le toit.

— Hou là ! Ç'a l'air affreux.

— C'est la raison pour laquelle, a poursuivi Cynthia en me désignant d'un geste, puis en pointant l'échelle sur le toit de la voiture, nous effectuons des inspections aléatoires dans les greniers pour déceler d'éventuelles infestations.

— Je ne sais pas, a dit l'homme. Je ne pense vraiment pas que ce soit nécessaire.

— Comme vous le savez, a insisté Cynthia, les moisissures menacent plus particulièrement les nourrissons et les enfants, ainsi que les personnes susceptibles d'avoir un système immunitaire déjà affaibli. Cela peut concerner les porteurs du virus HIV, par exemple, ou les personnes ayant des difficultés respiratoires liées à des allergies ou à l'asthme, et bien sûr les personnes âgées, qui sont également davantage sujettes aux infections dues aux spores de moisissures. Pouvez-vous me dire si vous avez eu des migraines ou des irritations cutanées, peut-être des vertiges, des démangeaisons oculaires, voire une toux sèche ?

J'ai vu l'inquiétude gagner peu à peu leurs visages. Je me sentais moi-même un peu inquiet. J'avais eu tous ces symptômes à un moment ou à un autre au cours des derniers mois.

— Harold, a tranché la femme, si on a des moisissures qui poussent au grenier, il faut qu'on le sache.

— Ils essaient juste de nous vendre des réparations au prix fort.

— Pas du tout, a protesté Cynthia en leur tendant une brochure officielle. Ce n'est pas notre but. Si nous détectons effectivement des moisissures, nous pouvons vous soumettre une liste d'entreprises agréées. Garber Contracting est une de celles qui me viennent à l'esprit, comme ça, mais il y en a beaucoup d'autres. Nous n'effectuons pas les travaux nous-mêmes.

Je commençais à me demander s'il n'aurait pas été plus rapide de régler ça à la Vince. Juste en les flinguant.

— Bon, ben d'accord, a dit l'homme.

Je suis retourné à la voiture pour détacher l'échelle. Vince a baissé la vitre électrique.

— Essaie de ne pas passer à travers le plafond, cette fois.

— Où est-ce qu'il faut chercher ?

— Le long du mur est.

Alors que je revenais vers la maison, j'ai entendu la femme demander à Cynthia :

— C'est qui, là, dans la voiture ?

— C'est la journée des Métiers, j'emmène ma fille au travail.

— Mais il n'y a plus école.

— C'est exact, a dit Cynthia lentement. (Je pouvais presque entendre tourner les rouages de son cerveau.) Mais c'est une journée organisée par la chambre de commerce, pas par le lycée. Je n'ai pas le droit de la faire entrer, parce que les règlements sanitaires stipulent que nous ne pouvons l'exposer aux polluants susceptibles de se trouver dans votre habitation. Et le monsieur dans la voiture est un responsable de la direction de la santé de la ville.

— Il est payé pour rester assis sur son cul ? a demandé l'homme.

Cynthia a levé les yeux au ciel et déclaré :

— Vous voyez à quoi servent vos impôts. En fait, si nous découvrons un problème, c'est lui qui mettra la combinaison de protection et ira à l'intérieur.

Les termes « combinaison de protection » ont fait pâlir l'homme.

Sa femme m'a conduit à l'étage, puis dans la chambre qui avait été transformée en atelier de couture. Elle a ouvert la porte de la penderie et m'a montré du doigt la trappe du grenier. J'allais devoir rentrer le ventre.

Cynthia est entrée au moment où je dépliais l'échelle. La femme se tenait nerveusement au milieu de la pièce. Nous ne voulions surtout pas l'avoir dans nos pattes quand je ferais tomber des liasses de billets du grenier.

Cynthia, qui avait manifestement envisagé tous les détails de notre entourloupe, a sorti de sa poche deux masques chirurgicaux. Elle m'en a tendu un et a enfilé l'autre sur son visage, en passant les petits élastiques derrière ses oreilles.

— J'aurais aimé en avoir un troisième pour vous, a-t-elle dit à la femme, qui s'est alors décidée à attendre en bas.

J'ai fourré le mien dans ma poche en écartant la trappe. Je me suis hissé dans le grenier, un autre environnement étouffant où régnaient des odeurs d'air confiné, de bois, et de crotte de souris. J'ai orienté la torche vers le mur est.

Il n'y avait pas assez de place pour se tenir debout, aussi je me suis avancé plié en deux. Quelque chose a attiré mon attention sur une des planches du plafond. Quelque chose de sombre et, disons-le, de dégoûtant.

— Cyn, tu m'entends ?

L'échelle a couiné. Je me suis retourné et j'ai vu sa tête émerger à l'intérieur du grenier.

— Oui, je suis là.

— Je crois qu'ils ont des moisissures, ai-je dit.

Elle est redescendue.

Arrivé au mur est, j'ai commencé à soulever l'isolation. En deux minutes, j'ai trouvé ce que je cherchais. Un sac en plastique transparent, de la taille d'un gros classeur, fermé par de l'adhésif toilé et rempli de liasses de billets bien nettes liées avec des élastiques.

J'ai également trouvé autre chose.

Plusieurs petits sacs de congélation glissés à l'intérieur d'un sac transparent plus grand et remplis de ce qui ressemblait à du verre brisé ou à de la glace. Sauf que ça ne pouvait être de la glace, étant donné la chaleur qui régnait là-haut. Ces fragments pareils à des cristaux se comptaient par centaines, certains tout petits, d'autres aussi grands que le bout de mon doigt.

— Qu'est-ce que c'est que ce...?

Et puis ça a fait tilt. De la méthamphétamine !

Quand Vince disait qu'il ne planquait pas que de l'argent, ce n'était pas une blague.

53

Rona Wedmore a téléphoné à un des techniciens de la police, connu sous le seul nom de Spock.

— Je suis dans une boutique de robes de mariée ; je veux que tu te ramènes illico, a-t-elle dit dans son portable.

— Est-ce que j'aurais fait une demande en mariage qui me serait complètement sortie de la tête ? a-t-il plaisanté.

Spock est arrivé vingt minutes plus tard. Avec son mètre soixante-cinq et ses cent dix kilos, il ressemblait fort peu au personnage de *Star Trek*, mais il semblait doté de la même intelligence. Rona l'a chargé d'examiner le système de surveillance de la boutique, lequel était logé dans une réserve remplie de centaines de robes de mariée, et il s'est mis à la tâche avec le plus grand sérieux. Il avait apporté une partie de son matériel, dont un ordinateur portable, et il branchait des trucs et tirait des câbles ici et là.

Au lieu de repasser les enregistrements du matin sur le moniteur de mauvaise qualité installé dans la réserve, Spock était en mesure de les visionner sur son propre écran haute résolution.

— On s'intéresse à quelle plage horaire ? a-t-il demandé à Wedmore.

— Je ne sais pas au juste. Avant 10 heures. Tu peux revenir en arrière, ou il faut que je te donne une heure en amont et que tu démarres à partir de là ?

— Je peux tout faire, a répliqué Spock, les yeux rivés sur l'écran.

— On va remonter à 8 heures et avancer.

Spock est revenu presque quatre heures en arrière, puis a fait défiler l'enregistrement en avance rapide. La caméra était placée au-dessus de la porte de derrière, inclinée de manière à couvrir le parking et une partie de la rue qui passait derrière la boutique.

— Ici, a dit Wedmore. Une voiture garée en face.
— Ouais.
— C'est quoi ? Une BMW ?
— Je n'y connais rien en bagnoles. Je n'ai pas mon permis.
— Tu as quel âge ? Quinze ans ?

Même sur le coûteux portable de Spock, l'image était granuleuse et floue. Un homme et une femme descendaient de la voiture, commençaient à traverser la rue, mais obliquaient à droite et sortaient du cadre. Mais quelques secondes plus tard, ils entraient dans l'écran par le coin inférieur droit, si près du mur que la caméra ne filmait plus guère que le dessus de leur tête.

Ils passaient quelques secondes devant la porte, puis pénétraient dans le bâtiment.

— Mme Monroe a fait installer des caméras, a dit Wedmore, mais elle n'avait pas branché l'alarme. Repasse en avance rapide.

Il n'a pas fallu attendre bien longtemps avant qu'une autre voiture apparaisse, mais au lieu de se garer de l'autre côté de la rue, celle-ci s'est rangée juste devant la porte. Une Nissan quatre portes beige. Heywood Duggan en est descendu.

Wedmore a senti une boule se former dans sa gorge. Elle a serré le poing gauche, enfonçant les ongles dans sa paume.

— C'est notre gars ? a demandé Spock.

— Oui, a-t-elle dit tout bas.

Cinq autres minutes se sont écoulées. La porte s'est ouverte à nouveau et le couple est ressorti. On les apercevait brièvement de dos au moment où ils passaient devant la voiture de Duggan, traversaient la rue, et remontaient dans la BMW. La voiture démarrait, effectuait un demi-tour et disparaissait dans la direction par laquelle elle était arrivée.

— Reviens en arrière... arrête-toi là !

— Où ça ?

— Quand la voiture fait demi-tour, on aperçoit la plaque.

Spock a figé l'image. La voiture et la plaque étaient aussi floues l'une que l'autre.

— Tu peux faire un gros plan ? s'est enquise Wedmore.

— Ça ne va rien arranger, a prévenu Spock avec raison.

Il a agrandi l'image, mais les chiffres et les lettres de la plaque d'immatriculation étaient trop indistincts pour être déchiffrés.

— Merde, a fait Wedmore.

— Je peux me connecter au système de gestion de la circulation. Vérifier leurs caméras. Chercher cette voiture dans cette zone et dans ce créneau horaire.

J'aurai plus de chances de trouver une immat' à partir de leur système.

— Si tu y arrives, je te paie la collection complète des figurines de *Star Trek*.

— Je déteste *Star Trek*, a répondu Spock.

54

— Cyn ! ai-je chuchoté.

Un chuchotement plutôt bruyant. Je voulais être sûr qu'elle m'entendrait sans attirer l'attention du couple âgé qui occupait la maison.

Sa tête a fait surface à l'intérieur du grenier pour la seconde fois.

— Je leur dirai, pour les moisissures, a-t-elle assuré.
— Il faut que je parle à Vince.
— Tu ne trouves pas l'argent ?
— Je l'ai trouvé. Mais j'ai trouvé autre chose.

J'ai soulevé un des sachets de méthamphétamine.
— C'est quoi, ça ?

J'ai jeté le sachet dans sa direction. Il a atterri un peu avant la trappe, et elle a tendu le bras pour s'en saisir et l'examiner. Elle m'a regardé.

— Tu sais ce que c'est, n'est-ce pas ?
— J'ai ma petite idée. Se balader dans toute la ville avec de l'argent liquide, c'est une chose, mais qu'est-ce qui se passe si on se fait arrêter avec ça dans la voiture ?
— Donne-moi une minute.

Sa tête a disparu d'un coup. Je me suis débrouillé pour attendre son retour dans une position confortable. J'ai posé mes fesses en travers d'une solive, mes pieds sur une autre, devant moi, les deux mains sur une troisième, derrière moi, et je me suis penché en arrière. J'aurais de loin préféré un fauteuil inclinable en cuir.

Cinq minutes se sont écoulées. J'ai commencé à entendre des voix au-dessous de moi, puis le bruit de l'échelle en aluminium.

Une seconde plus tard, la tête de Vince est apparue.

— Tu crois qu'on devrait se balader avec ça ? ai-je demandé en brandissant le sachet.

— Tu perds du temps. Ils ont dit qu'ils voulaient tout. Alors on leur donne tout. Ils sont peut-être au courant pour ça. Peut-être que ça fait partie de ce qu'ils veulent. J'essaie de sauver Jane, et toi, tu vas chipoter sur ce qu'on transporte dans la voiture ?

— Je te l'envoie. Tu pourras le faire passer à Cynthia.

Une fois tout l'argent et la drogue retirés, j'ai remis l'isolant en place en le tassant.

Quand je suis arrivé à la porte d'entrée avec l'échelle, Vince était déjà retourné à la voiture, tandis que Cynthia fournissait aux propriétaires une courte liste d'artisans qu'ils pourraient appeler pour s'occuper de leur problème.

— Tu sais quoi ? a-t-elle dit en montant à l'arrière à côté de Grace. On a fait une bonne action.

Vince a consulté sa montre. Il était déjà midi passé. Il allait bientôt recevoir son appel. Il m'a indiqué le chemin d'une autre maison.

Nous avons eu de la veine. Comme dans la première, il n'y avait personne. Vince et moi sommes entrés pendant que Cynthia et Grace faisaient le guet. J'ai été obligé de soulever pratiquement toute l'isolation pour trouver l'argent. Vince croyait qu'il se trouvait sur un des côtés de la maison, alors qu'il se trouvait de l'autre.

— Eldon, a-t-il marmonné entre ses dents.

— Qu'est-ce qui s'est passé là-bas ? ai-je demandé pendant que je cherchais l'argent, plié en deux, et que Vince me regardait faire depuis la trappe du grenier. Bert s'est barré. Gordie s'est fait renverser par une camionnette. Tu as dit qu'Eldon aussi était mort.

— Ouais.

— Comment ?

— Ne me demande pas.

— Ç'aurait pu être lui ? ai-je demandé.

— Lui quoi ?

— Celui qui t'a arnaqué ? Est-ce que son fils l'aidait ? Lui et Stuart ? Quelque chose a mal tourné ?

Vince a secoué la tête.

— Je ne pense pas.

— Mais ça devait être quelqu'un qui connaissait la localisation de l'argent. Tu n'as jamais expliqué à Teresa pourquoi tu voulais avoir accès à notre maison. Ni au promeneur de chiens.

— Non. Mais il l'a peut-être compris.

— Tu es en train de me dire que ça n'aurait pas pu être un de tes gars ?

Un silence soudain s'est fait dans le grenier. Plusieurs secondes se sont écoulées avant que Vince reprenne la parole.

— On pourrait le penser. Mais c'est mon problème, pas le tien.

Nous avons terminé, en faisant de notre mieux pour effacer toute trace de notre passage et nous avons quitté la maison. J'ai à nouveau sanglé l'échelle sur la galerie du toit.

— Où est-ce qu'on va maintenant ? ai-je demandé en me mettant au volant.

Vince a encore regardé sa montre.

— Ils sont censés appeler dans une demi-heure. On n'a pas le temps d'en faire plus.

Il parlait d'un ton monocorde, comme s'il était sur pilote automatique, l'esprit ailleurs.

— À quoi tu penses ? ai-je demandé.

— Je ne sais pas, a-t-il répondu lentement, ce qui était pour moi la preuve du contraire. Elle a dit qu'elle voulait tout, mais peut-être qu'il ne s'agit pas que de l'argent. C'est l'histoire de l'aiguille dans la botte de foin.

— Quoi ? a demandé Grace.

— C'est peut-être cette méthamphétamine. Les gens qui me l'ont confiée avaient passé un certain temps à perfectionner leur produit. Quelqu'un veut peut-être récupérer cet échantillon pour comprendre comment ils ont fait. Ou bien ce sont des documents glissés dans une liasse de billets dans une autre maison. Quelque chose qui se trouve dans une de mes planques mais qu'ils ne veulent pas me demander comme ça pour que je ne puisse pas aller le récupérer directement. Ils ne veulent pas que je sache de quoi il s'agit. Parce que si je savais à quel point c'est précieux, j'aurais peut-être envie de le garder.

— Alors on ne l'a même pas encore, si ça se trouve, ai-je dit.

— Ouais, a-t-il confirmé, puis, après quelques instants de réflexion : Je compte un peu là-dessus.

Je l'ai regardé.

— Quoi ?

— Mais si on l'a, il faudra malgré tout que je les appâte avec quelque chose de plus.

Il ne s'adressait pas à nous. Il parlait tout seul.

Ce monologue a tourné court. Son téléphone portable sonnait. Il l'a extirpé de son blouson, a regardé l'écran.

— C'est eux.

55

Jane, toujours ligotée sur sa chaise, le visage sous le sac, a entendu Joseph traîner quelque chose par terre depuis un autre coin de la pièce. Elle se tenait parfaitement immobile, aux aguets, essayant de deviner ce qu'il fabriquait.

Le bruit a cessé brusquement, juste en face d'elle.

— C'est histoire de m'installer confortablement, a expliqué Joseph.

Une chaise. Il avait approché une chaise dont les pieds étaient en bois. Il y a eu un bruissement de tissu, un léger mouvement d'air quand il s'est assis.

Soudain, elle a senti quelque chose effleurer ses genoux. Elle a tressailli.

— Hé, ne t'en fais pas, a-t-il dit. C'est juste moi. J'ai approché ma chaise pour qu'on puisse s'asseoir genou contre genou.

Elle a bien essayé de reculer, mais elle ne pouvait pas aller plus loin. Il a écarté les jambes de manière à pouvoir emprisonner les siennes entre ses genoux.

— C'est plus sympa. Ça me plaît. Et toi, ça te plaît ? Tu n'es pas bien bavarde, hein ? Tu sais quoi ? J'aime ça chez une fille.

Il a tapoté ses genoux avec ses paumes, comme s'il jouait du tambour.

— Badoum, badoum. Tiens, je parie que tu te demandes si ton père va te sortir de là. Je sais, je me suis trompé. Reggie dit que ce n'est pas ton père mais ton beau-père. J'ai eu un beau-père pendant un moment. Moi et Logan, il y a eu deux ans où notre mère a vécu avec cet enfoiré, qui s'appelait Gert. Il venait de Bavière ou d'un endroit comme ça. Ma mère l'avait à la bonne, jusqu'à ce qu'elle apprenne à le connaître et découvre qu'il prenait son pied en lui tordant les doigts en arrière presque jusqu'à les lui casser si elle ne lui servait pas la soupe à l'heure. Moi, ce qu'il aimait me faire – je dois reconnaître que j'étais plutôt chiant –, c'était de me mettre dans le sèche-linge. Tu sais, les grands Kenmore blancs. Enfin, il était probablement pas plus grand qu'un autre sèche-linge, mais pour un petit gosse qui ne peut même pas voir par-dessus, ça paraît grand. Alors, quand j'étais chiant, il ouvrait la porte et me fourrait à l'intérieur, et puis il appuyait une chaise contre la porte pour que je puisse pas sortir. Je sais ce que tu penses. Est-ce qu'il le mettait en marche et me faisait tourner et griller à mort ? Non. Je veux dire, il en a peut-être eu envie, mais j'étais trop lourd, ça aurait flingué la machine, et il n'avait certainement pas envie de payer quelqu'un pour la réparer. Donc, il se contentait de me laisser là-dedans, tout recroquevillé. Une fois, il a dû m'oublier, ou bien il en avait rien à foutre, parce qu'il est sorti tout un après-midi pour aller boire avec ses potes. Ta mère, elle t'a déjà fait des trucs de ce genre ? Est-ce qu'elle avait un beau corps ? Parce que toi, tu as un beau corps.

Une main a quitté son genou pour toucher le côté de sa tête. La caresser à travers le tissu.

— Enfin, bon, on a vu ton beau-père hier soir, et il s'est pissé dessus. J'en croyais pas mes yeux. On lui a fait peur, j'imagine. Il doit prendre peur facilement, parce qu'on ne le menaçait pas ni rien.

Il a retiré sa main pour la reposer sur son genou.

— Bref, pour en revenir à l'histoire du sèche-linge...

Jane a émis un gémissement de frustration.

— Ne m'interromps pas. J'avais l'habitude d'aller dans cet endroit, genre, dans ma tête, quand Gert me faisait des saloperies comme ça. Quelque part, très loin, pour ne pas penser à ce que j'étais en train de subir. Ça m'aidait vraiment. Des fois, j'imaginais que j'étais sur un bateau en plein océan, ou bien dans une fusée qui allait vers Mars... que des trucs comme ça. Je me demande si c'est pas un peu ce que tu fais en ce moment... T'imaginer que tu es ailleurs. Parce que si c'est pas le cas, tu devrais peut-être commencer à le faire.

Quelqu'un a appelé de l'étage du dessus :
Joseph !

— Chuut ! a-t-il soufflé à Jane. C'est mon frère. Il veut sans doute me donner quelque chose à faire. Ça peut attendre. Je me disais qu'on pourrait s'amuser un peu d'abord. Même avec un sac sur la tête, tu es belle. Il y a des filles, on voudrait se les faire avec un sac sur la tête. Il faut que je me lève une minute.

Il a relâché son étreinte, s'est écarté. Jane s'est demandé s'il partait, mais elle n'avait pas l'impression qu'il s'éloignait. Elle l'entendait respirer. Et puis elle a entendu autre chose. Un tintement, pareil à un bruit de boucle de ceinture. Suivi du bruit caractéristique d'une fermeture Éclair.

Qu'on descendait, selon toute probabilité.

— Va dans ton petit refuge, a-t-il dit d'une voix qui semblait toute proche.

— Joseph !

Elle pouvait sentir son souffle sur son visage, malgré le tissu du sac. Il était juste en face d'elle.

Jane s'est dit que si elle devait tenter quelque chose, c'était maintenant ou jamais. Elle a mis moins d'une demi-seconde pour décider quoi faire et s'exécuter.

Elle s'est penchée de quelques centimètres en arrière, histoire d'avoir un peu de recul, puis a projeté sa tête en avant.

Vite.

Elle n'était pas en mesure de savoir où il se trouvait au juste, ni à quel endroit en particulier se situait son *nez*, mais elle était plutôt sûre de son coup. Elle a rentré le menton, avancé le front, et enfoncé celui-ci de toutes ses forces dans la partie de son anatomie qui se trouvait en face d'elle.

Impact qui n'a duré qu'un instant, mais cela a suffi pour qu'elle sente le choc de l'os contre la chair et le cartilage. Pour qu'elle sente s'écraser le nez de Joseph.

— *Ahhhhhhh !*

Un cri strident et immédiat, rapidement suivi d'un : « Oh, mon Dieu, oh, mon Dieu ! »

Jane a senti des gouttes tièdes tomber sur ses cuisses. À l'étage, des bruits de pas martelaient le plancher.

— Joseph ! Où es-tu ? Où… ? Nom de Dieu !

— Mon nez ! a-t-il vociféré. Elle m'a pété le nez !

— Merde, alors !

La voix de la femme. Reggie.

— Logan, il est cassé, a sangloté Joseph. Il est cassé, putain !

— C'est bon, attends, attends.

— Je vais la tuer !

Elle a senti des mains humides et glissantes lui empoigner le cou juste sous la capuche, lui salir la peau. Il a enroulé ses paumes autour de sa gorge, a commencé à serrer.

— Arrête ! (Logan.) Joseph, arrête !

Quelqu'un l'a emmené de force.

— Bon Dieu, il pisse le sang.

Un autre homme. Ça devait être celui qui s'appelait Wyatt.

— Allez chercher quelque chose pour son nez, a dit Logan.

D'autres cris.

— Je vais devoir l'emmener à l'hôpital.

Reggie est intervenue :

— Tu plaisantes ? Tu ne peux pas aller à...

— Regarde-le ! Il va s'étouffer dans son propre sang !

— Qu'est-ce que tu vas bien pouvoir leur raconter, à l'hosto ? a demandé Wyatt.

— Que c'est cette garce qui l'a fait ! a répondu Joseph avec des gargouillis dans la voix. Que cette putain de garce m'a cassé...

— Non ! l'a interrompu Logan. Tu leur diras que tu as trébuché et que tu es tombé la tête la première... voilà ce que tu leur diras.

— Il me faut un médecin, a hoqueté Joseph, complètement paniqué. J'ai vraiment besoin d'un médecin.

— Et puis merde, très bien, a capitulé Reggie. Emmène-le à l'hôpital. Prévois juste une histoire plausible.

— Je ne sais pas pour combien de temps on va en avoir, a prévenu Logan. Ça peut prendre un moment. Bon Dieu, je ne sais même pas s'ils vont pouvoir arranger ça.

— C'est vraiment moche ? s'est enquis son frère.

— Qu'est-ce que tu fous avec ton pantalon sur les genoux ? a demandé Reggie. Non, franchement, on a des trucs à faire, et toi, tu es ici à te taper la femme de ménage.

— Et comment on s'arrange pour le rencard ?

C'était Wyatt qui parlait.

— On peut faire ça sans eux, a répondu Reggie. Vous, vous allez à l'hôpital, et on se retrouve ici après.

— On veut quand même notre part, a objecté Logan.

— Ne te bile pas pour ça. Nom de Dieu, sortez-le d'ici... il est en train de tout saloper. Regardez la moquette.

Jane a entendu les geignements de Joseph s'estomper tandis que son frère le faisait sortir pour le conduire à l'étage. Mais elle sentait encore une présence.

— Il t'a touchée ? a demandé Reggie.

Jane a fait non de la tête sous sa capuche.

Reggie a soupiré.

— Tout ça sera vite terminé, a-t-elle dit avant de quitter la pièce.

56

Vince Fleming a approché le téléphone portable de son oreille.

« Ouais. » Il a écouté la personne au bout du fil, les mâchoires serrées. Une trentaine de secondes se sont écoulées. Il a dit : « Je comprends », a mis fin à l'appel et rempoché l'appareil.

— Alors ? ai-je demandé.
— Je leur donne l'argent dans une demi-heure.
— Une demi-heure ? s'est étonnée Cynthia.
— Il faut qu'on retourne chez vous, m'a-t-il dit.
— Pourquoi ?

Il a désigné la banquette arrière d'un signe de tête :

— On doit se débarrasser de ces deux-là.
— On a des noms, a répliqué Grace.

Vince s'est retourné à moitié de manière à pouvoir les voir, elle et Cynthia.

— J'ai besoin de Terry. Il me faut un chauffeur. Mais vous ne pouvez pas nous accompagner. S'ils voient une voiture pleine de gens, ils vont prendre peur. Je ne pense pas que ce sera dangereux, je vais juste remettre la marchandise et ils me diront où est Jane. Vous ne pouvez pas venir.

— Comment peux-tu savoir que ce ne sera pas dangereux ? a demandé Cynthia. Et si ces gens prenaient l'argent et... (Elle avait du mal à finir sa phrase.) Et s'ils prenaient l'argent et vous tiraient dessus ou quoi ?

— Ça n'arrivera pas, lui a assuré Vince.

— Ça, tu n'en sais rien, ai-je fait remarquer.

— Si.

— Tu sais que Cyn a raison. Il y a tout lieu de croire qu'ils vont te descendre et prendre l'argent. Tu ne reverras jamais Jane.

— Ce n'est pas comme ça que ça va se passer.

— Vous avez donc un plan génial sous le coude ? a demandé Grace.

Il n'a pas répondu tout de suite.

— Effectivement. Et plus vite je me serai débarrassé de toi et de ta mère, plus vite je pourrai le mettre à exécution.

Parfois, Vince faisait tout pour se rendre détestable.

J'ai retiré mon pied de la pédale de frein et pris la direction de la maison. Je sentais que Cynthia avait envie de me parler mais ne pouvait pas dire ce qui la préoccupait devant Grace ou Vince. Elle ne voulait sûrement pas que je parte seul avec lui, mais elle savait aussi que ce ne serait pas une bonne idée de faire participer Grace à cette aventure. En définitive, il était raisonnable de les déposer et que je reste avec Vince. Je continuais à me demander si je devais appeler la police et à quel moment, et si Cynthia le ferait dès que je l'aurais déposée.

Nous étions pratiquement revenus chez nous quand Vince s'est tourné vers moi et a déclaré :

— On va prendre ma voiture. Tu conduiras.

Quand j'ai eu tourné dans l'allée et coupé le moteur, Vince s'est adressé à Cynthia.

— Ne restez pas ici.

— Quoi ? Pourquoi ça ?

— Il est possible que quelqu'un revienne. Et ce ne sera pas quelqu'un qui travaille pour moi... ça au moins j'en suis sûr. En attendant que ce soit fini, allez faire un tour en voiture. Au centre commercial, je ne sais pas, mais ne restez pas ici. On vous appellera quand ce sera fini.

— C'est une bonne idée, ai-je dit.

Nous sommes tous descendus de voiture. Vince a rassemblé son butin, y compris les sacs récupérés à son atelier de carrosserie, et a tout posé par terre à côté de sa voiture. Il a sorti les clés de sa poche et les a jetées dans ma direction après avoir déverrouillé les portières.

Je n'ai pas réussi à les rattraper et j'ai dû me pencher pour les ramasser sur la pelouse. J'ai cru percevoir une petite moue réprobatrice sur son visage : il se demandait sans doute s'il avait raison de me faire confiance.

J'aurais répondu par la négative.

Il boitait d'un pas décidé, et même s'il tenait toujours debout, il semblait encore plus faible que deux heures auparavant. Il a fait le tour de la voiture pour monter côté passager, en entassant les sacs derrière le siège.

— Où est-ce qu'on est censées aller ? a demandé Grace.

— Allez à l'appartement de ta mère, ai-je suggéré.

— Il faut que je parle à ton père, a dit Cynthia en chassant Grace. Je n'aime pas ça. Rassembler cet

445

argent est une chose, mais apporter une rançon à des ravisseurs en est une autre.

— Ce n'est pas exactement comme ça que j'imaginais ma journée, ai-je dit. Si tu veux, je mets fin à ça maintenant. J'appelle les flics. Vince sera furieux, mais il ne pourra absolument rien y faire. Et en ce qui concerne Grace, on prendra cet avocat et on fera le nécessaire.

Cynthia a hésité.

— Là, tout de suite, c'est Jane qui compte, a-t-elle tranché. Imagine qu'on prévienne la police et que ça fasse tout foirer ? Et qu'au final, Jane soit tuée ?

— Franchement, je ne sais pas quoi faire. Mon instinct me dit que c'est à Vince de décider comment jouer cette partie. C'est sa belle-fille. Je ne suis pas sûr qu'on ait notre mot à dire. Et je ne vois pas comment je pourrais le laisser gérer ça tout seul. Ses gars sont morts ou l'ont abandonné. Pour l'instant, il ne peut compter que sur nous.

Cynthia a posé la main sur mon épaule.

— Sois prudent, d'accord ? Tu me le promets ? Pas de bêtises, hein ?

— Ce conseil vient un peu tard.

J'aurais désespérément voulu faire une plaisanterie quelconque pour que ça ne ressemble pas à la scène du soldat partant au combat. Je lui ai donné un baiser rapide. Trop long, il lui aurait donné l'impression que je ne reviendrais pas.

Mais j'allais revenir.

Cynthia m'a pris la main et l'a serrée. J'ai ouvert la portière du pick-up et me suis hissé dans la cabine.

— Tu te rappelles ce que je t'ai dit il y a sept ans ? a demandé Vince.

— Quoi donc ?

— Quand toi et moi on est partis dans ce même bahut alors que je t'aidais à comprendre ce qui était arrivé à la famille de ta femme ? La nuit où j'ai fini par me prendre une balle dans le bide ?

— Tu m'as dit de ne pas toucher à la radio. Que si je tripotais les stations, tu me tuerais.

Vince a hoché la tête aimablement.

— Rien n'a changé, a-t-il déclaré.

57

— Ils veulent que le transfert ait lieu au cimetière, a annoncé Vince tandis que nous roulions. Celui qui est sur la route du centre commercial. Tu le connais ?

— Ouais. Ce n'est pas un peu cliché ?

Vince m'a lancé un regard peu amène.

— C'est ça qui te tracasse ? Leur manque d'originalité ?

— Écoute, je vais faire une dernière tentative. Appelle les flics.

— Non.

J'ai baissé d'un ton. Je n'avais pas envie de me disputer avec lui. Je voulais seulement faire valoir mes arguments.

— Tu as déjà plus ou moins admis que ton avenir est plutôt sombre pour l'instant. Si les individus qui ont enlevé Jane ne te tuent pas, les gens dont tu utilises l'argent pour la sauver s'en chargeront quand ils voudront récupérer leurs billes. Il ne s'agit donc pas de te sauver la mise. Notre seul souci, c'est Jane. Et les flics ont plus de chances que toi de la ramener vivante.

— Ils merderaient, a-t-il affirmé.

— Ils ont des hélicoptères et des dispositifs de localisation. Ils savent comment se brancher sur n'importe quelle caméra de surveillance. Ils sont capables de faire suivre ces gens par tout un tas de gars en voiture banalisée. Alors que toi, tu es tout seul. Avec moi, ça fait un et demi. Si tu les appelles maintenant, ils pourraient poster quelqu'un près du cimetière. Pour observer ce qui se passe. Nous servir de renfort.

— Du renfort, on en a, a dit Vince.

J'ai un instant quitté la route des yeux pour le regarder.

— Quoi ?

— Ici, a-t-il dit en ouvrant la boîte à gants.

J'y ai aperçu ce qui ressemblait à la crosse d'un pistolet. Il a sorti l'objet du vide-poches.

— Tu sais ce que c'est ? a-t-il demandé.

— Oui, c'est un robot de cuisine Mixmaster. Super.

— Tu connais ce modèle d'arme, petit malin ?

— Non.

— C'est un Glock 30.

— Bon, ai-je dit. C'est donc ça, le plan. Ç'a toujours été ça. Tu vas descendre tout le monde ?

— Non. Du moins, pas au début. (Il s'est penché sur son siège, de sorte que l'arme s'est retrouvée à moins de cinquante centimètres de moi.) Tu saurais te servir d'un machin comme ça ?

— Nom de Dieu, Vince.

— Tu saurais ou pas ?

— On appuie là-dessus, ai-je répondu en montrant la détente.

Il a saisi l'arme de la main droite, a actionné la culasse de la gauche.

— C'est comme ça qu'on sait s'il y a une balle dans la chambre. Et c'est comme ça qu'on retire le chargeur, mais ça, tu t'en fous.

— Pourquoi tu me racontes ça ?

— Ferme-la et écoute. Il n'y a pas de sûreté, tu comprends ? Une fois que tu mets ton doigt sur la détente, la sûreté est désactivée, et quand tu appuies, le coup part. Si tu arrives à comprendre comment te servir de celui-là, tu pourras te servir de n'importe lequel. C'est pas sorcier.

— Tu me le files ?

— Non.

— Si tu en as un autre là-dedans, je n'en veux pas.

— Je n'en ai pas d'autre, a dit Vince, le pistolet sur la cuisse droite.

— Tu comptes te pointer à ce rendez-vous avec une arme.

— En effet. Je la glisserai dans ma ceinture, bien en évidence.

— Ça ne va peut-être pas leur plaire.

— Je ne pense pas, non.

— S'ils sont plusieurs, ils vont te la prendre.

— C'est ce que je ferais à leur place.

— Tu n'es pas Bruce Willis dans *Piège de cristal*. Tu n'as pas un autre pistolet scotché sur la nuque.

— Je sais.

— Et tu n'as pas d'arme à me donner. Je ne vais pas me planquer derrière une pierre tombale pour couvrir tes arrières.

— Je sais.

— Donc, tu vas débarquer à ce rendez-vous alors que tu n'as pas encore vidé toutes tes maisons, en ignorant si tu as ce qu'ils convoitent, et tu ne vas pas les laisser te désarmer ?

— Je compte là-dessus.

J'ai gardé mon pied sur l'accélérateur. Je commençais à me dire que c'était à Vince que Cynthia aurait dû dire de ne pas faire de bêtises.

— Vince, je te jure que si...
— Tu me fais confiance ?

J'ai ri.

— Sérieusement ? Tu as soudoyé notre femme de ménage, caché de l'argent dans notre maison, refusé de nous dire ce qui était vraiment arrivé à Stuart, et tu voudrais que je te fasse confiance ?

Vince s'est tu un instant. Puis il a dit :

— Comme je l'ai expliqué à ta gosse, Stuart a été tué dans la maison. Par quelqu'un d'autre que Grace. Aujourd'hui, j'ai demandé à mes gars de lui envoyer des SMS avec le téléphone de Stuart pour que tu le croies toujours vivant et que tu lâches l'affaire. Mais ça n'a pas marché.

— Qu'est-ce que tu as fait de lui, Vince ?

Un autre silence, puis :

— Après le coup de fil de Grace à Jane, Jane m'a appelé, pour me mettre au courant. On a déboulé avec Gordie et Bert, trouvé le gosse. Il avait pris une balle juste ici. (Il a touché sa joue gauche, près de son nez.) Il a dû mourir rapidement. On l'a enveloppé dans du plastique et mis dans le coffre. On a nettoyé la baraque du mieux qu'on a pu, avec l'intention d'y retourner pour fignoler, réparer la fenêtre qui est toujours grande ouverte. La maison grouille probablement d'écureuils et de Dieu sait quoi d'autre à l'heure qu'il est. On a vérifié dans le grenier pour voir si l'argent et le reste étaient toujours là, et il n'y avait rien.

— Qu'est-ce que tu as fait de lui ? ai-je demandé à nouveau.

Vince a regardé dans ma direction.

— On l'a donné aux cochons.

J'en suis resté muet.

Vince a meublé le silence.

— On ne le retrouvera jamais.

Il y avait de la tristesse dans sa voix.

J'ai réussi à articuler quelques mots.

— Et Eldon ?

— Je l'ai tué.

Pour la seconde fois en dix secondes, j'étais abasourdi.

— Il l'a mal pris, a expliqué Vince. Je veux dire, qui ne le prendrait pas mal ? Je comprenais et je m'y attendais. Mais il a commencé à m'accuser d'avoir tué Stuart. Il disait qu'il irait voir les flics. Ça l'a rendu dingue.

Long silence. J'ai décidé de ne plus jamais lui suggérer d'aller à la police.

— Tu as dit que mon avenir se présentait mal. Tu as raison. Les connards qui m'ont confié leur magot, si au final je ne peux pas tout récupérer, eh bien, ils s'en remettront. Je m'en contrefous, en fait. Mais Eldon... (Il a secoué la tête.)... Je pense que ç'a été la fin du voyage pour moi. Je ne sais pas si j'en ai eu conscience sur le moment, mais maintenant je le sais. Je suis fini. Je vais récupérer Jane, et après, advienne que pourra.

Je n'avais toujours rien à dire.

— Tu as ri quand je t'ai demandé si tu me faisais confiance. Alors, j'ai vidé mon sac. Voilà ce qui s'est passé... voilà ce que j'ai fait. Tu n'es pas obligé d'apprécier. Mais c'est la vérité. Et maintenant, je te dis que je vais à ce rendez-vous avec un plan et je veux que tu me fasses confiance. Alors, tu acceptes ?

— Oui, ai-je répondu, la bouche sèche.

— Je sais ce que tu penses de moi. Tu crois valoir mieux que moi, et tu as peut-être raison. Tu te dis que je suis un connard insensible, que je n'ai pas de cœur, et pour ça aussi, tu as peut-être raison. Tu veux connaître la vérité ? J'aimerais être un homme meilleur. (Il a marqué un temps d'arrêt.) Comme toi. Mais ce n'est pas le cas. Je suis comme je suis. Je ne peux pas faire semblant d'être quelqu'un d'autre. Ça ne veut pas dire que je m'en fous. Je ne m'en fous pas pour Jane... Tourne là.

Nous approchions de l'entrée du cimetière. J'ai ralenti, tourné le volant, franchi lentement les grilles.

— Ils ont dit de chercher une BM.

Nous roulions au pas le long de l'étroite chaussée pavée qui serpentait au milieu des pierres tombales. J'ai regardé sur ma droite et aperçu une voiture, et une femme debout près de la portière côté conducteur.

— Une BM, ai-je signalé.

— Sa tête me dit quelque chose, a déclaré Vince. Reggie, c'est son nom... du moins celui qu'elle m'a donné.

J'ai cherché la première allée sur la droite, pris un virage prudent afin de ne pas rouler sur l'herbe. Une trentaine de mètres plus loin, l'allée était bloquée par la BM.

— Quand tu seras à cinq longueurs de voiture, arrête-toi.

Ce que j'ai fait.

— Coupe le moteur.

Ce que j'ai fait également.

Reggie était mince, les cheveux courts, un mètre soixante-dix environ, vêtue d'un tee-shirt noir et d'un jean qui avaient l'air de coûter plus cher que tout ce que j'avais sur le dos, y compris mon téléphone. Elle avait changé de place depuis que je l'avais repérée ; les fesses perchées sur le capot, les bras croisés sur la poitrine. J'ai cru discerner le contour d'un portable dans sa poche avant droite.

— Je ne vois pas Jane dans la voiture, ai-je observé. À moins qu'elle ne soit accroupie à l'arrière ou dans le coffre.

— Ils n'ont pas dû l'amener. Il faut d'abord qu'ils soient sûrs d'avoir l'argent. (Il a plissé les yeux.) Cette femme m'a laissé de l'argent en dépôt il y a une semaine. (Il a gardé le silence un moment.) Pourquoi faire ça pour après enlever Jane ?

— Ils allaient à la pêche.

— Hein ?

— Ils mouillaient leurs lignes, histoire de voir où étaient les poissons.

Il a réfléchi à cette hypothèse.

— Tu penses que les sacs étaient truffés de GPS... Qu'ils essayaient de savoir où je planquais la marchandise mais qu'il y avait trop d'emplacements ? Oui, ça pourrait être ça.

Il a glissé le Glock dans la ceinture de son pantalon, sur la hanche, où il serait bien visible. Il a ouvert la portière passager, lentement, a posé un pied par terre.

— Tu viens ?

J'ai hésité.

— Je te repose la question. Tu me fais confiance ?

J'ai hoché la tête.

— Ne t'inquiète pas. Laisse-toi porter. Suis ton instinct. Quand une occasion se présentera, saisis-la.
— Quel genre de... ?
— Allons-y.

Il a posé l'autre jambe par terre, laissé la portière ouverte et s'est avancé à découvert.

— Salut, a-t-il lancé à la femme. Ça fait plaisir de vous revoir, Reggie.

Elle a hoché la tête, puis l'a penchée vers moi, toujours au volant, que je serrais des deux mains.

— C'est qui, lui ? a-t-elle demandé quand je suis descendu du pick-up.
— Il travaille pour moi, a déclaré Vince.
— C'est un flic ?

Vince a éclaté de rire.

— Ouais, il bosse pour le FBI.
— Vous avez tout apporté ? a demandé Reggie.

Vince a sorti les sacs Walgreens de la voiture en les tenant par les poignées, trois dans une main, quatre dans l'autre.

— Où est Jane ?
— Elle va bien.
— Je n'ai pas demandé comment elle allait. J'ai demandé où elle était. Il faut vous déboucher les oreilles.

Apparemment décontenancée par cette remarque, la femme s'est écartée de la voiture, sans s'approcher pour autant.

— On la libérera quand on aura ce qu'on veut. Ne pensez même pas à prendre ce flingue.
— On ne sait jamais où on met les pieds quand on traite avec des criminels.
— Vous croyez que je suis venue seule ?
— Non.

— Vous avez raison. On vous surveille en ce moment même. Touchez à ce flingue, et vous êtes mort, et votre fille aussi.

J'avais envie de regarder autour de moi, voir si j'arrivais à repérer quelqu'un, mais j'ai résisté à la tentation. Je ne pensais pas qu'elle mentait.

— Je comprends, a dit Vince.

Elle m'a regardé.

— Vous avez un calibre ?

— Quoi ?

— Elle veut savoir si tu es armé, a explicité Vince.

— Non.

Reggie m'a dévisagé pendant plusieurs secondes avant de se tourner de nouveau vers Vince.

— Apportez-les-moi.

— Pourquoi vous ne viendriez pas les chercher ?

Elle l'a regardé fixement.

— Demandez à votre larbin de me les apporter.

Vince a regardé dans ma direction.

— Fais-le.

Je suis passé devant le pick-up, lui ai pris les sacs des mains et suis allé les déposer aux pieds de la femme. Puis j'ai rebroussé chemin et repris mon poste près de la voiture.

La femme a jeté un coup d'œil à l'intérieur des sacs, puis son regard s'est reporté sur Vince.

— Il y a quelque chose que vous devez savoir, a dit celui-ci.

— Quoi donc ?

— Il n'y a pas tout.

Reggie l'a dévisagé un moment d'un air stupéfait.

— Quoi ?

— Je n'ai pas pu tout récupérer. Le temps m'a manqué. Il reste un endroit où est planqué un très joli paquet de fric. C'est peut-être ça que vous vouliez ? Je ne sais pas. À moins que ce ne soit autre chose qui vous intéresse. Un de ces sacs contient une grosse quantité de meth.

Reggie s'est agenouillée et a commencé à fouiller dans les sacs, l'un après l'autre. Arrivée au dernier, elle a levé la tête et dit :

— Merde !

— Vous ne trouvez pas votre bonheur ? a demandé Vince, comme si elle essayait des chaussures.

— Je vois beaucoup d'argent. C'est bien. Mais je cherche quelque chose en particulier.

— Quoi ?

Elle a hésité.

— Un... un vase.

Vince réfléchissait.

— Ouais. Un jeune du nom de Goemann m'en a confié un. Bleu pastel, grand comme ça ? (Il a écarté les mains d'une trentaine de centimètres.) Genre Wedgwood, avec des petits anges sur le côté ?

— C'est ça.

— Avec un gros paquet de cash.

— Oui.

— Vous avez de la veine. C'est dans la maison où je n'ai pas eu le temps d'aller. Mais je peux encore le récupérer. Alors, comment voulez-vous qu'on s'organise ?

— S'il y a autant d'argent planqué dans cette maison, s'est étonnée Reggie, pourquoi vous n'avez pas commencé par là ?

— Il y avait quelqu'un. Mais elle est vide maintenant. La femme qui y habite prend son service d'infirmière l'après-midi à l'hôpital de Milford. Elle vit seule, sans enfants. On peut y entrer sans risque.

Il faut monter au grenier. Vous savez quoi ? Vous attendez ici. On sera revenus dans une heure environ.

Elle s'est relevée.

— Je ne vous perds pas de vue. Pas maintenant.
— Comment on fait, alors ?
— On vient avec vous.
— Ça m'étonnerait.
— Si, c'est ce qu'on va faire. On vous accompagne chez l'infirmière, on récupère ce qui reste. Et après on libère Jane.

Vince a poussé un long soupir, regardé par terre, shooté dans un petit caillou.

— Ça ne me plaît pas.
— C'est comme ça.

Après un moment de réflexion, il a dit :

— D'accord.
— Et vous jetez le flingue, a-t-elle ajouté.
— Il n'en est pas question.

Reggie a regardé vers la droite, au-delà du pick-up.
— Wyatt !

Vince et moi nous sommes retournés. Un homme est sorti de derrière un chêne au large tronc, l'arme qu'il tenait à la main braquée droit sur Vince.

— Je me souviens de vous, a dit celui-ci. Vous avez fait un dépôt aussi. Ça fait pas mal, entre vous deux et les autres. Laissez-moi deviner... GPS ?

— Posez votre arme par terre, lui a ordonné Wyatt.

Vince a sorti lentement le pistolet de sa ceinture, s'est penché en avant et l'a lâché à trente centimètres du sol. Il est tombé sans un bruit dans l'herbe tendre. Wyatt a fait signe à Vince de s'écarter, puis s'est penché pour le ramasser.

— Il faut que tu le fouilles, lui aussi, a dit Reggie en me désignant.

Wyatt lui a donné le Glock de Vince, qu'elle a braqué sur moi pendant que lui me fouillait.

— Je vous ai dit que je n'en avais pas, ai-je fait à Reggie quand Wyatt s'est écarté de moi.

— Bon, très bien, a-t-elle déclaré. On dirait qu'on est prêts à partir. On va prendre ma voiture. (Elle m'a tendu les clés.) Vous conduisez.

Wyatt a ordonné à Reggie de monter devant avec moi. Il irait à l'arrière avec Vince. Comme ça, ils pourraient tous les deux nous tenir en joue.

Alors que nous faisions les quelques pas qui nous séparaient de la voiture, Vince a croisé mon regard et a souri.

58

Wyatt avait mis dans le coffre tous les sacs récupérés dans les maisons que Vince utilisait comme coffres-forts. Une fois que nous avons tous été dans la voiture, Vince m'a tapé sur l'épaule et a dit :

— Sors d'ici et prends à gauche sur Cherry. Arrivé à Prospect, tourne encore à gauche.

Je me suis exécuté.

— Ça m'intrigue, a dit Reggie. Comment vous faites ? Vous cachez l'argent dans des maisons ordinaires, c'est ça ? Sans le consentement des gens, ou ils sont dans le coup ?

— Ils ne savent pas, a répondu Vince.

— C'est génial. Mais comment vous vous débrouillez pour éviter qu'ils ne tombent dessus ? Si vous le cachez dans les murs, entre les montants, il faut découper la cloison, faire tout un tas de travaux, de la peinture, ce genre de choses. Ça se comprendrait si vous y laissiez quelque chose pendant dix ans, mais ce n'est pas comme ça que vous vous y prenez, hein ?

— Le grenier, a dit Vince. Sous l'isolation, en général.

Nous n'avions plus d'échelle. J'espérais que le grenier serait facilement accessible dans la maison que nous allions visiter.

— Et ces deux hommes, des frères ? a dit Vince, qui semblait réfléchir. Logan et Joseph. Ils sont avec vous ?

— Oui, a fait Reggie. On vous a tous confié du fric pour voir où il se retrouverait. Et vous avez raison au sujet des GPS. Chaque fois qu'on vous donnait de l'argent, on le voyait partir dans un endroit différent. Mais on ne savait absolument pas combien il y avait de caches. S'il n'y en avait eu qu'une seule, on aurait pu procéder autrement. Là il nous a paru en définitive plus logique d'enlever votre fille et de vous obliger à tout nous apporter.

Vince pensait-il à la même chose que moi ? S'ils savaient où avait été cachée une partie de l'argent, c'était peut-être eux qui avaient visité la maison des Cummings la nuit précédente. Et ce qu'ils y avaient pris n'était peut-être pas à la hauteur de leurs attentes.

— Comment avez-vous entendu parler de moi ? s'est enquis Vince.

— Un de vos autres clients. Goemann. Il cachait des choses qui ne lui appartenaient pas. Qu'il avait prises à mon oncle. Plusieurs milliers de dollars, et le vase. Il a dit qu'il vous les avait confiés quinze jours plus tôt. Il pensait que mon oncle lui tomberait dessus avant qu'il puisse les vendre à une autre partie intéressée. Goemann, comment a-t-il entendu parler de vous ?

— Il avait logé chez une fille dont le petit copain motard lui avait parlé de moi. Du moins, c'est ce qu'il a dit.

— Vous planquez aussi des trucs pour les gangs de bikers ? a demandé Reggie.

— Continuez votre histoire.

— Donc, Goemann nous a rencardés sur ce service bancaire unique que vous proposez. On lui a demandé dans quelle maison était planqué le fric, dans l'idée que vous communiquiez peut-être cette information à vos déposants, mais il a dit ne pas savoir. Wyatt et moi on a insisté, et il a fini par nous parler de cette maison où vivait un couple de profs à la retraite. Il se trouve que Goemann avait sorti l'adresse de son chapeau, parce qu'on a fouillé la maison de fond en comble, grenier compris, sans rien trouver.

Les Bradley. Ces deux-là avaient assassiné Richard et Esther Bradley. Reggie et Wyatt n'étaient pas simplement un couple d'escrocs qui essayaient d'en arnaquer un troisième, mais deux tueurs de sang-froid.

— Tourne là, à droite, a indiqué Vince.

Nous traversions à présent le centre historique, le long de Broad Street. Une minute plus tard, nous étions sur Golden Hill.

— À gauche, là-bas, a dit Vince, et ensuite continue sur Bridgeport. (Puis, s'adressant à Reggie :) Il y a quelque chose qui m'intrigue vous concernant.

— Allez-y. Nous sommes entre amis.

— Votre mise de fonds initiale était importante. Peut-être pas les plus gros dépôts que j'ai eus, mais quand on additionne, ça faisait un joli paquet.

— Eh bien, pour commencer, on est en train de tout récupérer, non ? Mais de toute façon, on avait de l'argent à dépenser. Vous n'avez jamais entendu parler de la fraude aux déclarations d'impôts ?

— Laissez-moi deviner, a dit Vince. Vous usurpez des identités, vous remplissez des déclarations avec ces noms pour réclamer des remboursements d'impôts, et les fonds sont virés sur une boîte postale.

— Plus ou moins. C'est Wyatt, mon mari, ici présent, le cerveau de l'affaire.

J'ai jeté un coup d'œil dans le rétroviseur, vu l'homme sourire.

Reggie a poursuivi :

— Les chèques de remboursement arrivent assez régulièrement. Un boulot génial. Ce n'est pas comme braquer une banque. Aucun danger. Peut-être quelques troubles musculo-squelettiques, parce qu'il faut passer beaucoup de temps devant l'ordinateur, mais à part ça, c'est super. C'est le bébé de Wyatt. Moi, j'accepte d'autres boulots plus exigeants physiquement.

— Comme de tuer des gens ?

— Par exemple.

— Alors pourquoi faire ça ? a demandé Vince.

— Hmmm ? a fait Reggie.

— Pourquoi voler ce qu'il y a dans mes maisons, toutes ces conneries, alors que la seule chose qui vous intéresse, c'est ce qu'Eli m'a confié ?

— Comme j'ai dit, c'est un service que je rends à mon oncle. Je veux récupérer ce qui lui appartient. Mais vous voyez bien que c'est devenu une occasion en or. C'est comme pêcher au filet. Il n'y a peut-être que les sardines qui vous intéressent, mais si vous finissez par prendre une tonne de homards, vous ne les rejetez pas à la mer.

— À gauche au feu, m'a ordonné Vince.

J'ai mis mon clignotant pour déboîter dans la file qui tournait.

J'ai ralenti, freiné légèrement, remis mon clignotant. Quand j'ai eu traversé le carrefour en direction du sud, Vince m'a encore donné quelques indications. Nous roulions à présent dans une rue que je connaissais très bien.

— C'est là, a dit Vince. Tourne dans l'allée de cette maison où il y a le petit SUV avec l'échelle sur le toit.

Je me suis arrêté dans l'allée, ai coupé le moteur. Sur le trajet, j'avais eu le sentiment que ça pourrait être notre destination. Pas étonnant que Vince ait demandé à Cynthia de mettre les voiles.

J'étais chez moi.

59

Vince avait donc caché les affaires d'Eli Goemann dans notre grenier ?

Si c'était le cas, elles n'y étaient pas depuis longtemps. Reggie avait clairement indiqué qu'elles avaient été confiées à Vince seulement quinze jours auparavant.

À quel moment avait-il bien pu s'introduire chez nous ? Lui ou un de ses hommes ? Et s'il y avait près d'un quart de million de dollars caché au-dessus de nos têtes, pourquoi Vince n'avait-il pas voulu se donner la peine de les prendre avant que nous partions vider d'autres maisons ?

Dans l'immédiat, je pouvais difficilement lui poser la question.

— Jolie petite maison pour une infirmière, a commenté Reggie en me prenant les clés.

Nous avons tous les quatre ouvert les portières de la BMW. Reggie avait le pistolet de Vince à la main, et quand Wyatt est descendu, j'ai remarqué qu'il avait glissé le sien dans sa ceinture.

Vince a eu quelque difficulté à s'extraire de la voiture, et il s'est remis sur pied en vacillant un peu. Il n'avait pas l'air bien.

— Il faut que j'aille aux chiottes, a-t-il annoncé. Je vais déborder.

— Hein ? a fait Reggie.

— Ma foutue poche, lui a expliqué Vince.

Elle a cligné des yeux, mis un moment à comprendre de quoi il parlait.

— Oh, a-t-elle dit. Eh bien, entrons.

Vince m'a montré mon Escape du doigt.

— Descends l'échelle de cette voiture. On pourrait en avoir besoin.

Wyatt avait l'air perplexe.

— Si la femme qui habite ici est au travail, à qui appartient cette voiture ?

Merde.

Vince a réagi au quart de tour.

— L'hôpital n'est qu'à cinq minutes d'ici. Elle y va à vélo.

— Comment le savez-vous ?

Vince l'a fusillé du regard.

— Vous pensez que je laisse de l'argent chez des gens sans connaître leurs habitudes ?

Je me suis approché de l'Escape. D'habitude, pour prendre quelque chose sur la galerie, j'ouvrais une portière ou deux, ce qui me permettait de me hausser pour défaire les sandows plus facilement. Mais comme je n'étais pas censé avoir de clé, j'ai été obligé de me tenir sur la pointe des pieds pour effectuer l'opération.

J'ai porté l'échelle jusqu'à la porte d'entrée, où tout le monde m'attendait.

— Tu as la clé, hein ? a demandé Vince.

J'ai mis la main dans ma poche.

— Oui, ai-je répondu, en sortant un trousseau sur lequel se trouvaient les clés de l'Escape garée dans l'allée. Si Wyatt ou Reggie ont trouvé bizarre que je garde ma télécommande de voiture et la clé d'une des nombreuses maisons auxquelles Vince avait accès sur le même porte-clés, ils ne l'ont pas fait savoir.

— Et tu connais le code ? a-t-il demandé.

— Je l'ai noté, ai-je dit en faisant mine de chercher dans mon portefeuille un bout de papier – en fait, une facturette de station-service – que j'ai remis dans ma poche. Ouais, c'est bon.

Je suis passé devant Vince et les autres pour accéder à la porte d'entrée en premier. J'ai introduit la clé et tourné le verrou en tâtonnant un peu, et quand la porte s'est ouverte et que le système d'alarme a commencé à biper, m'avertissant que je disposais de quelques secondes seulement pour le désactiver, j'ai simulé un moment de confusion pour faire croire que je cherchais le pavé numérique.

J'ai saisi le code à quatre chiffres pour arrêter le bip, puis suis ressorti chercher l'échelle. Tout le monde a fait quelques pas à l'intérieur de la maison, et c'est à ce moment-là que Wyatt a sorti son arme de sa ceinture.

— Toilettes, a rappelé Vince.

— C'est..., ai-je commencé. (Puis, me reprenant presque aussitôt :) Je crois que c'est par là, dans le couloir. J'y suis allé la dernière fois que je suis venu.

Vince boitait carrément. Il est entré dans les toilettes du rez-de-chaussée. Alors qu'il allait refermer la porte, Wyatt l'a bloquée avec sa main.

— Je ne veux pas vous perdre de vue, a-t-il commenté.

— Génial, a rétorqué Vince, vous allez voir comment je m'y prends.

De là où je me trouvais, un peu plus loin, je ne voyais rien, mais je pouvais imaginer. Je me suis demandé combien de temps Wyatt supporterait de regarder Vince vider une poche en plastique remplie d'urine.

— Oh, putain, a-t-il fait.

Ça n'a pas duré longtemps. Il est ressorti dans le couloir, juste devant la porte de la cuisine.

La cuisine.

Il y avait des photos de famille partout sur le frigo, maintenues en place par des aimants décoratifs. Si Reggie ou Wyatt s'aventuraient dans la pièce, regardaient le frigo et me voyaient sur un des clichés, comment allais-je expliquer ça ?

J'ai reculé dans la pièce, jeté un coup d'œil le plus furtif possible sur les photos du frigo. Dans la mesure où j'avais pris la plupart d'entre elles, j'y apparaissais rarement. Il y avait surtout des portraits de Grace, de Cynthia, et de Grace et Cynthia ensemble. Parmi la dizaine de clichés, j'étais quasiment certain de ne figurer que sur un seul. Au milieu d'une vingtaine de lycéens, sur une photo prise trois ans plus tôt, juste avant que nous prenions le bus pour aller voir une pièce sur Broadway. Une excursion rare pour mes élèves en écriture créative. Mais ma tête était si petite sur l'image que même si Wyatt ou Reggie la voyaient, je n'étais pas certain qu'ils me reconnaissent.

— Montons, a dit Reggie après que nous avons entendu un bruit de chasse et que Vince est sorti des toilettes.

— Vous vous êtes lavé les mains ? a demandé Wyatt.

Vince a clopiné jusqu'à l'escalier et commencé à monter les marches, suivi par Wyatt et Reggie, puis moi. J'avais besoin d'un peu de place, à cause de l'échelle.

J'ai dû faire comme si je ne me rappelais pas tout de suite où se trouvait l'accès au grenier.

— C'est là-dedans, hein, Vince ? ai-je demandé devant la porte de la pièce que Cynthia et moi utilisions comme bureau.

— Ouais, a-t-il répondu.

Je suis entré et suis allé ouvrir le placard au fond de la pièce. La trappe du grenier se trouvait au plafond et, parce que le placard était profond, avec l'étagère et la tringle à vêtements en retrait, elle était facile d'accès. J'ai déplié l'échelle et vérifié qu'elle était bien stable.

— Qui monte ? a demandé Reggie.

— Allez-y si vous voulez, a dit Vince. Mais ce sera sans moi. Je ne peux pas faire toutes ces acrobaties. Mes jambes et mes genoux me font un mal de chien. Et il va faire une chaleur d'enfer là-haut.

— Je n'y vais pas non plus, a annoncé Reggie. Je ne sais pas où c'est planqué. (Elle m'a regardé.) J'imagine que vous savez, vous.

— Oui. Je vais y aller.

— Moi aussi, a fait Wyatt. Je vous suis.

J'ai regardé Vince, qui m'a adressé un signe de tête presque imperceptible.

— J'aurais besoin d'une lampe torche, ai-je déclaré. Je me suis servi de mon téléphone toute la journée, mais ce n'est pas ce qu'il y a de plus pratique.

Tout le monde s'est contenté de hausser les épaules. Personne n'allait courir chez Home Depot, et je ne pouvais pas leur dire qu'ils en trouveraient une dans un tiroir de la cuisine, à côté de l'évier.

— Très bien, je m'en passerai, ai-je dit. Dans quel angle on a mis ça, déjà ? ai-je demandé à Vince.

— Fouille un peu partout. Tu finiras par trouver.

Ce n'était sans doute pas lui qui était monté là-haut, mais Gordie, Bert ou Eldon.

— Commence par le point le plus éloigné de la trappe et reviens sur tes pas.

Je suis monté à l'échelle, et quand j'ai été assez près du plafond, j'ai écarté le panneau, créant une ouverture de soixante centimètres de côté environ. Je l'ai repoussé sur le côté, puis j'ai passé la tête à travers.

Un autre environnement sombre et chaud. Comme la trappe se trouvait dans l'angle nord-est de la maison, il y avait de fortes chances pour que l'argent soit caché dans l'angle sud-ouest. Je me suis hissé à l'intérieur du grenier et me suis relevé gauchement. Au niveau du faîtage la hauteur était suffisante pour se tenir debout. Je me suis écarté pour faire de la place à Wyatt, qui tenait toujours son arme à la main.

Je lui ai tendu mon téléphone, dont je venais d'ouvrir l'application torche.

— Vous pouvez me tenir ça et le braquer dans ma direction ?

— D'accord, a-t-il répondu en prenant le portable de la main gauche.

— Attention où vous mettez les pieds ! Il n'y a pas de plancher. Juste des solives. On a choisi des maisons où il n'y a pas de plancher dans le grenier pour pouvoir accéder plus facilement à l'isolation.

— D'accord.

J'ai marché sur les solives en posant mes mains sur le rampant du toit pour me soutenir et m'équilibrer. J'ai suivi l'arête de ce dernier jusqu'au mur opposé, puis j'ai dû me pencher pour accéder à l'angle.

Je me suis mis à genoux, en appui sur deux solives, et j'ai passé la main sous l'isolant, espérant tomber sur quelque chose.

Je n'ai rien trouvé entre les deux premières solives. Je me suis décalé de manière à pouvoir inspecter les deux suivantes.

J'ai tâtonné. Tâtonné encore, et...

J'ai heurté quelque chose. Ça ressemblait à une boîte en carton.

— Attendez ! ai-je dit en commençant à soulever l'isolant.

C'était bien une boîte. Longue et étroite. L'essentiel de la lumière projetée par mon téléphone dans la main de Wyatt éclairait mon dos, plongeant ma découverte dans l'ombre.

— Vous y voyez clair, a demandé Wyatt, ou il faut que je me rapproche ?

— C'est bon, ai-je répondu. Tant que je garde les mains dessus, je peux me repérer à tâtons.

Et c'est ce que j'ai fait. J'ai soulevé les rabats du carton et mis la main à l'intérieur, m'attendant à sentir des liasses et des liasses de papier.

De fait, c'était bien du papier que je sentais sous mes doigts. Mais il était tout froissé, et pas arrangé en piles. On s'en était servi pour emballer quelque chose. Ma main ne rencontrait rien qui ressemblât à des billets de banque ou à un vase.

Ce que je touchais était très différent.

L'objet était froid, dur et métallique. Et il n'était pas tout seul. Il y en avait plusieurs. J'ai fait courir mes doigts dessus, traduisant ces sensations tactiles en image mentale.

Des armes.

60

Avant de faire quoi que ce soit d'autre, Nathaniel Braithwaite tenait absolument à retrouver les chiens. Une fois que ce serait fait, eh bien, *adieu la compagnie*.

Après avoir échappé aux deux hommes de main de Vince Fleming, il avait couru droit devant lui dans les bois. Trébuché deux fois. S'était pris des branches dans la figure. Mais il avait continué à avancer jusqu'à ressortir de l'autre côté, derrière un petit centre commercial. Devant les boutiques, une femme qui buvait un café au volant d'un taxi avait accepté de le ramener dans le quartier où il promenait Emily et King et où il avait laissé sa Cadillac.

— Vous vous êtes cogné à une hélice ? avait-elle demandé en regardant sa lèvre.

Braithwaite avait entendu la collision quelques secondes après qu'il avait sauté du fourgon en interrompant les opérations de chirurgie dentaire à la Black & Decker. Il avait jeté un coup d'œil par-dessus son épaule juste une seconde, assez longtemps pour apercevoir le corps mutilé de l'un de ses tortionnaires sur la chaussée devant le fourgon FedEx.

Il ne savait pas ce qu'il ressentait. Ce n'était pas de la joie. Pas à ce moment-là, non, juste du soulagement. Le mort n'allait pas lui courir après, et l'autre serait trop occupé par l'accident pour le poursuivre.

Cela ne voulait pas dire qu'il ne le rechercherait pas plus tard.

La chance lui a souri dès qu'il est sorti du taxi. King grattait à la porte de derrière de sa propre maison. Et Emily, au lieu de rentrer chez elle, était restée avec King, qu'elle regardait, allongée de tout son long sur la pelouse, s'énerver sur la porte de ses maîtres.

Quand les chiens ont vu Braithwaite apparaître à l'angle de la maison, ils ont couru vers lui, en remuant la queue si fort que leur corps ondulait.

— Oui, oui, a-t-il dit. Natey est revenu. Tout va bien.

Il a ouvert la porte de la maison de King, a fait rentrer le chien, l'a refermée. Puis il a raccompagné Emily chez elle, quatre maisons plus loin, et a fait de même.

Les chiens étaient en sécurité.

Quant à leurs congénères dont il aurait dû s'occuper ce jour-là, eh bien, il faudrait qu'ils se soulagent par terre. Au moins, quand leurs propriétaires rentreraient chez eux ce soir, leurs animaux seraient là, et pas en train d'errer dans le quartier. Qu'est-ce que cela pouvait bien faire s'ils salissaient quelques tapis ?

S'il en avait l'occasion, ce dont il n'était pas sûr, Nathaniel les appellerait pour leur dire qu'il démissionnait. Avec effet immédiat. Ouais, ils seraient en rogne. Certains se mettraient à lui crier dessus au téléphone. Comme si la crèche leur annonçait qu'elle ne prendrait plus leur mouflet à compter du lendemain. Qu'ils devraient se débrouiller autrement.

Ils chercheraient quelqu'un pour sortir leurs chiens et leur faire faire leur crotte. En attendant d'avoir trouvé, certains se feraient porter pâles.

Ce n'était pas son problème.

Nathaniel en avait de plus sérieux.

Il s'est mis au volant – Dieu qu'il aimait cette Caddy, la seule chose qui lui restait de sa vie d'avant – et a pris la direction de son appartement.

Qui ne le resterait plus bien longtemps.

Non seulement il se pouvait que l'autre type du fourgon soit à ses trousses, mais il devait aussi se méfier de Vince. L'homme qui l'avait entraîné dans tout ça. Braithwaite ne voulait plus rien avoir à faire avec lui.

Il est passé devant son appartement, lentement, cherchant des yeux le pick-up de Vince ou la camionnette qui avait servi à son kidnapping. Ils ne se trouvaient pas devant la maison, mais ils n'étaient pas assez stupides pour se garer là, si ? Il a donc fait un rapide tour du quartier. La rue derrière, celle d'après. Ne voyant aucun véhicule suspect, il a rebroussé chemin.

Et puis il s'est dit, *Merde*.

Si l'un d'eux venait à passer par là, il verrait *sa* voiture et saurait qu'il était chez lui. Se faire enlever une fois par jour suffisait. Il a donc garé la Caddy une rue plus loin et est revenu à pied. Comme il montait les marches du porche, il est tombé sur Barney, qui s'était confectionné des tréteaux avec deux fauteuils sur lesquels il avait placé une très longue pièce de bois sculpté. La rampe de l'escalier. Quelques outils étaient éparpillés çà et là et un téléphone portable reposait sur le bras d'un des fauteuils, mais au lieu de travailler, Barney fumait une cigarette, adossé au mur.

Orland regardait la rue d'un air absent, assis dans un des fauteuils du porche.

— Nathaniel, a dit Barney.

— Hé, a répondu le promeneur de chiens sans même le regarder, comme il tendait le bras pour ouvrir la porte.

— Vous allez bien ? Qu'est-ce qui est arrivé à votre lèvre ?

— Tout va bien.

— On dirait pas.

— Mêlez-vous de vos oignons, a rétorqué Braithwaite.

Barney a tiré longuement sur sa cigarette et soufflé la fumée par le nez.

— Comme vous voudrez.

Le bruit d'une voiture qui s'arrêtait devant la maison a incité Braithwaite à se retourner. Son cœur s'est mis à battre la chamade, mais il a poussé un soupir de soulagement en voyant que c'était sa voisine de couloir. Cynthia Archer. Accompagnée d'une adolescente. Sa fille. Il l'avait déjà vue ici.

Mais il ne voulait surtout pas perdre de temps à bavarder avec elles. Il avait fort à faire, et peu de temps pour le faire.

Il a monté les marches deux à deux. Il était en train d'ouvrir sa porte quand il a entendu Cynthia l'appeler.

— Hé, Nate, attends !

Il a fait mine de ne pas l'entendre, est entré dans son appartement et a refermé la porte derrière lui.

Fais tes bagages.

Il gardait sous son lit trois valises vides et une quatrième, plus petite, déjà remplie. Il les a sorties, a posé les trois premières sur le lit et mis la quatrième sur un fauteuil. A ouvert les valises vides. Les a remplies de vêtements pris au hasard dans sa commode. On frappait à la porte.

Il n'en a pas tenu compte, est allé arracher des chemises de leurs cintres dans la penderie, les a roulées en boule et jetées dans les valises.

— Nate !

La voix de Cynthia à travers la porte.

— Je sais que tu es là. Je veux te parler.

Il s'est figé. S'il ne faisait aucun bruit, est-ce qu'elle partirait ?

Elle a frappé de nouveau.

— Je ne partirai pas tant que tu n'auras pas ouvert cette porte.

Il a laissé tomber quelques chemises sur le lit, est allé ouvrir à grandes enjambées. Cynthia se tenait là, sa fille à ses côtés.

— Je suis très occupé, a-t-il dit. Repasse plus tard.

Grace regardait sa lèvre fendue.

— Beurk, a-t-elle fait.

— Je suis au courant, a dit sa mère.

— Au courant de quoi ?

— Pour toi. Et Vince Fleming. Et de ce qui s'est passé aujourd'hui. Ses hommes... ils t'ont enlevé, c'est ça ? Ils t'ont fait ça ?

Ça l'a pris par surprise. Comment le savait-elle ?

— Je te l'ai dit. Je suis occupé. Laisse-moi tranquille.

Grace a jeté un coup d'œil derrière lui, dans la chambre.

— Vous partez en vacances ? a-t-elle demandé.

— Quoi ?
— Regarde, maman. Il fait ses valises.

Cynthia est entrée de force dans l'appartement, s'est dirigée droit vers la chambre. Elle a embrassé la pièce du regard depuis la porte.

— Ça n'a rien à voir avec toi, a dit Nathaniel qui s'est glissé devant Cynthia et a refermé les valises.

Grace, debout près de la chaise où était posée la quatrième valise, essayait d'entrer dans la chambre.

— Ç'a tout à voir avec nous, a rétorqué Cynthia. On est dans le même bain tous les deux. Vince s'est servi de nous deux, d'une façon ou d'une autre. Il s'est servi de toi pour entrer dans les maisons et y cacher de la drogue, de l'argent et d'autres trucs, et il s'est servi de nous en faisant de notre maison une de ses unités de stockage.

— Si tu n'avais pas été là, je n'aurais jamais rencontré cet homme, a dit Nathaniel. Quand il a appris ce que je faisais, il... il m'a obligé.

— Je sais, et je suis désolée. Mais ce qui est fait est fait. Tu as choisi de l'aider, et maintenant tu paies pour ça.

— C'est quelqu'un à qui il est difficile de dire non. Il a fait tabasser le petit copain de mon ex-femme. J'ai senti que si je lui disais non, il trouverait le moyen de me faire porter le chapeau. J'ai été pris de court.

Il perdait du temps. Tant pis si elles étaient là. Il a rouvert sa valise et y a fourré le contenu d'un autre tiroir. Des chaussettes, des sous-vêtements.

— Vous allez où ? a demandé Grace, la main posée sur la poignée de la quatrième valise.

— Loin, a-t-il répondu. Ces hommes ont failli me tuer. Ils allaient m'arracher les dents. Dieu sait ce qu'ils m'auraient fait ensuite. (Il a regardé Cynthia avec espoir.) Si je te donne des noms, tu voudras bien appeler certaines personnes pour leur dire qu'elles devront trouver quelqu'un d'autre pour promener leurs chiens ?

Cynthia s'est tournée vers Grace.

— Comment s'appellent les gens qui possèdent la maison dans laquelle tu étais cette nuit ?

— Cummings.

Cynthia s'est tournée vers Nathaniel.

— Tu promènes le chien des Cummings.

— Pas cette semaine. Ils sont absents.

— Mais tu sais comment entrer chez eux. Tu as une clé, tu connais le code, non ?

Plutôt que de vider le tiroir du bas, il a de nouveau porté son attention sur la penderie, s'est mis à genoux, a attrapé des chaussures.

— Comment je ferais pour sortir leur chien, autrement ?

— C'était vous ? a demandé Grace.

— Moi quoi ? a-t-il dit.

Il s'était relevé et balançait ses chaussures dans ses bagages. Il a refermé une autre de ses valises.

— C'était vous qui étiez là cette nuit ?

— Nom de Dieu, tu me fais penser aux larbins de Vince. Tu comptes te mettre à m'arracher les dents ?

— Est-ce que vous avez tiré sur Stuart ? a insisté Grace. C'était vous, oui ou non ?

— N'importe quoi.

Grace a posé les yeux sur la valise qu'elle touchait sans vraiment s'en rendre compte.

— Il y a quoi, là-dedans ? a-t-elle demandé.

— Ôte tes sales pattes de là ! s'est-il écrié. Je me tire d'ici.

— Qu'est-ce que tu fuis ? a demandé Cynthia.
— Quelle question ! Ces tarés, évidemment.
— Réponds à Grace. Qu'est-ce qu'il y a dans cette valise ?
— Des papiers. Tous les papiers de mon ancienne boîte. La paperasserie légale. Des documents. Des brevets. Des lecteurs zip.
— Ouvre-la.
Nathaniel a ri.
— Tu es un phénomène, toi... vraiment. Pas étonnant que ta famille ait eu besoin de faire un break.

Il s'est à nouveau agenouillé devant la commode, dont il a tiré le tiroir du bas. Il a saisi un gros pull, et un bruit sourd s'est fait entendre. Le pull enveloppait un objet lourd et volumineux.

— Qu'est-ce qu'... ? a commencé Nathaniel.

Sous le regard de Cynthia et de Grace, il a soulevé délicatement un vase bleu pastel, haut d'une trentaine de centimètres et muni d'un couvercle maintenu en place par de l'adhésif.

61

Peu de temps après que Reggie avait tiré Jane des griffes de Joseph, Wyatt a téléphoné à Vince pour la remise de la rançon. Jane entendait à peine ce qu'il lui disait à l'étage du dessus, mais elle a réussi à comprendre que la remise devait se faire une demi-heure plus tard. Dans un cimetière.

Est-ce que Wyatt irait seul ? S'il voulait du renfort, il faudrait qu'il emmène Reggie. Et, Logan ayant conduit son pervers de frère à l'hôpital pour qu'il se fasse arranger le nez, ils devraient la laisser seule dans la maison.

C'est exactement ce qui s'est passé.

Reggie est revenue la voir.

— On part retrouver ton beau-père. En attendant, on va devoir te laisser ici toute seule. Et même si on t'a bien ficelée, tu n'es attachée à rien, et il va falloir y remédier. Je ne voudrais pas que tu te balades dans la maison ou que tu essaies de te faire la belle pendant notre absence.

À ce moment-là, Jane a senti qu'on enroulait d'autres cordes autour de son torse et de ses chevilles pour l'arrimer solidement à la chaise.

— Et voilà, a fait Reggie. Tu ne bouges pas jusqu'à ce qu'on revienne.

Peu après, Jane a entendu le couple sortir de la maison.

Qui est devenue très silencieuse.

Elle a tiré sur les liens qui la maintenaient sur la chaise. Ils semblaient solides, mais elle ferait tout pour s'échapper.

Elle devait essayer, c'était évident. Quelle probabilité existait-il qu'ils leur laissent la vie sauve, à Vince et elle, une fois qu'ils auraient obtenu ce qu'ils voulaient ? Quiconque contrarierait Vince n'avait pas d'autre choix s'il désirait continuer à vivre.

Dès que Reggie, Wyatt, Joseph et Logan se retrouveraient ici, ils la tueraient.

Il fallait qu'elle se tire.

Et tout de suite.

Elle s'est contorsionnée dans tous les sens pour essayer de desserrer ses liens, de leur donner ne serait-ce qu'un tout petit peu de jeu. Si elle arrivait à détacher une main, le reste serait facile. Encore fallait-il y arriver à temps.

Elle a pensé à Vince, à la manière dont il aurait géré ce genre de situation. Il était loin d'être bête. Enfin, ça dépendait. Ce boulot consistant à cacher de l'argent chez des gens n'était sans doute pas l'idée du siècle.

Mais s'il y avait une chose que Vince connaissait, c'était la manière dont pensaient les gens comme lui, ce dont ils étaient capables. Il devait donc savoir que Reggie et sa bande essaieraient de le tuer, et de la tuer, elle, une fois qu'ils auraient obtenu satisfaction.

Il devait avoir un plan.

Il mettrait Gordie et Bert en position. Cachés dans les buissons ou derrière une tombe. Eldon serait sur la touche. Il était probablement en train de faire son deuil quelque part. Quoi qu'il en soit, Vince ne se rendrait pas à ce genre de rendez-vous sans personne en couverture.

Peut-être, peut-être seulement, réussirait-il à faire quelque chose.

Parce qu'il m'aime.

Elle n'en doutait pas. Vince la mettait sur un piédestal. Il ne dirait certainement pas à ses ravisseurs d'aller se faire foutre. Elle n'imaginait pas qu'il refuse de payer. Mais il ne serait peut-être pas en mesure de leur donner tout ce qu'ils voulaient.

Jane s'est mise à pleurer.

Serre les dents. Serre les dents et tire-toi d'ici.

Elle s'est démenée pour se libérer pendant si longtemps qu'elle a commencé à perdre la notion du temps. Mais, alors qu'elle s'était arrêtée pour reprendre son souffle, elle a pris conscience que ses hôtes étaient partis depuis un bon moment.

Jane était presque certaine que cela faisait bien plus d'une heure.

Elle a fait le calcul. Dix minutes pour aller au cimetière, dix minutes maximum pour la remise de la rançon, dix autres minutes pour revenir. Ça faisait une demi-heure.

En ajoutant un quart d'heure pour la circulation et même encore dix minutes au cas où Vince aurait été en retard, ce qui semblait peu probable, ils auraient dû être rentrés à présent. Reggie et Wyatt. Ou Vince.

Quelqu'un.

Or plus d'une heure s'était écoulée – elle était même prête à parier que cela faisait presque une heure et demie –, et toujours pas âme qui vive.

Elle ne savait pas quoi penser. D'une façon ou d'une autre, il faudrait bien que quelqu'un revienne dans cette maison.

Pour la libérer, ou pour la tuer.

Elle ne pouvait pas rester ici comme ça. Si personne ne venait, et si elle n'arrivait pas à se libérer, combien de temps survivrait-elle ? Quarante-huit heures ? Trois, quatre jours, peut-être ?

Qu'est-ce qui avait pu se passer ? Elle s'est imaginé divers scénarios. Ils s'étaient peut-être entretués. Wyatt – un prénom tout trouvé pour quelqu'un qui commencerait à défourailler façon western – avait sorti son arme, et Vince la sienne, ils avaient tous commencé à tirer, et tout le monde avait été touché.

Les choses avaient pu se passer comme ça.

Ou alors...

C'était quoi, ça ?

Elle s'est figée, a cessé de respirer. Écouté.

Là-haut, le bruit d'une porte qui s'ouvrait, puis se fermait.

Quelqu'un était dans la maison.

Faites que ce soit Vince.
Faites que ce soit Vince.
Faites que ce soit Vince.

62

L'inspecteur Rona Wedmore a laissé Spock exercer ses talents. Elle avait l'intention de retourner directement au commissariat pour suivre d'autres pistes. Passer quelques coups de fil. Parler à des parents, d'anciens collègues, des amis d'Eli Goemann et de Heywood Duggan. Tous ceux qu'elle pourrait trouver. Elle ferait aussi le point avec Joy, voir ce qu'elle avait découvert.

Mais en chemin, Rona a décidé qu'elle avait besoin d'un moment.

Seule.

Elle s'est garée sur le parking du Carvel, sur Bridgeport Avenue. Est entrée dans la boutique et a commandé un milk-shake au chocolat. Elle ne se rappelait plus la dernière fois qu'elle s'était offert un milk-shake.

Plutôt que de le boire sur place, elle est retournée dans le centre, a trouvé une place sur South Broad Street, le long de Milford Green, a laissé sa voiture et s'est trouvé un banc à l'ombre d'un grand arbre. Elle s'est assise pour déguster son milk-shake.

Que lui avait dit Heywood la veille au soir ? À propos de son client ?

En gros, il essayait de retrouver ce que tu étais pour moi. Il essayait de retrouver l'amour de sa vie.

L'enfoiré. Pourquoi fallait-il qu'il dise une chose pareille ? Et si c'était vrai, pourquoi s'était-il comporté comme un salaud ?

Elle partageait ses sentiments, du temps où ils se voyaient. Dieu sait qu'elle aimait faire l'amour avec lui. Mais entre ses horaires et les siens et le fait qu'il habitait à Stamford et elle à Milford, leurs rencontres étaient irrégulières et précipitées. Ils se retrouvaient parfois dans un motel de Fairfield ou de Norwalk, se mettaient au lit, prenaient un verre vite fait après, et chacun repartait de son côté.

Mais elle avait découvert qu'elle n'était pas la seule. Elle avait fouillé dans son portable, un jour, pendant qu'il était sorti du motel pour aller chercher des bières fraîches, et avait trouvé des e-mails.

Que voulez-vous ? Elle était flic. C'était dans sa nature. Il n'aurait pas dû prendre le risque de laisser traîner son téléphone.

À ce moment-là, surprise, le téléphone avait sonné. Dans sa main. Rona avait hésité à répondre. Et si c'était en rapport avec le boulot ? Si c'était vraiment important ?

— Allô !
Une femme.
— Oh, euh, j'ai dû faire un mauvais numéro.
— Vous cherchez Heywood ?
— Euh, non, je ne pense pas.
Elle avait raccroché.

Le pauvre homme n'avait pas compris ce qui lui était tombé dessus quand il était revenu avec ses bières. Après ça, les choses avaient commencé à dégénérer, même s'il lui avait juré que l'autre fille ne signifiait rien pour lui. Rona avait refusé de continuer à le voir. Peu de temps après, elle avait rencontré Lamont et n'avait eu aucun doute. Ils s'aimaient d'un véritable amour, même s'il n'avait jamais tout à fait été aussi bon amant que Heywood. Ils avaient eu le mariage à l'église, la grande réception, le voyage de noces à Vegas, la totale.

Et puis Lamont était parti en Irak et en était revenu brisé.

Il avait mis des mois avant de parler à nouveau. Mais il allait de mieux en mieux. Elle savait qu'il n'oublierait jamais ce qu'il avait vu, mais elle pensait qu'il s'en sortirait.

Wedmore a aspiré une grande gorgée de milk-shake. Encore glacé. Elle devait faire attention à ne pas boire trop vite, sinon elle allait avoir mal à la tête.

Elle avait envie de pleurer.

Allons, Rona Wedmore n'allait pas se mettre à sangloter, assise sur un banc au milieu du parc de Milford Green.

Pourtant elle en avait envie. Pour Heywood. Pour Lamont.

Pour elle-même.

Elle a regardé trois petits enfants passer en courant avec des ballons. Une femme très âgée qui promenait son chien. Un jeune couple qui se disputait sur un autre banc. Trop loin pour qu'elle entende les détails.

Son téléphone a sonné.

Wedmore a soupiré intérieurement. Pris une autre gorgée de milk-shake puis posé le gobelet sur une des lattes du banc. Elle a trouvé son portable dans son sac et consulté l'écran. C'était le boulot. Elle a porté le téléphone à son oreille.

— Wedmore.
— C'est moi.
Spock.
— Ouais.
— J'ai trouvé la voiture, je suis presque certain que c'est la même, sur l'une des caméras de surveillance du trafic. On voit distinctement la plaque.
— Donne-la-moi. Je vais interroger le fichier.
— J'ai une longueur d'avance sur toi. J'ai un nom et une adresse, si tu as de quoi noter.
Wedmore a sorti son calepin.

63
Terry

Vince m'a appelé depuis le bureau de ma maison, où une Reggie armée le tenait à l'œil.

— Tu l'as trouvé ? a-t-il demandé.

Il y avait quelque chose dans sa voix. Était-ce de la... malice ?

— Oui, ai-je répondu, alors que mon corps masquait les armes cachées sous l'isolation du grenier.

L'ouverture de la trappe laissait passer un peu de lumière, ainsi que mon téléphone converti en lampe électrique, que Wyatt dirigeait vers les chevrons.

— C'est bien, a commenté Vince.

— Il y a un vase ? a demandé Reggie.

J'étais en train de passer les mains sur le contenu du carton, sur toutes ces armes. À vue de nez, il y en avait au moins une vingtaine.

— Je ne suis pas encore sûr, ai-je répondu. Je continue à tâtonner.

— C'est si difficile que ça de dire ce que vous sentez ? a-t-elle crié.

Vince, évidemment, devait savoir ce que j'allais trouver là-haut. Je me suis rappelé ses paroles :

« Si une occasion se présente, saisis-la. »

Qu'attendait-il de moi maintenant ? Que je me mette à tirer dans tous les coins ? Que je tue Wyatt, puis Reggie ?

Non, ça ne tenait pas debout. Il fallait qu'on sache où était retenue Jane, et ça ne serait pas facile une fois Reggie et Wyatt morts. À supposer que je sois capable d'abattre deux personnes.

Comme je l'avais dit à Vince, je n'y connaissais pas grand-chose en armes à feu, mais j'étais presque certain que ces armes étaient des Glock, comme le pistolet dans la boîte à gants du pick-up.

Il n'y a pas de cran de sûreté.

Si ces pistolets étaient chargés, il suffisait donc de viser et de presser la détente. Peut-être que certains étaient chargés et d'autres non. C'était un peu comme de jouer à la loterie.

J'ai jeté un coup d'œil à Wyatt par-dessus mon épaule. Téléphone dans une main, pistolet dans l'autre.

— Il faut que je vous passe ces trucs... vous pourrez les leur descendre par la trappe.

Il allait être obligé de faire un pas vers moi et de se baisser. De plus, il devrait ranger le téléphone ou le pistolet. Ou les deux.

— Une seconde, a-t-il dit.

Il a choisi le téléphone. Il l'a glissé dans la poche de devant de son pantalon et a commencé à s'accroupir.

— Merde, j'y vois plus rien, ai-je fait.

Il s'est redressé.

— D'accord, très bien.

Le téléphone est ressorti, l'appli torche a été réactivée. Cette fois, Wyatt a glissé son arme sous la ceinture de son pantalon. Mais en commençant à s'agenouiller, il s'est rendu compte que c'était assez inconfortable, si bien qu'il l'a déplacée sur sa hanche.

Il s'est agenouillé, tripotant le portable, essayant de diriger la lumière vers là où il pensait que je la voulais.

Je me suis retourné brusquement, à croupetons, et j'ai appuyé le canon d'un pistolet contre sa tempe.

J'ai murmuré :

— Pas. Un. Mot.

Wyatt a retenu son souffle.

— Au moindre geste, je presse la détente, ai-je menacé.

Et j'ai pensé : *S'il te plaît, ne bouge pas*.

— Vince, ai-je appelé doucement.

— Ouais, Terry ?

— Tu pourrais dire à Reggie que la situation a changé là-haut ?

— Qu'est-ce que vous racontez ? a-t-elle demandé.

— L'équilibre des forces s'est inversé, a expliqué Vince.

— Qu'est-ce que vous racontez ? a répété Reggie.

— On peut dire ça, Terry ? s'est enquis Vince.

— Ouais, on peut dire ça. J'ai un Glock collé sur la tête de Wyatt.

Wyatt a tressailli, pensant peut-être se saisir de son arme, mais cela n'aurait pas été très commode, et il n'aurait pas pu dégainer rapidement, agenouillé comme ça.

— Quoi ? Wyatt ? s'est exclamée Reggie.

— C'est vrai, a-t-il confirmé.

Il avait posé mon téléphone, tourné vers le haut, sur la tranche d'une solive, et le rai de lumière vertical soulignait les gouttelettes de sueur qui perlaient sur son front.

— Comment ç'a pu arriver ? a-t-elle demandé. Comment a-t-il fait pour prendre ton arme ?

— Il ne l'a pas prise ! La sienne était déjà là-haut.

Vince a dit :

— Donnez-moi votre flingue, Reggie, ou la cervelle de Wyatt va faire partie de l'isolation.

— Non ! Pas question ! a-t-elle crié vers le haut. Vous arrêtez de braquer votre flingue sur Wyatt, ou je jure que je bute votre patron !

Moi aussi, j'étais en sueur. Une goutte est tombée dans mon œil et m'a drôlement piqué. J'ai cligné des paupières plusieurs fois.

— Comment tu veux qu'on gère ça, Vince ? ai-je demandé.

Projetant sa voix dans ma direction, Vince a répondu calmement :

— Descends-le.

— Attendez ! a crié Wyatt.

On n'imagine pas à quel point je lui étais reconnaissant.

— Non ! a hurlé Reggie. Je vous jure que si vous faites ça, je l'abats dans la seconde. Descendez immédiatement, espèce de connard, et laissez mon mari partir, ou je tue Vince. Vous ne m'en croyez pas capable ? Vous voulez me tester ?

— Allez-y, l'a défiée Vince. Butez-moi. Et ensuite mon ami tuera votre mari. C'est ce que vous risquez de perdre. Votre mari. Mais mon ami, lui, tout ce qu'il perdra, c'est un connard de patron qu'il n'a jamais aimé des masses de toute façon. Par contre, si vous me donnez votre flingue, je peux persuader mon ami de ne pas faire de trou dans la tête de Wyatt.

— Reggie, a dit Wyatt en s'efforçant de garder son calme. Je n'ai pas envie de crever là-haut.

Après quoi il a ajouté quelque chose d'intéressant.

— Allez, mon chou, tu ne peux pas faire tourner l'arnaque aux impôts toute seule. Tu as besoin de moi.

Si Reggie lui sauvait la mise ce ne serait donc pas uniquement par amour.

Je sais, c'est un cliché, mais les choses semblaient vraiment se dérouler au ralenti. Chaque seconde me paraissait une heure. Le Glock n'était pas particulièrement lourd, mais comme je le tenais à bout de bras, je fatiguais. Et, accroupi comme je l'étais, mes jambes criaient grâce.

J'enseignais les lettres et l'écriture créative en lycée. Mettre un pistolet sur la tempe d'un kidnappeur ne faisait pas partie de mon champ d'expérience. Bien sûr, j'avais eu quelques sueurs froides sept ans auparavant, mais même à ce moment-là, je ne m'étais jamais retrouvé en pareille situation.

— Alors, c'est quoi le deal ? a demandé Reggie.

— Je veux Jane, a répondu Vince.

— D'accord, très bien. Vous récupérez cette petite garce. Wyatt descend. Vous reprenez Jane. On sera quittes. Vous me donnez juste le vase et le cash qui sont là-haut.

— Il n'y a pas de vase, ai-je dit. Et il n'y a pas d'argent.

— Regardez encore ! a glapi Reggie. Ce vase, il ne représente rien pour moi ni pour vous. Il n'a aucune valeur. Il est à mon oncle.

— Si vous cherchez quelque chose qu'Eli Goemann m'a confié, a repris Vince, ce n'est pas là-haut. Ça ne l'a jamais été. On a planqué ses trucs ailleurs. Tout ce qui est là appartient aux bikers dont vous m'avez parlé tout à l'heure. De New Haven.

— Alors on va là où vous avez planqué les trucs d'Eli. Vous nous y conduisez et après on vous rend Jane. C'est le deal. À prendre ou à laisser.

— Non, a dit Vince avec un grand calme. Ça ne va pas se passer comme ça. Je récupère Jane, là, tout de suite, et vous avez la vie sauve.

Me demandant ce qui pourrait débloquer la situation, j'ai pressé le Glock contre la tempe de Wyatt, qui a failli en perdre l'équilibre. Je lui ai dit :

— Il faut qu'elle décide à quel point elle t'aime et jusqu'à quel point elle a besoin de toi.

— Donne-lui le flingue, nom de Dieu !

En bas, silence presque total. J'ai cru percevoir un « Putain ! » étouffé. Ce moment de suspense n'a pas excédé dix secondes, mais il m'a semblé qu'il durait beaucoup plus longtemps.

Puis avec soulagement, j'ai entendu Vince annoncer :

— Je l'ai.

— OK.

— Maintenant vous pouvez descendre tous les deux. Wyatt d'abord.

— Il est armé, ai-je dit.

— Wyatt, soyez un gentil garçon et laissez Terry vous débarrasser de ce flingue, a fait Vince.

— Avec la main *gauche*, ai-je précisé.

J'avais vu quelques films.

Wyatt a sorti l'arme de sa ceinture. La balançant entre le pouce et l'index, il me l'a présentée et je l'ai prise de la main gauche. Sans regarder, je l'ai laissée tomber sur l'isolant derrière moi.

— Si je comprends bien, ai-je repris à l'adresse de Vince, je n'ai pas à descendre toutes ces armes.
— Non, juste celle que tu as à la main.

Wyatt s'est retourné, a fait passer ses jambes à travers la trappe, trouvé la première marche de l'échelle, et il est descendu. J'ai repris mon téléphone au passage, et quand je suis descendu, mon arme toujours à la main, Vince était déjà positionné dans un angle de la pièce, l'arme braquée sur l'heureux couple qui lui faisait face épaule contre épaule.

— On vous dit où elle est, là, maintenant, et vous nous laissez partir, a proposé Reggie d'un ton toujours aussi agressif, comme si elle se croyait encore en position de négocier.

Vince m'a regardé en soupirant.

— Est-ce que j'ai l'air d'avoir un problème mental ?

— C'est bon. On va vous conduire là-bas, a dit Wyatt. On va vous amener à la maison. Jusqu'à elle.

— Qui se trouve avec Jane ?

— Personne, a répondu Reggie. Elle est seule. Ligotée, mais en parfaite santé.

Le regard de Vince est passé de Reggie à Wyatt avant de revenir sur elle.

— On n'a pas besoin de vous deux pour nous conduire là-bas, a-t-il dit, plus à lui-même qu'à un interlocuteur dans la pièce.

S'il te plaît, ne va pas tuer quelqu'un dans ma maison, ai-je pensé.

— Allez, a tenté Reggie, avec un soupçon de supplication dans la voix. On coopère, là.

— On vous la rendra, a assuré Wyatt, impassible. On fera ce que vous voudrez.

— On va reprendre votre voiture, a annoncé Vince, et vous conduirez. (Il regardait Reggie.) Je monterai derrière avec votre mari.

Je serais donc théoriquement devant, à la place du mort, en quelque sorte. À moins que Vince n'ait plus besoin de mes services.

J'ai décidé de lui poser la question.

— Tu as encore besoin de moi ?

— Tu plaisantes ? a-t-il rétorqué d'un air blessé. Tu es mon numéro deux.

64
Terry

Vince m'a dit d'ouvrir la voie, qu'il fermerait la marche. J'ai donc descendu l'escalier en premier, suivi par Wyatt, puis Reggie. Vince est descendu le dernier, en boitillant un peu. Lui et moi tenions nos armes d'une main ferme.

Vince a pris à Reggie ses clés de voiture et demandé à Wyatt de lui remettre les siennes. Il avait vu juste. Ils avaient tous les deux un trousseau.

Il a balancé celui de Wyatt dans le massif d'arbustes sous la fenêtre de la façade et a gardé l'autre. Nous sommes tous sortis de la maison, et il a appuyé sur la télécommande de la BMW.

— Allez-y, montez, a-t-il ordonné au couple. On arrive.

Reggie s'est installée au volant et Wyatt est monté derrière elle.

J'ai demandé à Vince :

— Tu crois qu'ils disent la vérité ? Que Jane est toujours saine et sauve ?

La mine sombre, il a répondu :

— Faut espérer.

— Tu aurais pu me dire que c'était des armes qui étaient cachées là-haut, et pas de l'argent.

— Je savais que tu saurais quoi faire. Si je te l'avais dit avant, tu aurais été trop nerveux.

Comme si je ne l'étais pas déjà.

— Vince, ai-je repris en posant avec hésitation ma main sur son bras. (Il l'a regardée et l'a écartée.) Je n'avais pas l'intention de revenir à la charge avec ça, mais merde, tu pourrais appeler la police maintenant. Tu as ces deux-là. Tu peux les livrer.

— Allons-y, s'est-il borné à dire.

— Je ne sais pas si je suis capable de faire ça.

— Il faudra bien, a énoncé Vince d'une voix faible. Parce que je ne peux pas m'en charger seul. Je ne ferai pas le poids. Je ne me sens pas bien du tout. Quand j'ai descendu l'escalier tout à l'heure, j'avais la tête qui tournait un peu.

J'ai fermé la maison pendant qu'il rejoignait la voiture en claudiquant et montait à l'arrière à côté de Wyatt. Je lui ai emboîté le pas, tenant mon arme à bout de bras, près de ma cuisse, pour ne pas attirer l'attention au cas où quelqu'un passerait par là. Au moment où je m'asseyais sur le siège passager, Vince tendait à Reggie ses clés de voiture.

Elle a quitté le quartier vers le nord, puis a pris la 95 vers l'est, pour très vite s'engager sur Milford Parkway, direction le nord. Après avoir continué vers l'est sur Merrit Parkway, elle est sortie au niveau de Main Street et a roulé en direction du nord, en passant devant la société Sirkoski sur la droite. Elle a ensuite pris à gauche dans Warner Hill Road. Puis encore à gauche, dans Colbert, et peu après elle remontait l'allée d'un petit pavillon blanc quelconque, tapotant un bouton sur une télécommande clipsée au pare-soleil. Devant nous une porte de garage s'est soulevée.

Personne n'avait décroché un mot de tout le trajet.

— Prends les clés, m'a ordonné Vince.

Reggie les a retirées du contact et me les a tendues. Je les ai mises dans la poche de mon pantalon en descendant de voiture.

— Fermez le garage, a dit Vince, et elle a appuyé sur le bouton de commande.

La porte est descendue derrière nous avec fracas.

Depuis le garage, une autre porte conduisait à l'intérieur de la maison.

— On est chez vous ? a demandé Vince.

Wyatt a hoché la tête.

— Oui, on habite ici.

J'ai essayé d'ouvrir la porte, mais elle était fermée à clé.

— C'est laquelle ? ai-je demandé à Reggie en lui mettant le trousseau sous le nez.

Elle a pointé le doigt.

— Celle-là.

Je l'ai insérée dans la serrure. La porte était déverrouillée, mais Vince m'a arrêté avant que j'aie eu le temps de la pousser.

— Attends.

— Il n'y a personne d'autre, lui a assuré Wyatt. Il n'y a pas d'autre voiture.

— Passez en premier, lui a dit Vince, et Wyatt a obtempéré.

Je l'ai suivi, puis Reggie, et Vince, encore une fois, est passé en dernier.

Nous nous retrouvions dans la buanderie attenante à la cuisine. Juste devant nous, une volée de marches conduisait au sous-sol.

— Jane ! a appelé Vince.

— Elle ne peut pas parler, a dit Wyatt.

Vince s'est rembruni.

— Où est-elle ?

— En bas, a répondu Reggie.

— Allons-y.

Nous sommes descendus au sous-sol dans notre formation habituelle. C'était une salle de jeux lambrissée avec une table de ping-pong, deux vieux canapés et une télé grand écran au mur. Il y avait également un long bureau sur lequel étaient installés trois ordinateurs portables et des piles de ce qui ressemblait à des formulaires fiscaux. Pour leur arnaque au remboursement d'impôts, j'imagine.

— Là-dedans, a dit Wyatt en montrant du doigt une porte au fond de la pièce. C'est une chambre.

— Je vais les surveiller, ai-je proposé en braquant mon Glock sur le couple pendant que Vince allait voir.

Il a posé la main sur la poignée, l'a laissée là une seconde, comme s'il avait peur de découvrir ce qui se trouvait de l'autre côté. Puis il l'a abaissée et ouvert la porte en grand.

Nous avons tous regardé.

La chaise était vide, et des longueurs de corde gisaient, éparpillées, sur le sol.

65

Quand Jane Scavullo a entendu la porte s'ouvrir en haut, perçu des bruits de pas à l'intérieur de la maison, elle voulait y croire. D'après les bruits, elle a tout de suite deviné qu'il y avait plus d'une personne. Ils étaient deux, peut-être plus. En soi, ce n'était ni une bonne ni une mauvaise nouvelle. Oui, ça pouvait être Wyatt et Reggie qui rentraient. Mais ça pouvait aussi être Vince, avec au moins Bert et Gordie dans son sillage.

Son instinct lui soufflait cependant que ce ne serait ni Vince, ni Bert, ni Gordie.

Or son instinct avait en partie raison. Ce n'étaient pas Vince et son équipe. Mais ce n'étaient pas Wyatt et Reggie non plus.

Elle en a eu la confirmation dès qu'elle a entendu quelqu'un parler.

— Je vais tuer cette petite garce.

La voix n'était pas tout à fait la même que dans son souvenir, mais elle savait de qui il s'agissait.

Joseph était de retour.

Pas vraiment la personne qu'elle attendait. Elle pensait que les deux frères seraient sur la touche pour une durée indéterminée, le temps que Joseph se fasse rafistoler à l'hôpital. Ce n'était pas une bonne nouvelle, d'autant que Reggie et Wyatt n'étaient probablement pas là. Bien sûr, ils allaient peut-être la tuer, mais Reggie y passerait moins de temps que Joseph.

Elle n'était pas sûre que ce dernier ferait preuve de mansuétude.

Elle a entendu quelqu'un dévaler l'escalier. Quelques secondes plus tard, elle a senti qu'on ouvrait la porte. Un brusque courant d'air.

Avant qu'aucun mot ait été prononcé, on lui a brusquement arraché le sac de la tête. On avait allumé la lumière dans la pièce, et Jane a dû cligner des yeux plusieurs secondes pour s'y habituer. Elle venait de passer des heures dans le noir.

Mon Dieu, quel spectacle !

La chemise de Joseph, son cou et ses joues étaient maculés de sang séché. S'il avait essayé de se nettoyer, ce n'était pas concluant.

Et puis son nez…

Jane n'en voyait pas grand-chose, dissimulé qu'il était par un tampon de gaze grand comme un portefeuille et de l'adhésif chirurgical blanc, tous deux entièrement tachés de sang. On aurait dit l'œuvre d'un urgentiste aveugle. C'était le pire exemple de premiers soins qu'elle ait jamais vu.

— Je vais me faire plaisir, a annoncé Joseph, debout tout près d'elle, agitant un doigt sous son nez.

Il parlait comme s'il avait un rhume de cerveau carabiné.

Logan est entré à son tour, a posé les mains sur les épaules de son frère et l'a éloigné.

— Attends, bon Dieu, a-t-il dit. Tu sais que tu es stupide ? Complètement stupide ?

— Je vais me la faire.

— Oui, oui, on a compris. Depuis deux heures, tu ne dis que ça. Qu'est-ce qui t'a pris de quitter les urgences ? Si tu avais attendu dix minutes de plus, on se serait occupé de toi.

— Je me suis débrouillé tout seul.

— Ça c'est sûr. (Logan a regardé Jane.) Tu as vu ce qu'il a fait ? Il a acheté des bandages et tout et essayé de se rafistoler lui-même parce qu'il était trop impatient de revenir ici pour s'occuper de toi. Tu avais vraiment besoin de lui faire ça ?

— Écarte-toi de mon chemin, a dit Joseph, même si ça ressemblait plus à *égarde-doi de bon jebin*.

Il a sauté sur Jane et a réussi à l'étrangler une demi-seconde avant que son frère ne le tire en arrière sans ménagement.

— Écoute-moi ! l'a sermonné Logan en secouant la tête d'un air exaspéré. Je comprends pourquoi tu veux faire ça. À ta place, moi aussi je voudrais la tuer, cette garce. Mais tu ne peux pas ! Tu comprends ? Tu ne peux pas. On ne sait pas si c'est le bon moment.

— Lâche-moi.

— Écoute ! Ils ne sont pas encore rentrés. Tant qu'ils ne seront pas revenus, on ne saura pas si tout s'est bien passé.

— Ça fait trop longtemps.

— Pas si longtemps. Il y a peut-être eu une complication. Peut-être que Fleming était en retard, qu'il a eu du mal à réunir l'argent. Ils ont peut-être encore besoin d'elle. Fleming va peut-être dire qu'il a l'argent mais qu'il veut absolument lui parler encore une fois au téléphone avant de le leur refiler ou leur révéler où il est. Un truc de ce genre. Alors on fait quoi s'ils appellent pour qu'on lui passe le téléphone et que tu lui as déjà tordu le cou ? Tu veux tout faire foirer ? Tu veux que l'argent nous échappe ? On est tout près du but, Joseph. À *ça*.

— Elle m'a cassé le nez.

— Je sais, je sais... je comprends. Je suis sûr que le moment venu, Reggie voudra bien te laisser faire. Mais pas maintenant.

— Appelle-les, a dit Joseph.

— Quoi ?

— Appelle-les pour savoir s'ils ont l'argent. S'ils ont l'argent, je pourrai le faire.

— Je ne vais pas les appeler, a répondu Logan. On attend d'avoir de leurs nouvelles.

— Et si ça avait mal tourné ? a demandé Joseph. Si les flics s'en sont mêlés ? S'ils se sont fait cueillir ? Peut-être que les flics sont en chemin. C'est pour ça qu'on doit prendre les choses en main. Il faut qu'on la bute, parce qu'elle doit payer pour ce qu'elle m'a fait, et parce qu'on ne veut pas qu'elle aille raconter ce qu'elle sait.

Jane a produit des bruits désespérés derrière l'adhésif. Elle aurait voulu passer une sorte de marché. Leur dire quelque chose susceptible de les faire changer d'avis.

— Toi, ta gueule, lui a lancé Joseph.

Logan réfléchissait. Ce que son frère avait dit en dernier, la possibilité que quelque chose ait mal tourné, le tracassait.

— Très bien, a-t-il déclaré. Voilà ce qu'on pourrait faire.

— Quoi ?

— Eh bien, il n'a jamais été question de la tuer ici. On parlait de l'emmener dans les bois, de faire ça là-bas. On pourrait y aller. On la sort d'ici, on la met à l'arrière de la Lexus, et on fait le trajet. Ils finiront bien par appeler pour dire que c'est fait, et là, on pourra lui régler son compte. En attendant, s'ils veulent qu'elle dise quelque chose au téléphone, on l'aura toujours avec nous.

Tout le corps de Joseph semblait électrisé, comme s'il avait forcé sur la caféine. Ça le démangeait tellement de la buter.

— Quand tu dis qu'on va lui régler son compte, tu penses à moi, hein ? Il faut que je la bute. C'est moi qui dois le faire.

Logan a souri, hoché lentement la tête, tenté de le calmer.

— C'est toi le patron, Joseph. C'est toi le patron. Viens, on va la détacher de cette chaise.

Joseph a réussi à esquisser un sourire douloureux malgré la gaze et le sang.

— Tu es un bon frère, Logan. Vraiment. Je ne te le dis pas assez.

66

Terry

— Vous êtes contents ? a dit Reggie. Elle s'est échappée. Alors on va en rester là.

Vince s'est avancé dans la chambre du bas afin d'examiner la chaise vide et les morceaux de corde, pendant que je surveillais Reggie et Wyatt dans la salle de jeux, arme au poing.

— Il y a du sang, a remarqué Vince.

— C'est Joseph, a expliqué Wyatt. Il pissait le sang. Votre fille lui a pété le nez en lui donnant un coup de boule.

Vince est sorti de la pièce, a jeté un coup d'œil à la table supportant les ordinateurs et les formulaires des impôts. Un téléphone fixe était posé dessus. Vince s'est approché, a décroché le combiné, l'a mis à son oreille puis a raccroché.

— Il y a de la tonalité, a-t-il remarqué.

— Et alors ? a demandé Reggie.

Je savais où il voulait en venir.

— Jane aurait appelé, ai-je dit.

Vince m'a lancé un regard.

— Ouais. Si elle avait réussi à se détacher, elle aurait appelé mon portable pour me prévenir.

— Peut-être pas, a objecté Reggie. Il est plus probable qu'elle ait eu peur et ait voulu filer le plus vite possible. Elle n'aura pas pris le temps de le faire.

Vince a levé le bras, pointé son pistolet sur la tête de Reggie.

— C'est des conneries. Vous avez cinq secondes pour me dire où elle est passée.

Elle n'a pas cillé.

— Comment voulez-vous que je le sache ? Quand je suis partie, elle était là.

— Quatre secondes.

— Vous me rappelez mon père, a-t-elle commenté froidement. Qu'il continue à brûler en enfer.

— Trois secondes.

— Putain ! a crié Wyatt. Ça doit être Joseph et Logan.

Reggie l'a regardé.

— Ils sont allés à l'hôpital.

Wyatt s'est tourné vers Vince.

— Je vais les appeler. Je vais savoir. Mais baissez ce flingue !

— Avant que vous appeliez, a fait Vince, voilà ce que vous allez dire.

— Je vous écoute.

— Dites qu'il y a eu un petit problème. Expliquez-leur que je suis prêt à remettre l'argent, mais pas avant d'avoir vu Jane. Pas lui parler au téléphone. La *voir*.

— Je ne sais même pas... je ne suis même pas sûr qu'elle soit avec eux, a-t-il protesté.

— Je vais mettre une balle dans la tête de votre femme, a menacé Vince.

Je ne doutais pas qu'il le ferait. Il y avait trop longtemps qu'il était sur la corde raide. Une partie de moi-même se demandait si Vince n'avait tout simplement pas envie de tuer quelqu'un. Peu importait qui.

— Attendez, attendez, a supplié Wyatt, qui a saisi le téléphone et composé un numéro.

» Ça sonne, a-t-il dit. Ça sonne toujours. Arrêtez de pointer ce pistolet sur ma... Logan ! Logan, c'est toi ? Où... ? Non, je n'ai pas encore l'argent mais on a presque... Ferme-la une seconde ! Où es-tu ? On vient de rentrer à la maison et la fille a disparu... Pourquoi as-tu fait ça... ? Il n'est pas allé à l'hôpital... ? Il est complètement débile ou quoi ? Ouais, OK, on est d'accord, il est... Il faut que tu la ramènes ici... Non, il ne peut pas faire ça ! Tu m'entends ? Je sais qu'il est furieux mais tu ne peux pas le laisser faire ça. On n'aura pas l'argent tant qu'il n'aura pas vu la fille... Ouais, d'accord, on en parlera après...

Vince a chuchoté à Reggie :

— Prenez le téléphone et demandez-leur de rappliquer. J'ai comme l'impression que c'est vous qui donnez les ordres ici.

Elle lui a jeté un regard noir, puis a pris le combiné à son mari et dit avec brusquerie :

— Logan ! Toi et ton frère, vous avez intérêt à être de retour ici dans cinq minutes avec cette fille, ou vous pouvez vous asseoir sur votre part ! Tu as pigé ? Que dalle ! Vous n'aurez rien. Pas cinquante pour cent, pas vingt pour cent, pas dix. Nada !

Elle a attendu que Logan ait bien compris le message, puis elle a couvert le combiné de son autre main et a dit à Vince :

— Il est en train de parler à son frère. Il faut juste qu'il... Oui, je suis là. (Elle s'adressait à nouveau à Logan.) Le plan ? Ramenez votre cul ici avec elle. D'ici là on aura trouvé un moyen de la mettre en valeur. Peut-être une vidéo avec mon portable. Ne t'inquiète pas pour ça.

Elle a écouté encore une seconde, puis a baissé le bras. L'appel était terminé.

— Il le fera, nous a-t-elle dit.

— Ils sont où, là ? a demandé Vince.

— À une quinzaine de kilomètres vers le nord. Ils se dirigeaient vers Naugatuck, la forêt domaniale.

— Ils allaient l'exécuter dans les bois, a constaté Vince.

Le regard de Reggie avait perdu toute expression.

— Oui, a-t-elle admis, la gorge serrée. Mais on les en a empêchés. Ils ont agi sans mon aval. Ce n'était pas prévu.

— Pas prévu aussi vite, vous voulez dire.

Elle n'a pas fait de commentaire. Elle savait peut-être que ce n'était plus la peine de mentir, à présent.

Je me sentais mal à l'aise depuis le coup de téléphone de Grace la nuit précédente, et j'avais sacrément du mal à comprendre tout ce qui s'était passé depuis, mais là, à cet instant précis, même si Vince et moi avions le dessus, je me sentais en plus mauvaise posture que jamais auparavant.

Il fallait que je sache comment cette histoire allait se terminer. Vince n'avait plus grand-chose à perdre. J'étais d'accord pour récupérer Jane, mais après ? En supposant qu'elle soit libérée saine et sauve, quelle serait la prochaine étape ? Qu'allait faire Vince de Wyatt et Reggie ? Et de ce Logan et de son frère Joseph, que je n'avais pas encore vus ?

Seconde après seconde, on approchait d'un bain de sang.

— Vince, ai-je dit.

— Hmmm ?

— Il faut que je te parle.
— Alors parle.

J'ai regardé les deux autres, puis à nouveau Vince. Il a compris le message.

— Couchez-vous, a-t-il dit à Reggie et Wyatt.
— Quoi ?
— Vous deux. Mettez-vous par terre, à plat ventre, pas trop près l'un de l'autre, et écartez les bras et les jambes, comme des étoiles de mer.

Après que nos deux otages se sont exécutés, il m'a demandé :

— Quoi ?

Je l'ai emmené vers la porte de la chambre où Jane avait été détenue, assez loin en tout cas pour qu'ils ne m'entendent pas.

— Comment ça se termine ? ai-je demandé tout bas.

— On récupère Jane.
— Oui, bien sûr. Mais après ça ? Qu'est-ce qui se passe ?

Il m'a transpercé du regard.

— On verra bien.
— Je ne veux pas participer à ça.
— Je n'ai rien dit.
— Tu n'en avais pas besoin. Tu ne te contenteras pas de récupérer Jane. Tu vas vouloir te venger.
— Me faire justice, a-t-il corrigé.
— Tu ne peux pas tuer quatre personnes.
— Ils avaient bien l'intention de nous tuer, Jane et moi. Et de me prendre tout ce que j'avais. Tu penses que je devrais juste les envoyer au lit en les privant d'histoire ?

J'ai fait non d'un petit mouvement de tête catégorique. Même si l'on considérait que ces deux-là avaient tué les deux profs, ce n'était pas moi qui allais me faire leur juge, leur jury et leur bourreau. Quand tout serait terminé, il y aurait peut-être un moyen d'aiguiller les flics dans leur direction. Un appel anonyme, quelque chose.

— Je ne veux pas participer à ça, ai-je répété. Si tu veux traquer ces gens plus tard et leur mettre une balle dans la tête, c'est ton problème, mais pas en ma présence.

— Je pourrais te tuer, toi aussi.

J'étais peut-être naïf, j'étais peut-être complètement idiot, mais je ne croyais pas qu'il le ferait.

— Pour l'instant, tu as besoin de moi. À moins que tu ne penses pouvoir gérer tout seul ces deux-là, les deux qui arrivent et sortir d'ici vivant avec Jane. Mais si tu comptes faire une hécatombe, je m'en vais. Je me tire. Et je te souhaite bonne chance.

Il a grincé des dents.

— Je ne peux pas savoir comment ça va tourner.

— Tu peux quand même me faire part de tes intentions.

Il m'a lancé un regard mauvais.

— Tu causes vraiment comme un putain de prof.

— Il faut que je sache, Vince.

— Nom de Dieu, je suis censé faire quoi ? Les laisser partir ? Ça sera interprété comment ?

— Qu'est-ce qu'il te reste ? Tes hommes ? Ils sont morts ou en fuite. Tes affaires sont torpillées. Et en plus, tu es malade. Ça crève les yeux. N'importe quel imbécile s'en rendrait compte. Quel intérêt d'augmenter le nombre de morts à ce stade ?

Je voyais à son expression qu'il n'appréciait pas qu'on lui parle sur ce ton, mais je n'en avais pas fini.

511

— Et Jane ? Si tu tues toutes les personnes impliquées là-dedans, tu ne la reverras plus. On t'arrêtera. Il n'y a peut-être plus de peine de mort dans le Connecticut, mais tu mourras en prison. Tu y finiras tes jours.

— Il n'en reste plus tant que ça.

— N'empêche, en quoi ça aidera Jane ? Et qu'est-ce que ça va lui faire, de savoir qu'elle est la raison pour laquelle tu auras abattu quatre personnes ? Comment veux-tu qu'elle vive ensuite ? Et imagine que ces connards aient de la famille, des gens qui leur sont dévoués, et qu'ils s'en prennent à Jane pour se venger parce qu'ils ne peuvent pas t'atteindre en prison ?

Il a secoué lentement la tête.

— Tu es en train de dire que je devrais les laisser partir.

— Pour l'instant. Tu gardes tout l'argent, la drogue et les autres trucs que tu as sortis de ces greniers, et tu sauves Jane. Laisse-les s'enfuir.

Vince est resté muet.

— J'ai besoin de savoir, ai-je continué. J'ai besoin que tu me dises que ça ne va pas se transformer en Fallujah, ou je remonte cet escalier. (J'ai pris ma respiration.) Tu as cinq secondes.

— Quoi ?

— Quatre.

— Depuis quand ta queue est assez grosse pour me dire ce que... ?

— Trois.

— Très bien ! a-t-il murmuré. Je ferai à ta façon. Du moins, j'essaierai. Je ne peux rien te promettre, mais j'essaierai. Pour beaucoup ça dépend d'eux. (Il a encore baissé la voix.) Et si je ne te bute pas, c'est uniquement à cause de Jane. Je ne sais pas pourquoi, mais elle t'aime bien.

J'ai hoché la tête. J'espérais qu'il ne mentait pas, qu'il ferait ce que je lui avais demandé. Mais il avait vraiment l'air d'un gamin qui venait d'apprendre que finalement on ne lui offrirait pas de poney.

67

Terry

Vince m'a demandé de garder un œil sur Wyatt et Reggie, toujours allongés par terre, pendant qu'il retournait dans la pièce où avait été enfermée Jane. Je l'ai regardé réunir plusieurs longueurs de corde. Il est revenu dans la salle de jeux et a ordonné à Reggie de croiser les poignets dans le dos.

— Non, a-t-elle dit.

— Regardez-moi, a répliqué Vince.

Elle a tourné la tête, vu une arme pointée sur elle.

— Allez, mec, a lancé Wyatt. On a coopéré. On a fait tout ce que vous avez demandé.

— Ouais, a dit Vince, qui ne semblait pas particulièrement reconnaissant. Mais ça va se compliquer quand vos copains vont débarquer. Je dois m'assurer que vous serez sages.

— Laisse-toi faire, a demandé Wyatt à Reggie.

Vince a glissé son arme dans sa ceinture et s'est agenouillé de façon à pouvoir lui attacher les poignets, qu'elle avait fini par mettre dans son dos. Il n'a utilisé qu'un petit bout de corde, mais en a fait bon usage. Je me suis demandé combien de fois il avait fait ça. Avec un autre bout, il lui a lié les chevilles.

— À votre tour, a-t-il annoncé à Wyatt.

J'ai lu la peur dans son regard quand il s'est dévissé le cou pour nous regarder. Il croyait que c'était une étape sur la voie de l'exécution. Je me suis senti obligé de le rassurer.

— Ça va aller. Comme vous l'avez dit, vous avez fait tout ce qu'on vous a demandé.

Vince m'a lancé un regard désapprobateur, tout en attachant les poignets de Wyatt derrière lui, puis ses chevilles. Il s'est relevé péniblement, a attendu une seconde de reprendre son souffle et m'a dit :

— Ça diminue la pression.

— Explique-leur que tu ne vas pas les tuer, ai-je fait tout haut.

— Si je vous disais que je ne vais pas vous tuer, vous me croiriez ? a demandé Vince au couple.

— On voudrait bien, a répondu Reggie.

— Mais vous ne seriez pas convaincus.

Elle a secoué la tête autant qu'il lui était possible avec le visage collé à la moquette.

— Eh bien, alors ça ne sert pas à grand-chose de vous le promettre.

Pendant les quelques minutes qui ont suivi nous avons attendu sans dire un mot. Cela faisait environ un quart d'heure que Wyatt avait appelé les deux frères. S'ils étaient à quinze kilomètres de là, on ne devrait plus tarder à les voir arriver. J'ignorais comment Vince comptait jouer son coup.

Comme s'il lisait dans mes pensées, il a donné ses consignes à nos prisonniers :

— Quand ils arriveront dans la maison, ils vont probablement appeler. Vous leur direz de descendre. Rien d'autre. Vous comprenez ?

— Oui, a fait Reggie.

— Oui, a fait Wyatt.

— Ils ont la télécommande du garage ? a-t-il demandé.
— Oui, a répondu Reggie.
— Ils ont pris la Lexus ?
— Oui.
— Là-haut, m'a chuchoté Vince.
Dans la cuisine, il m'a dit :
— Je pensais qu'ils entreraient par la porte d'entrée, mais puisqu'ils ont une télécommande, je me dis maintenant que ce sera par le garage.

Comme celui-ci était assez grand pour deux voitures, c'était logique.

— Ils ne vont pas courir le risque qu'on puisse les voir quand ils feront entrer Jane dans la maison, a-t-il poursuivi.

Je tremblais autant que si j'avais bu trente tasses de café.

— Ça va ? s'est enquis Vince.
— Non.
— C'est presque fini. Ils amènent Jane, on la récupère. C'est aussi simple que ça.
— Personne ne doit mourir, ai-je dit.
— Personne ne doit mourir, a répété Vince.

Je me suis demandé s'il serait dans les mêmes dispositions quand il verrait comment ils l'avaient traitée. À sa place, jusqu'à quel point serais-je capable de me retenir ? N'aurais-je pas envie de tuer les fils de pute qui auraient touché à Grace ? Est-ce qu'ils ne méritaient pas la mort pour ce qu'ils lui auraient fait endurer ?

Il fallait que je garde mon sang-froid. Pas seulement pour moi, mais pour m'assurer que Vince garde le sien.

Vince a étudié le passage qui conduisait du garage à la maison.

— Je me mettrai ici, a-t-il annoncé en montrant du doigt le renfoncement dans le mur, à l'endroit où la porte s'ouvrait. Quand ils comprendront que je suis derrière eux, ils seront déjà au milieu de la pièce. Je leur dirai de lâcher leurs armes, et toi tu arriveras par cette porte, là, en pointant ton flingue sur leurs têtes. Comme ça, on les tiendra en joue des deux côtés. On récupérera Jane. Mais on les fera descendre et on les ligotera, ce qui nous donnera le temps de filer. On prendra la voiture de la femme et on retournera au cimetière chercher mon pick-up.

Ben voyons. Qu'est-ce qui pourrait mal tourner ?
— Probablement.

Vince a froncé les sourcils.

— Ce ne sont pas des suppositions. J'ai besoin que tu restes concentré. Tu peux le faire ?
— Oui.
— Mets-toi en place. Dis-moi si tu peux voir l'allée de là-bas.

Je me suis posté derrière le mur, juste après la porte qui ouvrait sur l'escalier du sous-sol. J'étais dans la salle à manger, à quelques mètres d'une fenêtre aux rideaux blancs suffisamment transparents pour qu'on puisse voir à l'extérieur. J'apercevais la rue et les deux tiers inférieurs de l'allée.

— J'ai une vue dégagée, ai-je dit.
— Dès que tu les vois tourner dans l'allée, tu me le dis.
— Non, je vais garder ça pour moi.

Et nous avons attendu.

— Toujours rien ? m'a-t-il demandé au bout de cinq minutes.

Comme si j'avais pu voir le SUV s'engager dans l'allée mais que le prévenir m'était complètement sorti de la tête...

Je me suis contenté d'un : « Non. »

Mais quelques secondes plus tard, j'ai dit : « Attends. »

Un SUV tournait dans l'allée. Un homme était au volant, un autre sur le siège passager. C'était difficile à dire de là où j'étais, mais son visage avait l'air à moitié recouvert de blanc.

— Ils s'arrêtent à présent. Ils sont...

On a entendu la porte du garage commencer à s'ouvrir bruyamment. Une voiture entrer dans la maison. Des portières claquer.

Des murmures. Des gens qui parlaient.

J'ai risqué un coup d'œil au coin de la pièce, ai vu Vince dans sa cachette. Il a agité la main, me faisant signe de retourner derrière le mur.

— Tout va bien se passer, a-t-il articulé.

68

Nathaniel Braithwaite tenait le vase à deux mains. Cynthia avait l'impression qu'il était envoûté par l'objet, ce qui lui paraissait étrange. Ce n'était après tout qu'un vase.

Il a regardé Cynthia et Grace avec un mélange de confusion et de culpabilité.

— Je ne sais pas d'où ça vient.

La mère et la fille ont échangé un regard rapide.

— Nous non plus.

— Il n'était pas là quand j'ai emménagé. J'ai utilisé tous les tiroirs de cette commode.

Il a secoué la tête une dernière fois, puis a décidé que ça ne valait pas la peine de s'en soucier une seconde de plus. Il l'a posé sur le dessus du meuble et a reporté son attention sur les valises. Après les avoir bourrées jusqu'à la gueule, il les a fermées.

Il n'allait pas pouvoir toutes les transporter jusqu'à sa voiture en un seul voyage. Pour commencer, il a attrapé la plus petite, celle que Grace avait touchée – provoquant sa nervosité –, ainsi qu'une autre pleine de vêtements, et a dévalé l'escalier.

Cynthia et Grace l'ont suivi au rez-de-chaussée, puis jusqu'au perron, où Barney finissait sa cigarette alors qu'Orland continuait à regarder dans le vide.

— Qu'est-ce qui lui prend ? s'est exclamé Barney, tandis que Braithwaite tournait l'angle de la rue en marchant d'un bon pas.

— Je pense que vous êtes en train de perdre un locataire, a dit Cynthia.

— À ton avis, il y avait quoi dans cette valise qu'il ne voulait pas me laisser toucher ? a demandé Grace à sa mère.

— Vous êtes en train de me dire qu'il déménage ? Ce salaud ne m'a pas donné son préavis. Il est parti, comme ça ?

— Je crois qu'il va revenir, a dit Cynthia. Il a d'autres valises.

Comme par enchantement, Braithwaite est apparu au coin de la rue au volant de la Caddy. Il s'est garé dans l'allée, a coupé le moteur, verrouillé la voiture, et a de nouveau monté les marches du porche.

Barney a bloqué la porte et lui a enfoncé un doigt dans la poitrine.

— Que se passe-t-il ?
— Il est arrivé des choses. Je déménage.
— Minute, papillon. On prévient quand on déménage. J'attends mes deux mois de préavis, mon ami.

— Je ne suis pas votre ami. Laissez-moi passer.

Nathaniel l'a écarté d'un geste et il est entré dans la maison comme un ouragan. Barney a manqué perdre l'équilibre et sa cigarette lui a échappé des doigts.

— Ça va ? a fait Cynthia.

Barney a écrasé la cigarette avec sa chaussure de travail.

— Oui, très bien. S'il croit partir sans payer le loyer du mois prochain, il se met le doigt dans l'œil.

Il a inspiré, bombé le torse, et il est entré dans la maison, dont il a monté l'escalier d'un pas lourd, Cynthia et Grace sur ses talons.

Quand Barney est arrivé devant la porte ouverte de l'appartement de Nathaniel, il s'est campé là et a déclaré :

— Vous me payez le loyer du mois prochain, en liquide, et on est quittes.

— Vous l'aurez, ne vous en faites pas, a répondu Nathaniel depuis la chambre.

Cynthia est passée devant Barney et s'est plantée sur le seuil.

— Nate, il te retrouvera. Vince te retrouvera, et si ce n'est pas lui, ce sera la police.

— J'en ai rien à foutre, de la police. Elle, au moins, ne vous enlève pas en pleine rue pour vous coller une putain de perceuse sous le nez.

Barney, qui était resté dans le couloir, s'est avancé au milieu de la pièce.

— Il faut que je jette un œil à l'appartement, parce que si vous avez endommagé quoi que ce soit, vous ne récupérerez pas votre caution.

Nathaniel, ses deux dernières valises à la main, est sorti de la chambre en coup de vent.

— J'en ai rien à foutre. Mais alors, vraiment rien.

— Attendez une minute pendant que je fais le tour, a ordonné Barney.

Il a balayé du regard le coin cuisine, s'est approché du frigo et a ouvert la porte.

— Vous allez nettoyer ça ?

— Nom de Dieu ! a explosé Nathaniel, en laissant tomber ses deux valises pour prendre son portefeuille, qu'il a ouvert pour en sortir quelques billets. Voilà deux cents dollars, je vous enverrai le reste par courrier.

En s'avançant pour prendre l'argent, Barney a regardé rapidement dans la chambre.

S'est arrêté.

Après quoi il a fait trois pas hésitants jusqu'à la porte et a fixé le vase pendant plusieurs secondes. Puis il s'en est pris à Nathaniel.

— C'est vous le détective ? a-t-il demandé. Braithwaite, c'est votre vrai nom ? Ça ne serait pas Duggan, plutôt ? Vous m'avez espionné depuis que vous êtes là ?

— Quoi ?

— Vous m'avez bien entendu. C'est vous le détective ? Quayle m'a dit que c'était un détective qui l'avait. Qu'on cherchait des empreintes dessus. Mes empreintes.

Il a dévisagé son ancien locataire en plissant les yeux.

— Ma nièce n'est pas allée vous voir ? Reggie m'a dit qu'elle irait vous voir. Répondez-moi !

Nathaniel a lentement secoué la tête.

— Monsieur Croft, je vous jure, je n'ai pas la moindre idée de ce que vous racontez.

— Tu n'es pas le seul, a renchéri Cynthia.

69

Terry

Je me suis glissé derrière le mur au moment où la porte commençait à s'ouvrir. J'ai tendu l'oreille. En espérant qu'ils n'entendraient pas mon cœur cogner dans ma poitrine.
— Hé ! Vous êtes où ? a crié quelqu'un.
Reggie :
— Sous-sol !
Une voix différente, voilée, comme si l'homme avait un rhume :
— Qu'est-ce qui se passe, bordel ?
Puis une voix que je connaissais. Basse et contenue.
— *On ne bouge pas.*
— Qu'est-ce que...
— Je ne veux pas avoir à vous le répéter. Terry ?
J'ai tourné le coin du mur, les bras tendus devant moi, les deux mains serrant le Glock que j'avais trouvé dans le grenier.
Exactement comme dans les films.
Vince était là où je l'avais vu la dernière fois, dans le renfoncement du mur, les bras tendus comme moi, son arme à deux centimètres de l'oreille de l'autre homme qui était entré dans la maison. Entre

lui et cet autre homme, dont le visage était couvert de bandages et moucheté de sang, se trouvait Jane. Les mains derrière le dos, un morceau de ruban adhésif sur la bouche.

Il y avait un pistolet glissé dans la ceinture de l'homme aux pansements, et j'ai vu sa main s'en approcher lentement.

À mon tour de jouer les durs.

— Ne faites pas ça, lui ai-je intimé.

Il m'a fixé, le regard vide, a tout doucement écarté sa main.

— Terry, prends leurs armes.

J'ai fait six pas, me suis planté devant le type et avec précaution j'ai tendu la main gauche et l'ai délesté de son arme.

— Venez par ici, ai-je dit, sachant que Vince m'observait.

L'homme aux pansements a regardé Vince, souri et lancé :

— On s'est pissé dessus récemment ?

Pas la chose la plus intelligente à dire à un homme qui tient une arme braquée sur vous, ai-je pensé.

Je me suis glissé devant Jane, lui ai souri.

— Salut, ai-je dit. Une seconde.

Elle roulait des pupilles affolées.

— Où est le vôtre ? ai-je demandé à l'homme sans bandages, ne voyant aucun pistolet sur lui.

— Je l'ai laissé dans la voiture.

— Fouille-le, m'a ordonné Vince.

Ce que j'ai fait, y compris à des endroits où je ne touche pas les gens d'ordinaire. J'ai failli m'excuser. Je n'ai trouvé aucune arme. J'ai donné à Vince celle que j'avais prise à son compère.

— Occupe-toi de Jane.

Elle s'est retournée pour me présenter ses poignets, et j'ai tenté de défaire les nœuds pendant plusieurs secondes avant de me rendre compte que ça irait plus vite avec un couteau. Je l'ai conduite avec douceur dans la cuisine et j'ai ouvert plusieurs tiroirs avant d'en trouver un dont la lame était courte et affûtée. Avec précaution, j'ai scié la corde jusqu'à ce qu'elle tombe. Elle a immédiatement porté ses mains à sa bouche pour retirer délicatement l'adhésif. Elle en a fait une boule qu'elle a eu un peu de mal à décoller de ses doigts et l'a jetée dans l'évier. J'ai laissé le couteau sur le comptoir.

Elle s'est tournée vers Vince et s'est mise à marcher dans sa direction, comme aimantée, mais celui-ci avait toujours les bras tendus, le canon du pistolet appuyé derrière l'oreille du type aux bandages.

— Oh, mon Dieu, Vince... je savais... je savais.

Elle a commencé à pleurer. Non, plus que ça : les épaules voûtées, elle était secouée de sanglots convulsifs.

— Oh, mon Dieu, oh, mon Dieu...

Je voyais dans le regard de Vince qu'il aurait voulu la consoler, mais pour l'instant, il ne pouvait pas bouger.

— Toi, a-t-il dit.

Tenant toujours mon Glock de la main droite, j'ai essayé de la soutenir avec mon bras gauche tandis qu'elle pressait son visage contre ma poitrine.

— Tout va bien, ai-je dit d'un ton apaisant. Tout va bien.

— Logan, a fait Vince au gus le plus proche de lui.

— Ouais.

— Vous voulez continuer à rendre votre mère heureuse ? Rester en vie, vous et votre connard de frère ?

— Bien sûr.

— Alors voilà ce que vous allez faire. Mon ami va descendre l'escalier, et vous deux, vous allez le suivre.

— Où sont les autres ? a-t-il demandé.

— Ils vont très bien. Allons-y.

J'ai descendu l'escalier rapidement, de façon à pouvoir me retourner et braquer mon arme sur Logan et Joseph. J'ai vu Jane se jeter au cou de Vince juste avant que celui-ci ne descende les marches. Je les ai entendus se parler à voix basse.

— On sera sortis dans une minute. Pourquoi tu n'attends pas là-haut ? a suggéré Vince à sa belle-fille.

Je n'y ai pas vu un bon signe. Vince ne souhaitait pas qu'elle voie ce qui était sur le point de se passer.

Vince est entré dans la pièce où Wyatt et Reggie étaient restés ligotés par terre et où se tenaient nos nouveaux visiteurs, qui n'en menaient visiblement pas large. Quelques longueurs de corde traînaient encore sur le sol.

— Terry, occupe-toi du type avec les pansements, a-t-il dit en regardant Joseph.

J'ai ramassé un bout de corde, lui ai demandé de se retourner d'un mouvement de l'index.

— Va te faire foutre.

Vince a levé le bras.

— Joseph, obéis, a dit Logan à son frère. S'ils voulaient nous tuer, ils auraient déjà pu le faire. (Il a lancé à Vince un regard plein d'espoir.) C'est pas vrai ?

Vince a souri.

— C'est vrai.

— Tu veux pas me sucer, non plus ? a demandé Joseph.

Je ne savais pas trop s'il s'adressait à Vince ou à moi. J'avais le sentiment qu'il se laisserait difficilement contrôler et que, si je glissais mon pistolet dans ma ceinture, il se retournerait brusquement pour essayer de le prendre. Alors je l'ai confié à Vince, qui est resté là tel Gary Cooper, avec ses deux armes à la main, pendant que je nouais la corde autour des poignets de Joseph.

Ce n'était pas ma spécialité, mais j'ai fait de mon mieux.

— N'oublie pas les chevilles, m'a rappelé Vince.

J'ai laissé Joseph ligoté par terre, comme Reggie et Wyatt. Après quoi je me suis occupé de Logan.

— Vince ? a appelé Jane du haut des marches. Je veux sortir d'ici.

— On a presque fini, a-t-il dit en me rendant le Glock.

Pour moi, nous étions prêts à partir. Nous avions Jane. L'argent se trouvait dans la voiture. Les kidnappeurs étaient immobilisés.

Mais Vince restait planté au-dessus d'eux, comme si ses chaussures étaient collées au sol.

— Vince ?

Il ne m'a pas regardé. Il semblait tétanisé, les yeux fixés sur eux quatre, son pistolet à la main.

— Vince, ai-je répété. On a passé un marché, toi et moi.

Lentement, il s'est tourné pour me faire face.

— Ils l'ont bien cherché. Ils ne sont pas dignes de pitié. Ils méritent leur châtiment.

— Ce n'est pas à toi d'en décider, ai-je dit. Merde, ils le méritent peut-être mais je te l'ai dit, je ne participerai pas à ce genre de chose.

Il a fermé les yeux un moment. Son corps a vacillé. Quand il a rouvert les yeux, il avait la même expression que la fois où il s'était effondré chez nous. Il a baissé son arme, a tendu le bras gauche pour chercher quelque chose à quoi se retenir. A trouvé le dossier du canapé, s'y est appuyé.

— Je ne me sens pas très bien, a-t-il dit.
— Il faut qu'on y aille. Ça ira, tu vas pouvoir monter l'escalier ?

Il a retiré sa main du canapé pour voir s'il tenait sur ses jambes.

— Je crois, oui.

Il a baissé la tête, s'est adressé à l'assemblée :
— La chose la plus intelligente que vous puissiez faire serait de disparaître. Plus tard, je regretterai de ne pas m'être occupé de vous. Mais je vous retrouverai. Et je corrigerai ça.

— Allez, viens, ai-je dit.
— Le vieux n'a pas les couilles, a maugréé Joseph.
— Tu vas la fermer, espèce de connard ! s'est écriée Reggie.

J'ai laissé Vince monter les marches devant moi. Je m'attendais presque à ce qu'il s'effondre en chemin et je sentais que je devais être là pour le rattraper. Jane l'attendait en haut de l'escalier, tel un ange aux portes du paradis.

Une fois dans la cuisine, je voulais qu'on foute le camp de là, mais Vince et Jane se murmuraient des choses, blottis l'un contre l'autre. Ils avaient besoin d'un moment d'intimité et je suis allé dans le salon jeter un coup d'œil dans la rue à travers les rideaux.

Après presque cinq minutes et beaucoup de discussions, Vince m'a appelé : « Terry, on est partis. » Sa voix était plus éteinte que jamais.

Nous avons ouvert la porte qui conduisait de la maison au garage. Vince se déplaçait comme un soldat blessé, le bras passé autour des épaules de Jane. Elle a ouvert la portière arrière droite, l'a aidé à s'asseoir. Il s'est laissé tomber comme un sac de ciment.

— Il a besoin de repos, a-t-elle déclaré en ouvrant la portière du conducteur. Il vous l'a dit ?

Elle avait les yeux brillants.

— Me dire quoi ?

— Qu'il était malade.

C'était plutôt évident.

— Malade comment ?

Elle a pris sa respiration.

— Cancer. Déjà bien avancé, d'après lui.

J'ai hoché la tête.

— Ç'a été une longue journée.

— Oui. On devrait y aller. (Elle a posé la main sur mon bras.) Merci, Prof.

J'ai esquissé un sourire.

— Y a pas de quoi.

Jane a retiré sa main et commencé à contourner la voiture par l'avant, ce qui l'a amenée à environ deux mètres de la porte conduisant à l'intérieur de la maison.

Qui s'est ouverte à la volée.

J'aurais dû apprendre à faire les nœuds quand j'étais scout.

C'était Joseph. Il s'est précipité, un couteau dans la main droite. Celui, sans doute, que j'avais laissé sur le comptoir de la cuisine après avoir libéré les poignets de Jane.

Il fixait sur elle de grands yeux fous. Elle a crié en le voyant et levé les bras pour se protéger. Mais cela ne lui serait d'aucun secours contre cet enragé plus corpulent et plus fort qu'elle.

Il brandissait le couteau dans son poing fermé comme on tient un pic à glace.

Découvrait ses dents, tel un animal.

Le Glock, finalement, était chargé.

Je ne me suis pas posé de question. J'ai levé le bras. Il aurait été exagéré de dire que j'ai visé. J'ai juste braqué l'arme, puis j'ai pressé la détente.

Pas de sûreté.

La détonation a retenti à l'intérieur du garage. Une fleur rouge s'est épanouie au cou de Joseph, le stoppant dans sa course. Il s'est écroulé sur le béton, disparaissant derrière la BM.

— Non, ai-je dit.

Le garage était soudain très silencieux. Jane avait reculé de quelques pas et s'appuyait contre le pare-chocs de la SUV, les deux mains sur la bouche.

J'ai entendu quelque chose derrière moi, me suis retourné brusquement.

Vince était descendu de voiture. Il est passé devant moi d'un pas traînant, s'est agenouillé près du pare-chocs, sa tête dépassant à peine du capot.

Il s'est retourné vers moi.

— Joli tir.

Il fallait que je pose la question :

— Il est mort ?

— C'est ce que signifie « joli tir ».

Lentement, en s'appuyant sur le capot, il s'est remis debout. Il s'est avancé vers moi et m'a tendu la main.

— Donne-le-moi.

— Quoi ?

— Le flingue.

Hébété, peut-être même en état de choc, je lui ai obéi.

— Qu'est-ce que tu vas faire ? ai-je demandé.

Vince est resté silencieux un moment, puis il a posé la main sur mon épaule.

— J'ai essayé de jouer à ta manière, a-t-il déclaré, mais tu as changé les règles.

70

Terry

Le souvenir de ce qui s'est passé pendant les quelques minutes qui ont suivi est flou comme s'il s'agissait d'un rêve. Quand j'essaie de me rappeler, de voir la scène distinctement, c'est comme si je regardais une image à travers du papier paraffiné. Tout est légèrement adouci, brouillé. Je ne peux pas dire que j'étais cliniquement en état de choc, mais j'étais tout au moins stupéfait. Je n'arrivais pas à croire ce qui venait d'arriver.

Je n'arrivais pas à croire que j'avais tué un homme.

Ça ne semblait pas réel.

Pourtant, sur un plan intellectuel, je savais que ç'avait eu lieu, que *c'était* réel. Mais je me sentais déconnecté des événements. J'avais l'impression d'être capable d'écouter, d'observer, mais pas d'agir. J'étais paralysé.

Je me rappelle que Vince me parlait.

— Tu as sauvé la vie de Jane. C'est ce que tu viens de faire. Tu l'as sauvée. Tu as fait ce qu'il fallait.

— Je dois appeler la police, ai-je murmuré.

— Non. Et tu sais pourquoi ? Parce que pour eux, ce ne sera pas toi qui l'auras fait. Tu vois qui tient l'arme, maintenant ? C'est moi. Il y aura mes empreintes sur ce pistolet. Pas les tiennes.

— … Ma faute, ai-je marmonné. Je ne l'ai pas bien attaché. Le couteau…

— Ne t'en fais pas, a dit Vince. (Il avait toujours la main sur mon épaule.) Tu es vraiment mon numéro deux. Tu as assuré.

Quelqu'un d'autre me touchait : Jane. Elle avait posé une main sur mon bras.

— Ouais, Prof. Il m'aurait tuée. Il l'aurait fait.

— Alors… c'était justifié, ai-je articulé. Donc, si je dis à la police…

— Le problème, mon pote, m'a interrompu Vince, c'est qu'on n'a pas encore tout à fait fini. (Il s'est tourné vers Jane.) Partez, tous les deux. Maintenant.

— Viens avec nous.

— Je ne veux pas de vous ici, a-t-il dit. Je veux que vous partiez le plus vite possible. Ça ira bien. On se voit bientôt.

Vince a retiré sa main de mon épaule pour la poser sur celle de Jane. Ils se tenaient à quelques centimètres l'un de l'autre. Jane pleurait.

— Non, ce n'est pas vrai, a-t-elle dit. Je le sens.

— Ne t'inquiète pas. Tout se passera bien pour toi. Fais ce que je te dis.

Elle s'est laissée tomber contre lui et il l'a enlacée de son bras libre.

— Je t'aime, a-t-elle chuchoté. Je suis désolée pour tout ça.

— Chut. Emmène Terry. Tout de suite. L'autre voiture est toujours ici. Je pourrai prendre les clés sur Logan. Ça ira.

Je voulais me réveiller. *S'il vous plaît laissez-moi me réveiller.*

— Je pense que tu ferais mieux de conduire, a dit Vince à Jane. Terry est plus ou moins hors jeu.
— Pourquoi ? lui ai-je demandé.
— Hein ?
— Pourquoi tu dois faire ça ?
Il a souri d'un air triste.
— Il faut que ça finisse ici. Si je pars avec toi et Jane, là, tout de suite, ce ne sera pas terminé. Ça partira en vrille. (Il a marqué un temps d'arrêt.) Fais-moi confiance.
Jane me tirait par le bras.
— Allez. Il faut qu'on parte.
Je suis monté dans la BM, côté passager.
Peut-être qu'une fois à la maison, il serait encore temps d'appeler la police. D'avouer mon crime. Ils comprendraient, non ? Que j'avais été obligé de le faire ? Pour sauver la vie de Jane ? Mais que penseraient les flics – que penserait un jury – quand ils prendraient en considération tout ce qui s'était passé avant ? Le fait que Vince et moi avions kidnappé Wyatt et Reggie ? Que nous les avions obligés à nous ramener dans cette maison ? Que nous les avions ligotés ?

Ça ne passerait pas bien.

Jane s'est assise au volant à côté de moi, puis a regardé Vince.
— Les clés ?
— Terry ? a fait Vince.
Je me suis tourné vers lui.
— Quoi ?
— Les clés ?
Je ne savais absolument pas de quoi il parlait.
— C'est toi qui les as. Dans ta poche.

J'ai mis la main dans la poche de mon pantalon, trouvé le trousseau que j'avais pris à Reggie quand nous étions arrivés. Jane s'en est emparée et a fait démarrer la voiture.

Vince a tendu la main vers le bouton fixé au mur.

— Je m'occupe de la porte.

Il a appuyé sur le bouton et, derrière nous, la porte du garage s'est soulevée bruyamment. Jane a baissé les yeux entre les sièges, mis la boîte automatique sur marche arrière, puis s'est retournée pour sortir la voiture et descendre l'allée.

J'ai gardé les yeux fixés droit devant moi.

Vince nous a regardés cinq secondes avant d'appuyer à nouveau sur le bouton pour faire redescendre la porte du garage. Juste avant qu'elle ne se ferme, je l'ai vu passer la porte qui le ramenait à l'intérieur de la maison.

71

Terry

— Où est-ce qu'on va ? ai-je demandé à Jane.
— Au cimetière. Vince a dit que son pick-up était là-bas.

Bien sûr. C'était logique. Je n'avais pas encore les idées claires. Il fallait que j'essaie de me concentrer, de sortir du brouillard.

— Le problème, a-t-elle ajouté, c'est que je n'ai aucune idée de l'endroit où on se trouve. J'avais un sac sur la tête quand ils m'ont emmenée ici.

J'ai dû réfléchir un moment.

— D'accord, euh, tourne après ce banc, là. Une fois qu'on sera sortis de ce quartier, tu arriveras sans doute à te repérer.

Il n'a pas fallu plus de quelques virages.

— OK, c'est bon maintenant.
— Vince t'a donné les clés de sa voiture ?

Elle a acquiescé de la tête.

— Rappelez-moi de transférer tout ce qu'il y a dans le coffre.
— Entendu. On dirait que Vince n'aura pas à s'inquiéter que ses déposants viennent faire des retraits, ai-je ajouté. (J'ai jeté un coup d'œil à Jane.)

Tu es au courant au moins ? De ce que Vince trafiquait depuis un moment ?

— Je les ai entendus parler, a-t-elle répondu. Ceux qui m'ont enlevée. Vince avait un paquet d'argent caché chez des gens.

— C'est ça. Hier soir, quand Grace et Stuart sont entrés dans cette maison, ils sont tombés sur quelqu'un qui était en train de voler Vince. Une personne au courant que du fric était caché là. Je me dis maintenant qu'il s'agissait peut-être de tes ravisseurs. Ils ont réussi à localiser une des maisons, mais comme il était trop difficile de les identifier toutes, ils t'ont enlevée. Et ils ont dit à Vince de tout récupérer, sinon ils... tu sais.

— Ils me tueraient.

— C'est ça.

— Ils ont bien failli, a-t-elle dit. Vince m'a expliqué en vitesse ce qu'il se passait. Il m'a dit qu'il y a tout un arsenal à sortir de chez vous.

Nom de Dieu. J'avais oublié.

— Oui, ce serait une bonne idée.

— Vous savez ce qu'il est en train de faire, n'est-ce pas ?

— Je refuse d'y penser.

— Il nous protège. Tous les deux.

— Je comprendrais qu'il fasse ça pour toi, ai-je dit. Pour moi, c'est moins évident.

Jane m'a lancé un regard en coin.

— Il vous respecte.

— Quoi ?

— Je vous assure. Il pense que vous êtes un homme bien. Il l'a toujours pensé. Simplement, il n'est pas très démonstratif.

Qu'est-ce que ça pouvait me faire ? Vince Fleming était un malfrat. Un tueur. Est-ce que j'avais besoin du respect d'un homme comme lui ? Cependant, j'éprouvais, à savoir cela, un sentiment qu'il était difficile d'expliquer. Une certaine fierté.

Était-ce parce que j'étais moi aussi un tueur à présent ? Non, c'était totalement différent. Ce que j'avais fait n'avait rien à voir avec le genre de choses dont Vince était capable.

— Arrête-toi, ai-je dit soudain.

Jane m'a regardé.

— Qu'est-ce qu'il y a ?

— Arrête-toi !

Elle s'est rangée brusquement au bord de la route. J'ai ouvert la portière en grand. Je suis descendu en chancelant et j'ai vomi, plié en deux. Je ne me rappelais pas la dernière fois que j'avais avalé quelque chose, mais en tout cas, je n'avais plus rien dans le ventre à présent.

Je me suis reposé là un moment, les mains sur les genoux, pendant que la BM tournait au ralenti. Je me suis redressé, ai respiré à fond deux, trois fois et suis remonté dans la voiture.

Jane a continué à rouler.

Au cimetière, nous avons transféré tout le contenu du coffre derrière les sièges, dans le pick-up de Vince.

— Il faut l'essuyer, m'a dit Jane.

Je n'ai pas compris tout de suite. Elle avait sorti deux chiffons du coffre et m'en tendait un.

— La BM. Vince a dit de l'essuyer. À cause des empreintes.

Elle avait ouvert sa portière et passait le chiffon sur à peu près tout – le volant, le levier de vitesses, le tableau de bord. J'ai fait le côté passager, puis la banquette arrière. Jane s'est chargée du coffre et des poignées des portières.

— Le capot, ai-je dit. Sur l'avant.

Vince avait posé la main dessus pour se relever. *Quand il regardait l'homme que j'avais abattu.*

— Vince ne s'inquiétait pas trop de ses empreintes, a répondu Jane. Juste des nôtres. Mais je vais quand même le faire.

Elle a terminé par la clé électronique, qu'elle a jetée dans la voiture par une vitre ouverte.

Après quoi nous sommes repartis avec le pick-up. Jane avait repris le volant.

— Allons faire le ménage chez vous, a-t-elle dit.

Je lui ai indiqué le chemin, et dix minutes plus tard, je me retrouvais dans le grenier, en train de lui passer les Glock et l'arme de Wyatt, alors qu'elle était debout sur l'échelle. J'ai remis l'isolant en place, suis redescendu à quatre pattes à travers l'ouverture, et j'ai fait glisser le panneau de la trappe.

J'ai placé le carton derrière les sièges du pick-up avec le reste du butin.

— Dis-moi que tu ne vas pas te balader avec ce chargement.

— Pas longtemps.

Elle s'est plantée devant moi d'un air grave, a souri faiblement et m'a serré contre elle.

— Je suis désolée.

— Désolée ?

— Que vous et Grace... que vous ayez tous été entraînés là-dedans. Je suis désolée pour ça, mais reconnaissante aussi. Que vous ayez aidé Vince. Que vous m'ayez sauvée.

Elle m'a serré plus fort.

— Et pour avoir toujours cru en moi, Prof, a-t-elle ajouté en déposant un baiser léger sur ma joue.

Je l'ai embrassée à mon tour.

— Vous allez y arriver ? a-t-elle demandé.

— Je vais faire de mon mieux.

— Vous n'avez qu'à jouer les imbéciles.

J'ai failli sourire.

— Ça devrait être dans mes cordes.

— Ça va se tasser. Je vous assure.

— Dis à Vince que j'essaierai.

Elle m'a adressé un sourire compatissant.

— Vous n'avez pas compris. On ne le reverra plus.

Je l'ai regardée monter dans le pick-up, sortir de l'allée en marche arrière et s'éloigner dans la rue. Quand elle a eu tourné l'angle, je suis retourné à l'intérieur et j'ai longé le couloir jusqu'à la cuisine.

J'ai décroché le téléphone et composé le numéro de Cynthia.

Elle a répondu à la première sonnerie.

— Terry ?

— Rentre à la maison, ai-je dit.

— C'est-à-dire... On a un petit problème ici.

72

Cynthia a rangé son téléphone.
Nathaniel continuait de soutenir que son véritable nom n'était pas Duggan, qu'il n'était pas détective privé, et qu'il ne cherchait pas d'empreintes sur le vase bleu trônant sur la commode.

— Et les deux cent mille dollars ? a demandé Barney, vous les avez aussi ? Eli vous les a donnés ? Le saligaud. Je lui ai fait faire des réparations dans mes autres appartements, j'ai pris en pitié ce petit merdeux quand j'ai appris qu'il n'avait pas d'endroit où loger. Mais ce saligaud me surveillait, il a compris où je gardais mon argent. Trente ans ! Trente ans, ça m'a pris, pour mettre autant de côté. (Il a regardé le vase d'un air énamouré.) Mais le plus important, c'était de reprendre Charlotte. Je n'aurais jamais dû parler d'elle à Eli.

— C'est… une urne ? s'est enquise Cynthia d'une voix à peine plus audible qu'un murmure.

Barney a tourné vers elle un regard adouci.

— C'est Charlotte. Nous allions nous marier. J'ai eu un accident, j'ai passé un long moment cloué au lit, et mon meilleur ami – mon meilleur ami ! – l'a courtisée pendant ma convalescence. Le salaud. Il me l'a prise, il l'a épousée. La seule femme que j'aie jamais aimée.

— Je ne comprends pas, a dit Cynthia. Si elle a épousé cet autre homme, comment se fait-il que vous vous retrouviez avec ses cendres ?

— Parce que je les ai volées, a-t-il reconnu en souriant fièrement. Quand Charlotte est morte, il y a deux ans, je suis allé aux obsèques et j'ai appris qu'elle avait été incinérée. Deux jours plus tard, je passais en voiture devant le funérarium et j'ai vu Quayle en sortir, un paquet dans les bras. Je savais ce que c'était. Il est monté dans sa voiture et je l'ai suivi. Il s'est arrêté en chemin, est entré dans un bar pour noyer son chagrin. (Barney a ri.) J'ai fracassé la vitre de sa voiture et j'ai repris Charlotte. Je n'avais pas pu empêcher Quayle de l'avoir quand elle était en vie ? Qu'à cela ne tienne, je l'aurais pendant qu'elle goûtait au repos éternel.

— C'est un truc de malade ! a commenté Grace.

Barney s'est avancé dans la chambre, lentement, presque révérencieusement, et a pris délicatement le vase, le tenant dans le creux de son coude comme un nouveau-né. Il a retiré le ruban adhésif du couvercle, a jeté un rapide coup d'œil à l'intérieur et, apparemment satisfait de ce qu'il y avait vu, a replacé l'adhésif.

— Personne ne l'a dérangée, a-t-il déclaré.

Nathaniel, pourtant si pressé de quitter les lieux, semblait fasciné par ces développements. Il se tenait aux côtés de Cynthia et de Grace, assistant aux retrouvailles de cet homme avec les restes de la femme qu'il aimait.

Barney, cramponné à l'urne, a braqué son regard sur Braithwaite.

— Je veux savoir comment vous vous êtes retrouvé avec ça.

— Je ne sais absolument pas comment.

— Moi, si, a dit Grace en regardant Braithwaite. Et, pour votre information, je ne vous ai pas vu, alors ce n'est pas la peine d'essayer de me tuer ou quoi, mais ça devait forcément être vous.

— Forcément moi *quoi* ?

— Qui étiez dans la maison des Cummings. Vous avez pris l'argent et aussi ce... ce truc. Et vous avez tué Stuart.

— Non.

— Cette valise que vous ne vouliez pas que je touche... c'est l'argent, hein ?

Barney est sorti de la chambre sans quitter Nathaniel des yeux.

— Je veux aussi mon argent. Si vous ne me le donnez pas, je connais quelqu'un qui trouvera un moyen de vous le faire cracher. (Il a mis sa main libre dans sa poche pour prendre son portable, appuyé sur deux touches et porté le téléphone à son oreille.) Allez, décroche, décroche, a-t-il dit tout bas. (Puis :) Reggie, j'ai récupéré le vase. Ici. Dans une de mes locations. Je ne sais pas comment, mais il est là. Je l'ai retrouvé. Appelle-moi quand tu auras ce message. (Il a rangé son téléphone.) Vous avez intérêt à traiter avec moi plutôt qu'avec elle.

— Je ne sais pas qui est cette Reggie, mais elle peut aller se faire foutre, a déclaré Braithwaite en prenant ses deux dernières valises. J'ignore ce qui se joue ici et ce dont vous me croyez coupable, mais je me tire.

Il s'est retourné et s'est dirigé vers le couloir.

— Reviens ici, espèce de salaud ! a lancé Barney, qui a bousculé Cynthia et Grace pour passer, serrant l'urne contre sa poitrine, l'encerclant de ses deux bras.

Quand il est arrivé sur le palier, Braithwaite passait déjà la porte d'entrée en courant, sans se donner la peine de la fermer. Quelques secondes plus tard, il montait dans sa Caddy et mettait le contact.

— Reviens ! Reviens ! a crié Barney.

Il a commencé à descendre l'escalier, mais il ne pouvait pas le dévaler, comme Nathaniel. Quatre marches plus bas, il a trébuché. Par réflexe, il a tendu le bras pour se rattraper à la rampe, mais elle n'était plus là. Sa main a frôlé le mur nu, ne se refermant sur rien, et il est tombé en avant.

D'en haut, Cynthia a vu Barney dégringoler la tête la première dans l'escalier, puis a entendu le bruit de l'urne qui se cassait, alors qu'il dévalait plusieurs marches sur le ventre.

Et quelques secondes après, des sanglots.

Cynthia s'est retournée et a passé son bras autour des épaules de Grace.

— Je vais rappeler ton père, lui dire qu'on arrive.

73

Vince a fait ça vite.
Il est retourné en bas. Trois personnes, trois tirs. Carton plein.
Il les a liquidés avec l'arme qui avait servi à tuer Joseph dans le garage.
Plus personne n'irait parler à présent.
Il est retourné à la cuisine, a cherché l'endroit où Reggie et Wyatt rangeaient leurs alcools forts, est tombé sur une bouteille de scotch Royal Lochnagar.
« Ça fera l'affaire », s'est-il dit à lui-même.
Il n'a pas pris la peine de chercher un verre. Il a ouvert la bouteille et bu au goulot.
Il aurait pu faire certaines choses, mais aucune ne le tentait particulièrement. Ce petit souci d'argent manquant dans la maison des Cummings ne lui semblait plus si grave.
Il aurait pu s'en prendre à Bert, le traquer et le retrouver. Cela n'aurait pas été bien difficile, mais vraiment, était-ce important ?
Et puis il y avait Braithwaite, ce foutu promeneur de chiens. Il avait faussé compagnie à Bert et à Gordie, avait provoqué la mort de ce dernier. Il devait être en fuite à présent. Il serait peut-être

plus difficile à retrouver. Vince ne connaissait ni ses habitudes ni ses amis, cependant, s'il s'en donnait la peine, il pensait pouvoir le débusquer.

Mais au diable tout ça. À quoi bon ?

Il préférait boire son scotch.

Pour finir demeurait la question d'Eldon. Son corps toujours là-haut dans son appartement. Il ne restait plus personne pour aider Vince à régler cette question. Il devrait s'en occuper lui-même.

Il n'en avait pas l'énergie. Ces dernières vingt-quatre heures, il avait senti le cancer le ronger.

C'était moche pour Eldon et son garçon.

— Merde, a dit Vince tout bas.

Il s'est demandé s'il devait le faire ici même. Mettre le canon dans sa bouche, presser la détente, en finir.

Jane était libre. Et à l'abri du besoin. Il lui avait bien fait comprendre ce qu'il voulait qu'elle fasse. « Débarrasse-toi de la drogue, des armes et de tout ce qui pourrait être traçable, identifiable. Balance-le dans la Housatonic. Mais garde le cash. Garde tout. Ouvre un coffre-fort, dans une vraie banque.

» Mets-toi peut-être au vert quelque temps. Va en Europe. Emmène ce trouduc de musicien. Profites-en. Mène la vie que tu mérites. C'est mon cadeau, ma façon de te demander pardon pour tout. Pour ne pas avoir été là quand ta mère avait besoin de moi. Et pour tout le reste.

Quand les gens qui lui avaient confié leur argent apprendraient ce qui s'était passé – et ils l'apprendraient, Vince n'en doutait pas – et se rendraient compte que la seule personne qui savait où se trouvait leur butin était morte, que pourraient-ils bien faire ? Mettre à sac toutes les maisons de Milford ?

Il faudrait qu'ils passent ça par pertes et profits. Ils n'auraient pas d'autre solution.

Vince a posé la bouteille sur le comptoir. Il avait pris une décision. Il n'avait vraiment pas envie de faire ça ici. Il prendrait le SUV de Logan, retournerait à sa maison sur la plage et le ferait là-bas. Peut-être qu'il enlèverait ses chaussures et ses chaussettes et avancerait de quelques pas dans le détroit pour sentir l'eau clapoter contre ses chevilles.

Ouais, ce serait bien.

Vince a dû retourner en bas chercher les clés sur le corps de Logan. Remonter l'escalier lui a demandé beaucoup d'efforts. Lui a pris ses dernières forces.

Il est sorti de la maison avec une seule arme : le Glock que Terry Archer avait trouvé dans son grenier. Il s'est approché du bouton qui commandait la porte du garage, a appuyé dessus.

La porte s'est soulevée lentement.

Il y avait une voiture garée au bout de l'allée. Une berline Ford noire. Une voiture de police banalisée, a pensé Vince.

Et la femme qui se tenait au milieu de l'allée et regardait à l'intérieur du garage était sûrement un flic.

Une Noire, charpentée, mesurant environ un mètre soixante. Elle avait une arme à la main. Dans les deux mains, en fait. Ses bras étaient tendus devant elle et l'arme était braquée sur lui.

— Police !

Vince n'a pas bougé. La BMW n'étant plus dans le garage, elle verrait le corps de Joseph par terre derrière lui.

— Lâchez votre arme ! a-t-elle crié.

Il a baissé les yeux sur sa main, vu le pistolet, mais ne l'a pas lâché. Il a relevé la tête et dit :

— Je crois que je vous connais.

— Monsieur, posez votre arme par terre.

— Je me rappelle que vous m'aviez posé des questions il y a des années, quand je m'étais pris une balle. Wedmore, c'est ça ?

— Oui, monsieur, je suis l'inspecteur Rona Wedmore, et je vous demande de laisser tomber votre arme.

Mais Vince ne la lâchait pas.

— Il y a un sacré chantier là-dedans, a-t-il dit. Ce type derrière moi, et trois autres dans le sous-sol. C'est moi qui l'ai fait. Plus un type qui travaillait pour moi. Eldon Koch. Vous le trouverez tôt ou tard. Et son fils...

— Lâchez-la !

Ç'aurait été plus agréable d'être sur la plage. Mais ça irait très bien comme ça.

Vince a soulevé son arme, vite. L'a pointée droit sur elle.

Il n'a même pas eu le temps de poser le doigt sur la détente.

Bam.

74

Terry

Cette nuit-là, Cynthia a recommencé à dormir à la maison. Il était hors de question que notre famille soit séparée plus longtemps. Pas après ce que nous avions vécu. Mais il lui a fallu encore deux jours pour rapatrier toutes ses affaires. Ce n'était pas qu'elle hésitait, simplement, elle était dans l'impossibilité de le faire.

Grace ne la laissait pas sortir de la maison.

Les deux jours suivants, notre fille a appelé à son travail pour dire qu'elle était malade. Cynthia a fait de même. Elles ont passé beaucoup de temps dans la chambre de Grace, assises sur le lit. À parler. J'allais les voir de temps à autre, mais elles avaient l'air de passer de si bons moments là-dedans, toutes les deux, que je les laissais tranquilles.

Je supposais qu'elles discutaient des épreuves de ces derniers jours, les disséquaient, faisant leur la théorie selon laquelle plus on affrontait ses démons mieux on les acceptait. Pourtant, quand je passais dans le couloir devant la chambre de Grace et que je surprenais des bribes de conversation, il n'était pas question d'armes, de greniers et de mort mais de garçons, de films, du lycée et d'Angelina Jolie.

Enfin, pas toujours.

Parfois, je n'entendais que des pleurs. Plus d'une fois, j'ai jeté un coup d'œil dans la pièce et les ai trouvées endormies sur le lit, Grace lovée contre sa mère qui l'enlaçait de son bras.

J'ai été obligé de raconter à Cynthia une partie des événements.

Il n'était question que de ça aux infos. Ils parlaient de massacre. Quatre morts dans une maison de Milford. L'inspecteur Rona Wedmore, un nom que nous connaissions bien, en tentant de localiser une voiture dans le cadre d'une affaire d'homicide, était parvenue jusqu'à cette maison au moment où Vince Fleming, un criminel notoire, fuyait la scène du crime. Il avait avoué les quatre meurtres avant que Wedmore ne l'abatte.

J'ai raconté à Cynthia presque tout ce qui s'était passé. Le rendez-vous dans le cimetière. Le retour ici, comment nous avions pris l'avantage sur Wyatt et Reggie, les avions ramenés chez eux et avions délivré Jane.

Comme j'ai dit, je lui ai presque tout raconté.

Tout le monde était ligoté au sous-sol, lui ai-je dit. Vince nous avait fait partir, Jane et moi, en disant qu'il nous rejoindrait. Nous ignorions absolument que Vince ferait du mal à qui que ce soit. J'ai avancé l'hypothèse qu'après notre départ celui qui s'appelait Joseph s'était détaché et avait tenté de tuer Vince. Que celui-ci l'avait abattu, puis avait dû se dire qu'il n'avait pas d'autre choix que d'éliminer les autres.

Je tremblais en exposant ma théorie à Cynthia.

— Oh, mon Dieu ! s'est-elle écriée. C'est... c'est inimaginable.

Ce qui la secouait, c'était de savoir que j'avais été si près du théâtre de ces violences atroces.

— Au moins tu es sorti de là avant que ça ne commence, c'est le seul point positif.

Ouais.

La police a déclaré que Vince avait également reconnu le meurtre d'un de ses employés, Eldon Koch, ainsi que celui de son fils, Stuart, bien que le corps de l'adolescent n'ait pas été retrouvé.

Grace en avait entendu parler aux infos.

— C'est impossible, a-t-elle dit. Vince n'était pas dans la maison. Il n'a pas tiré sur Stuart. C'était ce type qui vivait en face de chez maman.

Cynthia et elle m'avaient raconté cette histoire, mais je ne savais toujours pas quoi en penser.

Je lisais et je regardais tout ce que je pouvais trouver sur l'affaire. Même si la police croyait connaître le coupable, ils s'interrogeaient sur le mobile. Ce qu'ils ont découvert en revanche, c'est que Reggie et Wyatt avaient monté une fraude sophistiquée à l'impôt. Ils ont établi que l'arme trouvée sur la scène de crime était selon toute vraisemblance la même que celle qui avait servi à tuer un détective privé du nom de Heywood Duggan. Et ils croyaient aussi que le couple était responsable du meurtre des deux enseignants retraités et d'un certain Eli Goemann, même si l'enquête suivait son cours.

Cela ne m'apprenait rien.

La télé avait diffusé un entretien avec l'oncle de Reggie, qui se trouvait être le propriétaire de Cynthia, Barney Croft. Cynthia l'avait entendu raconter au journaliste que même s'il avait souvent sa nièce au téléphone et que, le jour de sa mort, il lui avait passé un coup de fil auquel elle n'avait pas répondu, il ne l'avait pas vue depuis des mois et ne savait rien de son implication dans une quelconque activité criminelle.

— Sale menteur ! avait-elle commenté.

Une autre chaîne locale était parvenue à coincer Jane au moment où celle-ci sortait de son agence de publicité.

Adoptant une stratégie analogue à celle de Croft, elle avait déclaré :

— Oui, Vince Fleming était marié à ma mère, aujourd'hui décédée, mais je ne l'avais pas vu depuis des mois et je ne suis au courant de rien concernant cette affaire. Mes pensées vont aux familles de ceux que Vince aurait tués. Je suis de tout cœur avec elles. Je ne sais pas quoi dire d'autre.

Sur ce, elle était montée dans sa Mini et était partie en trombe.

Un des anciens employés de Vince, Bert Gooding, était toujours recherché.

Un reportage sans lien apparent avait été diffusé un soir aux infos sur une famille de Milford, les Cummings, qui, en rentrant de voyage, avaient trouvé la fenêtre de leur sous-sol fracturée, sans que rien ait disparu dans leur maison. En soi, cette information aurait à peine été digne d'intérêt, mais elle possédait un point commun avec un autre fait divers concernant un ancien millionnaire de l'informatique devenu promeneur de chiens, Nathaniel Braithwaite.

Celui-ci, qui travaillait entre autres pour les Cummings, ne s'était pas présenté pour promener les chiens de ses clients. On commençait à s'inquiéter pour lui.

Les jours passaient sans que la police vienne frapper à notre porte, et je me demandais si notre implication dans tout cela n'allait pas passer inaperçue.

— Ça ira, m'assurait Cynthia. Vince a pensé à tout.

Trois jours ont passé. Puis quatre. Puis toute une semaine.

Je commençais à me dire que Cynthia avait peut-être raison quand, au soir du huitième jour, une voiture de police banalisée s'est garée dans notre allée. Je l'ai vue de la fenêtre. J'avais passé beaucoup de temps le nez au carreau ces derniers temps. À attendre.

— Cyn, ai-je appelé.

Elle est entrée avec Grace dans le salon.

— Grace, va dans ta chambre et ne fais pas un bruit.

Grace s'est éclipsée. Elle savait ce qui se jouait.

— C'est Wedmore, ai-je annoncé. Ça y est. Ils ont compris et viennent m'arrêter.

Cynthia m'a regardé.

— Toi ? Je croyais que c'était pour Grace qu'il fallait s'inquiéter.

On a sonné à la porte.

Cynthia m'a dévisagé.

— Il n'y a pas que ça. Tu ne m'as pas tout dit, n'est-ce pas ? Je sais qu'il n'y a pas que ça.

Comme je ne voulais pas mentir, je n'ai rien répondu.

Le carillon de la porte a sonné une seconde fois.

Cynthia a trouvé le courage d'aller ouvrir.

— Oh, ça alors. Inspecteur Wedmore. Je n'en reviens pas, ça fait des lustres.

— En effet.

Je suis venu me placer à côté de Cynthia.

— Bonjour. Ravi de vous revoir.
— Pareillement.

Cela faisait des années que Cynthia n'avait pas vu l'inspecteur Wedmore, mais elle était passée au lycée, il y avait environ un an, pour me poser des questions sur une affaire dont elle s'occupait à l'époque concernant une fausse voyante à laquelle Cynthia et moi avions eu la malchance d'avoir eu affaire à l'époque où étaient survenus nos problèmes. Nos autres problèmes.

Wedmore a demandé à entrer et nous l'avons conduite au salon, où nous nous sommes tous assis. Cynthia a proposé de faire du café, mais l'inspecteur a décliné.

— Que se passe-t-il ? lui ai-je demandé. Je suppose qu'il s'agit de Vince Fleming.

Sois direct, ai-je pensé. Comporte-toi comme si tu n'avais rien à cacher.

— Qu'est-ce qui vous fait dire ça ?
— Eh bien, on regarde les infos. On est au courant des événements. Et Cynthia et moi, nous le connaissions. Il nous avait aidés, vous savez. Et avait récolté une blessure par balle.

Cynthia a hoché la tête.

— Je sais quel genre d'homme il était... nous ne sommes pas naïfs. Mais même en le sachant, on a du mal à croire à ce qui s'est passé.

— En effet, a dit Wedmore. Je me demandais si l'un de vous avait été en contact avec lui dernièrement ?

Cynthia et moi nous sommes regardés. J'ai dit :

— Nous lui avons rendu visite quand il était à l'hôpital, mais depuis...

— Je lui ai envoyé une carte, a ajouté Cynthia. Une carte de condoléances après la mort de sa femme. Je l'avais croisé il y a quelques semaines et nous avions bavardé.

— C'est tout ? Rien d'autre ?

Nous avons tous les deux fait non de la tête.

— Non, ai-je dit. Pourquoi ?

— Parce que vous êtes sur une liste.

Mon cœur a bondi dans ma poitrine. Avant que j'aie pu répondre, Cynthia a demandé :

— Quelle liste ? Terry et moi sommes sur la liste de qui ? Où ça ?

— Pas vous et Terry exactement, mais votre maison.

— Comme dans un carnet d'adresses, vous voulez dire ?

— Pas exactement. Nous nous intéressons peu à peu aux diverses activités de M. Fleming, et l'une d'elles consistait apparemment à cacher les butins d'autres criminels, argent liquide, drogue, et j'en passe, au domicile de particuliers qui n'apparaissaient pas sur les écrans radar des services de police. Des gens bien, irréprochables. (Elle a marqué un temps d'arrêt.) Des gens comme vous.

— Vous êtes en train de me dire qu'il a utilisé notre maison ? ai-je demandé. Pour y cacher des choses ? Vous plaisantez ?

— Non, je ne plaisante pas, a rétorqué Wedmore avec calme. Très probablement dans vos combles.

— C'est impossible, a affirmé Cynthia. Nous avons un système de sécurité.

— Eh bien, il semblerait qu'il ait trouvé le moyen de le contourner. Vous avez un chien ?

— Un chien ? ai-je répété. Non, nous n'avons pas d'animaux.

— C'était un des moyens qu'il utilisait pour avoir accès à ces maisons. Vous avez entendu parler des promeneurs de chiens ? Ces gens qui viennent chez vous dans la journée pour emmener votre chien en promenade ? Ils ont les clés, les codes pour désactiver les systèmes d'alarme.

Cynthia a répondu.

— Pendant un moment, j'ai occupé un logement de l'autre côté de la ville, un appartement. Terry et moi... J'avais besoin de temps pour me retrouver, et l'homme qui habitait dans l'appartement en face du mien, c'est ce qu'il faisait.

Je me suis demandé à quoi elle jouait. Mais Wedmore savait sûrement déjà que Cynthia avait vécu quelque temps dans la même maison que Nathaniel Braithwaite. Elle avait voulu voir si celle-ci en parlerait spontanément.

— C'est exact. Ce devait être M. Braithwaite.

— C'est ça, a dit Cynthia. Vous insinuez qu'il était de connivence avec Vince ? Mais il n'aurait pas pu avoir la clé de chez nous, ni le code d'alarme.

— Un moyen de s'en assurer serait de jeter un coup d'œil dans votre grenier. Ça vous dérangerait ?

Nous lui avons dit qu'à notre avis, c'était une perte de temps, mais je suis allé chercher l'échelle, que j'ai placée sous la trappe d'accès. Wedmore a passé environ cinq minutes à farfouiller là-haut avant d'en arriver à la conclusion qu'il n'y avait rien.

Quand elle est redescendue, elle était en sueur, et cette fois, elle a accepté la boisson fraîche qu'on lui offrait au lieu du café. Une bouteille d'eau qui sortait du frigo.

— Ça signifie sans doute que nous ne sommes pas concernés par les trafics de Vince, a dit Cynthia.
N'insiste pas trop.
— Peut-être pas, a répondu lentement Wedmore en débouchant la bouteille et en se mettant à boire.
— Est-ce que ça a un rapport avec tous ces gens qui se sont fait tuer ? ai-je demandé.
— C'est possible, a dit Wedmore. Les Stockwell, Reggie et Wyatt Stockwell, accumulaient de grosses sommes d'argent liquide grâce à de fausses déclarations fiscales. Ils ont peut-être eu besoin d'un endroit où cacher cet argent. Peut-être que M. Fleming le cachait pour eux et avait décidé de le garder pour lui, ce qui ne leur a pas plu. Mais c'est juste une hypothèse.

Cynthia et moi l'avons regardée avec l'air d'attendre l'information suivante.

— Ce qui est étonnant, a poursuivi Wedmore, c'est que votre nom a fait surface plusieurs fois dans le cadre de cette enquête.
— Je ne vois pas ce que vous voulez dire, ai-je fait.
— Non seulement votre domicile apparaît sur la liste où M. Fleming consignait les endroits où il aurait pu cacher des biens d'origine délictueuse, mais il se trouve que votre femme a vécu brièvement sur le même palier que ce M. Braithwaite qui a peut-être été complice de M. Fleming, et que vous avez tous les deux eu affaire à M. Fleming, par le passé.
— Je ne sais pas quoi dire, a déclaré Cynthia sur le ton de l'étonnement. (Elle m'a regardé.) Tu as une idée, toi ?
— Aucune. Mais je suis soulagé que personne ne soit entré dans cette maison.

— Bon, a fait Wedmore, je vous remercie pour votre temps. Si vous pensez à quelque chose, n'importe quoi, surtout, appelez-moi.

Elle a laissé sa carte sur la table basse.

Nous l'avons raccompagnée à la porte.

— Mon Dieu, a soupiré Cynthia en s'adossant au mur.

Je reprenais mon souffle, une main sur le front.

— J'ai cru que j'allais faire une crise cardiaque.

— Quand elle a demandé pour...

On a de nouveau sonné. Nous nous sommes regardés. Nous avons pris cinq secondes pour nous ressaisir, et Cynthia a ouvert.

— Désolée, a dit Wedmore. Je voulais vous demander : qu'est-ce qui est arrivé à votre jardin ?

J'avais fait de mon mieux pour rapiécer la pelouse là où Cynthia l'avait saccagée avec sa voiture, mais il restait encore deux bandes parallèles où l'herbe avait du mal à repousser.

Wedmore nous a fait signe de sortir, et nous nous sommes exécutés à contrecœur.

— Vous voyez à quoi je fais allusion ? a-t-elle demandé en montrant du doigt l'endroit où la pelouse avait été retournée, à une soixantaine de centimètres des arbustes sous la fenêtre de devant.

Quelque chose a attiré mon regard. Un objet brillant. Dans la terre, au pied des arbustes.

— Oui, je vais vous expliquer, a dit Cynthia lentement, s'efforçant visiblement de trouver quelque chose.

Pendant que Wedmore attendait une réponse, j'ai jeté un rapide coup d'œil par terre.

C'était l'autre jeu de clés de la BMW.

Celles de Wyatt. Quand Vince avait pris les clés de la voiture des Stockwell, il n'avait pas eu besoin des deux trousseaux, et en avait jeté un. Si Wedmore le trouvait, comment pourrais-je l'expliquer ? Le trousseau en question comportait non seulement leurs clés de voiture, mais aussi celles de leur maison.

Ces clés établissaient un lien entre moi et une maison où quatre personnes avaient été assassinées. Dont une par moi.

— Je vais vous dire ce qui s'est passé, ai-je annoncé en faisant trois pas vers l'allée pour forcer Wedmore à tourner le dos aux arbustes.

Je l'ai regardée droit dans les yeux. Pas uniquement pour retenir son attention, mais pour m'empêcher de fixer les miens sur les clés, qui, du moins pour moi, étaient aussi voyantes qu'un nain de jardin sous un projecteur. Je devais faire partir Wedmore, ramasser ces clés et aller les jeter dans la bouche d'égout la plus proche.

— La vérité, c'est que j'ai un peu peur de vous le dire, en fait.

Wedmore a légèrement penché la tête.

— Et pourquoi donc ?

— Je... je ne voudrais pas qu'on m'inculpe de quoi que ce soit.

— Que voulez-vous dire, monsieur Archer ? Conduisiez-vous en état d'ivresse ?

— Cynthia a plus ou moins laissé entendre qu'elle avait quitté la maison pendant un temps. J'ai connu des périodes de grosse déprime. Un soir, je suis sorti et... j'imagine que j'avais un peu forcé sur la boisson, parce que... c'est la partie la plus délicate à vous avouer... j'ai pris ma voiture pour rentrer et j'ai totalement raté l'allée.

Wedmore m'a jaugé du regard. Je n'aurais su dire si elle me croyait ou non.

— C'était vraiment stupide de votre part, a-t-elle commenté.

— Je sais.

— Vous auriez pu vous tuer. Ou tuer quelqu'un d'autre.

Cynthia avait reculé d'un pas vers la porte. Elle voulait probablement retourner à l'intérieur, que tout ça se termine, mais si elle restait là et que Wedmore se tournait vers elle...

— Je sais, je sais. Je me suis fait une belle peur quand j'ai réalisé ce que j'avais fait.

— Monsieur Archer, a repris l'inspecteur Wedmore. Vous menez une vie agréable. Vous avez une femme qui vous aime, à ce qu'il me semble, quelles que soient les difficultés que vous avez pu traverser. Si mes souvenirs sont bons, vous avez une fille adorable, qui a dû beaucoup grandir depuis la dernière fois que je l'ai vue. Pensez à votre famille. Ne gâchez pas tout en faisant des folies comme de conduire en état d'ivresse. Ne prenez pas ce genre de risques stupides.

— Vous avez raison, ai-je admis. Je ferai attention.

— J'y veillerai. Bien, j'imagine que j'en ai fini. (Wedmore m'a souri, puis s'est tournée face à Cynthia.) Je vous souhaite... Tiens, qu'est-ce que c'est ?

Elle a posé un pied sur la pelouse et s'est penchée pour ramasser les clés. La télécommande était couverte de terre.

— Vous avez perdu des clés ? a-t-elle demandé en se retournant vers moi.

— Oh, merci mon Dieu, ai-je dit. J'ai cru devenir fou, à les chercher partout.

Wedmore les a laissées tomber dans ma paume. J'ai fermé les doigts dessus.

Elle a dit : « Prenez soin de vous, vous deux », puis elle est retournée à sa voiture.

Épilogue
Terry

C'est Grace qui nous a appris la nouvelle.

Presque un mois s'était écoulé depuis la mort de Vince. Je n'avais plus reparlé à Jane depuis qu'elle m'avait déposé à la maison et que nous avions sorti toutes les armes du grenier.

Mais il se trouvait que Grace avait gardé le contact. Quelques SMS, deux ou trois coups de téléphone.

— Elle me demande toujours si je vais bien, nous disait-elle. S'il y a quelqu'un à qui on devrait demander de ses nouvelles, c'est Jane, non ?

Ce samedi matin-là, Grace est descendue dans la cuisine pour nous annoncer que Jane s'en allait.

— Où part-elle ? a demandé Cynthia.

— En Europe. En France, en Espagne, en Italie, tous ces pays. Elle part avec Bryce.

— Tu m'avais dit qu'ils avaient rompu, a fait remarquer Cynthia.

C'était un scoop pour moi, mais Grace et sa mère se tenaient informées de la vie sentimentale des gens sans me mettre dans la confidence, surtout parce que ça ne m'intéressait absolument pas.

— Ils se sont remis ensemble, a fait savoir Grace. Je pensais qu'elle le larguerait pour de bon. Elle croyait qu'il la trompait, même que c'était peut-être vrai, mais ils ont recollé les morceaux, j'imagine, et maintenant ils s'en vont. Elle a rendu son appartement, quitté son boulot et tout.

— Combien de temps pense-t-elle rester là-bas ? me suis-je enquis.

— Elle ne sait même pas si elle va revenir.

— C'est tellement excitant ! s'est exclamée Cynthia. On devrait faire quelque chose. Organiser une petite fête pour leur souhaiter bon voyage. (Elle m'a regardé.) Qu'est-ce que tu en penses ?

Mais son expression de joie s'est vite évanouie. Je le savais, elle craignait que cela ne ravive des angoisses que je commençais seulement à contrôler.

— Bien sûr, ai-je dit. Pourquoi pas ?

— Tu n'auras pas à lever le petit doigt. On s'occupera de tout, Grace et moi. On devrait leur offrir une sorte de cadeau d'adieu. Cela dit, c'est vraiment difficile de choisir pour les autres.

— Pourquoi pas une carte-cadeau Visa, a suggéré Grace. Ils pourraient l'utiliser n'importe où en Europe, non ?

Cynthia l'a chargée d'envoyer un message à Jane pour l'inviter à la maison le lendemain après-midi. Les pouces de Grace ont pianoté à la vitesse de l'éclair, et moins d'une minute plus tard Jane avait accepté l'invitation. Cynthia et Grace sont sorties cet après-midi-là acheter tout ce qu'il fallait pour cette petite fête.

Je n'allais pas la gâcher. Mère et fille n'avaient jamais été aussi proches que ces dernières semaines.

Jane et Bryce étaient conviés à 15 heures. Grace a commencé à guetter leur arrivée vers 14 h 45. Elle jetait un coup d'œil par la fenêtre du salon toutes les trois minutes.

Cynthia s'est glissée près de moi et m'a chuchoté à l'oreille :

— J'ai fait quelque chose sans te le dire.

J'ai eu un frisson.

— Quoi ?

— J'ai acheté un cadeau pour Grace. Je suis tombé dessus au centre commercial, et quand je l'ai vu, j'ai su que c'était fait pour elle.

— C'est quoi ?

Elle me l'a dit.

Il devait être 15 h 05 quand Grace a demandé :

— Mais qu'est-ce qu'ils font ?

— Ils n'ont que cinq minutes de retard, lui a fait remarquer Cynthia. C'est un tout petit retard. Personne n'aime arriver pile à l'heure. Ils vont bientôt arriver.

Grace avait son téléphone à la main, prête à décrocher, comme si elle s'attendait à ce que Jane lui communique des rapports d'étape pendant qu'elle traversait Milford.

— Relax, a dit Cynthia.

— C'est juste que je n'ai jamais connu personne, parmi mes amis, je veux dire, qui est parti en Europe pour y rester.

Je traversais le salon quand j'ai vu la Mini de Jane s'arrêter dans notre allée. Sur le siège passager, ce devait être Bryce. J'ai pu constater quand il est descendu de voiture combien il était séduisant. Un mètre quatre-vingts environ, mince, les cheveux ébouriffés avec recherche. Il tenait une bouteille de vin par le col. Jane est descendu à son tour, un sac à main à longue bandoulière à l'épaule.

Tous deux étaient presque à la porte quand Jane s'est arrêtée, a baissé les yeux sur son sac, l'a ouvert, et en a sorti son téléphone. On l'avait appelée. Elle a porté l'appareil à son oreille et j'ai vu sa bouche articuler « Allô ! ».

Ensuite, derrière moi, j'ai entendu Grace demander :

— Jane ? Où es-tu ? Tu arrives ? Quoi ? Oh, mon Dieu.

Elle a alors traversé la maison à grandes enjambées, s'est faufilée devant moi pour leur ouvrir la porte.

— J'y suis presque, a-t-elle dit. C'est trop marrant.

Elle a ouvert la porte et s'est retrouvée face à Jane, toutes deux toujours pendues à leur téléphone. Elles ont ri et se sont embrassées.

— Alors, c'est toi, Bryce ! s'est écriée Grace.

Il a souri, tendu la main.

— Salut, a-t-il dit avec réserve.

— Entrez ! Entrez ! a fait Grace en s'effaçant pour les laisser passer. (Elle m'a jeté un regard, a secoué son téléphone.) Il a encore fait ce bruit bizarre.

Je ne savais pas de quoi elle parlait.

— Pardon ?

— Tu sais ? Ce fameux soir, je t'ai dit...

Elle s'est interrompue, ignorant ce que Bryce savait de la soirée pendant laquelle Stuart et elle s'étaient introduits dans la maison des Cummings. J'espérais qu'il n'en savait strictement rien. Je n'en avais parlé à personne et j'imaginais que Jane avait fait de même.

— Il y a quelque chose qui cloche avec ton téléphone ? ai-je demandé.

— Parfois il y a un drôle d'écho. C'est arrivé là, maintenant, et deux fois quand... tu sais. Une fois en te parlant et...

Grace a regardé Jane, puis s'est retournée vers moi. Jane aussi me regardait à présent. Ses yeux scrutant les miens.

En un instant, tout s'est éclairé.

— Ça arrive quand la personne à qui vous parlez est vraiment tout près, a expliqué Bryce avec désinvolture.

Cynthia est apparue, sortant de la cuisine.

— Ah, tout le monde est là !

Bryce a tendu la main.

— Madame Archer. Ravi de vous rencontrer.

— Appelez-moi Cynthia. Entrez donc. Vous voulez boire quelque chose ? Une bière ? Un verre de vin ?

— Je dois juste parler à Jane une demi-seconde, ai-je dit avec un sourire forcé. Grace, donne à ce jeune homme quelque chose à manger.

Grace a souri.

— Oui, bien sûr !

Elle ne devait pas avoir encore compris.

Alors que tout le monde se dirigeait vers la cuisine, j'ai pris Jane par le bras et l'ai conduite dehors.

— Qu'est-ce qu'il y a ? a-t-elle demandé.

Je l'ai regardée fixement.

— L'histoire du téléphone.

— Qu'est-ce que vous racontez ?

— Dis-moi.

— Vous dire quoi ?

Elle avait étudié mon expression quelques secondes plus tôt, mais à présent elle fuyait mon regard.

— Quand Grace t'a appelée à l'aide ce soir-là, avant de m'appeler, moi, elle a perçu cet écho dans son téléphone. Exactement comme ce qui vient de se passer.

— Les portables déconnent tout le temps, a fait mon ancienne élève.

Ç'a été sa façon de le dire, la façon dont elle a détourné la tête, qui m'a convaincu que j'avais mis le doigt sur quelque chose.

— Tu étais déjà là. (Ce n'était pas une question.) Si Grace l'avait su, elle n'aurait même pas eu besoin de son téléphone pour te parler.

Jane a serré le haut de son sac de la main gauche, pétrissant le cuir, sa main droite se fermant et s'ouvrant alternativement avec nervosité.

— Je ne sais pas de quoi…

— Arrête tes mensonges, Jane.

Elle a regardé vers la rue. Après plusieurs secondes, elle a soupiré, puis elle a fini par parler.

— À un moment donné, j'ai cru qu'elle m'avait vue. Quand elle a téléphoné. J'ai cru qu'elle m'avait repérée et que c'était pour ça qu'elle appelait. Mais non, Grace m'appelait à l'aide, pour me demander ce qu'elle devait faire.

Je n'ai rien dit. J'attendais la suite.

— Vince m'avait entubée, a murmuré Jane. Et il n'avait pas été là pour ma mère. J'étais furieuse après lui. (Elle a marqué un temps d'arrêt.) À ce moment-là…

— Tu as donc décidé de le voler.

— La maison de ma mère était censée me revenir, mais il l'a gardée. Je ne savais pas qu'il essaierait de réparer ses torts. Mais il me l'a dit, quand vous m'avez sauvée de ces tarés.

La tête me tournait un peu.

— Tu as toujours été douée pour espionner les gens, fouiner. Laisse-moi deviner. Tu savais tout du business de Vince. Tu savais où étaient les clés. Tu as trouvé la liste des codes de sécurité. Tu es entrée dans la maison sans difficulté. Pas comme Stuart, qui a dû casser une fenêtre.

Jane a hoché la tête.

— Mais je ne m'attendais pas à tomber sur une telle somme. Je n'imaginais pas ça. Je pensais qu'il n'y aurait que quelques milliers de dollars. Que Vince ne se rendrait peut-être même pas compte de leur disparition avant des mois et des mois.

— Combien ?

— Deux cent mille, a-t-elle dit. Ça, et un vase.

J'étais à la fois stupéfait et horrifié.

— Que comptais-tu faire quand Vince aurait découvert qu'il avait disparu ? Quand quelqu'un serait revenu réclamer cet argent ? Ç'aurait pu arriver.

— Je n'avais pas anticipé, a expliqué Jane, toujours à mi-voix, tête baissée. Je ne savais pas quoi faire. Et puis les choses se sont passées tellement vite.

Nous n'avions toujours pas abordé la véritable question.

— Stuart, ai-je lâché.

Jane commençait à s'éloigner, mais je l'ai rattrapée par l'épaule et obligée à me faire face.

— Stuart. Tu as tué Stuart.

— Je ne l'ai pas fait exprès. C'était un accident.

— Et prendre une arme avec toi ? C'était aussi un accident ?

— C'est juste que... Il y avait toujours des armes qui traînaient. Ça paraissait débile de s'introduire dans une maison sans... vous savez, quelque chose. Je les ai entendus, lui et Grace, à l'intérieur, mais au début, je ne savais pas du tout de qui il s'agissait. J'étais dans la cuisine, et cette personne est entrée, et j'ai... j'ai eu peur. J'ai paniqué.

— Nom de Dieu, ai-je dit doucement.

— J'ai très vite compris sur qui j'avais tiré. Il fallait que je sorte de là. Grace flippait, elle criait, les mains sur les yeux, et je suis passée devant elle en courant. Je me suis cachée dehors un moment... une voiture de flic descendait la rue... et après j'ai entendu Grace sortir de la maison et mon téléphone a vibré. J'ai vu que c'était elle et, comme je l'ai dit, je croyais qu'elle m'avait vue. Mais ce n'était pas le cas.

— Ensuite tu as appelé Vince. Pour qu'il vienne nettoyer tout ça.

— Je lui ai dit la vérité.

— Mais pas tout de suite, ai-je supposé.

— Comme je l'ai dit, juste après que vous m'avez arrachée à ces tarés. Vous étiez dans l'autre pièce. Je lui ai dit. Je pensais qu'il aurait peut-être besoin de l'argent. Il était dans un sac, sous mon bureau au travail. Je craignais qu'il ne pète un plomb, mais je ne pouvais plus garder ça pour moi. J'étais prête à encaisser ce qu'il allait me balancer. Mais il est devenu tout bizarre. Au lieu de se mettre en colère, il était vraiment triste. Il a dit qu'il avait été horrible avec moi. Qu'il arrangerait ça.

J'ai alors compris autre chose.

— Tu as tout gardé.

— Quoi ?

— Tout ce qu'il a sorti des maisons, tout l'argent. Tu l'as gardé.

Elle a acquiescé d'un signe de tête.

— Ni drogue, ni arme. Juste l'argent. Vince m'a demandé de le faire.

Nous nous sommes tus un moment. Il y avait toujours quelque chose que je ne saisissais pas.

— Le vase, ai-je dit.

— Quoi, le vase ?

— Il s'est retrouvé dans l'appartement de Braithwaite. Pourquoi ?

Jane semblait retenir un sourire.

— C'est moi qui l'y ai mis.

— Pour quelle raison ?

Jane a hésité, puis elle a dit :

— Quand j'ai quitté Vince ce soir-là, je l'ai entendu parler de Braithwaite au téléphone, comme quoi il était le suspect le plus plausible parce qu'il avait une clé et connaissait le code. Vince a mentionné son adresse. Le lendemain matin, quand Braithwaite est sorti promener les chiens, je suis allée chez lui et j'ai planqué le vase. Je me disais que Vince et ses gars finiraient par fouiller l'appartement et lui mettraient ça sur le dos. Ce qui m'aurait tirée d'affaire.

— Comment as-tu fait pour t'introduire chez lui ? ai-je demandé.

— Je vous en prie ! a-t-elle dit avec un froncement de sourcils. Regardez avec qui j'ai vécu ces dernières années. Vous ne me croyez pas capable d'entrer dans un appartement ? Il n'y a aucun système de sécurité dans cette vieille baraque.

Je voyais Jane comme je ne l'avais jamais vue auparavant.

— En vouloir à Vince, voler l'argent, je peux plus ou moins le comprendre. Et tuer Stuart, c'était horrible, mais tu n'as jamais voulu que ça arrive.

Piéger Braithwaite, un innocent, c'est autre chose. En sachant que Vince et sa bande l'auraient probablement tué quand ils auraient trouvé ce vase. Ça, ce n'était pas un accident, Jane.

— Vous ne pigez toujours pas, hein, Prof ? Je survis à tout. Faites ce que vous avez à faire, a-t-elle ajouté en me dévisageant. Qu'est-ce qui se passe là-dedans ? Qu'est-ce que vous allez faire ?

— Je ne sais pas, ai-je répondu en toute franchise. Mais tu as tué quelqu'un, Jane. Tu as assassiné Stuart.

Elle a penché la tête en arrière, la mâchoire serrée, à nouveau sûre d'elle.

— Alors vous devriez peut-être me livrer à la police.

Je n'ai rien dit.

— Vous aussi, vous avez du sang sur les mains, Prof. Vous avez tué un homme. N'allez pas croire que je ne vous suis pas reconnaissante, mais vous avez laissé Vince porter le chapeau. Je me demande de quel œil les flics verraient ça, s'ils découvraient que c'est vous qui avez tué Joseph.

Les tempes me battaient.

— Je suis la seule à savoir ce que vous avez fait et vous êtes le seul à savoir ce que j'ai fait, a froidement résumé Jane. Il se peut que Grace soit en train de comprendre, mais je parie qu'en deux mots vous pourriez changer ça. En disant que votre téléphone aussi fait des siennes. Qu'il est temps de lui racheter un appareil plus sophistiqué. Ils n'arrêtent pas de les améliorer. Elle adorerait. Je suis même prête à mettre la main à la poche, si vous voulez.

Je ne savais pas quoi dire.

Jane a séché une larme avec sa manche et a semblé changer de visage.

— Il y a une chose que j'ai comprise quand j'étais au lycée, à l'époque où vous étiez mon professeur, c'est qu'on ne peut compter que sur soi-même. Et ensuite, quand ma mère s'est mise avec Vince, eh bien, à force de l'observer, je m'en suis vraiment convaincue. On ne peut pas rester là à attendre que les autres vous rendent la vie meilleure. Il faut décider ce qu'on veut et se débrouiller pour le prendre.

Elle m'a tapoté l'épaule. Ce contact m'a déplu.

— Encore une fois, cela ne veut pas dire que je ne suis pas reconnaissante de tout ce que vous avez fait. Vous avez été super. Mais là, maintenant, il faut que vous réfléchissiez à ce qu'il y a de mieux pour *vous*. Vous croyez qu'appeler les flics pour leur raconter ce que j'ai fait va tourner à votre avantage ? Vous êtes professeur. Vous êtes capable de répondre à cette question.

La porte s'est ouverte. C'était Cynthia.

— De quoi pouvez-vous bien parler, tous les deux ? Il y a à boire et à manger à l'intérieur. Jane, je veux que tu me parles de tous les endroits où tu vas aller.

Jane a fait un grand sourire et elle est rentrée dans la maison. Quand Cynthia m'a vu planté là, immobile, elle est ressortie.

— Est-ce que ça va ?
— Oui.
— Je vois à ton expression que quelque chose ne va pas.

J'ai fait non de la tête.

Cynthia m'a pris les mains.

— Je sais qu'on a vécu un enfer. Tu fais des cauchemars toutes les nuits. On vit tous une expérience de stress post-traumatique. Mais je sens que tu ne m'as pas encore tout dit, que peut-être...

À l'intérieur de la maison, Grace a poussé un cri.

— Qu'est-ce qui se passe ?

Nous nous sommes rués à l'intérieur. Grace avait extirpé une grande boîte étroite du placard de l'entrée et lisait la description de son contenu.

— Mince, m'a soufflé Cynthia. Elle l'a trouvé. Grace, tu n'étais pas censée... Nous allions te le donner plus tard, quand Jane et Bryce seraient partis et...

Grace a regardé sa mère avec des larmes dans les yeux.

— Je l'adore, a-t-elle dit. Il est carrément mieux que celui que j'avais quand j'étais petite.

— Tu m'as dit au moins cinq fois, quand on discutait dans ta chambre ce mois-ci, que tu voulais repiquer à l'astronomie, que ça te manquait vraiment.

Grace a appuyé la boîte contre le mur et a enlacé sa mère. Je suis resté là à les regarder, malgré le désir que j'avais de participer à ce moment.

Jane m'a lancé un regard, a souri et a dit :

— C'est super, non ? Pour un peu, je pleurerais.

Peut-être que Grace me laisserait lui emprunter son nouveau télescope. Me laisserait scruter les cieux à la recherche d'astéroïdes, comme elle le faisait quand elle avait sept ans. Elle avait alors peur que l'un d'eux ne frappe la Terre et ne nous anéantisse tous.

Ça m'est apparu, à ce moment précis, comme la seule chose qui pourrait m'apporter la paix.

Remerciements

Il serait peut-être dans l'ordre des choses de remercier les lecteurs. Vous êtes de plus en plus nombreux à chaque livre, et à tous ceux d'entre vous qui ont dit à quelqu'un : « Tu devrais lire ce type », je veux exprimer ma reconnaissance.

Ainsi qu'aux libraires. Merci, merci, et encore merci.

Il y a aussi quelques personnes que je me dois de distinguer : Kristin Cochrane, Mark Streatfield, Duncan Shields, Helen Heller, Juliet Ewers, Danielle Perez, Bill Massey, Kara Welsh, Heather Connor, Susan Lamb, Nita Pronovost, David Young, Gaby Young, Valerie Gow, Brad Martin, Camilla Ferrier et tout le monde à l'agence Marsh, Ali Karim, Cathy Paine.

Merci enfin à Spencer Barclay, son équipe de Loading Doc Productions, ainsi qu'à toutes les autres personnes qui travaillent sur mes *book trailers* : Alex Kingsmill, Paige Barclay, Eva Kolcze, Elia Morrison, Nick Whalen, Martin MacPherson, Katie Brandino, Jeremy Kane, Ian Carleton, Misha Snyder, Nick Storring, Gord Drennan.

11964

Composition
NORD COMPO

*Achevé d'imprimer en Slovaquie
par* NOVOPRINT SLK
le 16 janvier 2018.

Dépôt légal : mars 2018.
EAN 9782290154519
OTP L21EPNN000424N001

ÉDITIONS J'AI LU
87, quai Panhard-et-Levassor, 75013 Paris

Diffusion France et étranger : Flammarion